GÖTTERSPIEL

Vorwort

Lieber Leser,

Die Helden dieser Geschichte, sind auch im realen Leben Helden. Sie haben vielleicht keine Flügel und magische Kräfte, aber dafür ein gutes Herz und einen wachen Verstand. Ich bedanke mich mit diesem Buch bei ihnen – für ihre Hilfe und ihre Freundschaft. Es war nicht immer leicht authentisch zu bleiben, doch ich hoffe ich konnte ihnen gerecht werden.

Et misit Dominus angelum suum ad veritatem

„Und der Herr schickte seine Engel, um die Wahrheit zu finden."

Gott würfelt nicht!
(Albert Einstein)

In diesem Sinne

Romy Gläser

Romy Gläser

Götter SPIEL
Die Rolle der Erkenntnis

Fantasy

Bibliografische Information der Deutschen Nationalbibliothek:
Die Deutsche Nationalbibliothek verzeichnet diese Publikation in der Deutschen Nationalbibliografie; detaillierte bibliografische Daten sind im Internet über http://dnb.dnb.de abrufbar.

© *2016 Romy Gläser*

Illustration: **Uta Dittrich**
Lektorat: **Ela Schäfer**
weitere Mitwirkende: Die Engel und Dämonen

Herstellung und Verlag: BoD – Books on Demand, Norderstedt

*ISBN: 978-3-**7412-7974-4***

Prolog

Einen wunderschönen guten Morgen! Es ist kalt, es schneit. Der Kaffee ist auch alle und es ist Oster-Sonntag. Toll, so ein richtiger Tag um gar nicht erst aufzustehen. Aber ich will euch ja eine Geschichte erzählen. Eine Geschichte über Himmel und Hölle, naja oder sowas ähnliches. Ich sollte euch zuerst einmal erzählen wer ich bin: Ich bin Euer Erzähler! Das dachtet Ihr Euch schon? Alles klar, dann vielleicht wo wir uns befinden. Und wann und warum!

Vielleicht fangen wir mit Jürgen Drews, besser bekannt als König von Mallorca, an. Der sang vor nicht allzu langer Zeit "Ich bau dir ein Schloss, das in den Wolken liegt..." Unser "Tatort" liegt auch in den Wolken, oder ein wenig darüber. Dieses tolle Schloss in den Wolken hat die Form eines gigantischen, milchfarbigen Ei's. Da wir Ostern haben ein treffender Vergleich. Dieses Ei ist weder von der Erde noch vom Weltraum aus sichtbar. Jetzt könnten wir philosophieren, wenn da ein Ei ist und niemand sieht es, ist es dann da? Aber das geht jetzt echt zu weit! Es ist das Jahr 2015. In diesem Ei befinden wir uns gerade. Wenn ihr aber glaubt, da drin wäre Schokolade, Nugat oder Marzipan...ääääh falsch geraten. Darin befindet sich ein langer Tisch. An diesem Tisch stehen wiederum zehn Stühle. Weiter im Text, was bringt ein nicht sichtbares Osterei mit einem ovalen Tisch und 10 Stühlen im Weltraum? Berechtigte Frage, nun es ist das Konferenzzimmer. Hier finden Meetings statt, um es mit den heutigen Begriffen zu erklären. In den letzten Jahrzehnten sind diese Meetings immer weniger geworden, doch heute steht wieder eines an. Kommen wir also zu den, nennen wir sie einfachheitshalber Personen, die sich um den Tisch versammelt haben.

Während sich fünf der zehn Anwesenden bereits auf ihre Plätze setzen, stehen die anderen noch in einer Gruppe zusammen und flüstern verschwörerisch:
"Weißt du was der Alte von uns will?"
"Sie haben die Rolle der Erkenntnis ausfindig gemacht, oder sowas."
"Egal wie, wir müssen vorher an sie rankommen, dass das klar ist!"
Schließlich nehmen auch diese Konferenzteilnehmer Platz. Im Gegensatz zu ihren Konkurrenten, sehen sie wesentlich ernster und angespannter aus.

Fangen wir mit der Vorstellung an:
An der oberen Seite des Tisches sitzt ein alter bärtiger Mann, in weißem Gewand und mit gütigem Lächeln. Wer dieser alte Mann mit dem langen Bart und dem gütigen Gesicht ist, das wisst ihr sicher auch schon. Nein, es ist nicht der Nikolaus und auch nicht der Weihnachtsmann, auch wenn die Ähnlichkeit nicht abzustreiten ist. Dieser Mann ist sozusagen der Chef über den Himmel. Einige nennen ihn Allah, andere nennen ihn Shiva, Jehova oder auch Theta und die meisten einfach nur Gott. Er ist der Inbegriff des tollen einzigartigen Vorgesetzten. Ein Traum von Chef. Dieser Mann führt sein Unternehmen mit Hingabe an die Mitarbeiter. Sorgt für Kindertagesstätten für die Mütter, für regelmäßige und außerplanmäßige Pausen. Stellt in Pausenräumen Billardtische und Flipperautomaten auf. Hat für drei verschiedene Arten Mittagessen ge-

sorgt, so dass sich der Arbeiter überlegen kann, ob er lieber Vegan, Kalorienarm oder Fastfood zum Essen hätte. Alles natürlich auf Kosten des Chefs. Sollte einmal etwas schieflaufen, vergibt er sehr schnell und bittet den Mitarbeiter höflich darum den Fehler nicht zu wiederholen. Doch was soll schon schieflaufen? In dieser Firma arbeitet ja niemand. Wenn sie nicht gerade Pause machen, dann Essen sie, was dazu führt, dass man danach eine Pause braucht. Und so weiter und so weiter. Nun gut, Gott hat sein Regiment gut im Griff.

Links von Gott sitzt eine wunderschöne, vollbusige Brünette. Sie trägt ein kurzes Kleid, das kaum die Oberschenkel verdeckt. Goldene Ketten hängen um ihren Hals. Ihre lange Mähne hat sie zu einem einfachen Pferdeschwanz zusammen gebunden.
"Meine Liebe Aphrodite, du bist noch so schön wie am ersten Tag!" begrüßt Gott sie höflich.
"Hey Chef, du bist noch so alt wie am ersten Tag!" kommt es gelangweilt und respektlos zurück. Augenscheinlich hat Aphrodite andere Probleme als hier an diesem Tisch zu sitzen, sie sieht aus wie eine Schülerin in der zehnten Klasse. Na gut, ihr Land ist gerade pleite und kurz vor dem Untergang, klar, dass sie echt keine Lust mehr hat. Dennoch ist sie immer noch die Göttin der Liebe, jedenfalls für einige. Das die Liebe die Staatskassen leider nicht wieder auffüllt, ist ihr augenscheinlich bewusst.

Direkt neben ihr sitzt eine blonde Frau. Wenn man genau hinsieht könnte man noch erkennen, dass sie einmal schön war. Sie hält einen Spiegel in der Hand und kneift sich ständig in die Wangen. Zieht die Haut hin und her, ihre

Lippen formen sich zu Luftküsschen. Nun, Venus war auch mal schöner, doch bei ihr ist definitiv der Schönheits-Op-Wahn ausgebrochen. Ihre Lippen sehen aus wie Schlauchboote, das Gesicht durch zu viel Botox wie eine Maske und ihr Dekolleté, holla die Waldfee. Wenn sie sich auszieht, schreien ihre Füße "Bombenalarm!". Alles in allem sieht die römische Göttin der Liebe einer Puppe ähnlicher als jeder lebenden und Untoten und toten Person. Sie begrüßt Gott mit einem Luftküsschen, was ihr sowieso schon entstelltes Gesicht grotesk aussehen lässt.

Die schöne rothaarige gleich neben der blondierten Barbie bekommt von all dem nichts mit. Sie zieht genüsslich an ihrem Joint und bläst kleine Rauchkringel in die Luft. Diana ist die Göttin der Hexen. Und da Hexen alle verbrannt worden waren und sie also nicht mehr wirklich etwas zu tun hatte, hatte sie beschlossen ihr Fachwissen der Kräuterkunde darauf zu verwenden, die beste Marihuana Pflanze des Universums zu züchten. Weil niemand außer ihr das Zeug testen will, ausgenommen die vielleicht drei - vier Untertanen, die für sie die Ernte einholen, muss sie jede neue Züchtung selbst testen. Die Folge daraus ist, dass sie schon vor dem ersten Tageslicht, stoned in einer Ecke liegt und blöd kichert.

Doch der Besucher neben ihr, ist genauso interessant. Wo fangen wir da nur an? Vielleicht bei seiner Kleidung. Er trägt rosa Windeln, die mit mehreren Sicherheitsnadeln seitlich zusammengehalten werden. An diesen Sicherheitsnadeln hängen silberne Ketten, wie sie Rocker oder ähnliche Randgruppen oft tragen. Um den etwas speckigen Bauch hängt ein Nietengürtel, eine lederne Weste schafft es nicht

*das Brustpiercing zu überdecken. Auf dem rechten Oberarm prangt ein großes Herz mit "MOM" darin. Die linke Armhälfte musste einem Schlangentattoo Platz machen. Die blonden kurzen Haare sind zu einem Irokesenschnitt gestylt. Hinter ihm hängt eine Armbrust.
"Es ist schön, dass du kommen konntest Amor!" wendet sich Gott nun dem letzten seiner Prokuristen zu.
Dann begrüßt der Herr des Himmels auch die anderen Anwesenden.*

*Werfen wir einen Blick auf die andere Seite des Tisches: Gott gegenüber sitzt ein attraktiver Mann mittleren Alters. Schicker Anzug. Der Kerl hat echt was. Solariumbräune, schneeweiße Zähne mit angespitzten Eckzähnen und die niedlichen Hörner auf dem Kopf. Rotbraunes lockiges Haar und auf Hochglanz polierte rot-schwarz gemusterte Schuhe. Er sieht aber ziemlich ernst und böse aus. Also diese Augen, da merkt man, mit dem ist nicht gut Kirschen essen. Okay fassen wir zusammen, der Typ ist heiß. Sollte er auch sein, denn immerhin ist er der Chef der Hölle. Oft Teufel oder Luzifer genannt. Aber nennen wir ihn lieber nicht Luzifer, denn der Name wurde ihm irrtümlich gegeben. Satan mag er am liebsten.
Unser Teufel ist natürlich der Chef in der Hölle. Er lässt keine Fehler zu, knechtet seine Untergebenen bis zum Umfallen und die Gewerkschaft hat so viel Angst vor ihm, dass sie sich nicht mal trauen "Piep" zu sagen. Pausen? Sowas gibt es in der Hölle nicht. Urlaub, hahaha. Mindestlohn, wobei der unter dem Tarif liegt. Dreizehntes Monatsgehalt, oh ja, denn die dreizehn ist eine teuflische Zahl. Doch wer denkt da gäbe es was Schönes, viel Geld oder so, Pustekuchen! Eine Extra-Portion Arbeit - das bekommen die Un-*

tergebenen in der Hölle. Wenn das Verdi wüsste, oder die Post. Naja die Leute von der Bahn werden es schon noch merken. Um seinen Hals hängt eine große schwere goldene Kette mit einem riesigen T. Dieses T besteht aus Diamanten, klar nobel geht die Hölle zu Grunde. Obwohl der Teufel es heutzutage nicht mehr nötig hat, selbst Menschen zu verführen, so merkt man ihm an, dass er es ohne weiteres könnte.

Der Mann neben ihm ist wohl sein Buchhalter. Akkurater Anzug, schicke Kurzhaarfrisur mit blonden Strähnen, etwas zu lange Nase, auf der eine Hornbrille prangt. Der braune Anzug und die orangene Krawatte lassen ihn seriös und unheimlich zugleich aussehen. Ihr kennt das sicher, wenn die Leute vom Finanzamt Schulden eintreiben, die sehen auch so aus. Oder noch besser die GEZ-Leute. Diesem Mann kann man nichts verbergen. Geldeintreiber durch und durch. Sein Namen wollt ihr sicher auch noch wissen. Darf ich bekannt machen? Hades, er ist der heimliche Boss in der Unterwelt. Geld ist eine Waffe. Politik ist zu wissen, wann man abdrückt. Sein Motto. Der Sherriff von Nottingham ist ein Witz dagegen. Dennoch, auch hier muss man neidlos anerkennen, ansehnliche Gestalt. Wie könnte man ihn noch vergleichen, na klar mit Al Capone. Mafia, genauso stell ich mir einen Geldeintreiber der Mafia vor.

Direkt neben dem Buchhalter sitzt der General. Ja echt, tadellose Uniform und tausend Auszeichnungen, Mann, diese Montur muss eine Tonne wiegen. Breite Schultern, polierte Glatze, dazu böse kleine graue Augen und eine Miene wie in Stein gehauen. Blitzblanke Schuhe und sicher zwei Meter groß. Er hat eine sportliche Figur. Sicher dopt der, so riesige Muskeln kann ein Mann doch gar nicht haben. Mars ist ja auch kein „normaler" Mann. Aber man sieht ihm an, dass er es gewohnt ist, Befehle zu erteilen. Hoffentlich kommt der nicht auf die Idee mir hundert Liegestütze aufzubrummen, mit dem will ich mich lieber nicht anlegen. Um auf einen meiner liebsten Vergleiche zurückzugreifen: Major Payne-Verschnitt. Genau er ist ein schwarzer. Wahnsinn, wie fortschrittlich die Hölle ist. Nichts mit Sklaven und so. Hier werden Schwarze genauso behandelt wie weiße oder rote oder grüne oder blaue.... ich schweife ab. Auch Mars, seines Zeichens Kriegsgott, wer hätte das gedacht, hat ein tolles Motto: Spielst du mit mir, spielst du mit dem Tod. Ich glaube, der spielt nie. Oder besser, ich spiele nie gegen ihn. Gehen wir einen Stuhl weiter.

Oh du liebe Hölle. Was für eine heiße Braut. Kein Gramm Fett, absolut ebenmäßiger Teint, gleichmäßige feste große Brüste und das alles mehr oder weniger verpackt in einem aufreitzenden Outfit. Ganz ehrlich Jungs, ich bewundere eure Standhaftigkeit, angesichts dieser Sexbombe. Ihre braunen Haare sind zu einem festen Knoten zusammengebunden. Perfektes dezentes Make-Up und eine schicke Designer-Brille. Eine fast durchsichtige Bluse mit tiefem Einblick auf einen schwarzen Spitzen-BH. Diese Taille ist ein Traum. Neunzig - sechzig - neunzig, nein oben sind es bestimmt hundert. Ich werde echt neidisch, dieser Busen, wow. Heidi Klum hätte ohne Auswahl sofort ihr neues Top-Model gefunden. Allein ihr sinnlicher Kussmund, verspricht mehr als tausend Worte. Ein Minirock und darunter natürlich halterlose Strümpfe. Die böse Oberlehrerin aus vielen feuchten Träumen in Person. Ganz ehrlich die Männer, die in der Hölle landen, haben echt Glück. Wer sie ist? Lillith. Wenn die Lady der Unterwelt und vor allem der Bestrafung loslegt, dann kann der stärkste Mann einpacken. Ihr Wahlspruch, ja sie hat auch sowas tolles: Du kennst das Spiel! Du spielst das Spiel schon dein ganzes Leben!

Was macht noch mehr Angst als Soldaten, böse Lehrerinnen und Buchhalter? Natürlich Anwälte! Paragraphenreiter und Winkeladvokaten! Die Männer, die, die Regeln machen! Allein weil keiner versteht wovon die reden, wenn sie reden. Also mir sind Anwälte zuwider, wie geht's euch? Sie kommen gleich nach Politikern. Und nach Zahnärzten. Und nach Spinnen. Dieser Anwalt hier hat entfernte Ähnlichkeit mit Tom Cruise in "Die Jury". Geiler Film, sollte man gesehen haben. Aber zum Thema Anwälte gibt es einige gute Filme. Er trägt ebenfalls wie auch der Buchhalter einen perfekt zugeschnittenen Anzug. Ich glaube der ist sogar von BOSS. Also eins muss man der Hölle lassen, die haben echt Top-Designer. Unser Anwalt ist niemand geringerer als Loki. Irgendwie voll passend, denn Loki hat ja den Ruf, alles so zu drehen wie er es grad brauch. Ob aus Willkür oder Spaß ist dabei nicht wirklich wichtig. Hat unser Anwalt auch ein Zitat? Aber sicher doch. Die Wahrheit liegt im Auge des Anwalts. Also bei uns hier auf der guten alten Erde geht der Spruch. glaube ich, ein wenig anders.
Da sitzen also die zehn wichtigsten „Götter" des Himmels und der Hölle an einem Tisch und haben ein Meeting!

Gott räuspert sich vernehmlich und sagt nur:

"Die Schriftrolle wurde gefunden!"
Diese vier Worte haben nun die unterschiedlichsten Reaktionen zur Folge. Während Venus aufhorcht und dabei versucht ihre geliftete Stirn in Falten zu legen, lässt Aphrodite gelangweilt eine Kaugummiblase platzen. Amor sieht etwas verwirrt aus.
"Welche Schriftrolle?" fragt er dann auch.
Gott lächelt gütig wie immer, ob der Dummheit seiner Schafe und wiederholt, mit einer deutlichen Betonung:
"DIE SCHRIFTROLLE!"
Anscheinend reicht dies, um bei Amor eine Lampe aufgehen zu lassen.
Das muss diese Rolle der Erkenntnis sein. Warum die so heißt? Keine Ahnung, vielleicht wurde das Papier aus Material vom Baum der Erkenntnis gewonnen. Heutzutage macht man ja aus allem irgendwas Praktisches. Die Partei des Bösen will diese Rolle natürlich genauso dringend haben wie die andere Seite. Selbst wenn sie nicht mal wissen, welche Erkenntnisse darauf festgehalten worden waren, es geht rein ums Prinzip.
"Warum holst du sie dann nicht einfach ab?" fragt Aphrodite laut schmatzend.
"Du weißt, wir dürfen nicht in das weltliche Geschehen eingreifen!"
"Darüber sollten wir nochmal abstimmen!" meint die griechische Göttin.
"Amor darf das ja schließlich auch!"
Amor reagiert auf diese Spitze nicht. Er war ja schließlich kein ganzer Gott, nur ein Halbgott.
"Nun, ich dachte bereits daran meine Engel loszuschicken,..." ehe der Chef noch etwas sagen konnte lacht Diana laut auf.

"Auch wenn Diana keinen Durchblick hat, sie hat Recht. Deine Engel sind fett und faul, die werden sich sicher nicht auf die Suche nach dem Schriftstück machen!" wirft Amor ein.
"Dann werden wir einen Menschen dazu bringen." schlägt Venus vor.
Nun ist es an Satan laut aufzulachen:
"Ihr glaubt doch nicht, dass ihr auch nur einen Menschen findet, der für euch uneigennützig arbeitet? Selbst der Papst ist bestechlich. Pilger? Gottesfürchtige Menschen? Heuchler, nichts als Heuchler und selbst wenn, wie weit glaubt ihr würden die Menschen denn kommen? Ihr habt keine Chance!"
Böse Blicke werden über den Tisch hinweg ausgetauscht. Dieses wer schaut zuerst weg Spiel gewinnt Venus, denn selbst für ihr Gegenüber ist ihr entstellter Anblick zu grausam.
Trotzdem, leider muss auch Gott seinem Widersacher zustimmen. Kein Mensch würde uneigennützig irgendetwas für ihn tun. Seligkeit hin- oder her!
"Wenn ihr euch jedoch auf die Suche nach diesem Artefakt macht, werden wir ebenfalls eine Gruppe Abgesandter losschicken!" Man hört schon, sowas kann nur ein Anwalt formulieren.
"Ey, bevor ich mir hier meine grauen Zellen zermartere wie wir an den Papyrus rankommen, wie wäre es mit 'nem kühlen Blonden?" Amor reibt sich mit seinen Händen über den Bierbauch, der über der Windel hinaus quillt.
Dabei kann man die Nietenarmbänder und großen silbernen Schlagringe gut erkennen. Auf den Fingern erkennt man ein weiteres Tattoo - da steht in altgriechischen Buch-

staben LOVE. Gott schnipst kurz mit dem Finger und ein Maß Bier steht vor dem Liebesboten.
"Kein Wunder das die Liebe kaputt geht, du bist ja zu besoffen um zu treffen!" schimpft Venus los. "Solange ich auf dem Boden liegen kann, ohne mich festzuhalten, bin ich nicht besoffen!" grölt der Windelträger und hebt den Krug zum Mund. Nachdem er diesen zur Hälfte geleert hat, rülpste er laut und räuspert sich:
"Also gut, Aphrodites Untertanen können wir nicht nehmen, die haben ihre Fähigkeiten versetzt, die sind pleite!"
Wie Blitze schießen die Blicke der brünetten Schönheit auf Amor zu.
"Venus' Meute besteht aus Mitarbeitern eines Schönheitssalons, jede Fähigkeit in deren Repertoire hat mit Beauty zu tun. Ich glaube nicht, das Fingernägel lackieren und Augenbrauen zupfen zum Artefakt führen."
Dem bösen Blick der römischen Liebesgöttin weicht er in weißer Voraussicht aus.
"Und unsere lieben Hexen hier, die sind so stoned das man ihnen jegliche Fluglizenz abgenommen hat."
Diana kichert nur dümmlich.
"Die Menschen taugen nichts, die können wir auch vergessen, was bleibt uns also?"
Der Bote sieht abwartend in die Runde.
"Kommt schon, bin ich denn der einzige der hier denken kann?"
Wieder eine Pause. Schweigen und ratlose Gesichter beziehungsweise Masken blicken ihn an.
"Wir müssen neue ausbilden!" Diana klatscht erfreut in die Hände, während die anderen zuerst verwirrt, dann mit dem typischen „Aha!"-Ausdruck Blicke wechseln.
"Die Idee, neue Rekruten auszubilden, die gefällt mir."

*Der Teufel kann ja lächeln! Wow, er hat Grübchen! Sorry, aber ich steh nun mal auf Grübchen.
Also gut, zurück zum Thema, was haben die vor? Eine sagenumwobene Schriftrolle? Engel und Teufel in Ausbildung? Ist das überhaupt ein Ausbildungsberuf? Was verdient man da so? Dieser Amor ist echt 'ne Nase. Na mal abwarten wo das hinführt.*
"Das ist eine wirklich gute Idee. Und wer genau soll bei uns in die Lehre gehen?" fragt Aphrodite gehässig.
"Das, meine Liebe, lassen wir Fortuna entscheiden!" Gott ist sichtlich angetan von der Idee.
Satan nickt leidenschaftslos. Fortuna, damit kann er auch leben:
"Holt das Schicksal, Fortuna soll unsere Rekruten bestimmen, damit wir gleiche Voraussetzungen haben."
Fortuna gehört keiner Seite an, sie ist der Inbegriff des Neutralen. Auch wenn man hier auf Erden sagt, sie ist ein mieser Verräter. Es dauert nicht lange, da erscheint diese außergewöhnliche Gestalt. Bei ihr kann man nicht mal sagen, ob sie weiblich oder männlich ist. In unserem Fall ist sie Chinesin. Das erklärt vielleicht, warum das Schicksal so mies ist, wahrscheinlich entscheidet sie, wer welches Schicksal bekommt, anhand von Glückskeksen. Nun gut, lauschen wir den Entwicklungen:
"Fortuna wir brauchen deine Hilfe bei der Auswahl unserer Lehrlinge. Das Glück soll entscheiden, wer in die Kunst der himmlischen Magie eingewiesen werden soll." Fortuna nickt nur.
Dann zieht die Lady im Kimono, wie aus dem Nichts ein Fischglas hervor.
"Auf diesen Zetteln," sie zeigt auf den Inhalt des Fischglases, "stehen die Namen aller lebender Menschen. Wählt den

17

besten Schützen unter euch. Jeder von euch bekommt fünf Schuss!"
Jetzt unterbrach der sexy Teufel mit den süßen Grübchen, Entschuldigung (grins).
"Sechs!"
Gott sieht ihn an. "Was hast du nur immer mit dieser verfluchten sechs?"
Der Teufel lacht böse. "Eine schöne runde Zahl, findest du nicht?"
Der Himmelschef seufzt nur und stimmt zu.
"Alles klar, sechs Schuss, dann also, darf ich jetzt weiter erklären?" Fortuna mag es nicht unterbrochen zu werden.
"Euer bester Schütze wird also mit sechs Dartpfeilen auf die Zettel schießen, die ich in die Luft werfe und so die Auswahl treffen."
Satan sieht sich den besten Schützen der Gegenseite an, dabei umspielt ein böses Lächeln seinen Mund. Sie hatten so gut wie gewonnen!
"Amor, es war deine Idee, du hast einen Waffenschein und bist der am meisten geübte Schütze!"
"Das kann ja nichts werden!" kommentiert Venus.
"Wollt ihr es lieber versuchen?" zickt der Windelträger zurück.
Abwehrend heben die Ladies ihre Hände. Diana verfolgt nun aufmerksam das Geschehnis, ihr Joint qualmt vor sich hin und erfüllte die Luft mit süßem, betörendem Duft. In dem Ei herrscht dank der Hexengöttin mittlerweile dichter Nebel und Amor hat schon seinen zweiten Bierkrug leer. Ob das gut geht? Will das Schicksal echt dort stehen bleiben?
Fortuna wirft die kleinen Papierschnitzel in die Luft und Amor zielt ins Blaue. Wie er es in den letzten Jahren immer

tat. Trotzdem, wie ein Wunder erwischt er sechs bunte Zettelchen und verfehlt die Schicksalsgöttin nur um Millimeter.
Klar, dass auch Satan seinen besten Schützen ins Rennen schickt. Wer anderes als General Mars kommt dafür in Frage? Gegen diesen versoffenen Windelträger anzutreten wird ein Kinderspiel für den Gott des Krieges.
Denn Mars ist ausgebildeter Scharfschütze. Scharfschütze in der Hölle, was bedeutet, er kann auch mit den hier vorherrschenden schwierigen Lichtverhältnissen gut umgehen. Leider hat er vergessen, seine Augentropfen zu nehmen. Böser General! Fortuna wirft die Zettel in die Luft, die Dartpfeile fliegen und nageln die sechs gefalteten Papierchen knapp neben dem Schicksal an die Wand. Ich sagte doch, sie lebt gefährlich! Siegessicher lächeln die Untertanen der Hölle. Klar, dass sie die Besseren gefunden haben, denken sie zumindest.
Jetzt bin ich aber gespannt, wer das (fragwürdige) Glück hatte auserwählt zu werden. Ihr auch?

Teil 1

Die Rekrutierung

Ute

Das Telefon riss sie aus dem Schlaf. Es war erst kurz nach sieben, dennoch wusste die junge Frau, dass sie verschlafen hatte. In einigen Minuten schon würde ihre Mutter auftauchen. Dreimal die Woche kam sie, um sich um die Buchhaltung zu kümmern. Ute hatte das Glück das sie von zu Hause aus arbeiten konnte. Sie war Anfang fünfzig, sah jedoch viel jünger aus. Ihre offene und meist positive Einstellung machte sie auf Anhieb sympathisch.
"Guten Morgen mein Kind!" ihre Mutter war am anderen Ende.
"Ich bringe uns Brötchen vom Bäcker mit, kochst du schon mal Kaffee?"
"Aber sicher tu ich das, bis gleich!" Ute schwang sich aus dem Bett, schlug die Decke nur kurz auf. Dann riss sie das Fenster auf, um die frische Luft hereinzulassen. Sie trug ihre Haare modisch zu einem Bob frisiert. Ihre braunen Augen und der immer zu lachende Mund ließen sie viel jünger wirken. Ihre Arbeit war auf der einen Seite mit dem Esoterik-Shop den sie schon Outgesourced hatte, auf der anderen baute sie sich gerade ein Standbein als Grafikerin und Youtuberin auf. Den Esoterik-Shop hatte sie noch mit ihrem Ex-Freund aufgezogen. Dieser war eines Tages nach Thailand abgehauen und nie wieder gekommen. Sie selbst war in Thailand groß geworden. Eine alte Fotografie an der Wand zeigte sie als kleines Mädchen mit einem Kapuziner Äffchen auf der Schulter. Dodo,

der Affe mit dem sie nur Ärger hatte. Wann immer sie damals auf Dodo traf, endete das in Geschrei und Gezänk. Dieser Affe war ihr Erzfeind gewesen. Nicht nur, dass er ihr immer das Eis geklaut hatte, sie mit Dreck oder Wasser bespritzt hatte, nein er hatte ihr auch schon Ohrfeigen gegeben. Sie hatte sich allerdings auch nicht zurück gehalten, dem Affen das Leben schwer zu machen. Nur wenn sie mit dem Fahrrad fuhr, saß Dodo brav vorne in ihrem Fahrradkorb und ließ sie in Ruhe. Wenn sie diese Geschichte ihren Neffen erzählte, lachten sie jedesmal vergnügt und sie konnten nie genug von der Geschichte bekommen. Das war nun schon lange her.

Ihre Website mit den selbst erstellten Grafiken lief gut, wie Kommentare und Lob auf der Gästebuchseite bewiesen. Bei Youtube hatten ihre kleinen Videos schon einige Follower. Alles in allem kam sie gut voran. Bevor sie sich nun ins Bad begab, um sich frisch für den Tag zu machen, ging sie in die Küche und setzte den Kaffee auf. Heute sollte die neue Lieferung mit den neuen Programmen für ihre Arbeit kommen. Sie freute sich nun schon seit einem Monat darauf die Neuerungen zu erkunden, die eben erst auf den Markt gekommen waren. Ja auch wenn es Arbeit war, für sie war es spielen, kreative Ideen auf dem Bildschirm zum Leben zu erwecken war einfach nur Spaß. Während die Maschine aufheizte stellte sich Ute unter die Dusche. Es dauerte nicht lange da war auch ihre Mutter eingetroffen. Sie hatte wohl die Klingel überhört, oder aber Elvira hatte sie gar nicht erst benutzt. Sie hatte schließlich einen Schlüssel.

"Guten Morgen mein Fröschi," wurde sie wie jeden Morgen mit einer Umarmung und einem Küsschen begrüßt. Das Verhältnis zu ihrer Mutter war nicht immer so gut gewesen, doch inzwischen waren sie ein Herz und eine Seele. Gemütlich in den neuen Tag startend, mit frischen Brötchen und Kaffee, das kam jedoch eher selten vor. Meistens saß Ute schon am PC und war in ihre Arbeit vertieft. Ihr Bruder und Mitbewohner Thorsten arbeitete die Woche über auswärts. Utes kurzes braunes Haar war noch feucht, als sie Kaffee schlürfend und wohlig seufzend mit ihrer Mom am Tisch in dem geräumigen Esszimmer saß. Ute war eine Frohnatur durch und durch. Sie lachte viel und gerne und war immer höflich, freundlich und zuvorkommend. Dafür wurde sie sehr geschätzt. Auch ihre Hilfsbereitschaft und klugen Ratschläge wurden gerne in Anspruch genommen. Ute wusch gerade die Teller vom Frühstück ab, als es an der Tür klingelte.
"Machst du mal auf? Das wird die Post sein!" freute sie sich und fühlte gleichzeitig einen kleinen Piecks in ihrem Oberschenkel. Ihre Mutter nahm das Päckchen entgegen. Als sie jedoch in die Küche kam, war Ute verschwunden.

Melanie

Melanie hieß früher mal Sven. Richtig gelesen, sie war mal ein Mann. Wie ihr Spitzname Susi allerdings zustande kam, dass weiß keiner so genau. Bleiben wir aber bei Melanie. Als Melanie noch Sven war, machte er/sie Karriere bei der Bundeswehr. Nach der Bundeswehr, fuhr er/sie LKW. Während dieser Zeit wurde der Wunsch danach eine Frau zu sein immer größer in ihr. Sie ging regelmäßig zur Psychotherapie, um feststellen zu lassen, dass sie nicht paranoid oder schizophren war. Mit diesen Gutachten schaffte sie es nach ewigen Hin- und her endlich auch vor Gericht als Frau anerkannt zu werden und in ihrem Ausweis ihren Wunschnamen Melanie eintragen zu lassen. Sie begann eine Hormontherapie. Keine Frau der Welt würde freiwillig Hormone schlucken, denn diese brachten alles durcheinander. Melanie nahm das alles auf sich. Mittlerweile hatte sie lange rotgefärbte Haare und auch schon eine ansehnliche Oberweite. Den endgültigen Schritt konnte sie wegen des Behördenkrams und vor allem den Kosten noch nicht vollziehen. Mehr unglücklich als glücklich lebte sie ihr Leben weiter wie bisher. Dazu gehörte auch eines ihrer zahlreichen Hobbies: Westernreiten. Nachdem sie mit ihrem Hund Barney eine Runde gedreht hatte, zog sie sich eine bequeme Jeans an und setzte sich in das Auto, welches vorrübergehend ihr eigen war. Sie hatte in letzter Zeit nur Pech mit Autos, eins nach dem anderen blieb aus den unterschiedlichsten Gründen einfach mal stehen. Einmal stahl man ihr die Reifen, dann war die Zylinderkopfdichtung kaputt und schließlich brauchte sie einen neuen Auspuff und Luftfilter. Andere Hobbies von ihr waren schießen, noch aus ihrer Zeit beim Militär und Geschichte. Sie las die Bücher nicht, nein sie fraß sie in sich hinein. Sie war realistisch und manchmal etwas flippig. Auch hielt sie sich selbst für eine Hexe. Die Utensilien, um sogenannte Beschwörungen und Zauber zu wirken, lagen bei ihr überall verstreut herum. Oft jedoch war sie einfach nur einsam. Dann zog es sie in die Natur, wie auch heute. Zu ihrem Pferd. Ihren Hund Barney nahm sie natürlich mit zum Reiterhof. Sie pfiff einmal schrill und rief ihn. Barney mochte es nicht mit dem Auto zu fahren. Aber er war gut abgerichtet und sprang auf einen "Barney hopp" Befehl von ihr direkt in das Vehikel. Auf der Fahrt hörte sie ihre Lieblingsmusik, Gothic. Je härter, desto besser. Sie brauchte nicht lang zu dem Reiterhof, auf dem ihr Pferd NoWay untergebracht war. Barney freute sich sichtlich als er endlich das Auto mit dem "Lärm" verlassen konnte und wedelte freudig mit dem Schwanz. Hier, so wusste der kluge Hund durfte er nach Herzenslust umherstreifen. Melanie begrüßte einige der ihr bekannten Gesichter. Stallburschen, Reitlehrer und auch den Gutsbesitzer. Dann ging sie direkt in den Stall. NoWay freute sich sie zu sehen.

"Na mein Guter, wir reiten jetzt aus. Heute ist herrliches Wetter und du brauchst Bewegung, sonst wirst du noch dick!" Sie sattelte das edle Tier mit gekonnten Griffen. Führte es aus dem Stall und überprüfte routinemäßig die Hufe. Dann pfiff sie schrill.

"Barney!" rief sie mit ihrer noch männlichen Stimme und lautes Kläffen ertönte hinter dem Stall. Barney kam mit einem Affenzahn angesaust und konnte kaum vor ihr bremsen. Eine Staubwolke hinter sich herziehend rutschte er an ihr vorbei und drehte sich wild um sich selbst, total ausgelassen. Melanie lachte. "Na du bist ja gut drauf!" dann bestieg sie das Pferd. NoWay schritt gemächlich an der Koppel entlang. Fing dann nach nur leichtem Schenkeldruck von Melanie an zu traben. Wenig später jagten alle drei im Galopp über die Felder. So gut und frei hatte sich Melanie lang nicht gefühlt, da spürte sie einen Stich, im Nacken. Zurück blieben ein galoppierendes Pferd und ein verdutzter jaulender Hund. Melanie war wie weggehext.

Marjam

Marjam war sauer. Stinkwütend und fluchte laut vor sich hin. Diese kleine Ratte, dieses dreckige kleine Miststück. Es war Montagmorgen und sie war schon für den Rest der Woche bedient. Warum? Ihr kleiner Bruder. Sie hatte sich angezogen und ihre Haare gestylt und wollte einfach nur einen Kaffee trinken. Ihr kleiner verblödeter Bruder saß schon am Tisch und schlürfte Kakao, mit einem Strohhalm. Und weil kleine Brüder nun mal einfach nur Arschlöcher sind, mache er Blubberblasen mit dem Kakao.
"Lass, das!" giftete Marjam auch gleich los. Daraufhin macht er natürlich genau das Gegenteil. Er blubberte noch mehr und zwar so heftig, dass der Kakao in alle Richtungen davon spritzte. Unter anderem auf ihre Bluse, in ihre Haare und in ihr Gesicht. Marjam tobte. Sie packte ihren kleinen Bruder und riss ihn am Ohr. Was zur Folge hatte, dass ihre Mutter herein kam und sich wie immer auf die Seite ihres kleinen Bruders stellte. Ja, klar, Mamas Liebling. "Lass ihn los!" brüllte sie Marjam an.
"Schau dir meine Klamotten an! Nur, wegen diesem kleinen Penner hier!" schrie das Mädchen zurück. Der Kleine trat Marjam gegen das Schienbein, rannte davon, schnappte sich seinen Schulranzen und war binnen Sekunden aus dem Haus. Marjam blieb verdattert und sich das Schienbein reibend zurück.
"Mach das sauber bevor du auf Arbeit gehst!" sagte ihre Mutter nur kalt und verließ ebenfalls das Haus.

Marjam dachte gar nicht daran den Tisch abzuwischen. Sie hatte auch gar keine Zeit mehr dafür. Schnell rannte sie die Treppen zu ihrem Zimmer hoch und suchte sich etwas Neues zum Anziehen heraus. Wusch sich ihr Gesicht, musste es daraufhin neu schminken und versuchte vorsichtig den Kakao aus den blonden Haaren zu bekommen. Als sie all das erledigt hatte, immer noch vor sich hin fluchend und schimpfend, stellte sie fest, dass sie ihren Bus schon verpasst hatte.
"Verdammt!" ihre unbändige Wut auf ihren kleinen Bruder ließ nicht nach. Schließlich packte sie noch ihre Schuhe ein und zog ihre Inlineskates an. Da der Bus schon weg war, blieb ihr gar nichts anderes übrig als mit den Inlinern zu fahren. Schnell suchte sie die Kopfhörer für ihr Handy heraus, startete ihre Musik-App und knallte die Tür hinter sich zu. Gott sei Dank war sie sportlich genug. So flitzte sie also jetzt in einem aberwitzigen Tempo die zwanzig Kilometer in die nächste Stadt. Der neue Fußweg, den es erst seit einem knappen Monat gab, war ideal für sportliche Betätigung wie Inlineskaten. Dennoch es war Montagmorgen, kurz nach halb acht und sie durfte nicht zu spät kommen. Ihre Frisur löste sich während der Fahrt, das würde sie im Geschäft noch einmal machen müssen. Ihre blonden Haare, mit der einen schwarzen Strähne flatterten ihr immer wieder ins Gesicht und in den Mund. Marjam war nicht sehr groß und sie war gerade erst 17 Jahre jung. Sie machte in der Stadt bei einem Modediscounter eine Ausbildung. Schon allein deswegen durfte sie nicht zu spät kommen. Die Chefin sah es nicht gern wenn Azubis nicht pünktlich

waren und dann hieß es eine Eintragung im Verhaltensbuch. Bis jetzt war ihre Weste weiß und sie wollte, dass es auch so blieb. Sie schaffte es zwei Minuten vor 8 Uhr vor dem Geschäft anzukommen. Total außer Puste und erschöpft. Man das war ein Tag. Normalerweise war um die Uhrzeit an einem Montag nichts zu tun. Normalerweise kam die Chefin montags auch erst um neun, so dass die Mädels, ihre zwei Kolleginnen und sie, in Ruhe Kaffee trinken konnten und sich vom Bäcker noch das eine oder andere Plunderstück holten. Normalerweise. Doch heute schien nichts normal zu sein. Die Chefin war da. Mehr noch, sie war da und hatte eine Scheißlaune.
"Marjam, sieh zu das du die Kleider hier ordnest und zurückhängst, bügel sie notfalls noch auf!" Kein „Hallo", kein „Guten Morgen", sofort Arbeitsanweisungen.
"Alles klar!" lächelte Marjam und fügte leiser hinzu: "Stur lächeln und winken, stur lächeln und winken!" Ihre Kolleginnen warfen ihr einen mitleidigen Blick zu. Aber auch sie waren schon mit diversen Aufgaben versorgt. Marjam stöhnte, zog ihre Inlineskates aus und stellte sie in den Aufenthaltsraum, dann zupfte sie ihre Kleidung zurecht und kümmerte sich um ihre Arbeit. Das junge Mädchen liebte ihre Arbeit. Und je mehr Kleider an ihren Platz zurück gebracht waren, umso ruhiger und gelassener wurde sie. Die Gedanken an ihren Bruder verschwanden im Hintergrund.
"Wenn du damit fertig bist, dann hole den Staubsauger, hinten bei den Männern muss gesaugt werden!"
"Alles klar, mache ich sofort!" rief Marjam und verdrehte die Augen hinter ihrer Chefin. Normalerweise

wurde am Sonntag durch ein Reinigungsteam alles gesaugt, anscheinend hatten sie das vergessen. Aber wie schon festgestellt nichts war NORMAL an diesem Tag. Und er würde noch Unnormaler werden. Fakt ist, diese Aktion war wieder reine Schikane.
Ihre Kollegin kam an ihr vorbei: "Die hat wieder keinen Sex gehabt!" raunte sie Marjam zu.
Marjam kicherte leise. "Ich räum noch die Röcke weg, dann hole ich den Staubsauger!" beschloss sie. Ihre Kollegin folgte ihr in einer Minute Abstand. Nur so konnte man im Beisein der Chefin mal eine Minute in Ruhe quatschen.
Marjam betrat den Abstellraum, in dem ein heilloses Durcheinander herrschte und zog an dem Kabel des Staubsaugers, als sie einen Stich im rechten Arm wahrnahm. Als ihre Kollegin nur zwei Sekunden später die Abstellkammer betrat, war Marjam verschwunden.

Birte

Es war mitten in der Nacht. Viel zu früh um schon von morgens zu reden, als Birte sich auf ihr Fahrrad schwang um zu ihrem ersten Job heute zu fahren. Sie liebte es in der Früh allein auf der Straße zu sein. Mit ihren Kopfhörern und dem Fahrtwind um die Ohren legte sie die Strecke zur Turnhalle schon im Schlaf zurück. Seit sie endlich eine vierzig Stunden Woche hatte, hatte sie zwar leider kaum mehr Zeit für ihre Kinder, aber immerhin konnten sie sich jetzt etwas mehr leisten. Die junge Frau war fleißig und meistens gut gelaunt. Birte arbeitete selbstständig und schnell. Es war noch recht frisch, um die Uhrzeit, dennoch hatte sie die leichte Jacke offen und man konnte ihr blaues Arbeits-T-Shirt sehen. Jeden Morgen um fünf machte sie sich auf den Weg. Meistens gab es in der Turnhalle nicht viel zu putzen. Sie musste nur schauen ob die Mülleimer leer waren, die Dusche sauber und dann mit der Maschine durch die Halle düsen. Ihre Chefin kam montagmorgens immer, um nach dem Rechten zu sehen. Dann rauchten sie zusammen eine und besprachen den neuesten Klatsch und Tratsch in der Firma. Wenn sie dann fertig war, fuhr sie beim Bäcker vorbei, holte Brötchen und Zigaretten für den Tag. Dann weckte sie ihren Mann und die drei Kinder. Während sie ihr erstes Soll am Tag erfüllt hatte und erst mal Pause hatte, mussten diese nämlich aus dem Haus. Die Kinder zur Schule, was nicht selten ohne Streit ablief und ihr Mann zu einer dieser lächerlichen Arbeitsbeschaffungsmaßnahmen in eine Werkstatt. Vogelhäuschen bauen oder so. Birte traf wie immer zu früh an der Turnhalle ein, da sie einen Schlüssel hatte machte es nichts. Würde sie sich eben schon mal einen Überblick verschaffen. Sie schloss das Fahrrad ab und betrat das dunkle Gebäude. Eine Turnhalle, nur durch die Lichter der Notausgangbeleuchtung erhellt, hatte etwas Gruseliges. Das dachte sie jedes Mal. Das schwache grüne Licht, die hohe Halle, mit den Kletterseilen, die wie Lianen von der Decke baumelten. Alles in das schemenhafte Licht geworfen, welches schwach durch die milchigen Oberlichter von außen drang. Dazu diese gespenstige Stille, man erwartete fast, dass ein Mörder jetzt um die Ecke kam und einen erwürgte. Natürlich nur erwürgen, alles andere würde die Ruhe stören, die jetzt herrschte. Ein Schauer lief ihr über den Rücken. Sie schüttelte sich kurz. Die junge Frau war kräftig gebaut, auch wenn sie schon viele Kilos durch das Radfahren abgearbeitet hatte. Die junge Frau Anfang dreißig hatte Energie bis zum Umfallen und nahm nie ein Blatt vor den Mund. Selbst wenn der Chef vor ihr stand, sagte sie einfach was sie grad dachte. Meistens waren diese Gespräche eh eindeutig zweideutig. Man konnte gut mit ihr Lachen und auch arbeiten. Sie half wo sie konnte und war alles in allem ein wahrer Engel. Birte auf seiner Seite zu haben, war das Beste was jemanden passieren konnte. Sie jedoch als Feind zu haben, lieber nicht. Alles was sie tat, tat sie zu eintausend Prozent. Wenn sie also jemanden nicht leiden konnte, dann auch zu eintausend Prozent. Wenn sie jemanden verteidigte, dann ebenfalls zu eintausend

Prozent. Seit mehreren Monaten arbeitete sie nun schon jeden Morgen, außer in den Ferien, hier in der Halle. Sie kannte sich blind aus. Sie genoss die Ruhe. Mit drei Kindern zu Hause und ständigen Nachbarn oder Verwanden die zu Besuch kamen, war es mit Ruhe nicht weit her. Hier war es ruhig. Sie liebte ihre Kinder und ihren Mann, das war klar, doch ab und zu mal RUHE tat ihr auch ganz gut. Schließlich fand sie den Schaltkasten für die Beleuchtung und knipste das Licht an. Einige Sekundenlang war sie wie blind, ob der aufflammenden Neonröhren. Als ersten auf ihrem Rundgang würde sie die Mülleimer leeren. Das machte sie immer so, denn dann wusste sie genau was noch zu tun war. Heute schien es wieder wenig zu sein. Für ihren Job hatte sie drei Stunden Zeit, meistens brauchte sie nicht mal eine. Doch das durfte niemand erfahren. Sonst kürzte man ihr die Stunden. Sie sah in die Dusch- und Umkleidekabinen. Da erst am Freitag groß raus gewischt wurde, war hier auch nicht wirklich etwas zu tun. Anscheinend hatte am Wochenende kein Turnier stattgefunden, alles sah noch genauso aus, wie sie es am Freitag zurückgelassen hatte. So lobte sie sich den Start in die neue Woche. Sie würde mit einem feuchten Lappen die Bänke abwischen, dann sah man weiter.

"Birte?" ihre Vorgesetzte war eingetroffen.

"Hier!" meldete sie sich. Jetzt gab es erst mal eine Zigarettenpause.

"Ah da bist du ja, neue Haarfarbe?" fragte die Chefin. Birte hatte ein Faible dafür ihr Aussehen alle paar Wochen durch eine verrückte Farbe zu verändern. Diesmal hatte sie sich für ein helles Lila entschieden.

"Öfter mal was neues, kennst mich doch." Die beiden Frauen gingen vor die Tür und genossen ihre Zigarette. Dabei erzählten sie sich vom Wochenende und von den Aufgaben der kommenden Woche. "Dein Urlaub für Samstag wurde genehmigt, Maik springt zwar im Dreieck, aber das kann mir egal sein!" Birte freute sich. Samstag ausschlafen, juhuuuuu.
"Okay ich werde jetzt mit der Maschine die Halle putzen, ist ja nicht viel zu tun heute."
"Lass das bloß niemanden hören, du weißt ja was dann passiert!" Birte grinste und holte die schwere Reinigungsmaschine aus dem kleinen Raum, der neben der Damentoilette war. Dort bunkerten sie Eimer, Lappen, Reinigungsmittel und auch die große Maschine, mit der sie die Halle abfahren und reinigen musste. Birte wickelte das Kabel ab, steckte den Stecker ein. Starte den Knopf. Dann spürte sie einen Stich im Bauch. Als ihre Chefin sich einige Minuten später verabschieden wollte, fand sie in der Halle die Maschine, die immer noch lief, aber Birte war verschwunden.

Chrissy

Ihr war schlecht, aber sowas von! Sie würde heute zum Arzt gehen und sich untersuchen lassen. Das kann ja nicht sein, dass sie ständig nur noch über der Schüssel hing. Daran war sicher nur der Stress schuld. Christine hatte gerade erfahren das ihr Freund, der sie noch vor drei Tagen über alles liebte, plötzlich keine Gefühle mehr für sie hatte und eine andere Frau dazu. Super, eigentlich konnte sie sich gleich eine Tüte über den Kopf stülpen und nie wieder das Haus verlassen. Ihre großen blauen Augen waren klein und angeschwollen. Die letzten Nächte waren grausam und einsam gewesen. Sie suchte nach dem WARUM. Ihre beste Freundin konnte ihr auch nicht helfen. Die kam mit Logik und der blöden Wahrheit. Total unpassend, auch wenn sie mal wieder recht hatte. So gut es ging, machte sie sich zurecht. Schminkte ihre Augen, legte Rouge auf und hoffte niemand würde ihr ansehen wie mies es ihr ging. Der Weg zum Arzt war zum Glück nicht weit und ihr Magen hatte sich zwischenzeitlich auch beruhigt. Hoffentlich war es nichts Schlimmes. Chrissy war jung und leider schon sehr krank für ihr Alter. Sie hatte eine chronische Erkrankung, die auf einen Ärztefehler zurückzuführen war. Seitdem traute sie keinem Arzt mehr. Nur im äußersten Notfall und um ihre Medikamente abzuholen ging sie noch zu diesen Kurpfuschern. Nun, das war ja wohl ein Notfall. Sie war nicht sehr groß, hatte blonde kurze Haare, die sie auf der einen Seite mit Directions pink ge-

färbt hatte. Ihr etwas rundliches Gesicht war hübsch. Chrissy hatte jedoch immer irgendetwas an sich auszusetzen, sie legte viel Wert auf ihr Äußeres. Ungeschminkt aus dem Haus? Niemals, nicht mal zum Müll wegbringen. Wenigstens Kajal und Wimperntusche mussten sein. Wenn sie diesen Besuch hinter sich hatte, würde sie sich etwas leisten und shoppen gehen. Ein paar neue Schuhe oder vielleicht eine Hose, irgendetwas, was ihr gut tat. Sie saß nicht lange im Wartezimmer. Da es sehr früh war, waren kaum andere Patienten da. Der Arzt, ein freundlicher älterer Mann, stellte lauter doofe Fragen.
"Wie sieht ihr Stuhlgang aus?"
Chrissy lachte: "Denken sie echt ich achte auf sowas?" Schließlich ließ er sie in einen Becher pinkeln. Wie jede Frau, jedenfalls dachte Chrissy sich es, hasste sie es in einen Plastikbecher zu pinkeln. Zumal die aus dermaßen weicher Plastik waren, dass wenn man nur ein wenig zu fest drückte, ein Knick entstand, der sogar einen Riss in der Plastik hervorrufen konnte. Jeder, der schon eine Urinprobe abgeben musste, kannte es. Es war ein demütigendes Gefühl! Da half keine Schminke, es war dennoch, als wäre man nackt vor der Klasse und müsse einen Aufsatz vorlesen. Am besten noch einen mit einem verfänglichen Thema, Sex oder sowas. All diese Gedanken beschäftigten sie, während sie versuchte der Aufforderung des Arztes nachzukommen. Noch dazu hatten diese Toiletten bei Ärzten die Angewohnheit unbequem eng zu sein. Man konnte sich gar nicht richtig bewegen. Hätte sie das gewusst, dann wäre sie nicht vor dem Besuch noch aufs Klo gegangen. Was für eine Tortur. Ihr war

es peinlich. Jeder der jetzt sehen würde, dass sie aus dem Klo kam, würde wissen, dass sie grade in einen verfluchten Becher gepinkelt hatte. Wegen einer scheiß Magenverstimmung. Sie schaffte es ungesehen den Becher an der Rezeption einfach abzustellen und im Wartebereich zu verschwinden. In den paar Minuten war es richtig voll geworden. Sie schnappte sich eine Modezeitschrift und blätterte desinteressiert darin. Einige Outfits gefielen ihr, der Preis dazu jedenfalls nicht. Chrissy hatte diverse Therapien hinter sich, sie hatte nicht das Gefühl das diese ihr irgendwie weiter geholfen hätten. Ihre Vergangenheit aufzuarbeiten war zwar im Prinzip nicht verkehrt, aber was zum Teufel nützte es ihr jetzt? Die Schwester holte sie und brachte sie in einen Raum mit einer Liege. Daneben stand ein merkwürdiger Apparat. Ein Ultraschall wie sie es von ihrem Frauenarzt her kannte. Was sollte sie denn hier? Der Arzt kam kurz in das Zimmer. "Machen sie mal bitte ihren Bauch frei", sagte er und wies auf die Liege. Dann drehte er sich um, denn eine der Schwestern hielt ihm ein Klemmbrett hin. Chrissy machte ihren Bauch frei, genau in diesem Moment spürte sie einen Stich, im Bauch. Als der Arzt sich wieder dem Behandlungszimmer zu wandte, war Chrissy spurlos verschwunden.

Maurice

Der junge Mann schlurfte eher gelangweilt und noch todmüde durch die Straßen. Montag. Er hasste Montage. Die waren immer so lang. Um sieben musste er im Betrieb sein. Er drehte sich eine Zigarette, die Kopfhörer dröhnten mit der neuesten Metall Scheibe und die Sonne ging gerade auf. Maurice war gerade erst achtzehn geworden und machte eine Ausbildung zum Industriemechaniker. Der Job machte ihm Spaß. Er war jetzt im dritten Lehrjahr und nebenbei auf der Suche nach einer eigenen Wohnung. Gleichzeitig dachte er darüber nach, ob er nicht nach der Ausbildung erst einmal der Bundeswehr einen Besuch abstatten sollte. Gebirgsjäger oder so. Maurice war sehr schlaksig und dennoch hatte er mehr Muskeln als Fett auf den Rippen. Das herausragendste an ihm war jedoch seine Menschenkenntnis. Er konnte normalerweise schnell seinen gegenüber einschätzen. Wenn er mit einer Person nicht so klar kam, dann sprach er nur wenig. Hörte zu, versuchte weg zu kommen. Alle anderen konnten sich auf ihn verlassen. Er war loyal seinen Freunden gegenüber, rannte jedoch niemanden hinterher. Das hatte er auch nicht nötig. Er war angesehen und jeder wollte ihn zum Freund haben. Dabei musste er sich noch nicht mal dafür anstrengen. Maurice's Wochenenden liefen immer gleich ab, oder wenigstens meistens. Irgendwo gab es immer etwas zu feiern und vor allem zu saufen. Dabei wusste er genau wo seine Grenze lag. Selten war er so besoffen, dass er einen Filmriss bekam. Doch das nächste Wochenende war noch so weit weg und er bog gerade auf den Hof seiner Firma ein. Seine Kollegen begrüßten ihn freundlich wie immer. Der neue Azubi hing sich sofort an ihn ran und der Chef kam dann auch in die Werkstatt. "Maurice, du bist heute an der Fräse." Teilte er die Arbeit für ihn ein. Toll die Fräse, er war so müde und die Fräse war das langweiligste überhaupt. Knöpfchen drücken. Alle fünf Minuten musste er so einen blöden Knopf drücken. Mehr war es nicht. Das den ganzen Tag? Das würde langweilig und öde werden. Warum konnte diese schwere Arbeit nicht dieses halbe Hemd von Azubi machen, der im ersten Lehrjahr war? Wahrscheinlich war er selbst dafür zu dumm. Maurice mochte den Neuen nicht besonders. Klar er hatte die besseren Noten als er. Und sicher war er in Theorie besser als Maurice, aber in der Praxis zu nichts zu gebrauchen. Maurice war ein praktisch veranlagter Mensch. Er hatte zwischendurch immer wieder lustige Ideen, die er vernünftigerweise zum größten Teil dann wieder aufgab aber alles in allem, das Theoriezeug passte einfach nicht zu ihm. Sein Berichtsheft lag vier wochenlang in irgendeiner Ecke, bis der Chef sagte, "Morgen will ich dein Berichtsheft sehen!" dann legte Maurice eine Nachtschicht ein und zeichnete und erklärte und überlegte. Manchmal bis nachts um drei. Abends wird der Faule fleißig. Maurice gähnte und drückte das Knöpfchen. "Nicht einschlafen Mann!" rief einer seiner Kollegen. "Man ich bin so müde und diese Arbeit hier..."

39

Andy, sein Kollege lachte. "Sieh's mal so noch 40mal drücken und es gibt Frühstück!"
Haha, dachte Mo. Da er nur alle 5 Minuten etwas zu tun hatte, ließ er den Blick schweifen und seine Gedanken auch. Es war eine so stupide Arbeit. Aber er wurde dafür bezahlt.
"Ey Andy, ich muss mal eben aufs Scheißhaus. Den Präsidenten ins Weiße Haus bringen, drückst du mal Knöpfchen inzwischen?" Andy kam herüber.
"Klar Mann, aber lass dich beim Scheißen nicht vom Blitz treffen!" lachte er.
Maurice grinste nur, zeigte ihm den Mittelfinger und schlurfte zu den Waschräumen. Er hatte sich gerade gemütlich auf den kalten Toilettensitz gehockt, als er einen Stich im Hintern wahrnahm. Nach fast zwanzig Minuten kam Andy herein, es war Pause und Maurice war immer noch nicht zu seinem Arbeitsplatz zurückgekehrt. Er sah in jede Kabine, doch von dem Lehrling war keine Spur zu finden. Maurice war verschwunden.
"Jetzt hat ihn doch der Blitz beim Scheißen erwischt!"

Andreas

Andy kam völlig kaputt und müde von der Arbeit nach Hause. Er hatte schon den siebten Tag in Folge Nachtschicht und sein Körper sehnte sich nach Ruhe. Da er aber so gefragt war, wie er selbst dachte, musste er sich bevor er ins Bett ging erst mal online bei all seinen Freunden und Möchtegern-Freundinnen melden. Seit mehreren Tagen schon plante er ein Treffen mit einer seiner Onlinebekanntschaften. Diese kam ihm jedoch ständig mit Ausreden und sein Verstand versuchte noch immer dagegen anzugehen, dass es etwas mit ihm persönlich zu tun hatte. Er wollte es einfach nicht wahrhaben. Das letzte Date welches er hatte, lag Jahre zurück. Dennoch fand er immer wieder neue Frauen die mit ihm flirteten. Er schmiss also die Kiste an. Oh, eine E-Mail von seiner Kollegin. Sie wollte eine Grafik haben. Sein heimliches Hobby war es Bilder für Webseiten zu erstellen. Obwohl nicht annähernd mit Kreativität gesegnet und von Ästhetik keine Ahnung, bastelte er leidenschaftlich gerne an den Homepages. Dabei griff er auf die kreativen Einfälle einer alten Bekannten zurück, die allerdings schon lange keinen Kontakt mehr mit ihm pflegte. Dann sah er in sein Postfach und fand natürlich keine neue Nachricht. War so klar, warum machte er den PC eigentlich an? Mit einem Kaffee bewaffnet, surfte er noch eine Weile durch das World Wide Web und suchte schon mal Vorlagen die für seine Grafik nötig wären. Sein Handy vibrierte. Eine Nachricht seiner

neuesten Flamme. Er lächelte freudig, um dann ein Gesicht wie sieben Tage Regenwetter zu ziehen. Andy war Mitte vierzig und hatte aschgraue Haare. Sein Gesicht sah dem eines Faltenhundes sehr ähnlich. Da er viel und laut lachte, waren um die hellblaugrauen Augen tiefe Lachfalten. Sein nerviges Lachen war sein Markenzeichen. Er war nicht sehr sportlich und hatte einige Rundungen. Jetzt war ihm das Lachen jedoch vergangen.
"Warum sollte ich denn sauer sein, wenn dein Mann zurück gekommen ist, dann kümmere dich doch erst mal darum." beantwortete er die Nachricht.
War das ihr Ernst? Ihr Mann war zurück gekommen? Das durfte alles nicht wahr sein. Er öffnete eine der vielen Social Network Seiten, auf denen er angemeldet war und schrieb einer anderen Frau, wie mies er gerade behandelt worden war. Diese schickte ihm auch prompt einige aufmunternde Worte zurück. Mitleid war eine gute Masche. Natürlich setzte der Mittvierziger sie nie wirklich ein, ja, ja. Andy beschloss seinem Luxuskörper etwas Entspannung zu gönnen und schälte sich aus seinen Arbeitskleidern, dann drehte den Hahn der Dusche auf. Morgen, so nahm er sich vor, würde er auf den Markt gehen. Frisches Gemüse und Fleisch kaufen. Sein heimliches Hobby war kochen. Was das leichte Übergewicht erklärte. Nachdem er noch eine kurze Nachricht an eine gute Freundin getippt hatte, in der er ihr die neueste Situation darstellte, stieg er in die Wanne und ließ das heiße Wasser seine Wirkung tun. Minuten lang stand er einfach nur da. Sein Verstand begann allmählich zu verstehen was genau passiert war. Er

verlor für kurze Zeit sein strahlendes Selbstbewusstsein. Wurde sich der Wahrheit bewusst, dass er ein Nichts war, ein Würstchen ohne ein Privatleben. Nicht, dass er es nicht immer wieder versuchen würde, doch seit mehreren Jahren ging er schon allein zu Bett. Doch wie so oft siegte sein Ego. Wenn die Frau meinte zu ihrem Ex-Mann zurückzugehen, bitte, dann soll sie doch, er würde schon noch eine finden. Beherzt nahm er das Duschgel in die Hand und begann sich einzuseifen. Nachdem er aus der Dusche gestiegen war, ein Handtuch um die Hüften, wollte er das Wasser abdrehen. Da schrie er schmerzerfüllt auf. Was war das? Ein Hexenschuss? Kurz darauf war er verschwunden. Das Wasser plätscherte ungehindert weiter. *Also die Wasserrechnung will ich nicht haben.*

Mohammed

Für seine Anfang vierzig sah Meddi, wie ihn alle nannten recht alt aus. Er war Vater von zwei Mädchen und arbeitete für einen großen Versandhandel. Doch heute hatte er endlich mal wieder Zeit. Seine Teenager-Töchter waren über das Wochenende bei ihrer Mutter, er war allein mit seiner Katze zu Hause und machte den Haushalt. Seit Jahren lebte er nun schon allein. Dazu kam, dass er an einer erblichen Autoimunkrankheit litt, die nicht heilbar, sondern nur behandelbar war. Diesem Umstand hatte er einen Behindertenausweis zu verdanken. Heute Abend, so wusste er würde er im Radio eine Sendung schmeißen. Sein eigenes Leben lief viel über das virtuelle Netzwerk ab. Diverse Skype und Facebookkontakte. Allen voran Online-Radio. Meddi hatte eine hohe Stirn, stechend blaue Augen und war eher klein. Schmal gebaut und unauffällig. Über Mic jedoch, konnte er seine Stimme sprechen lassen und die hatte einen warmen und vertrauenserweckenden Klang. Er war sehr selbstkritisch und dies auch gegenüber anderen. Pedantisch trifft es wohl am ehesten. Während er darauf wartete, dass die Waschmaschine ihren Dienst tat, machte er Skype auf und schrieb eine Freundin an. Meistens dauerte es dann nicht lange und er wurde sehr vertraulich. Versuchte die Frauen, die ihm dank seiner Popularität im Radio zu Füßen lagen, zu mehr als nur Plaudereien zu bewegen. Eini-

ge sprangen darauf an, andere nicht. Mehr als eine führte virtuell eine Beziehung mit ihm. Real Treffen, das kam eher selten vor. Nicht zu letzt, da seine „Partnerinnen" im ganzen Land verteilt waren.
Sein neuestes Opfer war noch nicht bereit, ihre Bekanntschaft zu vertiefen. Seine Worte verfehlten die Wirkung, denn sie kicherte verlegen. So schnell wie er das wollte, schaffte er es nicht sie rumzubekommen. Sie ließ ihn eiskalt abblitzen. Meddi war beleidigt.
„Sag doch einfach, wenn ich dich nerve!" maulte er sie an.
„Du nervst ja nicht!"
„Anscheinend schon, wir sehen uns!" damit schaltete er verletzt die Cam aus. Er reagierte nicht auf die Nachrichten, die sie noch zu ihm schickte. Warum auch? Frauen wissen einfach nicht was sie wollen. Seufzend ging er daran seinen Haushalt zu erledigen. Zwei Kinder machten eine Menge Wäsche, vor allem wenn einer davon noch ein Teenager war. Mit ihren kaum vierzehn begann sie sich zu schminken und das Zeug klebte an sämtlichen Pullovern. Zwischendurch rief er seine Exfrau noch an und fragte wie es den Mädchen ging.
"Ich würde sie gern mit in den Urlaub nehmen. Kannst du in der Schule Bescheid geben, sind doch nur noch drei Tage bis zu den Ferien."
"Du kannst das nicht einfach so bestimmen!" fauchte er. Jedesmal dasselbe, seine Ex kam mit ihren spontanen Ideen immer auf den letzten Drücker.
"Die Mädchen freuen sich doch schon darauf, sind doch nur zwei Wochen. Stell dich nicht so an."

"Ich stell mich nicht an, du überrumpelst mich nur jedes Mal!"
Nachdem diese Diskussion noch eine halbe Stunde weiter lief und sie sich am Ende stritten, gab er schließlich klein bei.
"Sag ihnen, dass ich sie lieb hab!" Er legte auf, fluchte und trat gegen den Tisch. Als ob der etwas dafür konnte, dass seine Ex so unvernünftig und unorganisiert war. Er schrieb über sein Handy eine Nachricht an die Lehrerin seiner Großen. Er hatte einmal etwas mit ihr gehabt, war schon Jahre her und begab sich wieder vor den PC und in den Chat der zu dem Radio gehörte. Der Mittvierziger würde bald auf Sendung gehen. Vorher noch fix geduscht. Er hatte die ganze Zeit das Gefühl, dass er etwas vergessen hatte. Die Tastatur war wieder sauber, das Handtuch schon in der Wäsche, Kaffee stand da und die Technik zum Senden stand auch bereit. Was bitte hatte er vergessen? Er zündete sich eine Zigarette an und wartete auf sein go, da hörte er die Katze. Das Go bedeutete, dass er mit einem Klick den vorrangegangenen Moderator von dem sogenannten Stream kickte und seine Musik über die Leitung schickte. Knuffi, natürlich das war es, er hatte Knuffi total vergessen. Knuffi war sein rothaariger Kater, der sehr eigen sein konnte. Allerdings war er auch sehr verschmust. Wenn er jedoch zu wenig Aufmerksamkeit bekam, dann machte er sich auch mal anders bemerkbar. Einige Kissen hatte der störrische Kater schon zerfetzt und auch die Möbel in Mitleidenschaft gezogen. Doch jetzt musste er warten bis die Sendung gestartet war. Die zehn Minuten würde er schon noch ohne Fressen klar kommen.

Diese Entscheidung stellte sich jedoch bald als Fehler heraus. Er sendete immer in Boxershorts mit einem Morgenmantel bekleidet. Er hatte gerade die Sendung übernommen, da sprang Knuffi auf seinen Schoß, fauchte ihn an und krallte sich schmerzhaft in seinen Oberschenkel. Die Katze sekundenlang, mit schmerzverzogenem Gesicht anstarrend vernahm er einen weiteren Schmerz, diesmal direkt im Herz. Da er schon einige Herzinfarkte hinter sich hatte, dachte er im ersten Moment daran, doch dann war der Online-Modi verschwunden. Auf dem Stuhl vor dem PC war kein halb nackter Mann mehr und auch die Katze war einfach weg.

Jessica

Es war Donnerstag in dem kleinen bayrischen Dorf. Die Tanne vor Jessicas Fenster bäumte sich gefährlich im Sturm. Das Wetter war seit Tagen mies und es schien auch nicht besser zu werden. Jessica war achtzehn und hatte eine nicht so schöne Kindheit hinter sich. Ihr Leben bestand aus zwei Dingen. Erstens die Arbeit und zweitens ein Online MMROPG. Bei diesem Spiel tummelten sich viele Leute in einer Anime-Welt und kloppten sich gegenseitig die sogenannten Mobs weg. Das geschah auch jetzt wieder.

"Mensch sieh zu das du Land gewinnst! Das ist mein Spot!" brüllte das junge Mädchen von kaum achtzehn Jahren in ihr Headset.
Ein Spot war ein Teil auf der Karte, an dem es besonders viele Mobs gab.
Sie zockte wie üblich ihr Lieblingsonlinespiel und regte sich über ihre Mitspieler auf.
"Jessy, ganz ruhig es sind nur Pixel!" Jessy stöhnte genervt auf.
"Diese Pixel sollen sich mal schnell verpixeln hier, mein Spot! Ich hol gleich Sieglein, dann werden wir mal PVP gehen und ich mach die fertig! Und nein, das sind nicht nur Pixel. Immerhin spielen die Figuren sich ja nicht von allein!" schimpfte sie weiter. Sieglein hieß einer ihrer größten Charakter im Spiel.
Jessy verbrachte ihre gesamte Freizeit im Game. Dabei hatte sie mit ihren Mitspielern oft eine sogenannte

Skype-Konfi. In dieser Konfi ging es um das Spiel und um eindeutig zweideutige Anmachen. Zu diesen hatte sie keinen wirklichen Bezug. Sie lachte zwar mit, sie verstand auch spätestens beim dritten Anlauf was die Äußerungen bedeuteten, aber parktische Erfahrungen konnte sie nicht vorweisen.
"Echt ich hab sowas von kein Bock mehr, da will man in Ruhe leveln und dann kommen solche dummen Kinder und machen dir alles zunichte. Echt, ich geh lieber off und schau Animes!" klack.

Ohne ein weiteres Wort beendete sie die Verbindung zu ihren Skypepartnern, bevor sie noch aggressiver wurde. In ihr tobte es. Sie nahm ihre Katze auf den Schoß und streichelte das Tier. Das hatte sie noch immer beruhigt. Vielleicht sollte sie sich etwas kochen, das wäre doch eine Idee. Sie wusste genau, dass man sich jetzt in der Konfi wieder darüber auslassen würde, dass sie so einfach abgedampft war. Sie hörte förmlich:
„Was war denn nun schon wieder?"
Doch es war ihr egal. Es war nicht das erste Mal, dass sie wegen einer Lappalie und ihrer sinnlosen Wutanfälle einfach den PC ausgemacht hatte und schmollend in einer Depression verschwunden war. Dieses Verhalten kannte nun schon jeder. Sie schaffte es damit aber, dass die anderen sich dann schuldig fühlten und sich fragten, was sie bitte wieder falsch gemacht hatten. Meistens verflog ihre schlechte Laune innerhalb einer oder zwei Stunden und sie konnte dann weiter machen, als wäre nichts gewesen. Sie hatte keine Lust mehr, sie würde sich jetzt in ihr Bett ku-

scheln und ihre zwei Hauskatzen kuschelten sich augenblicklich zu ihr. Sie war schlank, fast schon dürr und ihr Gesicht sah blass und abgekämpft aus. Das kam sicher vom vielen zocken. Sie machte ein sogenanntes freiwilliges soziales Jahr und bekam kaum Geld dafür. Obwohl sie der Meinung war, dass sie mehr als alle anderen arbeitete. Ihre Kolleginnen wälzten ihre Arbeit immer auf sie ab. So dass sie oft kaum eine Minute Zeit hatte, um einmal Atem zu holen. Heute war wieder so ein Tag gewesen, sie war müde, abgekämpft und genervt. Am meisten von sich selbst. Sie wäre gern ausgeglichener und ruhiger, doch die gesamte Situation ließ dies leider nicht zu. Neben ihrem Bett lag eine angebrochene Packung Kekse. Ihre absolute Lieblingssüßigkeit. Sie schob sich einen in den Mund und ihre Laune besserte sich schlagartig. Ihre Katzen nahmen ihr zwar den Platz weg, was dazu führte das sie sich ziemlich verrenken musste um an die Fernbedienung zu kommen, aber das war ihr gleichgültig. Sie liebte die Tiere. Da es Donnerstagabend war, hätte sie jetzt eh das Spiel abgebrochen, denn nun kam ihre Lieblingsserie im Fernsehen. Es war Krimizeit. Mit den Keksen bewaffnet und von den Katzen verfolgt begab sie sich zu ihrer Mutter und belagerte das Sofa. Neben Schokolade und Gummibärchen, ernährte sich das junge Mädchen hauptsächlich von Keksen. Sie liebte sie alle. Mit Füllung, mit Schokostückchen oder auch nur einfache Plätzchen.
"Ich mach uns noch etwas zu Essen, wie wäre es mit Baguette?" fragte ihre Mutter.
"Mutti du bist die beste!" strahlte Jessy sie an.

Dann spürte Jessy einen Stich im Herz und schrie auf.
Ihre Mutter kam ins leere Wohnzimmer zurückgeeilt.
Von Jessy fehlte jede Spur!

Mark

Seit einer Stunde wartete er nun auf seinen Kumpel. Sie waren zum Zocken und Frühstücken verabredet. Sein Kumpel sollte nicht nur die Brötchen mitbringen, sondern auch die Konsole, da seine wie üblich totale Aussetzer hatte. Immer wieder schielte er aus dem Küchenfenster und hoffte ihn zu sehen. Sein Freund und er kannten sich bereits seit vielen Jahren. Er nahm sein Handy zur Hand. Mark war groß und schlank, nicht übermäßig dünn. Er hatte ein erhabenes Gesicht, ja anders konnte man es nicht erklären. Es sah gut aus, wenn auch etwas arrogant. Wenn sein rechter vorstehender Schneidezahn nicht gewesen wäre, hätte er glatt eine Modelkarriere einschlagen können. Vielleicht hätte er mal zu einem Casting gehen sollen. Doch was praktische Dinge anging war er eher faul. Nein, mehr schlampig. Seine Rechnungen und Mahnungen stapelten sich auf dem Schreibtisch. Mark stand also am Fenster, eine schwarze bequeme Jogginghose an und ein Muskelshirt. Seine kurzen dunkelblonden Haare waren mit viel Gel nach hinten geklatscht.
"Ey Kollege wo bleibst du?" sprach er in sein Mobilfunkgerät. "Kaffee wird schon kalt, Mann, Mann, Mann!"
Mark war Mitte zwanzig, lebte seit seinem siebzehnten Geburtstag immer wieder in anderen Wohnungen. Meistens flog er raus, weil er die Miete nicht zahlte. Er erzählte es dann natürlich anders. Entweder

war der Vermieter ein Arschloch oder die Wohnung voller Schimmel oder ein Wasserschaden. Die Wohnung die er jetzt hatte, hatte natürlich auch ein Manko. Genau genommen sogar zwei. Zwei seiner Ex-Freundinnen, die nebenan wohnten!
Mark freute sich seit Wochen auf diesen Tag. Sie wollten heut einen richtigen Männertag machen. Was bei ihm nichts weiter hieß als stundenlang virtuell Krieg spielen. Er hatte leichte Bauchschmerzen und beschloss, noch mal zur Toilette zu gehen. Natürlich und wie konnte es anders sein, klingelte es genau in dem Moment an der Tür, als er auf dem Klo saß. Hektisch beendete er sein Geschäft. Dann eilte er zur Tür, wobei er wie so oft über seine Turnschuhe flog und sich den Arm schmerzhaft an der Klinke zum Abstellraum anschlug.
"Ey Kollege wo bleibst du?" vernahm er gerade die Nachricht, die er selbst geschickt hatte.
"Ich bin doch schon da, mach mal kein Stress."
Mark grinste und das brachte seinen Schneidezahn zum Vorschein.
"Und dann tauchst du auf, wenn ich grad einen am abseilen bin. Mann, Mann, Mann ey! Aua, mein Arm. Wegen dir hab ich mir meinen Arm angehauen. Aua!"
Schnell holten sie den Kaffee und setzten sich an den Couchtisch. Die Konsole hatte sein Kumpel bereits angeschlossen und auch das neueste Egoshooter eingeworfen. Beim Essen diskutierten sie über Gott und die Welt und über Marks zahlreiche Ex-Freundinnen. Immer wieder rieb er sich dabei den Arm, auf dem ein kleiner blauer Fleck sichtbar wurde.

"Die ist doch krank die Frau!" Seit einigen Monaten hatte Mark ein Zungenpiercing, was dazu führte das er immer leicht lispelte. Leider war dies nicht sein einziges Manko, er hatte seit der Kindheit einen Sprachfehler, der ihm die "Sch"-Laute verweigerte. Es klang oft lustig, wenn er versuchte etwas mit SCH zu sagen. So klang das Wort „Zwischen" bei ihm immer wie: „Schwischen".

"Seit wann trägst du denn die Kette?" Jetzt erst bemerkte sein bester Freund, dass Mark die Kette trug, die immer nur im Bad hing.

"Dachte ich zieh die mal an, ganz schön schwer das Ding." Diese Kette war ein Geschenk gewesen, von einer seiner Ex-Freundinnen. Er hatte sie zuvor noch nie getragen. Nachdem sie den Tisch leergefuttert hatten, ging Mark noch mal eine rauchen. Auf dem Balkon, der Schlafzimmer und Wohnzimmer miteinander verband, stand sein Fahrrad wieder mal mit einem Platten. Sein Kumpel startete inzwischen die Konsole.

"Also dein Piercing, ich weiß nicht ob das so ne gute Idee war, du hörst dich irgendwie so dumpf an und dein Lispeln ist auch schlimmer geworden, man versteht kaum noch was du eigentlich sagst!" Mark streckte ihm die Zunge heraus. Das Piercing war nichts Weltbewegendes, nur eine kleine Kugel an einem Stab.

"Ey, da gehen die Mädels ab wie nichts Gutes, Kollege!" Was Mark nicht sah, war der angestrengte Blick von seinem Spielpartner, der gen Himmel gerichtet war und still um was auch immer bat. Sie saßen einträchtig meist schweigend nebeneinander, schossen diverse Gegner ab und spornten sich an.

"Lass uns gegeneinander antreten!" bat der junge Mann.

"Kollege, ich mach dich so fertig, ich mach dich fertig wie nix gutes!" lachte Mark und das Duell begann. Normalerweise war es sein Freund der ihn immer besiegte. Die meisten Gefechte gegeneinander gewann er. Doch diesmal schien es anders zu sein. Mark kam mit der unbekannten Steuerung schneller zurecht als sein Kumpel und lag klar in Führung, mit zwei Kills.

"Ich hab dich gleich!"

"Vergiss es, ich mach dich fertig!" Gerade als Mark zum finalen Schuss ansetzte, spürte er einen brennenden Schmerz in der Herzgegend. Als er aufschrie und sein Freund erschrocken zu ihm sah, lag da nur noch der Controller. Mark war weg. Einfach weg.

Tanja

Tani war wie immer spät dran. Sie rannte über die Straße, die Ampel hatte wieder mal viel zu lange gebraucht. Jetzt waren auch noch so viele Leute auf der Straße, dass ein Durchkommen fast unmöglich war. Sie schob alle unachtsam zur Seite. Ihr Koffer holperte hinter ihr über die Pflastersteine. Das Knacksen nahm sie nur am Rand wahr. Doch schon wenige Schritte später stellte sie fest, dass eine der Rollen an ihrem Koffer abgebrochen war.
"Verfluchter Mist aber auch!" Sie mühte sich ab den Haltegriff wieder einzufahren, um das schwere Gepäckstück mit der Hand zu tragen. Das kostete sie wieder wertvolle Sekunden, die sie reinholen musste. Ihre grünen Augen blitzten böse, als sie die Schlange am Schalter sah. Nicht das auch noch. Ein Blick auf die Uhr sagte ihr, dass die junge braunhaarige Frau nur noch wenige Minuten hatte, bis ihr Zug abfuhr. Ruhig zu bleiben fiel ihr schwer, dennoch schaffte sie es mit einem koketten Augenaufschlag eine Stelle vorzurücken. In ihr tobte es. Die anderen hatten ihr mehr unfreiwillig als freiwillig Platz gemacht, denn sie schaffte es einen Hundeblick zustande zu bringen, der jedes Herz erbarmte. "Idioten!" dachte sie in Wirklichkeit. Ihre weiblichen Kurven hatte sie in für eine Reise reichlich ungeeignetes Outfit gezwängt. Mit Minirock und Top bekleidet ließ sie tiefe Einblicke zu. Sie genoss es förmlich, die Blicke der Männer auf sich zu spüren. Schließlich hatte sie ihr Zugticket und

stolperte weiter mit dem schweren Koffer bewaffnet über die Bahnsteige.

Wieder so ein Tag an dem alles schief lief! Sie hatte keinerlei Zweifel daran, dass sie vom Pech verfolgt wurde. Wenn sie nur eine Stunde früher aufgestanden wäre, hätte sie alle Zeit der Welt gehabt. Das der Umstand, dass sie nicht wach werden wollte an ihrer Hektik schuld war und diese wiederum daran, dass alles schief lief, daran dachte sie nicht mal. Sie wusste, dass sie von den Göttern verflucht war. Total außer Atem und schwitzend erreichte sie den Zug. Als sie das Abteil betrat, saß wie konnte es auch anders sein, ein anderer auf ihrem reservierten Platz.
"Das ist mein Platz!" schimpfte sie ohne einen Funken Anstand sofort los.
Der junge Mann sah sie erschrocken an, packte dann seine Jacke und die Reisetasche. Tani dachte gar nicht daran Platz zu machen, aber anders würde der Typ nicht aus dem Abteil kommen.
"Sie müssen schon zur Seite gehen." Böse anfunkelnd trat sie nun doch einen Schritt zurück und ließ den Mann vorbei.
Dieser zeigte ihr hinter ihrem Rücken noch einen Vogel und verschwand im nächsten Abteil. Seufzend ließ sie sich auf den Sitz fallen. Da ihr Minirock nur bis zu dem Oberschenkel reichte spürte sie die Wärme ihres Vorgängers. Es war ihr unangenehm. Dann blickte sie nach draußen und traute ihren Augen nicht. Auf der Anzeigetafel stand groß und breit: VERSPÄTUNG. In diesem Moment kam auch die Durchsage, dass ihr Zug noch fast zehn Minuten auf einen Anschlusszug

warten musste. Typisch! Genervt von der Welt und der Bahngesellschaft schloss sie die Augen. Ihren schweren Koffer hatte sie mitten im Gang stehen lassen, der Passagier ihr gegenüber würde also keinen Platz für seine Beine haben. Als der Zug schließlich Fahrt aufnahm war Tani schon wieder eingeschlafen. Und dann wurde sie wach. Der Zug fuhr in einem Bahnhof ein. Es war ihr Bahnhof, hier musste sie raus. Wieder hektisch werdend zog sie sich ihr Strickjäckchen über, fiel über ihren eigenen Koffer und bahnte sich ungeduldig einen Weg zum Ausgang. Genervt mit ihren Highheels stampfend, den Smalltalk der anderen verfolgend und wieder "Idioten" denkend wartete sie darauf, dass sie endlich die Enge aus Körpern verlassen konnte. Sie widerte alles an. Sie hatte einen ihrer Schuhe schon auf dem Ausstieg, als sie das Gleichgewicht verlor, weil jemand von hinten schubste. Sie sah den Bahnsteig näher kommen und fühlte einen stechenden Schmerz in der Brust. Alles was von ihr übrig blieb war ein Highheel der sich in dem Gitter des Ausstiegs verfangen hatte.

Tobias

Tobi grinste vor sich hin, als er seinen Arm um die Hüfte der drallen Blondine legte. Er trug seine Aufreißer-Jeans dazu ein weißes Hemd und sein schönstes verführerischstes Lächeln. Es hatte eine Weile gedauert, schließlich konnte er der Blondine klar machen, dass er die einzige richtige Wahl an diesem Abend war. Schon bei dem Lärm in der Disco konnte er feststellen, dass die Frau nicht übermäßig mit Intelligenz gesegnet war. Er hatte zwar kaum verstanden, was sie ihm ins Ohr brüllte, konnte jedoch dafür sorgen, dass sie das Etablissement verließen. Tobi war nicht sehr groß, gut gebaut und hatte ein charmantes Lächeln. Dieses Lächeln hatte ihm schon mehr Frauen in sein Bett gelockt, als jeder Drink den er spendierte. "Baby, du wirst diese Nacht nie vergessen!" versprach er ihr.

Das sollte sie wirklich nicht, aber dazu später. Sie fuhren durch die Stadt. Der neunundzwanzigjährige sah nicht schlecht aus. Klar, er hatte hier und da Babyspeckröllchen und sollte mal wieder trainieren gehen. Doch sein jugendlicher Charme und das freche Grinsen ließen ihn nie im Stich. Dennoch, sein Haar wurde lichter, deswegen hatte er es auch modisch zu einem Igel frisiert. Der Drei-Tage-Bart machte einen Teil seines Images aus. Während er über den Rückspiegel den Verkehr beobachtete, rieb er sich mit der Hand darüber. Morgen müsste er sich wirklich mal wieder rasieren! Tobi war Wirtschaftsinformatiker und arbeite für eine der größten Firmen im Land. Nun, er war aber unter Kollegen auch bekannt dafür, dass er nichts anbrennen ließ. Auf diversen Geschäftsessen, war er selten im eigenen Bett aufgewacht. Natürlich verlangte er immer Diskretion! Leider, wie das in Unternehmen nun mal so ist, ist es mit der Diskretion nicht weit her und sein Ruf war weg. Man schätzte, dass er allein im letzten Jahr mehr Frauen im Bett hatte, als berufliche Erfolge zu verzeichnen. Dennoch war er in seinem Beruf angesehen und ehrgeizig. Flirten war nun mal sein Steckenpferd. Die Bildtelefone machten es ihm dabei natürlich einfacher. Seine Vorliebe für Blondinen und vor allem für große pralle Brüste, war ebenso legendär wie seine Verführungskünste. Allerdings kam es dabei darauf an, wen man fragte. Seine Wohnung war typisch für einen Junggesellen, der davon ausging in Begleitung zurück zu kommen. Es war aufgeräumt, der Sekt wie immer kühlgestellt und der Spiegel an der Decke sprach Bände.

"Zieh dich aus Baby, ich mach mich nur kurz frisch!" hauchte er ihr ins Ohr und verschwand in das kleine Bad. Doch sie zog sich nicht aus, sie zog von dannen. Als er wenig später, nach After-Shave stinkend in sein Wohnzimmer trat, hörte er noch die Wohnungstür ins Schloss fallen.

„Na toll, und nun?" seine Laune ging in den Keller. Was würde er jetzt mit dem Abend anfangen? Da er am nächsten Morgen nicht arbeiten musste, überlegte

er, ob er erneut aufbrach. Doch ein Misserfolg am Tag reichte ihm. Dann würde er eben mal sehen was für Filme liefen.
Es lief tatsächlich ein Erotik-Thriller. Auf dem Sofa einschlafend, träumte er von Sharon Stone und wie sie bei ihm klingelte. Nur mit leichter Unterwäsche bekleidet. Seine Fantasie spielte ihm die schönsten Bilder wider, er stöhnte im Schlaf. Plötzlich stach ihm etwas schmerzhaft in der Brust, was seinem heißen Traum nur förderlich war. Dann war er weg. Der Fernseher lief noch immer, die Fernbedienung polterte zu Boden und das Sofa war leer.

Teil 2

Ausbildung

Vorhof zum Himmel oder Willkommen bei McDion

Als Marjam verdutzt die Augen öffnete, lag sie in einem Meer aus Bällen. Diese kleinen Plastikbälle, die gelb, rot und grün sind. So verdutzt sie auch war, es handelte sich tatsächlich um ein Bällebad. Der Sturz wurde sanft aufgefangen und neben ihr kam ein weiteres Gesicht zum Vorschein.
"Was zum..." brüllte die Stimme erschrocken.
Nach und nach tauchten auch Ute, Birte, Maurice und Chrissy neben Marjam und Melli auf.
"Wo sind wir denn hier?" Da grinste ihnen ein junger Mann, der für Marjams Geschmack einen zu eckigen Kopf hatte entgegen.
"Willkommen im McDion. Mein Name ist Satyr und ich darf sie dazu beglückwünschen die sechshundert millionsten Besucher zu sein. Damit haben sie sich ein HeaventlyMeal verdient bevor ihre Reise weiter geht."
Die sechs konnten einem echt leidtun. Satyr's Stimme war wirklich schrill und durchdringend. Zahnschmerzen verursachend. Seine gestreifte Uniform mit dem Namensschild und einem Emblem, dass dem eines anderen berühmten Fastfood-Restaurants ähnlich sah, machte die Erscheinung komplett lächerlich.
"Erst mal will ich raus hier!" Birte wie immer pragmatisch veranlagt, versuchte sich aus dem Meer der Bälle zu befreien.

"Für so einen Quatsch bin ich eindeutig zu alt!" grummelte jetzt auch Ute. Alle wollten gleichzeitig das ungewöhnliche Auffangbecken verlassen und wirbelten sich gegenseitig die bunten Bälle entgegen. "Ey, lass das." Maurice hatte mit einem Ball nach Melli geworfen. Diese ließ sich das natürlich nicht gefallen und warf mit einem grünen Ball zurück. Da Maurice jedoch gute Reflexe hatte, traf der Ball natürlich Marjam, die wiederum die Schlacht eröffnete und mit beiden Händen die Bälle gegen jeden und alles warf. Ute konnte sich jetzt leider auch nicht mehr so einfach aus diesem Chaos befreien. Die sechs Gewinner des HeaventlyMeal tobten nun wie kleine Kinder in dem riesigen Becken herum. Lachten, jaulten und schimpften. Es machte ihnen sichtlich Spaß, auch wenn sie das später nie zugeben werden. Chrissy war die erste die es schaffte das Becken mehr krabbelnd und auf allen vieren zu verlassen. Da sie direkt vom Arzt weggeholt worden war, trug sie nur ihren BH und fror ein wenig. Satyr, der das ganze aufmerksam beobachtet hatte und nur den Kopf schüttelte, reichte ihr ein weißes T-Shirt.

Chrissy sah sich um. Es gab eine Theke mit Kassen darauf, jedoch sehr altmodische Kassen. Über der Theke hingen beleuchtete Angebote mit bunten Bildern. An der gegenüberliegenden Seite standen drei Tische, flankiert von unbequemen roten Plastikbänken. Alles hier war in rot und weiß gehalten und selbst der Boden bestand aus rot-weißen Fließen. "Jedes Mal dasselbe."

"Dankeschön, was ist jedes Mal dasselbe?" fragte sie, während sie das T-Shirt mit dem großen McDion Logo überstreifte. Es reichte ihr bis zu den Knien. Das musste wohl ein XXXXXL Format sein. "Die Leute kommen hier an und dann spielen sie erst mal ausgelassen wie kleine Kinder. Egal in welchem Alter. Letzte Woche kamen gleich zehn Rentner, die waren locker über siebzig. Aufgeführt haben sie sich jedoch wie fünfjährige!" Chrissy grinste.
"Wo genau sind wir denn hier?" hakte nun Melli nach, die es als zweite geschafft hatte den bunten Bällen zu entkommen.
"McDion, wir sind der Eingang zum Himmelsreich." Mit einem Schlag war es still. Die verbliebenen vier im Bällebad und auch die zwei, die sich daraus befreit hatten, waren wie erstarrt. Birte brach schließlich das Schweigen.
"Soll das heißen wir sind tot?"
Satyr zuckte mit den Schultern und meinte nur: "Passiert jedem, seid ihr nicht die ersten! Wollt ihr jetzt euer HeaventlyMeal?"

Weniger enthusiastisch angesichts dieser Eröffnung krabbelten nun auch die anderen aus dem bunten Gewühl und klopften sich ab. Maurice stellte dabei fest, dass er noch immer die Hose an den Kniekehlen hängen hatte und zog sie schnell nach oben, drehte den Mädels, die dabei feixten seinen kleinen Hintern zu. Seine Ohren liefen dabei etwas rot an, aber mit einem Schulterzucken und einem Grinsen überspielte er die peinliche Situation eher schlecht als recht. Außerdem hatten sie grade echt andere Probleme.

"Also ich fühl mich noch wie vorher," stellte Ute fest. "Mein Körper ist auch noch da, ich dachte nur die Seele kommt in den Himmel?"
"Kneif mich mal!" Bat Chrissy nun Birte.
"Autsch!" Birte sah sie unschuldig an.
"Du wolltest es so!"
"Das heißt ich schlafe nicht. Sehr gut! Nein nicht gut, was zum Te..." bevor sie das Wort aussprechen konnte fuhr Satyr sie an.
"Der Name des Geächteten wird hier nicht gern gehört. Euer Essen!" Er drückte den immer noch verstörten und verdutzten "Toten" jeweils eine Papiertüte in die Hand und schob sie zu einer Tür. "Beehren Sie uns nicht wieder!" Da die sechs noch viel zu verwirrt waren, um entsprechend zu reagieren, ließen sie es einfach geschehen. Nachdem auch der letzte durch die Tür geschoben war, knallte der unfreundliche Satyr diese zu. Hinter der Tür war eine lange Treppe, mindestens einhundert Stufen, wenn nicht mehr. Da es keinen Weg zurück gab, betraten sie die Stufen. Diese spielten Töne ab, während sie die Treppe erklommen. Maurice machte sich einen Spaß daraus, immer wieder Stufen zurück zu hüpfen und eine Melodie zu spielen.
„Was ist das hier?" fragte Birte und sah rechts und links hinunter, da jedoch war außer blauem Nichts, nichts zu sehen.
„Stairway to heaven, ist doch klar!" lachte Melli, die fast schon das große weiße Tor am oberen Ende erreicht hatte.

Aus den Tüten duftete es nach Hamburger, Pommes und wie durch Zauberhand, hielten die sechs zusätzlich noch große Becher mit Cola in den Händen. Maurice wollte sich noch umdrehen, um zu danken, doch die Tür war weg. Da wo eben noch die Gestalt in der gestreiften Uniform stand, war eine Wand.
"Äh, hö?" fragte er. Das war so das ziemlich Einzige was Maurice bisher überhaupt gesagt hatte.

Hier muss ich als Erzähler mal kurz was anmerken: Der Vorhof des Himmels ist ein Fastfood-Restaurant? Ich will gar nicht wissen wie dann die Hölle aussieht. Satyr ist übrigens eigentlich ein Dämon, er gehört zur Anhängerschaft von Dionysos, der wiederum ist ein griechischer Gott. Der ist ziemlich verfressen glaub ich, naja passt ja. Die sechs stehen also wie vom Donner gerührt in einem Raum. Nun dieser Raum hat vier Wände, einige Fenster und in der Mitte einen großen Tisch. Ein ganz normaler nichtssagender Tisch mit vier Beinen und sieben Stühlen drum herum. An der einen Wand hing eine große Schiefertafel, auf der stand in verschnörkelten Buchstaben: Willkommen Engel. *Also sind wir tatsächlich im Himmel. Sehen wir mal wie die sechs jetzt klar kommen.*

Birte ging als Erste zu dem Tisch, schnappte sich einen Stuhl, stellte ihr Essen ab und ließ sich seufzend darauf sinken. Wie als hätte sie etwas ausgelöst machten es ihr die anderen nach. Man hörte nur das Rascheln der Papiertüten, so ruhig war es in dem Raum. Nach und nach packten die angehenden Engel ihr Essen aus und schnupperten vorsichtig daran. Es roch köstlich. *Da bekomme sogar ich Hunger, obwohl es doch*

an eine Henkersmahlzeit erinnert - in Anbetracht der Tatsache wo wir uns befinden. Immer noch schweigend, voll auf ihr Essen konzentriert machten sich alle über die Pommes und die Burger her. Etwa zur gleichen Zeit beendeten sie das Mahl und Maurice kommentierte es mit einem lauten Rülpser.
"Sau!" entfuhr es Marjam.
"Angenehm, ich bin Maurice!" grinste dieser sie an.
Das brach den Bann. Schließlich stellte sich einer nach dem anderen vor.
"Ok, wird Zeit das wir rausfinden was genau hier los ist!" stellte Ute fest.
"Da steht, Willkommen Engel!"
Jetzt prustete Melli los. "Ich ein Engel, dann habe ich was falsch gemacht im Leben!"
Die anderen lachten.

Die Seelensuppe
Im Auftrag des Herrn

Eine große, schlanke Frau in einem quietsch gelben Overall betrat den Raum. Sie stellte sich vor die Tafel und musterte mit ihren braunen Augen kühl die sechs Rekruten.
"Das kommt also dabei raus, wenn Amor seinen Job machen soll, na super! Setzt euch hin!" befahl sie. Ihre Stimme war streng und unnachgiebig. Sie hatte etwas Militärisches an sich.
"Äh? Was?" fragte Marjam und nahm wieder Platz.
"Ich bin Erzengel Michaela und ihr seid meine Auszubildenden Engel!" sagte sie so, als ob es das selbstverständlichste auf der Welt sei, nach einem Essen in einem Fastfood-Restaurant plötzlich eine neue Ausbildung zu haben.
Maurice grinste: "Erzengel Michaela? War das nicht eigentlich Erzengel Michael?"
Wenn Blicke Menschen zu Salzsäulen erstarren lassen würden, wäre Maurice sofort eine Statue geworden.
"Nur weil Menschen die Geschichte aufgeschrieben haben, muss sie noch lange nicht wahr sein!" Birte meldete sich zu Wort: "Das zeigt nur wieder, dass Männer die Geschichten geschrieben haben!" Michaela nickte zustimmend.
"Ach ja die bösen Männer!" flüsterte Maurice, hielt aber schnell den Mund, denn wer wusste schon ob diese Erzengelin (oder wie man weibliche Erzengel

sonst nannte) nicht tatsächlich mit Blicken versteinern konnte.
"Wir haben keine Zeit, also lasst mich die Regeln erklären und dann geht's auch sofort los!"
Jetzt meldete sich Melli zu Wort: "Regeln? Wie wäre es mal mit einer Erklärung? Was zum Teufel ist passiert? Wo sind wir und warum sind wir hier? Und was ist aus meinem Pferd geworden?" Zustimmendes Gemurmel von den anderen. Michaela strich sich durch ihr schwarzes, schulterlanges Haar und seufzte tief.
"Ihr wurdet auserwählt, deswegen seid ihr hier. Wenn ich die Auswahl getroffen hätte wäre sie besser ausgefallen, aber man kann nicht alles haben im Leben."
Ute unterbrach den Monolog des Engels und fragte: "Auserwählt?"
Michaela warf wieder wütende Blicke in die Runde, doch Ute hielt den Blicken stand.
"Okay, ihr seid hier weil unsere Engel alle zu faul und gefräßig geworden sind. Unser Chef neue Engel ausbilden will und Amor eine absolute Pfeife beim Zielen ist!" Die fragenden Gesichter ließen den Erzengel wieder tief seufzen.
"Wir, das heißt das Unternehmen Gott & Co. GmbH brauchen neue Mitarbeiter, die für uns auf der Erde tätig werden. Über die Firma lernt ihr später noch einiges im Unterricht. Wir dürfen nicht mehr eingreifen und unsere ehemalige Eingreiftruppe ist nun ja - nennen wir es höflicher Weise, im Ruhestand. Fortuna, die nichts mehr liebt als irgendwelche dummen Spiele, hat nun Amor gebeten sich per Zufall sechs Leute raus zu picken. Die werden dann die Nachfol-

ger der Eingreiftruppe. Das weniger befriedigende Ergebnis sitzt hier. Deinem Gaul geht es gut, auch den anderen Angehörigen geht es gut, macht euch darum keine Sorgen!"
Birte meldete sich: "Was ist mit meinen Kindern und meinem Mann?" Michaela stand nun genervt auf: "Ich wiederhole mich ungern, merkt euch das für die Zukunft. Aber zum Mitschreiben für die Langsamen unter euch: DENEN GEHT's GUT!" Anscheinend glaubte Michaela mit ihrem harschen Ton die neuen einschüchtern zu können, leider klappte diese Strategie nicht sonderlich gut. *Ich bin ja schon gespannt was passiert, wenn die auf der Erde erfahren das Michael eigentlich Michaela ist und ihre Bibel voll fürs Gesäß, naja lassen wir das.* Den zukünftigen Engeln brannte noch mehr unter den Nägeln:
"Was ist denn wenn wir das nicht wollen? Was wenn ich lieber auf die Erde zurück will?" fragte Chrissy nun nach.
"Das geht nicht, wenn ihr den Job ablehnt, dann seid ihr tot und landet in der Seelensuppe! Bis eure Seele oder ein Teil davon wieder gebraucht und vergeben wird!"
"Suppe?" Ute verzog angewidert das Gesicht.
"Kommt mit, ich zeige es euch lieber, das geht schneller als euch etwas zu erklären, was ihr eh nicht versteht!" Man hörte die Stühle knarren und kratzen und verwirrtes Gemurmel, als die sechs sich eher vorsichtig erhoben. Im Gänsemarsch führte Michaela die Gruppe einige Gänge entlang. Alles sah hochmodern aus, lediglich die Statuen, Bilder und Fresken im Gang wirkten fehl am Platz. An den Wänden, die

indirekt beleuchtet waren, hingen Meisterwerke. Der Fachmann würde sofort die Pinselführung eines Rembrandts oder Van Gogh erkennen. Unsere Engel jedoch, sahen lediglich nackte Statuen und altmodische Bilder. Nur Ute, die etwas mehr bewandert war, fragte schließlich nach:
"Sind das Originale?" Michaela blieb stehen, vor einem Gemälde mit Engeln und Dämonen. Unschwer war ihre Person darauf zu erkennen, jedoch nicht, dass es sich dabei um eine Frau handeln sollte: "Natürlich, alle berühmten Maler der letzten 1000 Jahre sind Teil der Organisation. Van Gogh arbeitet zum Beispiel in unserer Werbeabteilung und Rembrandt, nun von diesem stammt dieses Werk hier. Die Statuen und Fresken sind Michelangelos Werk und Leonardo ist einer unserer besten Erfinder. Er hat zum Beispiel den Handyempfang in unsere Heiligenscheine eingebaut. Wäre ja Verschwendung diese genialen Köpfe zurück auf die Erde zu schicken." Ute blieb kurz vor einem der Werke stehen und wollte es gerade berühren, als von hinten eine Stimme erklang:
"Michaela? Wo bleibst du denn, ich warte nun schon eine geschlagene Stunde auf dich!" Ein langhaariger Mann in Golferhosen kam auf die Gruppe zu.
"Jesus! Ich habe jetzt keine Zeit!" blaffte sie gleich los.
"Wie meinst du das keine Zeit? Du bist der Buttler meines Vaters, was dich automatisch auch zu meinem Butler macht und damit musst du Zeit für mich haben!" antworte der junge Mann pikiert und mit überheblich klingender Stimme. Michaela wurde tiefrot vor Zorn:

"Ich bin nicht der Butler des Herrn! Zum zig tausendsten Mal!" Der andere ließ sich nicht aus dem Konzept bringen:
"Ja, ja ich weiß du bist die rechte Hand, aber ich bin es gewohnt, dass du mir zur Seite stehst. Ich will golfen gehen und finde meine Eisen nicht!" Michaela versuchte angestrengt ruhig zu bleiben:
"Im Wandschrank, Abstellkammer und nun entschuldige uns bitte!" Sie drehte sich in eine andere Richtung als der junge Mann nun das Wort zu den Neuankömmlingen richtete:
"Seid ihr die Neuen?"
"Scheint so", sagte Chrissy kurz angebunden. Dieses überhebliche, was dieser Kerl an sich hatte, erfüllte sie augenblicklich mit Widerwillen. Melli und Maurice prusteten los.
"Was gibt es da zu lachen?" Michaela hatte sich wieder zu der Gruppe gewandt und starrte die zwei fassungslos an.
"Jesus hatte Latschen an, wie kein andrer Mann..." sangen die zwei und lachten noch lauter. Nun mussten auch die anderen vier lachen. Jesus jedoch war empört.
"Ich trage keine Latschen, ich trage maßgeschneiderte Schuhe von Versace." Das Lachen welches nun auch Michaela zum besten gab, erfüllte die Gänge und hallte von überall her. Während Jesus sich beleidigt abwandte und etwas wie:
"So dankt man mir mein Opfer, phew!" vor sich hinmurmelte, setzte die Gruppe lachend ihren Weg fort. Durch ein Treppenhaus ging es einige Rolltreppen bergab.

"Das nenn ich mal ein praktisches Treppenhaus!" bemerkte Birte. Wenig später standen sie in einer riesigen Halle. Sie war so groß, dass man das Ende nicht mit bloßem Auge erkennen konnte. Hier standen jede Menge großer Topfähnlicher Gefäße.
"Willkommen in der Seelenversandabteilung!" begrüßte eine Lautsprecherstimme die Gruppe. Noch ehe die Anwärterengel den Besitzer der Stimme sehen konnten, kam ein Football auf sie zugeflogen. Instinktiv reagierte Maurice und fing ihn auf.
"Wow, klasse Fang, du wärst genau richtig für unser Team!" Ein eher dünner Mann mit Geheimratsecken trat nun wie aus dem Nichts hervor.
"Ich bin hier der Chef, hallo Michaela, was treibt euch denn hier her?"
"Die neugierigen Menschen wollen wissen was Seelensuppe ist!" Ein eher böses Lächeln umspielte den Mund des Mannes. Er trug Jeans und ein Trikot, mit der Nummer 26 darauf. Der Name auf dem Trikot wies ihn als Gabriel aus.
"Na dann kommt mal mit. Wir lagern und verwalten hier 3,7 Trillionen Seelen. Wenn ein Mensch stirbt und nicht gerade bei der Bahn, der Post oder den Städteplanern gearbeitet hat, dann wandert er in eine dieser Ankunftstöpfe." Dabei zeigte er auf kleinere Behälter die neben Computern standen. "Früher waren hier Leute beschäftigt, die sie katalogisiert haben, heute macht das ein Computer automatisch. Er vergibt auch die Strichcodes. Die sind wichtig, damit wir die Seele später wiederfinden, wenn sie gebraucht wird. Doch wie gesagt der Eingang ist nicht mein Bereich, mein Bereich ist die Neu-Verteilung. Da muss noch alles

von Hand gemacht werden." Sprachlos starrten die sechs auf die riesigen Maschinen. Greifarme die von der Decke kamen, Schaltpulte und Schneidetische.
"Ah, seht ihr, eine neue Seele wurde angefordert, da könnt ihr gleich mal zusehen wie das funktioniert!" Stolz zeigte Gabriel auf einen Greifarm.
"Der Mitarbeiter gibt ein ob es ein Mädchen oder Junge ist, wer die Eltern sind und macht eine Wahrscheinlichkeitsanalyse wie sich das Kind entwickeln wird. Der Computer sucht anhand dieser Informationen die Seelen zusammen. Meistens müssen wir die Seelen erst zerstückeln, das seht ihr da."
Der Greifarm hatte eine graue Flüssigkeit, die wie flüssiges Metall aussah und sich fast so benahm auf einen der Schneidetische abgelegt. Ein Mitarbeiter besah sich nun unter der Lupe welchen Teil genau er brauchte und schnippelte drauf los. Es sah aus, als würde er das faule Teil einer Frucht entfernen. Die Masse schien sich zu wehren und man hörte auch etwas, das wie ein Wimmern klang, doch darauf achtete hier niemand.
"Tut das weh?" fragte Marjam auch sofort.
"Nun, ich weiß es nicht, aber wir gehen davon aus. Die drei Teile die wir nun haben, werden von unserer Heilerin wieder zusammengesetzt, zu einer neuen Seele, da seht hin." Tatsächlich wurden die drei einzelnen Seelentropfen nun liebevoll mit einer Art Kleber bestrichen und zusammengefügt. Eine durchsichtige Folie wurde darüber gespannt und das zusammengesetzte Gebilde in einen Ofen geschoben. Das Wimmern wurde immer lauter.

"Das ist ja grausam!" entfuhr es Chrissy, die Tränen in den Augen hatte und nicht mehr hinsehen wollte.
"Kein Mensch gleicht dem anderen, deswegen müssen wir immer wieder neue Varianten erstellen und diese auch noch nach einem gewissen Plan. Die neue Seele wird jetzt eine Stunde gebacken und dann für den Versand in Luftpolsterfolie eingepackt und dort auf das Band gelegt. Wenn das neue Kind dann geboren wird, fliegt die Seele zu ihm hinunter."
"Also nein, dann werde ich lieber Engel!" entsetzt starrte Birte auf die nächste Seele die für den Versand vorbereitet wurde.
"Stimmt, da hast du recht. Ich finde, dass zerstört alles woran ich geglaubt habe!" beschwerte sich Ute. "Ach ihr denkt an so Dinge wie besseres Leben und so? Auf Wolken sitzen und Harfe spielen?"
"Nicht ganz aber ja so ungefähr!" flüsterte Melli.
"Das wurde abgeschafft, wurde zu voll hier oben und die Produktionskosten für neue Seelen waren zu hoch, Recycling ist das Zauberwort!" Michaela hatte sich das alles ohne eine Regung angesehen, sie kannte das wohl schon.
"Danke für deine Erklärungen, können wir dann wieder gehen?" Die Anwärter, die alle etwas grün im Gesicht waren nickten.
"War schön euch kennengelernt zu haben. Wenn du Lust hast unser Footballteam kann immer Verstärkung gebrauchen!" Maurice würgte kurz und murmelte nur:
"Das ist so sadistisch!" Fast fluchtartig verließen die sechs die riesige Halle.

"Wenn das hier schon so abläuft, will ich nicht wissen wie es in der Hölle zugeht!" Michaela grinste. "Aus der Hölle kommen keine Seelen zurück, die müssen dort arbeiten. Die höchste Strafe, vor allem für die Beamten die dahin kommen!" Diese Aussage führte wenigstens dazu, dass sie wieder lächeln konnten. Als sie zurück im Klassenzimmer waren, konnte Michaela endlich mit den Regeln beginnen.

Highway to Hell

Wie beschreibe ich am besten was ich hier gerade sehe. Ein Anblick der sich auch Jessy gerade bot. Nun ihr kennt alle diese Filme aus den Staaten, in denen eine einsame Straße durch die langweiligste Landschaft aller Zeiten führt. Weit und breit nur dürres Land. Einige vertrocknete Büsche und vielleicht ein Kaktus dazwischen. In weiter Ferne ein beeindruckendes Sandsteingebirge und sonst nichts. Einige Geier am Himmel, der strahlend blau ist.

Die Sonne brannte so heiß, dass einem selbst beim Nichtstun der Schweiß ausbrach. Jessy war auf dem Hintern gelandet. Sie sah sich verdutzt um. Stand auf und konnte gerade noch rechtzeitig zur Seite gehen, als auch Tani ihren Weg in diese Ödnis fand. Plötzlich fiel auch Andy vom Himmel. Sein Handtuch haltend. Nur Sekunden später plumpste Mark, der seinen angefangenen Satz noch beendete: "...gewonnen!", zwischen die verdutzten Menschen. Dann verstummte er abrupt. Tani hielt noch immer den Koffer in der Hand. Fluchte und schimpfte über die Bahn und ihre schmalen Trittbretter.
"Verfluchte Absätze!" bis sie endlich bemerkte, dass der Bahnhof gar nicht mehr da war. Auch hatte sie nur noch einen ihrer schicken Designer-Schuhe an. Verwirrt schaute sie sich um, toll. Bahnhof weg und Schuh weg. Ehrlich, ein Tag an dem man lieber im Bett geblieben wäre. Wütend griff sie nach dem

Schuh, der ihr noch geblieben war und warf ihn in die Pampa.

Doch bevor sie auch nur fragen konnte, wo zum Teufel sie eigentlich war, erschien erst die rostrote Katze, die quer durch die Luft flog und mit ausgefahrenen Krallen auf den nackten Andy zusprang und wenige Sekunden später ein vor Schmerz brüllender Meddi: "Blödes Mistvieh!"

Nun die Katze krallte sich dann auch an der Brust des völlig verwirrten Andy's fest. Der vor Schreck schrie, er spürte den Schmerz nicht, sah jedoch die Kratzer und reagierte panisch. Diese Reaktion führte dazu, dass die Katze erneut durch die Luft flog und Andy das Handtuch fallen ließ. Jessy, die Katzen schon immer über alles liebte, rannte in die Flugbahn und fing das Tier auf. Doch Meddi's Kater dachte nicht daran ihr dafür zu danken, fauchte und kratzte ihr durchs Gesicht, was zur Folge hatte, dass Jessy sie auch reflexartig los ließ und das Tier panisch davon stob. Das alles hatte sich in wenigen Sekunden abgespielt.

"ich komme...." schrie es von oben, und eine weitere Person erschien in der Luft.

Mit einer Hotpants und Tennissocken bekleidet, fiel Tobias geradewegs auf sein bestes Stück. Die fünf sprangen auseinander, als der junge Mann mit seinem Geschlecht voran auf den harten Boden knallte. Allein die Tatsache, dass er so hart aufkam, dass man ein Krachen hörte, ließ die anderen mitleidig schauen.

"Autsch!" entfuhr es Andy und auch die Gesichter der anderen verzogen sich schmerzhaft.

"Das tat weh!" stellte Meddi schließlich auch fest und griff sich unwillkürlich zwischen die Beine.
Der Mann am Boden rührte sich nicht.
"Ist er tot?" fragte Tani zaghaft.
Ein Stöhnen kam aus der Kehle des Sockenträgers.
"Ich glaube nicht, aber er wird sicher..." Meddi traute sich kaum es auszusprechen.
Keiner der übrigen fünf wollte sehen, was genau mit Tobi passiert war. Er hatte sich während seines Falls gedreht und war bäuchlings ins Unglück gestürzt. Jetzt bewegte er sich langsam. Versuchte erst mal seine Gliedmaßen zu ordnen und Beine und Arme zu bewegen. Diese funktionierten noch. Mit einem Ächzen schaffte er es dann auch seinen Kopf zu heben.
"Alles okay, Mann?" fragte Mark, der nicht genau wusste ob er lachen oder helfen sollte.
"Frag nicht so dumm, hilf ihm lieber!" fauchte Jessy den jungen Mann an.
"Hilf du ihm doch!" zickte Mark augenblicklich zurück.
"Der ist ja fast nackt!" stellte Jessy fest.
"Wow, sie hat Augen im Kopf!" stöhnte Andy.
Jessy funkelte ihn wütend an. Während sie noch über eine Antwort nachdachte, hatte sich Tobi auf die Knie hochgestemmt und klopfte seinen Körper ab. Ein Arm hing etwas schief, er sah aus wie ausgekugelt. Ein Finger zeigte unwirklich in Richtung Himmel.
"Tut es sehr weh?" fragte Mark und versuchte gar nicht erst die Schmerzen nachzuvollziehen. Obwohl es wahnsinnig heiß war, lief ihm eine Gänsehaut über den Körper. Gleichzeitig hatte er immer noch Mühe sich das Lachen zu verkneifen. Tobi richtete sich auf.

Wie in Trance blickte er von einem zum anderen.
Dann wieder auf seinen deformierten Arm und stellte trocken fest:
"Nein. Ich spüre gar nichts!"
Er bog seinen Finger wieder in die waagerechte und mit einem ekligen Knirschen auch den Arm wieder in seine Ursprungsposition zurück. Jessy war die erste die sich fing.
"Du hast da einen Koffer, ich finde die Kerle sollten sich mal was anziehen, gib ihnen was!"
Das sagte sie mit einem Befehlston, der keine Widerrede zuließ. Wie selbstverständlich öffnete Tani den Koffer. Allerdings nur, um sich selbst ein neues Paar Schuhe zu suchen. Jessy schob sie zur Seite und wühlte die Klamotten durch.
„Was soll das? Das sind Kleider von Versace und Gucci!" protestierte Tanja, doch Jessica war unerbittlich. Es dauerte weitere zwanzig Minuten, bis die zwei nackten Männer versorgt waren. Natürlich waren die Hosen viel zu eng für die Herren, dementsprechend zog Jessy zwei Faltenröcke, einen mit großen roten Blumen und einen in lila heraus. Beide Röcke hatten einen Gummizug und so passten sie den Jungs. Diese kamen sich nun gar nicht dämlich vor und Mark konnte nun wirklich nicht mehr an sich halten und brach in ein irres Gelächter aus. Jessy starrte ihn völlig verblüfft an.
"Was gibt es da denn zu lachen?" fragte sie ernsthaft.
Andy und Tobi standen etwas verloren und vor allem total eingeschüchtert herum. Sie kamen sich ja so lächerlich vor.

"Das sind meine besten Röcke, untersteht euch sie schmutzig zu machen!" in dem Moment tauchte der Kater von Meddi wieder auf und schmiegte sich an die Beine seines Herrchens.
"Da bist du ja wieder, du blöder Kater. Na komm." Mit diesen Worten hob er das Tier hoch und es schnurrte sanft.
"Wo sind wir hier?" stellte Tobi die alles entscheidende Frage und brachte damit auch Mark wieder zurück in die Realität. Alle blickten sich nun um.
"Sieht aus wie die Wüste oder so," sagte Tani fachmännisch.
"Boah, du hast die Intelligent auch mit Gabel gefressen?"

Kurzer Einwurf von mir. Das sind keine Fehler in der Grammatik, ich versuche nur Marks Redewendungen realistisch wiederzugeben. Er spricht wirklich oft totalen Mist. Sollte es zu kompliziert werden, werde ich übersetzen, versprochen.

"Na, was ist es denn sonst?" giftete Meddi ihn an.
 "Nicht was, wo ist die entscheidende Frage!" stellte Andy fest.
Jessy hatte ihre Hand über die Augen gelegt und suchte den Horizont ab. Dann machte sie ein „Pscht! Ich glaube ich höre etwas!" und alle verstummten. Jetzt konnten sie hören, dass sie nichts hörten. Außer Jessica, die wohl Fledermaus-Ohren hatte.
"Wir gehen in diese Richtung, da ist irgendwas!" beschloss sie.

Was die anderen wollten, war ihr ziemlich egal.
"Das hast du so entschieden ja?" zickte Andy sofort los.
"Hast du eine bessere Idee, Dornröschen?" fragte Mark und grinste.
Andy hatte den Rock mit den Rosen an, der ihm bis kurz über die Knie reichte.
"Aber nein Zwergnase!" Andy funkelte Mark böse an, dieser jedoch lachte wieder.
"Das war gut, Zwergnase!" man merkte schon, dass Mark über sich selbst lachen konnte.
Vielleicht lag es aber auch einfach daran, dass er sich nicht vorstellen konnte, dass jemand ihn ernsthaft beleidigen könnte. Die Augen verdrehend stiefelte Jessy los.
"Ihr könnt ja weiter Märchenstunde spielen, ich geh los, besser als hier rumzustehen und zu verdursten!" Jetzt erst, wurden auch die anderen richtig wach.
"Könnte mich mal einer kneifen?" Andy kniff Tani in den Oberarm.
"Aua!"
"Das ist unlogisch! Warum fühlst du es, wenn ich dich kneife, aber er nicht wenn sein kleiner Finger gen Himmel geknickt wird?" Andy war bei Tanjas Ausruf etwas erschrocken.
"Ich habe es ja nicht gefühlt, war reiner Reflex!" erklärte Tani, klappte den Koffer wieder zu und zog ihn stöhnend und schnaufend hinter sich her.
Tobi schaute gequält.
"Ich bin froh, dass es nicht weh tut! Und ich heiße Tobias!"

Während des Marsches, in die von Jessy vorgegebene Richtung, stellten sie sich gegenseitig vor. Es war glühend heiß und bald schon setzte Meddi seinen Kater auf den Boden. Die Wärme der Sonne und die des Katers waren einfach zu viel. Tatsächlich hatte Jessy sich nicht geirrt. Sie kamen einem Schild immer näher.

"Das sieht aus wie eine Bushaltestelle!" bemerkte Andy.

"Mitten im nirgendwo?"

"Wo eine Haltestelle ist muss auch eine Straße sein!" Während sie so diskutierend auf das Gebilde zu stapften, hörten sie plötzlich noch etwas anderes. Erst total undeutlich, doch je näher sie dem Schild kamen, welches in der Hitze flimmerte, wurde es immer deutlicher.

"Das ist jetzt nicht wahr oder?" fragte Tanja entsetzt. Sie hatten jetzt das Schild erreicht. Kurz dahinter lag eine asphaltierte Straße und nun hörten sie es deutlich. Von irgendwoher ertönte, *dass glaubt ihr mir eh nicht, aber es stimmt:* ACDC's - Highway to Hell. Total verdattert und sprachlos lauschten sie dem Song, der in Dauerschleife über ihnen hallte. Während eines des Songs fuhren ein LKW und ein Kleinwagen an ihnen vorbei. Auch das wiederholte sich, wie der Song. Total fassungslos hörten und sahen sie wie zu Salzsäulen erstarrt was sich da vor ihnen abspielte.

"Das ist der verrückteste Traum den ich je hatte! Aber die Musik ist gut!" Mark hatte den Mund halb offen, so dass man seinen hervorstehenden Zahn andeutungsweise erkennen konnte. Alle standen da und

wussten nicht so recht, ob sie lachen oder weinen sollten. Jessy war die erste die sich wieder fing.
"Okay, kein Problem. Ich bekomm das irgendwie hin. Schauen wir mal wann der Bus kommt!" Prompt fiel die Starre auch von Meddi ab.
"Warum entscheidest du hier eigentlich immer alles?" fragte er sofort.
"Weil es sonst keiner tut, alles muss ich alleine machen hier. Etwas Unterstützung von euch wäre echt nett, aber nein, ihr starrt Löcher in die Luft!"
Sofort entstand ein riesiger Streit. Jeder gab dem anderen die Schuld an ihrer Lage und keiner tat etwas, so sah es nun mal aus. Während sich die sechs noch anschrien, hielt neben ihnen der Bus mit einem Quietschen. Mitten im schönsten Gebrüll sagte eine rauchige und dunkle Stimme:
"Alles einsteigen!"
Obwohl unendlich viel leiser als die sechs anderen, reichte es doch um den Streit zu beenden. Wie von einer unsichtbaren Macht angezogen stiegen die sechs in den Bus. Sie waren die einzigen Fahrgäste.
"Willkommen im Höllenexpress, nächste Haltestelle, die Hölle!" die rauchige Stimme lachte grausig. Die Worte sickerten nur langsam zu den Fahrgästen durch.

85

Fegefeuer

Der Bus verließ bald die asphaltierte Straße und schwebte einige Zentimeter über dem Boden. Auch die Umgebung änderte sich. Es sah aus, als würden sie durch einen endlos langen Tunnel fahren.
"Entschuldigung," wagte Tanja es den knochigen Fahrer anzusprechen, "wo bringen sie uns hin?"
Dieser zeigte mit einer Skeletthand auf ein Schild, welches über der Sonnenblende hing:
"Nicht mit dem Fahrer reden!" las Tanja laut vor.
"Na toll, komm wieder her. Das wird nur ein dummer Traum sein und wir wachen bald auf!" beschloss Meddi.
"Woher willst du das denn wissen?" fragte Mark.
"Nun, wenn ein Mann sein bestes Stück ungespitzt in den Boden rammt, ist dass sicher nicht mit einem Handgriff erledigt! Zum anderen, ist dir vielleicht aufgefallen, das dieser Bus hier schwebt! Das entbehrt jeder Logik!" erwiderte der Online-Modi.
"Und wir träumen alle denselben Traum?" hakte Tobi nach und zog den Rock über die Knie.
"Nein, nein. Ich träume und ihr existiert gar nicht, so sieht's aus!" bestimmte Jessica.
Ehe ein weiterer Streit ausbrechen konnte, veränderte sich das Bild, anscheinend hatten sie den Tunnel hinter sich gelassen. Der Bus schwebte auf der Stelle.
"Endstation, alles aussteigen. Seien sie sicher, dass sie nichts vergessen haben, der Bus kommt nie wieder!"
Ein grausiges Lachen begleiteten die Worte.

"Und wenn ich sitzen bleibe?" bemerkte Mark.
Da drehte sich die Figur um und aus einem Schädel leuchteten zwei rote Augen.
"Okay, wir steigen ja schon aus!" Tanja hievte ihren Koffer, in dem sie während der Fahrt gewühlt hatte, hoch und verließ das unheimliche Gefährt.
Kaum standen die sechs unschlüssig vor dem Bus, gab dieser auch schon Gas und verschwand.

Sie standen auf einem Platz, es war alles weiß und sauber. Fast steril. Mitten auf diesem Platz stand eine Tür. Hinter dieser Tür ging der Platz jedoch weiter.
"Wer stellt denn eine Tür ins ‚Nichts'?" fragte Andy verdutzt.
"Vor allem, warum?" stimmte Tobi ihm zu.
Sie umgingen die Tür. Mark stellte sich dahinter und Andy öffnete sie.
"Ich kann dich sehen!" erklärte er.
Etwas ratlos sah sich die Gruppe um.
"Also, außer der Tür ist hier nichts!" Jessy strich über den Rahmen. Die Tür war knallrot gestrichen und wirkte total fehl am Platz. Mark, der schon immer etwas eigentümlich war, öffnete sie erneut und trat hindurch. Sie alle hatten damit gerechnet, dass er auf der anderen Seite wieder zum Vorschein kommen würde, doch dem war nicht so.
"Wo zum Teufel ist der hin?" kreischte Tani panisch.

Mark, der auch damit rechnete einfach auf der anderen Seite zu stehen schaute sich verdutzt um. Ein Raum lag vor ihm, quadratisch und mit sechs Pulten wie er sie aus der Schule kannte. Er drehte sich nach der Tür um, doch da war nichts mehr. An der Stirnseite des Raumes hing eine Tafel und ein großer Schreibtisch. Darauf stand ein Telefon. Ein sehr altmodisches Telefon, mit Wählscheibe. Mark besah es sich genauer. Dann hob er den Hörer ab. Kein Freizeichen. Er drückte ein paar mal auf die Gabel und legte schließlich wieder auf.

"Was ist das hier?" die Stimme von Jessica ließ Mark erschrocken herumfahren.
"Ne Schule?"
Nach und nach erschienen nun auch die anderen. Sie alle waren eher zögerlich durch die Tür durchgegangen und sie alle fragten sich wo sie denn bitte waren.
"Wenn das ein Klassenzimmer ist, wo ist dann die Tür nach draußen? Hier gibt es auch keine Fenster!" bemerkte Meddi.
Es stimmte der Raum war komplett zu. Es gab auch keine Lampen an den Wänden, trotzdem war es hell. Kaltes Licht, wie jenes von Neonleuchten, erhellte den Raum.
"Setzen sie sich sofort hin!" ertönte eine harte Stimme im Befehlston.
Die sechs waren so erschrocken, dass sie der Aufforderung Folge leisteten ohne sie zu hinterfragen. Dabei gab es ein Gerangel zwischen Andy und Mark um die hintersten Plätze. Kaum dass sie alle Platz genommen hatten, erschien in der Wand eine Tür. Wie aus dem Nichts.
"Wow!"
"Cool!"
"Was zum Henker?"

Und ähnliche Kommentare begleiteten den großen stämmigen Mann. Er trug eine Generalsuniform und mindestens ein dutzend Auszeichnungen prangten auf seiner Brust. Mit bösem Blick stellte er sich hinter den Schreibtisch. In der Hand hielt er einen Offiziersstock.
"Entschuldigen sie," fing Meddi an und wollte etwas sagen.
"Sie reden nur, wenn sie gefragt werden. Ist das klar?" Der Offiziersstock fuhr auf den Schreibtisch nieder.
"Was tragen sie da überhaupt für eine Kleidung? Sieht so ein anständiger Soldat aus?"
"Sie sollten mal Tobi und Andy sehen!" kicherte Mark. Doch er bereute es sofort.
"Halten sie ihr vorlautes Mundwerk! Man verrät keine Kameraden! Sofort zwanzig Liegestütze!" brüllte der schwarze Mann in Marks Ohr.
"Aber," wollte dieser widersprechen.
"Vierzig, und zwar zack zack!" dieses Mal gehorchte Mark. Da er recht sportlich war, schaffte er die ersten zwanzig ohne große Mühen.
"Sie und sie, wie heißen sie?" der Offiziersstock zeigte auf die beiden halbnackten Männer.
"Stehen sie gefälligst auf, wenn ich mit ihnen rede!" polterte der General weiter.
Andy und Tobi standen auf. Man konnte die Überraschung im Blick des Generals eine Sekunde lang aufblitzen sehen.
"So geht das ja mal gar nicht! Ich werde sofort neue Kleidung für sie kommen lassen!" Mit einem zackigen Stechschritt ging er auf das Telefon zu. Dabei trat er ungeniert auf den Rücken des jungen Mannes, der

sich mit seinem zweiunddreißigsten Liegestütz abmühte.
"Stehen sie auf, und merken sie sich, dass sie hier nicht im Kindergarten sind!" blaffte der General.
Er hob den Hörer ab, wählte eine Nummer:
"Wir brauchen hier Uniformen und zwar etwas zügig!" befahl er. Dann legte er mit einem lauten Schlag den Hörer wieder auf die Gabel.
"Mein Name ist, General Mars! Ich bin der Oberbefehlshaber der Truppen und sie meine Herren und Damen werden von mir zu der neuen Armee ausgebildet!"
"Armee, zu sechst? Ich bin krank, ich kann in keine Armee eintreten!" stellte Meddi fest.
Ehe der General wieder eine Rüge erteilen konnte, erschien ein anderer Mann im Türrahmen. Er war klein, hatte einen schwarzen Schnauzbart unter der Nase und einen militärischen Haarschnitt.
"Das ist nicht, oder doch?" fragte Jessica total verwirrt.
"Addi, wir brauchen für diese Herrschaften neue Kleidung. Sehen sie zu, dass sie diese organisieren!" bestimmte der General.
"Jawohl, mein General. Ich benötige lediglich die Konfektionsgrößen der Herrschaften!" Bei diesen Worten zog der kleine Mann, namens Addi ein Maßband hervor und ging von einem zum andern, um Maß zu nehmen. Er notierte sich noch die Schuhgrößen und salutierte bevor er den Raum verließ.
"Sie sind also krank? Nun, sie werden feststellen, dass sie sich sofort besser fühlen. Auf den Boden und dreißig Situps, Rekrut!"

Bevor Meddi reagieren konnte, ertönte vom Tisch aus eine zweite Stimme. Angenehmer, dennoch etwas verschlagen.
"Es ist gut, General Mars. Danke, dass sie auf die Herrschaften aufgepasst haben. Ich übernehme jetzt!"
Ein Mann in einem schicken Anzug, mit glänzenden Schuhen und einem charmanten Lächeln nickte dem Soldaten zu.
"Das sind trübe Tassen, Loki. Diese verfluchte Hexe, mit ihren verfluchten Joints. Es tut mir leid, dass die Auswahl so miserabel ausgefallen ist."
"Das ist doch gar nicht wahr, es ist eine Herausforderung, aber damit kennen sie sich ja aus. Sie können nun zum Exerzierplatz gehen!"
Der General erwähnte noch, dass er Addi mit der Beschaffung von neuen Kleidern betreut hatte. Dann verschwand er durch die Tür, welche wie auf magische Weise erschien. Jessica die ganz vorne saß, konnte einen kurzen Blick erhaschen. Sie sah Rasen und einen Kiesweg.
"Das ist ja cool!" sagte Mark und staunte.
"Herzlich willkommen in der Hölle!" lächelte der Anwalt amüsiert.
"Was soll das heißen, in der Hölle?" warf Meddi ein.
"Nun, ich werde euch alles gleich erklären. Als erstes, mein Name ist Loki, vielleicht habt ihr schon mal von mir gehört?"
Tatsächlich war der Name wohl kein unbekannter, auch wenn keiner der Anwesenden so genau sagen konnte, woher er den Namen kannte.

"Ich bin einer eurer Ausbilder. Der General hatte es ja bereits angesprochen, nur das Wort Armee war wirklich übertrieben. Wir nennen es die Special Force!"
Er ließ den Blick über die staunenden und ungläubigen Gesichter wandern, als auch schon Addi mit den Kleidern zurück kam. Es waren schlichte Anzüge aus Leinen in einem ekligen braun und schon sehr abgenutzt.
"Entschuldigen sie, hier sind die gewünschten Kleidungsstücke!" sagte er mit seiner typisch kehligen Stimme.
"Ich danke dir Adolf, du darfst dich entfernen!" Der kleine Österreicher verneigte sich kurz und verließ den Raum wieder.
"Nun, ja er ist es, " nickte er zu Jessica, die ihre Hand erhoben hatte.
"Es sind nur vorrübergehend eure Kleider, ich habe bereits eine Bestellung für eure Uniformen in Auftrag gegeben. Wenn ihr euch umgezogen habt, werde ich euch herumführen und euch alles weitere erklären!"
"Ich zieh mich doch nicht vor diesen Kerlen aus!" entrüstete sich Tani. Loki lächelte und winkte einmal mit der Hand. Im hinteren Eck erschien ein Paravent.
"So sollte es gehen, oder Ladys?" Loki war wirklich charmant. Doch leider auch so durchtrieben. Kaum waren die Mädels hinter dem Raumteiler verschwunden, wischte er erneut mit der Hand und die Paneele wurden für ihn durchsichtig. Er genoss es, die Mädchen heimlich zu beobachten. Ein fieses Grinsen breitete sich über sein Gesicht aus.

Ihr Weg führte sie durch lange Korridore. Sie waren eintönig in einem schlammigen Gelb gestrichen und hatten keinerlei Verzierung. Die Türen waren alle gleich groß, gleichfarbig und gleich langweilig. Einige Treppen später, standen sie plötzlich in einer Art Bergwerk. Loki hatte ihnen unterwegs erklärt, dass die Hölle ein Unternehmen war. Das er zum oberen Management gehörte und sie mit Leuten wie Adolf nichts zu tun haben würden, da er nur ein Mitarbeiter der Arbeiterklasse war.

"Hätte er den Krieg gewonnen, hätte er es wohl bis zum mittleren Management geschafft. So aber kann er froh sein, dass er nicht hier landet!" bei diesen Worten öffnete Loki eine Tür.

Sie standen in einem Beobachtungsraum.

"Was sind das alles für Leute?" fragte Tanja neugierig. Vor ihnen liefen Männer und Frauen in denselben eklig braunen Kleidern hin und her. Sie schienen Steine zu schleppen und Schubkarren mit Schutt zu transportieren.

"Fragen wir sie doch: Nummer 1286, treten sie vor und sagen sie uns wer sie sind!" forderte Loki über eine Sprechanlage. Ein kleiner Mann, dürr und gebrechlich trat aus der Endlosreihe hinaus.

"Mein Name war Erwin Meyerhuber, ich war Beamter beim Amt für Städtebau!"

"Danke, zurücktreten! Nummer 33 bitte treten sie nun vor!" Loki ließ den Knopf wieder los. Die 33 war eine junge Frau, vielleicht Mitte 30:

"Mein Name war Anneliese Huber, ich war Beamtin im Jugendamt!" Auch jetzt bedankte Loki sich, dann wandte er sich wieder den sechs Zuschauern zu.

"Wollt ihr noch mehr?"
"Sind das alles Beamte?" staunte Tanja.
"Nun ja, der Vorsteher da, ist ein verurteilter Verbrecher. Ihr seht hier die eine Seite des Fegefeuers. Wollen wir auf die andere gehen?" Loki klatschte in die Hände, er schien sich sichtlich zu freuen auf die andere Seite.
Hier waren auch Frauen und Männer bei der Arbeit, nur holten sie keine Steine und Schutt aus dem Berg hinaus, sie trugen es hinein.
"Moment mal, die da drüben bauen ab und die hier schütten es wieder zu?" fragte Meddi.
"Ja, ist das nicht toll!" Loki freute sich sichtlich über diese Arbeitsbeschaffungsmaßnahme.
"Diese armen Menschen!" entrüstete sich Jessica.
"Das hier," Loki zeigte auf die Arbeiter, "sind Bahnarbeiter, Lufthansa Personal und Postboten."
"Toll, dass die auch mal was tun!" bestätigte Tobi.
"Wenn ihr nicht zustimmt, der Hölle zu dienen, landet ihr hier!" die Stimme von Loki hatte etwas Bedrohliches an sich.
"Ich bin dabei!" versicherte Andy sofort.
"Nun, uns bleibt ja wohl keine Wahl, nur eine Frage noch. Warum ich?" Jessica sah den Ausbilder an.
"Oh Jessica, deine ständigen Zickereien, haben schon soviele in den Wahnsinn getrieben. Will noch jemand wissen, warum er in der Hölle gelandet ist?"
Tobias meldete sich.
"Also Tobi, der Grund dafür bei dir ist doch wohl ersichtlich. Du behandelst Frauen wie Dreck, nutzt sie für dein Vergnügen schamlos aus. Nicht, dass wir das nicht zu schätzen wüssten. Wisst ihr, wer wirklich

einen interessanten Grund hat. Wer von euch der
durchtriebenste ist?" Loki sah in die Runde.
"Du Mark, du bist narzisstisch. Ich liebe Narzisstische
Menschen, sie sind so, so böse!"
Mark schaute erstaunt auf.
"Ich bin gar nicht narzissisch!" sprach er das Wort
wieder falsch aus.
"Du schaffst es Menschen um den Finger zu wickeln,
sie springen nach deinen Wünschen. Und wenn sie
das nicht mehr tun, verdrehst du solange ihre Tatsachen, dass sie am Ende gar nicht mehr wissen was
eigentlich das Problem ist. Wenn sie dir dann Vorwürfe machen, dann bist du zur Stelle und greifst an,
zum alles beendenden Schlag."
Mark strahlte. Er hatte nicht die Hälfte davon verstanden, da aber Bewunderung in Lokis Stimme mitschwang, nahm er es als Kompliment an.
"Das Beste daran ist, dass er noch nicht mal versteht
was er da tut, weil er so dumm ist!" raunte Andy zu
Meddi.
"Ich bin schlauer als wie du!" fauchte Mark.
"Nun kommt, ihr seid sicher hungrig. In der Kantine
gibt es heute Chilli Con Carne!" Loki löschte das Licht.

Die Engelnamen

"So ihr seid nicht zum Spaß hier, wir haben einen strengen Plan und an den werden wir uns halten. Vorher müssen wir aber noch einige bürokratische Dinge erledigen, ich habe hier einen Vertrag. Nachdem ihr euch ja entschieden habt, Engel zu werden, müsst ihr einige Dokumente unterschreiben."
Birte meldete sich wieder. "Was für Dokumente?"
Michaela seufzte, sie seufzte ziemlich oft.
"Arbeitsvertrag, Verzichtserklärung und so weiter! Nur Formalitäten."
Birte schaute etwas verdreht drein.
"Verzichtserklärungen?"fragte Birte nach.
"Lest es euch einfach durch, damit wir danach zu eurer Taufe kommen!" erklärte Michaela.
"Ich bin aber schon getauft!" erklärte Chrissy.
"Da ihr nach Unterzeichnung des Vertrages, offiziell keine Sterblichen mehr seid, bekommt ihr auch neue Namen und dazu dient diese Taufe. Johannes bereitet bereits alles vor. Also bitte keine weiteren Diskussionen oder wollt ihr doch lieber in die Seelensuppe?" Michaela lächelte böse.

Das wollten sie natürlich nicht, also nahmen sie sich den Vertrag vor. Er umfasste sage und schreibe dreißig Seiten. Michaela hatte den Raum verlassen.
"Diese Verzichtserklärung, ich darf nicht zu meiner Familie? Was soll das?" fragte Birte genervt.

"Schlimmer ist die Verschwiegenheitserklärung. Wunder dürfen nur mit Absprache des Managements getroffen werden, Ausnahmen siehe Paragraph 400 Absatz 3!" jammerte Ute.
"Ich versteh sowieso nicht was hier steht!" heulte auch Marjam.
"Also ich weiß nicht was ihr habt, wir sind im Himmel. Was können die schon in diesem Wisch geschrieben haben?" Maurice hatte seinen Vertrag nur unterschrieben.
"Du solltest es dir auch durchlesen, man unterschreibt keine Verträge ungelesen!" belehrte ihn Ute.

Michaela kam wieder zurück und hatte noch mehr Papier in den Armen.
"So, ich kann euch versichern dass der Vertrag in Ordnung ist. Ihr seht unter Paragraph 1280, dass für euch die Ausnahme auf Seite 27 a Absatz drei gilt. Spezial Einheiten richten sich nur nach dem Formular F! Das habe ich hier!" Sie klatschte den Stapel auf den Tisch.
"Das ist nicht dein Ernst jetzt? Ich versteh noch nicht mal was hier drin steht!"
"Formular F ist ein Fragebogen, F wie Fragebogen!" freute sich Michaela.
"Ich glaub's ja nicht, Bürokratie ist echt zum Kotzen!" stöhnte Birte.
"Wenn ihr den ausgefüllt habt, bekommt ihr die Sachen für eure Engelskommunion!" erklärte sie.

Es dauerte zwei Stunden, bis das besagte Formular F ausgefüllt war. Merkwürdige Psycho- und Wissenstests waren der Hauptteil dieser Anlage.
"Das klingt als würde ich mich bei einer dieser Partnervermittlungen anmelden!" stöhnte Chrissy.
Dann war es endlich soweit. Sie bekamen weiße Kutten übergehangen.
Wieder führte sie Erzengelin Ela, wie sie am liebsten angesprochen wurde, quer durch Gänge. Als sie wenig später eine Tür öffnete, trauten die Engel ihren Augen nicht.
Das saftige grün und rosa, der Pflanzen. Die Geräusche des Urwalds.
"Wo sind wir hier?" fragte Chrissy und sah nach oben. Dort flog gerade ein Papagei vorbei.
"Das ist der Rest vom Paradies", seufzte Ela.
Die Engel betraten das Paradies und bemerkten wie eine Veränderung in ihnen vorging. Es war nicht nur die schöne Umgebung, die Geräusche und die Gerüche, die diesen Platz zum schönsten machte, den sie je gesehen hatten. Nein, eine Gelassenheit überfiel sie, grenzenlose Zufriedenheit.
"Ich fühl mich glücklich!" stellte Marjam erstaunt fest.
"Ja das ist eine der Errungenschaften des Garten Edens, leider ließ dies bei Eva schnell nach!"
Michaela lächelte ebenfalls glücklich.
"Gott hätte Adam nicht erschaffen sollen, dann wäre sie Zufrieden geblieben!" grinste Christine.
"Nun kommt, Johannes steht da hinten am Fluss, um euch zu taufen!" Ela ging den Engeln voran, die immer seliger wurden, je tiefer sie in den Garten vordrangen.

"Was müssen wir denn jetzt tun?" fragte Birte lächelnd und begrüßte den Mann, der nackt im Fluss stand.
"Ihr zieht eure Kutten aus und geht einer nach dem anderen zu Johannes!"
Da in dem Garten die Zufriedenheit, Gelassenheit und absoluter Frieden herrschte, stellten sie sich brav in einer Reihe auf. Zogen wie selbstverständlich die Kutten aus und standen nackt im Licht der warmen Sonne. Ein Schmetterling umschwirrte sie, setzte sich sogar auf Marjams Handrücken. Birte ging zuerst zu dem Mann, dieser hatte eine Kanne in der Hand mit der er Wasser aus dem Fluss schöpfte und sprach:
"Mein Kind, vom heutigen Tag an gehörst du zu der Armee Gottes. Ich taufe dich auf den Namen: Breenelle!" Dann goss er ihr das Wasser über das Haupt. Breenelle prustete. Johannes lachte und der neue Engel verließ klatschnass den Fluss. Am Ufer angekommen wartete dann Michaela mit weichen Frotteetüchern und half ihr beim Abtrocknen. Nach und nach gingen nun die anderen in den Fluss:
"Ich taufe dich auf den Namen: Mumiah!" erfuhr Marjam, ehe sie ebenfalls mit einem Schwall Wasser fast ertränkt wurde.
"Ich taufe dich auf den Namen: Coretha." Chrissy wurde nicht mit Wasser übergossen, sie wurde gleich untergetaucht. Sie strampelte wie wild und als Johannes sie schließlich wieder los ließ war es vorbei mit ihrer Gelassenheit.
"Spinnst du?" fragte sie
"Immer dasselbe ist doch langweilig. Hey ihr da, kommt rein!" rief er zum Ufer.

Maurice wurde untergetaucht und bekam den Namen Madan, Ute wurde neugeboren als Umabel und Melanie, die schließlich mit einer Wasserpistole abgeschossen wurde, erhielt den Namen Mattia.
"Johannes!" schimpfte Michaela zwischendurch.
"So alle getauft, können wir jetzt die Party schmeißen?" freute sich dieser und plantschte wie ein Junge im Wasser.
"Dazu müsstest du ja ans Ufer kommen!" sagte Ela.
Johannes verzog das Gesicht und sprang wie ein Fisch mit einem Kopfsprung weg. Wie ein Fisch traf es vollkommen, denn der Täufer hatte keine Beine, stattdessen einen Fischschwanz.
"Eine Meerjungfrau?" fragte Mattia.
"Meerjungmann, ja da er bei der Ausübung seiner Tätigkeit immer im Garten Eden ist, der für sterbliche Seelen tabu ist, musste er die Gestalt ändern. Nun lasst uns gehen. Normalerweise würden wir jetzt noch eine Party veranstalten. Leider haben wir dafür zurzeit keine Zeit. Wir holen die Party aber nach, versprochen!" Michaela hatte die neuen Engel wieder in ihre Kutten gehüllt und führte sie nun zu den vorbereiteten Zimmern.

"Hier sind eure Unterkünfte. Wenn ihr Änderungen daran vornehmen wollt, liegen in der oberen Schublade Formulare, bitte füllt sie sachlich genau aus. Die Architekten sind nicht sehr kreativ und verstehen gerne alles falsch. Ich wünsche euch nun eine angenehme Nachtruhe." Madan hielt Michaela auf.
"Ey Moment mal! Bekommen wir noch was zu essen?"

"Oh hatte ich vergessen zu erwähnen, dass eure Zimmer mit Zimmerservice sind?"
"Ach so, na dann Gute Nacht!" Breenelle hatte schon die Türklinke zu ihrem Zimmer in der Hand. "Wir sehen uns morgen pünktlich zur vollen achten Stunde, bis dahin!" Die Erzengelin verpuffte vor ihren Augen.
"Das ist so cool!" stellte Mattia fest.
"Ich finde Zimmerservice hört sich viel cooler an!" sagte Madan, als er auch schon sein Zimmer betrat. Auch die anderen standen nun in den offenen Türen zu ihrem eigenen Reich und sahen sprachlos auf das, was sich ihnen da bot.
Der Raum war riesig. Hellblaue Wände und Weiße nichtssagende Möbel.
"Sieht aus wie aus dem Ikea-Katalog!" durchbrach Corry die Stille. Den Mittelpunkt dieser Zimmer jedoch nahm ein riesiges Gebilde aus Wolken ein.
"Ist das ein Bett?" fragte Mumi.
"Eine Wolke als Bett? Ist ja cool!" Uma befühlte die Wolkenformation. Sie war so kuschelig wie es nur sein konnte. Mit einem Jauchzen ließ sie sich darauf fallen. Madan nahm sogleich Anlauf und sprang auf der Wolke herum. Neben der Tür stand eine Kommode. Daneben ein Touchpad, Mattia machte sich an das Erkunden des Touchfeldes und fand bald schon die Bestellkarte.
"Man, kein Wunder das die alle fett und faul sind, hört euch das an: Schweinefilet mit Pommes, Megaburger mit Salat, Krabbencocktail mit Knoblauchbrot und erst die Nachtische: Schwarzwälderkirschtorte, Schokoladenpudding mit Sahne oder Rieseneisbecher

mit heißen Himbeeren." Madan war von seinem Bett gesprungen und stand nun ebenfalls vor der Karte.
"Die haben sogar Bier hier und Whisky!" freute er sich.
"Esst nicht so viel, wir sind nicht zum fressen hier!" bemerkte Coretha. Doch dann bestellte auch sie sich ein leckeres Mahl und gemeinsam aßen sie bei Umabel zu Abend.
"Ich bin noch nie so satt gewesen!" nicht nur Bree, auch die anderen rieben sich ihre vollen Bäuche. "Sagt mal, musstet ihr eigentlich schon mal auf die Toilette, seit wir hier sind?" Madan überlegte gerade wie das Essen denn wieder hinauskommen sollte.
"Ernsthaft? Du stellst fragen!" Umabel stimmte Madan jedoch zu:
"Sind wir jetzt tot, oder untot oder lebend oder was genau sind wir eigentlich jetzt?"
"Da du es ansprichst, ich muss mal für kleine Engel!" Mattia verschwand in ihrem Zimmer. Hinter einer Trennwand befand sich ein kleines Bad. Die Badewanne war aus Glas und auch sonst sah es himmlisch aus.
"Ganz ehrlich, das ist tausendmal besser als diese Seelensuppe!" stöhnte Bree wohlig und verabschiedete sich auch. Nach so einem guten Mahl schliefen die Engel, oder waren sie noch keine Engel? Jedenfalls, schliefen sie selig auf ihren Wolken und träumten von Seelensuppe und Bratkartoffeln. Die Nacht war viel zu schnell vorbei. Beim ersten Hahnenschrei, es war tatsächlich ein Hahn, mussten sie sich aus ihrer Wolke quälen. Da sie noch keine neuen Kleider hatten, zogen sie die vom Vortag wieder an.

Im Klassenzimmer erwartete sie ein karges Frühstück. Ein Brötchen, eine Tasse Tee oder Kaffee und etwas Marmelade.

"Die Analysen sind noch nicht fertig, also werden wir uns heute zuerst um eure Kleidung kümmern. Die Uniformen müssten bald hier eintreffen!" Michaela hatte heute einen Orangenen Overall an, sie schien diese Einteiler zu mögen.

"Dann bekommt ihr eure Flügel, morgen fangen wir mit dem Flugunterricht an und der Chef will euch heute sehen, er wird nach dem Mittagessen reinschauen!" Das aufgeregte raunen ließ Michaela einige Sekunden über sich ergehen.

"Freut euch nicht zu früh es sind Übungsflügel, die richtigen müsst ihr euch erst noch verdienen." "Wie verdient man sich denn "Richtige Flügel"?" fragte Umabel direkt.

"Indem ihr den Flugtest besteht ist doch klar!" Michaela schüttelte nur den Kopf, über so viel Unwissenheit. Wie aus dem nichts erschien ein beschriebenes Blatt in den Händen der Erzengelin und sie studierte es kurz.

"Sehr gut, das ist die Versandbestätigung für eure Overalls." Madan meldete sich artig, er hatte schon genug Ärger verursacht und wollte nun sein Bild wieder in die richtigen Bahnen setzen.

"Ja bitte?"

"Overalls? Sowas was Sie tragen? Doch hoffentlich nicht in diesem Orange?" Der Schuss ging nach hinten los.

"Hast du was gegen meine modischen und praktischen Overalls?" schallte es durch den Raum.

"Nein, ich ne...." stotterte Madan.
"Ja!" kam es von Mattia.
"Modisch ist etwas anderes!" beschwerte sich auch Coretha.
"Ihr bekommt trotzdem mintgrüne Overalls, da lass ich nicht mit mir verhandeln. Für die Ausbildung reichen die vollkommen!" fauchte Michaela die Azubis an.
"Mintgrün?" stöhnte Breenelle und auch die anderen schauten eher angewidert bei der Vorstellung.
Bevor nun der Unterricht tatsächlich anfangen konnte wurde lauthals gegen die Overalls protestiert. Michaela konnte nur mit einem schrillen Schrei wieder für Ruhe sorgen.
"Ihr seid in der Ausbildung! Ihr seid keine selbst entscheidenden Individuen! Ihr habt zu tun, was die Geschäftsleitung, in diesem Fall ich, euch sage!" Die Engel gingen in einen Schweigestreik. Als ob sie sich abgesprochen hatten, setzten sich alle kerzengerade hin, verschränkten die Arme vor der Brust und funkelten Michaela böse an.

Sie beachteten Michaela nicht weiter, während sie über die Firma referierte. Michaela ignorierte die bösen Blicke und war eigentlich nur froh, dass sie Ruhe hatte und diese aufsässigen Geschöpfe ihr zuhörten. Dann war auch schon Mittag. Gemeinsam wurden sie in die Kantine geschickt. Michaela müsste vorher noch mit dem Herrn sprechen, wegen seines Besuches in der Klasse. Die Kantine war riesig und die Schlange die sich anstellte auch.

"Bis wir dran sind, sind wir verhungert!" stöhnte Madan.
"Quatsch nicht, nimm dir lieber schon ein Tablett!"
Neugierig schauten sich die zukünftigen Engel um.
"Ey, schau mal ist das da nicht Elvis?" Mattia zeigte auf einen Engel mit schwarzer Tolle, der gerade Elvis' berühmten Hüftschwung nachahmte.
"Ja, da könntest du recht haben." Ein anderer ihnen nicht ganz unbekannter Engel winkte ihnen zu. "Da drüben ist Gabriel!" Mumiah winkte zurück.
"Der sadistische Seelenquäler?" fragte Coretha und verzog das Gesicht. Madan war inzwischen mit einem vollbeladenen Tablett auf der Suche nach einem Tisch. War gar nicht so einfach.
"Hey Madan, kommt hier ist Platz!" rief Gabriel. Da sich kein anderer Platz bot, nahmen sie seufzend die Einladung an.
"Na wie geht's euch heute? Ihr seht nicht glücklich aus!" Nun erzählten die Engel abwechselnd, was Michaela beschlossen hatte und regten sich tierisch darüber auf.
"Nun, das ist doch gar kein Problem! Besorgt eine Flasche Whiskey und dann treffen wir uns kurz nach zehn vor dem heiligen Otto!" Gabriel grinste geheimnisvoll und erklärte den Anwärtern flüsternd seinen Plan. Die Stimmung der sechs stieg augenblicklich.

Der Besuch des Chefs

Nach dem Essen fanden sich die wieder gutgelaunten Engel im Klassenzimmer ein. Michaela war noch nicht da.
"Was stand jetzt nochmal an?" Umabel klopfte unruhig mit den Fingern auf die Tischplatte. Es dauerte noch fast 20 Minuten bis sich die Tür öffnete und Michael gefolgt von einem weißhaarigen Mann herein kamen.
"Engel, das ist Gott, euer und mein Herr!" präsentiert Michaela ihn stolz und mit erhobenen Haupt. Die Engel machten jedoch eher ein enttäuschtes Gesicht. Dieser alte, gebrechliche Mann soll Gott sein? Wo war denn die Herrlichkeit mit der er immer gepriesen wurde?
"Steht gefälligst auf und verneigt euch!" blaffte Michaela los.
"Ach liebe Michaela, das muss doch nicht sein. Ihr seid also meine neue Armee?" Die Stimme des alten Mannes klang erstaunlich jung und vital, ganz im Gegensatz zu seinem Äußeren. Er musterte einen nach dem anderen, die sich vorkamen wie unter einem Mikroskop. Bei Mattia blieb sein Blick hängen. Etwas erstaunt fragte er:
"Was ist das denn?" Madan konnte sich ein Kichern nicht verkneifen.
"Ja Herr, also, Mattia ist ein Produktionsfehler!" Mattia stand auf.

"Was bitte? Ich bin wie bitte, ich hab mich wohl verhört?"

"Setz dich sofort wieder hin! Man redet nur mit dem Herrn, wenn man dazu aufgefordert wird!" Michaela warf wieder einen ihrer Salzsäulenblicke durch den Raum.

"Also bei euch piepts doch! Produktionsfehler? Ich lass mich doch nicht beleidigen hier!" Gott hob beschwichtigend die Hand.

"Ruhig Mattia, wir klären das gleich auf. Erzähl bitte was genau passiert ist." Michaela kramte verlegen in einigen Unterlagen und fand schließlich den Report, der alles aufklären sollte.

"Nun, als die Seele von Mattia angefordert wurde, gab es wieder einmal einen Wolke 7 Systemausfall. Der Engel der die einzelnen Teile zusammensetzen sollte, verdrehte eine Nummer des Strichcodes und so bekam Mattia die Seele eines weiblichen Probanden, den Körper eines männlichen." es klang alles sehr suspekt und beängstigend. Gott schüttelte bedauernd den Kopf. "Diese IT Abteilung muss endlich mal die Probleme in den Griff bekommen! Können wir denn diesen Fehler nicht beheben?"

"Nun, ich hatte deswegen schon mit der Seelenversandabteilung geredet, nur leider ist die Seele, die für Mattias Körper vorgesehen war immer noch unter den Lebenden und so einfach bekommen wir die nicht wieder." Mattia hatte das Gespräch verfolgt und immer ungläubiger die Augen aufgerissen, auch ihre Kinnlade war nach unten gerutscht. Sie war jedoch so empört, dass Umabel für sie einspringen musste:

"Das heißt, ihr baut Mist und Matty darf es ausbaden? Wieso gebt ihr, ihr nicht einfach eine neue Seele?" Coretha nickte zustimmend.
"Nun, die Seelen sind leider alle reserviert, wenn wir Mattia jetzt mit einer Seele aus unserem Bestand ausrüsten würden, dann würde die an anderer Stelle fehlen."
"Was ist denn mit ihrer eigentlichen Seele, könnt ihr den Besitzer nicht einfach abmurksen?" fragte nun Bree.
"Nein, jeder Mensch hat eine Lebensdauer und da dürfen nur die Todesengel eingreifen, das liegt nicht in meiner Macht!" Endlich fand auch Mattia ihre Stimme wieder:
"So nicht in deiner Macht, ich dachte du bist hier der Oberguru und Obermacker schlechthin?" Gott lächelte gütig.
"Nun, alles was wir machen können, ist dich von deiner Noch-Missgestaltung zu befreien, seit alles Outgesourced wurde gibt es immer wieder solche kleineren Produktionsprobleme."
"Ich bitte darum!" kam es ohne zu überlegen aus Mattia heraus.
"Michaela wird einen Termin für dich machen, es tut mir wirklich leid. Aber jetzt muss ich auch schon wieder los, wenn ihr noch Fragen habt, dann könnt ihr bei mir eine Eingabe machen. Ich leite sie dann an die Abteilung weiter, die am besten dafür geeignet ist. Meine Zeit ist leider nur knapp bemessen. Ich muss mich ja um soviel kümmern."
Mattia horchte auf: „So? Um was denn genau?"

„Nun, es ist meine Aufgabe, den göttlichen Fuhrpark regelmäßig in die Waschwolke zu fahren. Dazu muss aber Petrus vorher auch das passende Wetter programmieren. Seit alles über das Wolke 7 Betriebssystem läuft, klappt das nicht mehr so gut. Dann muss ich mit dem Koch die göttliche Speißekarte besprechen, jeden Tag und natürlich auch die Kleiderordnung im Auge behalten. Mittwochs treffe ich mich zum Poker mit Satan und höre was die andere Seite so treibt, Donnerstag ist Footballtraining."
Mattia unterbrach ihn. Das erklärte, warum der Kerl keine Zeit mehr für die Erde hatte.
„Michaela was sagt der göttliche Terminplan, wann habe ich wieder Zeit?" Michaela zog aus den Tiefen ihres Overalls ein in Leder gebundenes Buch heraus und blätterte darin.
"Nun, nächsten Oktober sind noch zwei Termine frei, dann erst wieder im Dezember Herr!" Gott schüttelte bedauernd den Kopf.
"Nun, schreibt mir einfach eine Instand Mail, wenn es etwas Dringendes gibt. Ich freue mich so aufgeweckte neue Leute unter den Meinen zu wissen. Michaela, ich wünsche dir viel Spaß bei der Ausbildung!" Michaela verzog das Gesicht.
"Aber Herr! Diese sechs sind aufsässig, ungehobelt und vorlaut!" Gott lächelte das gütige Lächeln, anscheinend war das sein Dauerprogramm und der Anblick allein brachte die meisten schon auf die Palme, "du schaffst das schon, du bist doch meine Beste!" Dann entschwand er. Michaela eilte wild gestikulierend hinter ihm her. Jetzt brach Madan wirklich in lautes Lachen aus.

"Produktionsfehler!" Mattia fand das gar nicht so lustig, Mumiah lachte mit und die anderen starrten sie verständnislos an.
Breenelle stand auf: "Hört sofort auf zu lachen! Das ist nicht lustig!"
Doch sowohl Mumi als auch Mad konnten sich kaum noch beruhigen. Bree holte schließlich zum Schlag aus und die Ohrfeige traf Madan mit einem lauten Klatschen im Gesicht. Nun, eins führte zum anderen und schon flogen die Fäuste nur so. Einzig Umabel stand daneben und versuchte alle zu beruhigen.
"Hört doch auf! Es nützt doch niemanden wenn ihr euch prügelt, Gewalt ist doch keine Lösung. Lasst uns drüber reden!" Arme Umabel, sie hätte es auch den Wänden erzählen können, niemand beachtete sie. Die Engel bekamen noch nicht mal mit, dass Michaela wieder das Zimmer betreten hatte. Ihr bot sich ein komischer Anblick, mal sah man in dem Knäul einen Arm, einen Fuß und ab und zu auch einen rotleuchtenden Kopf. Während Umabel wie ein aufgescheuchtes Huhn drum herum hüpfte. Wenn ihr jetzt denkt Michaela würde einen ihrer gefürchteten Brüller los lassen, falsch geraten, sie lachte. Und wie sie lachte! Es dauerte trotzdem einige Minuten bis das Lachen in das Bewusstsein der Kämpfenden durch drang. Abrupt hörte die Keilerei auf. Auf dem Boden saßen nun lauter verwirrt drein blickende Engel, mit kleineren Blessuren und vor allem außer Atem. Umabel stand schuldbewusst daneben und verstand die Welt nicht mehr. Als Michaela mit dem Lachen aufhörte, saßen die Engel immer noch außer Atem aber kleinlaut auf ihren Plätzen.

"Gut, ihr wollt euch also Austoben, dafür kann ich sorgen, wir gehen auf den Sportplatz!" Ohne die Reaktion der Anwärter abzuwarten ging Michaela voraus. Es dauerte einige Schrecksekunden, bis die Engel registrierten, dass sie folgen sollten.
Die nächsten Stunden verbrachten Madan und die Mädchen mit sportlicher Betätigung. Michaela hatte sichtlich Spaß daran sie mit Laufen, Fitness und Kampftraining bis zur Erschöpfung zu quälen.
"Ihr seid die Kampftruppe des Herrn, ihr müsst fit werden, los noch eine Runde!" Ihre goldene Pfeife schrillte und schrillte. Als sie endlich ein Erbarmen hatte und die völlig erledigten Probanden zum Abendessen schickte, war die Laune der sechs wieder im Keller. Sie ließen das Abendbrot aus und gingen direkt ins Bett. Leider schaffte es Madan sich so unglücklich auf seine Wolke zu werfen, dass sie mit einem lauten Krachen zusammenfiel. Total erschrocken und sich die Ellbogen, die er sich bei dem Unfall aufgeschürft hatte reibend, griff er nach dem Telefon. Es dauerte eine Weile bis ein Engelskommando auftauchte.
"Wie hast du das denn geschafft?" Madan stand da, mit einer Unschuldsmiene:
"Ich habe gar nichts gemacht!" Eine weitere halbe Stunde später konnte Madan in seine neue Wolke schlüpfen und auch endlich schlafen. Es war auch wirklich genug für einen Tag.

Der Initiations-Ritus

Nachdem sie wieder in dem quadratischen Raum angekommen waren, erzählte ihnen Loki kurz den Grund ihrer Anwesenheit.
"Es ist so, dass ihr auf die Erde geschickt werdet, um uns ein Artefakt zu besorgen. Natürlich wird diese Aktion belohnt. Ansehen, Respekt und ein kleines Vermögen wartet auf euch!"
"Was bringt mir denn bitte ein kleines Vermögen?" wollte Meddi wissen.
"Nun ihr seid hier ja keine Gefangenen, jedenfalls nach eurer Ausbildung nicht. Seht das ganze eher als die Grundausbildung beim Militär oder so. Wenn ihr euch dann also entschieden habt, werden wir nach dem Essen den Initiationsritus vornehmen."
Jessica wurde blass: "Was heißt entschieden, ich sehe das eher so, als hätten wir keine andere Wahl!"
Loki lächelte kalt. Das Mädchen war gar nicht so dumm.
"Was heißt In-Dingsda Ritus?" fragte Mark.
"Initiations-Ritus, Mensch Mark, das ist eine Art Aufnahme Ritual!" schimpfte Tanja los.
"Das bedeutet, ihr werdet offiziell in die Reihen des Teufels aufgenommen. Natürlich müsst ihr dafür noch diese Formulare ausfüllen. Soll ja alles seine Ordnung haben und dann werden wir euch sozusagen taufen!" Loki legte den angehenden Dämonen einen Vertrag hin. Dieser umfasste nicht weniger als

666 Seiten. Sie mussten nur noch den Namen ausfüllen und unterschreiben.
"Bekommen wir denn irgendwelche Fähigkeiten?" fragte Tobias.
"Aber sicher, ihr seid in der Hölle, hier haben wir die besten Ausbilder, die ihr euch nur wünschen könnt!"
Es dauerte nicht lange, bis Jessy, Tanja, Mark, Andy und Tobi ihre drei Kreuzchen unter den Vertrag gesetzt hatten. Lediglich Meddi las sich das Dokument durch. Die Wartezeit die dadurch für die anderen entstand, war nervig und schließlich maulte Mark:
„Alter, unterschreib den Wisch und gut ist!"
„Ich unterschreibe nichts, ungelesen!" beteuerte Meddi.
„Dann kannst du ja gleich ins Fegefeuer gehen!" stimmte Andy zu.
Mit vereinten Kräften überredeten sie Meddi schließlich doch, einfach zu unterschreiben. Da hatte er ungefähr fünfzig Seiten schon durchgelesen.
"Dann folgt mir bitte!" Loki nahm die Verträge an sich. Jetzt gab es kein Zurück mehr, der Teufel hatte ihre Seelen in seiner Hand. Er konnte jetzt damit machen was er wollte. Loki freute sich. Sechs Seelenverträge auf einen Schlag, dass ging einfacher als erwartet. Er führte die frischgebackenen Höllenbewohner in einen kleinen Raum, ähnlich einer Umkleidekabine im Schwimmbad.
"Da drin hängen Umhänge für euch. Bitte zieht alles aus, die Umhänge an."
"Auch die Unterwäsche?" kreischte Jessica los.

"Ja auch die Unterwäsche, ihr werdet sozusagen neu geboren und das nicht mit Kleidung." Loki verschwand.
"Wo ist er denn hin?" fragte Tanja zögerlich.
"Wir haben unsere Seelen gerade verkauft, ich glaub das immer noch nicht. Ich muss doch irgendwann mal aufwachen!" jammerte Meddi.
"Seele verkauft?" fragte Mark.
"Was denkst du denn was wir da unterschrieben haben?" blaffte Andy.
"Also wer geht vor?" fragte Jessica und zeigte auf die Kabine. Alle zögerten. Doch auch dieses Mal beschloss Mark den Versuch zu wagen. Entweder war er besonders mutig oder dumm, vielleicht auch beides?

Die Tür, die auf der anderen Seite der Kabine wieder hinausführte, endete in einem dunklen Raum. Man konnte nicht mal die Hand vor Augen sehen.
"Mark?" kam die piepsige Stimme von Tanja, nachdem sie als zweites durch die Tür gestolpert war und gegen ihn geprallt war. Jedenfalls glaubte sie, es sei der junge Mann.
"Ja? Alles klar?" fragte er und ging einen Schritt zur Seite.
"Wo sind wir hier?"
"Ich seh nichts, ich weiß es nicht!" erklärte er und hob seine Arme um etwas zu ertasten. Er fand auch etwas. Es war weich und rund und tat höllisch weh, als Tanja ihm eine scheuerte.
"Hör auf mich zu begrabschen!" fauchte sie.
"Sorry, ich seh nichts!" wiederholte er und rieb sich die Wange. Wie konnte sie im Dunkeln so gut treffen?

Verdammt. Nach einiger Zeit waren auch die anderen durch die Tür und standen im Dunkeln.

Es dauerte noch eine Weile, dann gingen in einiger Entfernung Feuer an. Im ersten Moment war das Licht so grell, dass die sechs ihre Augen schließen mussten. Es kam von zwei Feuern, die neben einem runden Becken standen. Und etlichen Kerzen die in Haltern an der Wand hingen. Um das Becken herum standen zwanzig Leute. In schwarzen Kutten, weißen Kutten und auch in Goldenen Kutten.
Eine der Gestalten in Weiß kam jetzt auf sie zu. Führte sie zu dem Becken, während die anderen einen Gesang anstimmten. Es klang unheimlich, wie eine Beschwörung. Wahrscheinlich war es auch sowas.

Der in Weiß öffnete die Kordel von Marks Umhang, er stand jetzt nackt im Licht der Kerzen. Dann wurde er über die Treppe, die aus drei Stufen bestand zum Rand des Beckens geführt. Mark ließ das alles mit sich geschehen. Er sagte nichts, er machte einfach mit. Die anderen sahen zu, wie er in das Becken stieg, einmal untertauchte und auf der anderen Seite von einem in schwarz wieder erwartet wurde.
"Ego te baptizo, fili mi Maryu!" Mark kniete nieder und der Kuttenträger malte ihm ein Zeichen auf die Stirn. Dann bekam er einen anderen Umhang und gesellte sich zu den auf der anderen Seite warteten Personen.

"Ich zieh mich nicht aus!" entrüstete sich Jessica, nachdem der Kuttenträger in Weiß vor ihr stand.

"Mann, bist du prüde!" schimpfte Tobias und drängelte sich vor.
"Was hat der Typ eigentlich zu Mark gesagt?" wollte Tanja wissen.
"Das war Latein, ich glaub sowas wie ich taufe dich!" wusste Meddi. Er hatte Recht, denn nach diesem Ritual, sollte der Name des jungen Mannes nicht mehr Mark sein.

Tobias ging ebenso bereitwillig mit dem Kuttenträger mit, vollführte auch das Bad in dem Becken und wurde ebenfalls mit einem Zeichen und dem Lateinischen Spruch getauft: Topoke sollte sein neuer Name sein. Dasselbe geschah auch mit Meddi, dessen neue Identität zu Muzoun wurde. Auch Andy ging, ohne viel Federlesen, auf das Ritual ein und wurde als Atumi neu geboren. Nur die Mädchen standen wie angewurzelt da.

"Ich zieh mich nicht aus!" schimpfte Jessica. Tanja hatte ebenfalls ihre Arme fest um den Körper geschlungen. Der Kuttenträger in Weiß kam auf sie zu. Tanja fühlte wie sich ihre Arme von allein lösten. Ihr Kopf sagte ihr, nein, ich will das nicht, doch ihr Körper gehorchte ihr nicht mehr. Wie eine Marionette ließ sie es zu, ging ohne die vielen Worte, die ihr auf der Lippe lagen mit und jetzt kam die Abweichung. Denn die Frauen wurden von zwei Männern in das Bad begleitet. Diese führten sie und wuschen sie, mit dem merkwürdigen Wasser. War das überhaupt Wasser? Tanja schloss die Augen. Die Schwämme, die die Männer hatten waren rau und taten ihr weh, wahr-

scheinlich würde sie ohne Haut wieder aus dem Becken steigen. Doch dem war nicht so. Auch bekam sie auf der anderen Seite keinen schwarzen Umhang, sondern einen hellblauen.
"Ego baptizo tibi filiam meam, Tfaji!" auch dieser Spruch hatte sich geändert.

Leider ging dieses Ritual mit Jessica nicht so einfach, denn sie hatte nicht vor sich wie ein Lamm zur Opferbank schleifen zu lassen. Sie kreischte, schlug um sich und weinte. Loki trat aus den Goldkuttenträgern hinaus.
"Meine Liebe, es ist nicht schlimm, dass siehst du doch! Keiner kann dir etwas tun!" versuchte er das hysterische Geschrei zu unterbrechen.
"Ich will nicht, dass die da mit mir mitgehen!" Tränen liefen ihr über die Wange.
"In Ordnung, dann tauchst du einmal unter, wenn dir das lieber ist. Ich werde auch jedem hier sagen, sie sollen die Augen schließen!" Loki's sanfte Stimme beruhigte sie. Sie fühlte sich auch sofort geborgen und nicht mehr ängstlich. Die rechte Hand Satans band die Kordel auf, die das Gewand hielt und führte sie zum Becken. Furchtsam starrte Jessica auf die glänzende Oberfläche. Es schimmerte schwarz im Kerzenlicht. War das wirklich Wasser? Vorsichtig tippte sie es mit dem Zeh an. Es war warm, es war schmierig.
"Was ist das?" fragte sie den Lehrer.
"Ungefährlich, schließ deine Augen meine Liebe!" wieder lullte sie die Stimme des Dämonenchefs ein. Sie schaffte es durch das Becken und wurde auf der anderen Seite wie Tanja zuvor in hellblauen Stoff ge-

hüllt. Loki der sie am Rand des Beckens erwartete, klopfte ihr fürsorglich auf die Schulter:
"Na siehst du, war nicht schlimm - dein neuer Name ist: Jeyoui!" er umarmte das zitternde Mädchen und ging dann zurück zu seinesgleichen.
"Man war das peinlich!" schimpfte Atumi.
"Und wie, sag mal Jeyoui wie hast du bitte bis jetzt überlebt?" fragte Muzoun.
Eine Antwort bekam er nicht. Jeyoui stand im Hintergrund und weinte leise. Tfaji stand ungerührt daneben, sie dachte nur, was für eine dumme Kuh!

Der Chef dieser Runde sprach noch einige lateinische Worte:
"Eam accipimus in nostra ordines Atumi," Atumi trat vor. "Maryu," dieser verstand ja nicht was er tun sollte und musste von Topoke vorgeschubst werden. Während der Chef alle anderen auch noch aufrief, knieten die schwarzen Kuttenträger nieder.
"Cunctanter excepisse Inferno scriptor Angeli!" sangen sie.
"Was singen die denn da?" fragte Tfaji wieder und plötzlich konnte sie es verstehen, wie von selbst wiederholte sie es:
"Willkommen ihr Engel der Hölle!" erstaunt über ihre Fähigkeit plötzlich Latein zu können, schlug sie sich die Hand vor den Mund.

Loki brachte sie aus dem Raum wieder hinaus, zu der Badekabine und zeigte ihnen dann ihre Unterkünfte.
"Wieso konnte ich plötzlich verstehen, was die gesungen haben?" fragte Tfaji.

"Mit dem Bad im Ziegenblut habt ihr die Grund-Fähigkeiten bekommen, dazu gehört auch alle Sprachen binnen Sekunden zu verstehen!"
"Ziegenblut?" schrie Jeyoui.
"Oh man Frau, stell dich halt an!" schimpfte Muzoun. Das Gezicke und hysterische Wesen von Jeyoui ging ihm tierisch auf den Sack.
"Du hast unterschrieben Jey, du gehörst jetzt dem Gehörnten. Aber keine Angst, du wirst nie wieder in Blut baden müssen!" erklärte Loki.
Er hatte Recht, mit dem Bad im Blut, war aus der jungen Frau eine Dämonin geworden und diese hatten keine Periode, bluteten nicht und je länger sie Dämoninnen waren, umso weniger Schmerz würden sie fühlen. Alle weltlichen Emotionen, wie Liebe und Mitgefühl würden nach und nach verblassen. Sie standen jetzt im Dienste des Bösen. Ob sich das Böse, das gut überlegt hatte?

Die Schlafräume der sechs sahen kalt und dunkel aus. Erinnerten an die Zellen in den alten Klöstern, dennoch stand schon ein kleines Nachtmahl bereit, Suppe und Tee.
"Echt jetzt? Ist das alles?" fragte Muzoun.
"Muzo, da ihr heute dem Ritual beigewohnt habt, müsst ihr heute noch fasten und eine Nacht leiden, gehört dazu." erklärte Loki und ließ sie in ihrem Unglück allein.
"Was bitte habe ich getan, dass du mir das antust Gott?" schimpfte er.
"Bist du irre? Du kannst doch nicht nach Gott rufen hier!" zischte Topo.

"Ich bin müde, mir doch egal, ich schlaf jetzt!" Maryu legte sich auf das harte Brett und war wirklich binnen Sekunden eingeschlafen.

Das Frühstück, welches sie am anderen Morgen erwarten sollte, entschädigte sie für alles.

Der Herrscher der Unterwelt

Die frischgebackenen Dämonen erwartete ein Festmahl zum Frühstück. Die letzte Nacht hatten sie mehr oder weniger gut geschlafen und fühlten sich jedoch etwas erschlagen.
"Ich hoffe es schmeckt euch!" Ein Mann mit je einem Messer in der Hand kam an den Tisch, an dem es sich die sechs bequem gemacht hatten.
"Sehr gut, wer sind sie?" Antwortete Muzoun. Irgendwie kam ihm der Kerl bekannt vor.
"Ich bin nur Jack, der Küchenchef hier!"
"Jack? Jack the Ripper?" staunte Muzoun dem es soeben wie Schuppen von den Augen fiel.
„Aber sicher, bist du ein Fan?" fragte der Mann mit leuchtenden Augen.
„Kochen kannst du ja anscheinend!" stellte Maryu fest.
„Oh ja, Leberpastete und Nieren in Blutorangensoße sind meine Spezialität!"
Die Mädels spuckten sofort aus, was sie gerade im Mund hatten und würgten.
Loki trat an den Tisch heran.
"Genau und vergiss nicht die kleinen Herzen, hast du nicht was zu tun Jack?" sagte er ernst. Jack zuckte erschrocken zusammen, verbeugte sich und verschwand wortlos in der Küche.
"Die haben ja alle echt Angst vor dir!" stellte Maryu fest.

"Die wissen schon warum!" Lokis Augen wurden kurz schwarz und dann wieder strahlend blau. "Wenn ihr fertig seid, werden wir dem Chef einen Besuch abstatten, er will euch sehen!"
So war das also, sie sollten vor den Teufel treten.

Mit mulmigem Gefühl betraten sie das große Büro. Es war in erdfarben gehalten und spiegelte eine eher gemütliche Atmosphäre wieder. Eine braune Couch stand an der rechten Seite, ein großer Flatscreen gegenüber zeigte ein Feuer. Eine von diesen Kaminimitierungs-DVDs. Konnte sich der Teufel keinen Kamin leisten? Normalerweise beobachtete der Teufel über diesen TV all das Böse, was die Menschen trieben und freute sich sehr darüber. Nicht nur, dass seine Abteilung den Planeten vernichtete, auch die Menschen hatten keinen Respekt mehr vor Gottes Schöpfung. Am schönsten jedoch fand er, dass diese ganzen Taten nicht seinem Einfluss zuzuschreiben waren, sondern seinem Widersacher in die Schuhe geschoben wurde. Ja, ja in Gottes Namen. Wenn er einen richtig miesen Tag hatte, dann sah er sich die Krisenherde der Welt an. Es war schon teilweise lächerlich, wieso Menschen töteten. Die Welt formte sich immer mehr nach seinen Vorstellungen. Insgeheim, so musste er jedoch zugeben, war er mit der Geschwindigkeit, die das Ausmaß an Zerstörung annahm nicht zufrieden. Wenn es so weiter ging, dann wäre bald nichts mehr übrig und dann? Was brachte es böse zu sein, wenn niemand mehr da war, zu dem man böse sein konnte? Das alles hoffte er zu erfahren, wenn er nur endlich dieses Schriftstück besaß.

Außer den Neuankömmlingen standen noch die Mitglieder des oberen Managements im Büro.
"Meine Lieben Kinder, setzt euch, setzt euch!" forderte der gutaussehende Mann auf. Tfaji und Jey waren sofort hin und weg von seinem Charme. Wen störte es schon, dass er Hörner hatte? Der Mann war einfach nur heiß. Sie setzten sich auf das Sofa, wobei die Mädchen versuchten dem Teufel besonders nah zu sitzen.
"Nun, ich stelle euch kurz meine Liga vor:" erklärte er und zeigte auf Loki.
"Ihn kennt ihr ja schon, er ist meine rechte Hand und euer Betreuer, bis ihr die Ausbildung abgeschlossen habt. Wie ich hörte, konntet ihr auch schon den General kennenlernen. Er ist der Grund, warum ihr hier seid!" Jetzt lächelte er böse. Ein schmachtendes Seufzen kam von der Couch. Grübchen! Konnte jemand noch besser aussehen, als dieser Mann?
"Ich entschuldige mich noch einmal Chef!" presste der General hervor.
"Aber warum denn Mars? Alles gut, nur kein Stress." Er schritt zum nächsten,
"Hier haben wir den Boss des Fegefeuers, Hades!" Er zeigte auf den Buchhalter Schrägstrich Geldeintreiber Typen. Dann kam er zu der einzigen Frau im Raum.
"Verdammt, mir wird so heiß!" schimpfte Topoke sofort.
"Nicht nur dir, wer ist denn die rattenscharfe Braut?" fragte Atumi.
"Die „Braut" ist Lillith, sie ist sozusagen die Mutter der Hölle!" lächelte Satan.

Die Mädels warfen der heißen Frau vernichtende Blicke zu. Sie wurden augenblicklich eifersüchtig. Während jetzt die vier Kerle aufreizende Blicke zu der jungen Frau schickten, die sie kalt anstarrte. Obwohl sie so viel Sexappeal ausstrahlte, ihr Gesicht sagte überdeutlich, dass mit ihr nicht gut Kirschen essen war. Dies schien die Jungs aber nur noch mehr anzutörnen. Alle vier saßen auf der bequemen Couch und griffen sich immer wieder in den Schritt, es wurde echt unbequem für sie.

"Nun ihr kennt jetzt die Personen, die euch lehren werden. Ich erzähle euch jetzt warum ihr hier seid: Die Gegenseite, also Gott und seine Leute, haben die Rolle der Erkenntnis gefunden. Das heißt gefunden ist zu viel gesagt, sie glauben zu wissen wo diese Rolle sich befindet. Der alte Knacker hat also beschlossen neue Engel loszuschicken, um diese zu bergen. Wir wollen diese Rolle vorher haben, denn wir glauben, dass sie ein Geheimnis birgt, welches uns hilft den Himmel zu übernehmen. Da wir vor langem unsere Eingreiftruppe verloren haben, müssen wir nun auch neu ausbilden." Der Teufel spielte also mit offenen Karten.

"Sind wir sowas wie die apokalyptischen Reiter?" fragte Atumi.

"Oh nein, die Reiter sind nicht mehr direkt in unserem Unternehmen. Wir mussten sie leider entlassen, sie outsorcen, wie man heute sagt. Die arbeiten jetzt freiberuflich für eine Zeitarbeitsfirma!" erklärte Hades.

"Was ist mit meiner Krankheit? Ich brauche meine Tabletten." fragte Muzoun.

"Nach deinem Bad gestern, nun, es hat heilende Wirkung. Du bist wieder völlig hergestellt!" erklärte Loki.
"Kannst du alle Krankheiten heilen? Auch Dummheit?" fragte Jey.
"Tut mir leid, aber gegen Dummheit ist immer noch kein Kraut gewachsen!" bedauerte der Teufel.
"Tja Maryu, die Hoffnung stirbt zuletzt!" grinste Topoke.
"Aber sie stirbt!" ergänzte Muzoun und lachte.
"Haltet euer Maul, ich bin nicht dumm!" schimpfte der junge Mann.
"Deinen Sprachfehler haben wir behoben, aber mehr konnten wir für dich nicht tun!" erklärte Lillith. Ihre Stimme war dunkel und geheimnisvoll.
Maryu nickte: "War ja auch nicht mehr zu tun!"
"Oh glaub mir, für mich kannst du noch viel tun!" lächelte Topoke und hob eine Augenbraue hoch.
Loki, der einen Ausbruch von Lillith verhindern wollte, denn das endete nie gut, warf schnell ein:
"Der Chef hat noch viel zu tun und wir auch, auf geht's!"
"Ruf mich an, Baby!" flüsterte Topoke noch im vorbei gehen und sie verließen das Büro.

"Die steht nicht auf dich, das ist dir klar, oder?" fragte Muzo.
"Die Frau, die ich nicht rumkriege, die muss erst noch geboren werden!" Topoke grinste siegessicher.
"Glaub mir, eh sie bei dir auftaucht, wird sie mein Zimmer finden!" warf Maryu dazwischen.
Loki, der etwas vorgelaufen war, hörte nur mit einem halben Ohr zu, denn das andere war damit beschäf-

tigt, den Mädels zuzuhören, die ihn mit Fragen zu seinem Chef bombardierten.
"Hat er eine Freundin? Was für Musik hört er?" Wie kleine Mädchen schwärmten sie von ihm. Der Teufel eine Freundin? Loki musste sich echt das Lachen verkneifen. Als ob sich der Teufel mit sowas zufrieden gäbe. Er nahm sich die Frauen, die er wollte und er kannte den Geschmack seines Chefs. Die zwei gehörten nicht dazu. Doch das sagte er ihnen nicht, wer weiß für was es gut war, dass sie so verknallt waren. Wieder wurde er als Star gefeiert. Poster konnte man in der Geschenke Boutique kaufen und er war sicher, dass die Mädels das tun würden.
"Wann sehen wir ihn wieder?" fragte Tfaji gerade.
"Wenn ihr die Aufgabe gelöst habt, denke ich. Morgen beginnen wir erst mal mit eurer Ausbildung. Wir dürfen keine Zeit mehr verlieren."
Loki brachte die sechs zu dem Klassenraum und verschwand dann, ohne ihnen eine weitere Arbeit aufzuhalsen.

Hermes
Der, der den Göttertrank vergöttert

Mitten in der Nacht wurden die Engel geweckt. Nein, es stand kein neues Sportprogramm auf dem Plan. Gabriel war es, der die sechs aus den Betten holte. "Hey, los aufwachen! In zwanzig Minuten trifft Hermes ein!" Ach ja ihr Plan. Im dünnen Nachthemd mit Latschen schlurften die Engel hinter dem gutgelaunten sadistischen Seelenversandchef her. Madan trug eine Flasche Göttertrank, seines Zeichens Whiskey mit sich. Bree gähnte lauthals:
"Gott, das ist so unfair, ich will wieder ins Bett!"
"Psst! Ach und dann die nächsten Wochen mit Mintgrünen Overalls rumrennen? Wir machen uns total lächerlich damit!" zischte Mumiah zurück.
"Ich mag Mintgrün!" erwiderte Umabel müde.
"Du spinnst ja!" Coretha zeigte Bel einen Vogel. "Damit sehen wir aus wie Frösche!"
"Ich mag Frösche!"
"Wenn ihr nicht bald still seid, dann werdet ihr auch Frösche!" zischte nun Gabriel und bog um eine Ecke. "Zurück!" Hastig sprangen die Engel in eine Nische. "Okay wir müssen jetzt sehr vorsichtig sein. Am besten wir nehmen die Feuerleiter, im Treppenhaus können wir uns nirgends verstecken! Hier lang!" Vorsichtig schlichen sie in eine Abstellkammer. Eine einzelne

Glühbirne leuchtete auf, als er an dem Faden zog, der mitten im Raum hing. Das Licht schwankte und ließ Schatten auf den zwei Regalen tanzen. Verschiedene Kanister und Flaschen standen darin. Industriereiniger. Alles biologisch abbaubar, versteht sich. Besen, Wischer und Eimer waren ordentlich in einer Ecke gestapelt. Hinter einem der Regale öffnete Gabriel ein Fenster. Mit einem Quietschen, das in der absoluten Stille wie Donnerschlag laut widerhallte, zog er die Feuerleiter herunter.

"Psssssst!" kam es einstimmig von den Engeln.

"Das scheiß Ding brauch Öl, werde mich morgen gleich mal drum kümmern!" schimpfte Gabriel. Sie warteten noch einige Sekunden, lauschten ob jemand das ohrenbetäubend laute Geräusch vernommen hatte, dann schickte Gabriel Coretha auf die Leiter.

"Los, ihr müsst sieben Stockwerke nach unten. Ich mach das Fenster von innen auf."

"Du kommst nicht mit uns?" Gabriel schüttelte den Kopf.

"Ihr fallt auf, wenn ihr nachts durch die Gänge streift, ich nicht, also zack."

Madan streckte ihm noch die Flasche hin.

"Dann nimm du das!" Gabriel stopfte sich die Flasche in seinen Hosenbund. Dann verschwand er leise durch die Tür. Es dauerte eine Weile bis sich alle durch das kleine Fenster gezwängt hatten. Dann hörte man nur noch wie die Engel sich gegenseitig auf die Finger stiegen.

"Aua, das war meine Hand du Arsch!" zischte Mumiah.

"Dann kletter schneller!" fauchte Mattia zurück.

"Haha, hast du mal nach unten gesehen?" meckerte Coretha. Das war eindeutig die falsche Aufforderung. Die Leiter endete im Leeren Raum. Durch die Schäfchenwolken konnten die sechs auf die Lichter einer großen Stadt schauen. Die so weit weg war, als säße man in einem Flugzeug. Der Anblick war atemberaubend.

"Wow, was für eine Aussicht!" staunte Mattia.

"Aussicht? Wenn wir daneben treten sind wir Seelensuppe!" Umabel klammerte sich an die Leiter und zitterte so heftig, dass die Leiter wackelte. Dabei klapperte sie laut durch die ruhige Nacht.

„Mach nicht so ein Lärm!" beschwerte sich der Mumi, der selbst mit der Angst zu kämpfen hatte.

"Keine Panik, da unten müsste Gabriel sein!" Ja müsste traf es wirklich.

Gabriel wurde leider unterwegs aufgehalten, was unsere Engel nicht wussten. Er hatte im Treppenhaus Jesus getroffen. Der Sohn Gottes wollte unbedingt mit ihm einige Spielzüge für das anstehende Footballspiel durchgehen.

"Ich habe jetzt echt keine Zeit, ich werde erwartet." Diese Ausrede ließ der Mann, der es gewohnt war seinen Willen zu bekommen, nicht gelten.

"Wieder ein Date? Wie machst du das nur? Wer ist denn die Glückliche?" Gabriel stöhnte. Er malte ihm einige wenige Striche auf ein Blattpapier und verabschiedete sich:

"Hier die Spielzüge, auswendig lernen, bis morgen dann!" Während Jesus noch total verwirrt auf das Striche-Wirr-Warr blickte, das keinen Sinn ergab, verdrückte Gabriel sich.

Die sechs standen immer noch halb staunend, halb verängstigt und zitternd auf der Feuerleiter, als Gabriel ihnen endlich das Fenster öffnete.

"Wurde auch Zeit Mann!" Nacheinander kletterten sie wieder in einen kleinen Raum, der voll mit Paketen und Briefen war. Diese lagen verteilt auf Tischen und in Regalen. Eine Waage und Frankierstation nahmen den Hauptteil des Raumes ein.

"Was ist das denn hier?"

"Hermes wird gleich auftauchen, ich würde sagen ihr geht in Deckung." Die Engel, die sich immer noch nicht ganz erholt hatten, von ihrer Kletterpartie, taten wie ihnen geheißen. Sie versteckten sich hinter dem großen Schreibtisch, auf dem Stempel sich stapelten und hinter einem Berg mit Paketen, die in einem Rollwagen lagen.

Die Flasche Göttertrank stand gut sichtbar für den Götterboten neben einem Glas auf dem Waagentisch. Jetzt hieß es abwarten. Sie waren keine Minute zu früh eingetroffen. Ein junger gutaussehender Mann betrat den Raum. Er hatte eine hellblaue Uniform mit aufgedruckten Flügeln und pfiff fröhlich eine Melodie. In seinen Armen trug er einige Pakete.

"Das muss Hermes sein, hübscher Kerl!" raunte Corry zu Mattia.

"Ich steh nicht so auf Männer in Uniform!" Hermes blieb die Melodie im Hals stecken, stattdessen ließ er einen anerkennenden Pfiff los, als er das für ihn bereitgestellte Getränk bemerkte.

"Mh, eigentlich darf ich während meiner Schicht ja nicht trinken, aber ein Schluck in Ehren kann keiner

verwehren!" Der junge Mann legte das Paket zur Seite und hob die Flasche an.
"Ui, ui auch noch der gute No. 7 von Jack. Endlich weiß einer mal meine Arbeit zu schätzen!" Er besah sich noch kurz liebevoll das Etikett, dann öffnete er langsam den Schraubverschluss.
"Herrlich dieses Aroma!" seufzte er und goss sich ein Glas ein. Gabriel saß mit Mumiah hinter einem der Regale.
"Das läuft ja schon mal gut, Madan soll in den Transporter steigen!" zischte er fast lautlos. Leider blieb er doch nicht ganz ungehört.
"Hallo? Ist hier wer?" der Götterbote, der einen Schluck bereits im Glas schwenkte, sah sich misstrauisch um. Noch ehe Mumiah wusste, wie ihm geschah, schubste Gabriel sie nach vorn. "Autsch, man was soll das denn?" fluchte sie.
"Lenk ihn ab, lass deinen Charme oder was auch immer spielen, Hauptsache du besorgst genug Zeit für Madan!" Mumiah warf Gabriel einen vernichtenden Blick zu, ehe sie sich weiter in den Raum wagte.
"Tittenbonus, meinst du wohl!" fauchte sie, dann setzte sie ihr lieblichstes Lächeln auf und trat etwas verlegen ins spärliche Licht.
"Hallo!" Hermes stellte sein Glas wieder hin.
"Oh, ich wusste nicht das jemand hier ist, ich mach mich wohl lieber wieder auf den Weg!" Etwas panisch blickte sich Mumiah um, nein, sie musste jetzt den Kerl dazu bringen zu trinken.
"Nein, nein ich habe gehofft, dass du heute vorbeikommst!" stotterte sie eher zaghaft. Jetzt fielen Hermes fast die Augen aus dem Gesicht. Mumiah hatte

nun mal diesen einmaligen Blick drauf. Leider war sie in Sachen Verführung nicht geübt genug, was nun auch Coretha mitbekam und kurzentschlossen von der anderen Seite auf den Postboten zu kam.
"Um ehrlich zu sein, wir hatten gehofft dich zu treffen!" Erschrocken drehte sich Hermes zu dem anderen Engel um. Coretha hatte schon ihr T-Shirt ausgezogen und stand nun, nur mit einem BH bekleidet vor ihm. So abgelenkt bemerkte der junge Mann nicht, dass Mumiah sich seine Lieferscheine ansah und schließlich das Paket fand, welches die bestellen Overalls enthalten müsste. Sie schob es etwas weiter weg, von dem Stapel, damit Madan das richtige austauschen konnte.
"Leute, ich also...wow!" Während nun Coretha auf Teufel komm raus, mit dem Opfer flirtete, gab Mumiah hektische Handzeichen zu Madan.
"Los, mach schon!" Madan brauchte leider etwas länger um zu verstehen was die Mädels von ihm wollten, anscheinend war er auch abgelenkt durch Corethas Show. Schließlich packte Mattia das Päckchen, in dem mit Sicherheit die scheußlichen grünen Overalls waren und warf es Madan zu. Jetzt erwachte er aus seiner Starre und verschwand hinter dem Rücken der drei Flirtenden zur Tür hinaus. "Hoffentlich weiß er was er zu tun hat!" stöhnte Mattia und robbte zu Gabriel. Der Schutzengel hatte einen Bürostuhl herangezogen und Hermes sanft darauf gedrückt.
"Wenn er nur annähernd so gut ist, wie diese zwei da", er zeigte auf die Mädels, auch Mumiah hatte sich nun ihres T-Shirts entledigt und flößte dem völlig

verdutzten Boten den Whisky ein. Dabei setzte sie sich auf seinen Schoß.

"Warum bin ich kein Götterbote, ich sollte Umschulen!" stöhnte Gabriel, der es augenscheinlich wirklich genoss. Es dauerte fast zehn Minuten und eine halbe Flasche des bernsteinfarbenen Getränkes, bis Madan triumphierend ein Paket an die Stelle legte, an der die Bestellung von Michaela lag. Corry und Mumi schauten spielerisch auf ihre Handgelenke.

"Was so spät schon, wir bekommen tierisch Ärgern wenn wir nicht zu unserer Schicht antreten." Sie zogen fast gleichzeitig ihre T-Shirts wieder über und nahmen gebührenden Abstand zu dem mittlerweile betrunkenen Boten.

"Du musst jetzt gehen, wir sehen uns aber sicher wieder!" flöteten die Mädels, als sie den Mann mit der Restflasche aus der Tür schoben. Ehe sich Hermes versah, saß er am Steuer seines Wagens und die hübschen Engel waren verschwunden.

"Los, lasst uns verschwinden, so besoffen wie der ist, lässt Petrus ihn nicht wieder raus!" Gabriel winkte die Engel wieder zu der Feuerleiter.

"Ihr müsst 5 Stockwerke nach oben!" Jetzt wurde Mattia panisch.

"Bist du irre? Weißt du eigentlich wie tief es da hinunter geht?" Gabriel zuckte nur mit den Schultern. "Was solls, ihr seid eh schon tot!" Diese unüberlegte Äußerung brachte ihm einen Boxhieb ein.

"Du könntest gut tackeln, hast du nicht Bock in meinem Team mitzuspielen?" japste er, nachdem er wieder Luft bekam.

"Vergiss es!" grummelte Mattia.

Da hörten sie auch schon Schritte auf dem Gang, "los, los!" trieb Gabriel sie an.
Während Madan und Coretha schon fast oben angekommen waren, stiegen die anderen nun eilends auch zum Fenster hinaus. Gabriel jedoch blieb, er konnte immerhin so tun als würde er etwas suchen. Er hatte gerade das Fenster hinter sich geschlossen, als die Tür aufging und Petrus herein kam.
"Gabriel? Was machst du denn hier?" Während Gabriel dem Torwächter nun irgendwas von einer bestellten Footballuniform erzählte, auf die er nun schon seit Wochen warten würde, klammerten sich Mattia und Umabel hinter Bree und Mumiah an die wacklige Leiter.
"Nicht nach unten schauen!" brüllte Madan vom rettenden Fenster, welches für die anderen noch Meilen entfernt zu sein schien. Jeder kennt es, wenn man ruft, nicht nach unten schauen, dann schaut man natürlich nach unten. Die Leiter wackelte immer mehr und auch die Engel zitterten wie Espenlaub, als sie sich in Madans Zimmer auf sein Bett fallen ließen. Welches, zum zweiten Mal binnen vierundzwanzig Stunden einfach nachgab und zusammenbrach.
"Das darf doch nicht wahr sein!" Madan raufte sich die Haare.
"Ups, sorry, ähm...." der Blick des einzigen männlichen Engels verfinsterte sich.
"Seht zu das ihr Land gewinnt, ich kümmere mich darum!" Die immer noch zittrigen Mädchen nickten und verdrückten sich. Während er erneut auf die Reparaturmannschaft wartete und sich wieder hinstellte:

"Ich habe nichts gemacht!" Diesmal muss man ihm sogar zugestehen, hatte er recht.

Michaela auf Kriegspfad

Am nächsten Morgen hatten alle sechs dunkle Ränder unter den Augen. Sie hatten nach ihrem nächtlichen Abenteuer auch nur wenig Schlaf bekommen. Madan natürlich am wenigsten. Der Reparaturtrupp hatte ihn böse angesehen, weil es eben schon so spät war und auch schon das zweite mal. Provisorisch hatten sie die Wolke mit Stahlseilen an der Decke befestigt. Madan wurde fast seekrank und fiel ein- zweimal sogar aus dem Bett heraus. In der Mittagspause würde er um eine stabilere Konstruktion bitten. Er war ganz und gar nicht der Hängematten Typ. Trantütig und vor allem gähnend, saßen die Engel nun im Klassenzimmer. Michaela kam herein, in grasgrün gekleidet. Grün war definitiv nicht ihre Farbe, sie sah aus wie ein Grashüpfer. In ihren Händen hielt sie das Paket. "Entschuldigt, ich war eben noch eure Kleidung abholen." Jetzt wuchs die Aufmerksamkeit bei den fünf Mädels, sie hatten Madan nicht gefragt, was genau er da ausgetauscht hatte. Keiner wusste, was sich eröffnen würde, sollte Michaela den Karton öffnen. Madan gähnte nur ausgiebiger. Gespannt waren die Gesichter auf Michaela gerichtet, die mit einer Schere das Klebeband löste. Fast in Zeitlupe, so kam es den Engeln jedenfalls vor. Michaela legte die Schere beiseite und öffnete den Karton. Sie sah erstaunt aus.
"Was ist das denn?" fragte sie und hob eines der Päckchen an. Es sah aus wie schwarze Gummianzüge.

"Das habe ich nicht bestellt!" Madan grinste nur. Die anderen Engel sahen etwas verwirrt zu ihm herüber. "Nein, also!" Michaela öffnete eins der Pakete und ein hautenger schwarz-grün schimmernder Taucheranzug kam zum Vorschein. Natürlich nicht aus Neopren, eher aus einer Art Haut.
"Das ist ja widerlich, was ist das für ein Material?" fragte Mumiah. Michaela zog nun ein Blatt Papier heraus.
"Hier steht: sechs Anzüge aus Mistkäferflügel, selbst anpassend!" angewidert ließ sie das Kleidungsstück fallen.
"Ihhhhhh!" klang es aus den Engelsmündern. Das Kreischen verstärkte sich, als der fallengelassene Anzug, sich von allein bewegte und zusammenlegte. Einzig Mattia stellte trocken fest: "Praktisch, nie wieder Klamotten zusammenlegen!"
Selbst Madan, den nichts so leicht aus der Ruhe brachte, warf Mattia dafür einen vernichtenden Blick zu. Als sich das zusammengelegte etwas, auch noch zurück in den Karton bewegte, ergriff selbst Michaela die Flucht in den anderen Teil des Raumes.
"Das muss ein Fehler sein, ich werde das sofort klären!" schnappte sie etwas ängstlich nach Luft. "Toll, das geht nicht, Corry und Mumi haben sich dafür ausgezogen!" stellte Madan unvernünftiger Weise fest.
"Was soll das heißen?" fragte Michaela hellhörig.
"Nichts, gar nichts, er will nur die Mädels ärgern!" stellte Bree mit einem bösen Blick zu Madan klar. "Ich habe einen Vorschlag!" meldete sich nun Coretha.

"Der da wäre?" Corry zog ein Blatt hervor, einige Stifte und zeichnete mit schnellen gekonnten Strichen einige Modepuppen aufs Papier.
"Erlauben Sie uns, unsere eigene Kleidung zu machen!" Michaela überlegte eine Weile. Noch ehe sie jedoch eine Entscheidung treffen konnte, öffnete sich die Tür und Jesus kam herein geschlendert. "Michaela, ich suche meine Hockeyschläger!" sagte er zu dem leeren Pult, da Michaela noch immer mit den anderen an der hinteren Wand stand. Verdutzt blieb Jesus vor dem Paket stehen.
"Deine Hockeyschläger sind im Gartenhäuschen, würdest du freundlicherweise auf dem Weg dahin, den Karton bei der Poststelle abgeben?" grinste sie etwas verlegen. Jesus, der völlig überrumpelt war von so viel Freundlichkeit, schnappte sich den Karton und drehte sich zu ihr um.
"Klar, altes Haus, mach ich. Wir sehen uns später!" Madan sang, nachdem die Tür hinter dem Heiland zugeschlagen war:
"Jesus trug Käfer im Arm, Jesus war ein guter Mann!" Die Erzengelin atmete auf, als auch schon ein Schrei vom Gang her kam. Alle im Raum zuckten zusammen. Das Kreischen und trappeln auf dem Flur nahm zu.
"Ich glaub da ist ein Anzug ausgebüxt!" stellte Bree fest.
"Na super, ich geh nicht daraus!" Mumi versteckte sich halb hinter Corry, die noch immer ihre Skizze hochhielt. Michaela straffte ihre Schultern, setzte wieder ihr Lehrerinnen-Gesicht auf und meinte: "Verlangt ja auch keiner von uns, Coretha ich finde deine

Idee gut, wie wäre es wenn ihr jetzt eure Klamotten designend, ich bin gleich zurück!" Dann ging sie zwar erhobenen Hauptes, jedoch recht zaghaft auf den Flur hinaus.

Während die Engel-Anwärter ihre eigenen Klamotten designten, fand Michaela auf dem Flur, lediglich die leere Schachtel vor. Der Lieferschein klebte zirka anderthalb Meter an einem Lüftungsschacht. Von den lebenden Anzügen war nichts zu sehen, auch sonst schien der Gang wie ausgestorben. Eilig lief die rechte Hand Gottes zur Security-Zentrale. Der diensthabende Engel Raphael verspeiste gerade einen mit Zuckerguss umhüllten Donut.
Das Büro der himmlischen Überwachungszentrale sah aus wie ein Hightech Center. Die Wand zierten Unmengen an Monitoren, die jede mögliche Einstellung der Bereiche abdeckte. Anscheinend war der ganze Himmel videoüberwacht. Davor war ein Schaltpult, das zum Bedienen der Monitore war. Da vor saßen drei Engel und langweilten sich. Es gab nichts, was sie zu tun hatten. Auf einem der Monitore lief eine Soap-Opera.
"Michaela, was treibt dich denn hier her?" In kurzen Sätzen legte sie ihren Bericht ab. Dem Security-Erzengel fiel der angebissene Donut aus der Hand.
"Ich ruf die Truppe zusammen, wir müssen die Anzüge finden!" Gesagt, getan. Wenig später standen sechs weitere Engel in dem kleinen Raum.
"Diese Anzüge bestehen aus Mistkäfern, ihr wisst, was das ist!" Die Engel nickten nur, öffneten wie in einem der MIB-Filme ihre Spinde und schnallten sich

gelbe Kanister auf den Rücken. Lange Ungeziefer-
spritzen, mit Pistolengriff in der Hand. Nun sahen sie
aus wie die Ghostbusters. "Ausrücken, ich will alle
sechs erledigt haben!" befahl Raphael. Er und Michaela schlossen sich mutig der Truppe an. Sie hatten sich
die oberen Stockwerke ausgesucht. Wie Geheimagenten schlichen sie um jede Ecke, überprüften vorsichtig
jeden Raum und sahen sogar hinter jedem Vorhang
nach. Wenn ihnen ein unbedarfter Engel entgegen-
kam, zischten sie:
"Bring dich in Sicherheit, der Feind lauert hier irgendwo!" Die Engel sahen erst erschrocken, dann
amüsiert aus und machten sich aus dem Staub.
"Hier Alpha, haben einen Feind entdeckt, sitzt im
Keller. Es scheint zu jammern?" erklang es ungläubig
aus dem Walkie-Talkie.
"Ist egal, Feuer frei!" blaffte Raphael, dem dieses Katz
und Mausspiel sehr zu gefallen schien. Endlich war
mal was los in dem lahmen Laden.
"Jetzt erklär mir bitte wie das passieren konnte!" fragte er Michaela.
"Ich hatte Overalls bestellt und das wurde mir gelie-
fert, was kann ich denn jetzt dafür?" Raphael flüsterte:
"Wenn du noch lauter redest, finden wir nie einen von
denen!" Michaela war nun sichtlich empört. "Ist ja
sowieso alles meine Schuld wenn man dich so reden
hört, ich gehe, ich muss mich um was anderes kümmern, mach deinen Scheiß doch alleine!" Damit trenn-
te sie sich beleidigt von Raphael. Michaela bog also in
den Gang ein, indem die Fresken und Statuen Michelangelos standen und blieb wie angewurzelt stehen.
Ein kleiner, aber doch hörbarer Schreckensschrei ent-

fuhr ihren Lippen. Laut genug, dass Raphael ihn hörte. Selbst wenn er ihn nicht gehört hätte, den anschließenden Krach konnte man nicht überhören. Die Erzengelin schlug mit ihrer Insektenkanone auf die Statuen von Michelangelo ein:
"Na wartet, ich mach euch fertig!" schrie sie dabei. Zwei der Anzüge hatten es wohl lustig gefunden die Marmorstatuen in schwarz-schimmernde Objekte zu verwandeln. Anstatt sie jedoch zu besprühen, wie es der Plan war, hatte sie damit begonnen die Statuen kurz und klein zu schlagen. "Zur Seite Ela!" brüllte Raphael und eröffnete das Chemiefeuer. Die Anzüge quietschten, versuchten sich in Sicherheit zu bringen, doch bald schon lagen tote Käferpanzer zwischen den Trümmern der Kunstwerke. Durch die Chemie aufgeweicht, flossen Farben von den Bildern des berühmten Leonardos in Sturzbächen dazwischen. Die Anzüge waren besiegt. Sowohl Leonardo, als auch Michelangelo stürzten in den Gang, sahen die Schäden und fingen an zu zetern.
"Meine Meisterwerk, ihr Tölpel, ihr Kunstbanause!" schrie Michelangelo mit italienischen Akzent und Leonardo weinte fast, anhand der Schäden.
"Alles ruiniert, ihr habt alles ruiniert!" Raphael stand ohne jede Regung dabei, Michaela halb hinter ihm versteckt, hatte etwas mehr Mitleid.
"Jeder Krieg fordert Opfer, hört auf zu jammern! Der Feind ist unter uns! Los Ela, wir haben noch etwas vor!" Michaela wagte kaum die verzweifelten Künstler anzusehen, warf ihnen trotzdem einen entschuldigenden Blick zu und lief hinter Raphael her. Wäh-

rend die Meister also schimpfend und weinend zurück blieben, traf sich der Trupp in der Kantine.
"Da sind sie!" erklärte einer der wartenden Männer. Es waren die letzten drei. Sie hatten sich tatsächlich bewaffnet. Sie standen da, ohne Hände oder Füße und ohne Kopf, aber sie hatten sich Küchenmesser und Gabeln gegriffen und warfen damit nach der Einsatztruppe. Raphael machte seinen Leuten klar, dass sie die drei Ninja-Kampfanzüge umzingeln sollten. Gesagt getan.
"Ey ihr Möchtegern-Bruce-Lee's, „ rief der Chef.
"Die sind gut!" jammerte es unter einem Tisch hervor. Der echte Bruce Lee hatte sich in Deckung begeben und sah sehr bleich aus.
"Bruce?" fragte die Erzengelin. "Dich kann doch nichts so schnell umhauen, was ist los?"
Er zeigte ihr sein Hinterteil, darin steckten vier Gabeln und jammerte: "Ich sag doch, die sind gut!" "Wir sind besser! Vorsicht!" rief Raphael und stieß Michaela ein Stück zur Seite, ein Messer flog um Haaresbreite an ihrem Ohr vorbei.
"Ihr macht mich grad richtig sauer!" schimpfte sie. Die Käferanzüge schienen nur zu lachen, naja es klang jedenfalls so. Die anderen hatten sich in Position gebracht.
"Feuer!" rief Raphael und der Nebel zischte aus den sechs Kanonen. Irgendwer fand es wohl lustig und untermalte die Szene mit dem Song von Ray Parker Jr. Aus den Lautsprechern hörte man laut und deutlich:
"If you're seeing things, running through your head, who can you call - ghostbusters?" Die Anzüge wehrten sich nach Leibeskräften, doch schon bald verloren

sie das Besteck. Es klapperte und polterte und quietschte und zischte. Die Kantine war in einen ekligen Rauch aus Insektenvernichtungsmittel gehüllt und Bruce Lee sang lauthals den alten Song mit. Es legte sich eine Ruhe über das Kampfgewühl, lediglich der Song lief noch immer.
"Das war's, gute Arbeit Leute und macht mal jemand diesen Krach aus!" dabei trat Raph auf einen der letzten widerlichen Viecher, das versuchte an ihm vorbei zu krabbeln. Es knackte leise unter seinem Schuh.
"Nun, die Kantine muss jetzt erst mal entgiftet werden, so können wir hier nicht essen!" stellte Bacchus fest. Er war der Küchenchef und tauchte aus dem Nichts auf.
"Meine schöne Küche! Wer hat diese Anzüge rein gelassen?" Nun, Aufräumen und so, das war nicht mehr Raphaels Aufgabe. Er begab sich mit seiner Truppe zurück in den Einsatzraum und köpfte dort eine Flasche Wein. Diese tranken sie wie Helden die auf einem Schlachtfeld saßen, aus Alu-Bechern. "Das war gute Arbeit! Ich werde euch lobend in dem Bericht erwähnen. Jemand verletzt wurden? Brauchen wir ein Purple Heart?"
Der Vorfall konnte nie wirklich aufgeklärt werden. Doch die Geschichte ging noch Jahrhunderte durch die Hallen. Den wirklichen Zusammenhang, mit den neuen Engeln, den Uniformen und dem Abend in der Poststelle, fanden die Oberen zum Glück nie heraus.

Die Bestimmung

Am nächsten Morgen schon, hatte Coretha ihre Entwürfe fertig. Michaela zeigte ihr den Weg zur göttlichen Schneiderei und schließlich landeten die modischen Outfits bei Versace auf dem Tisch. Dieser versprach ihr sofort mit der Produktion zu beginnen und war begeistert, dass er mal etwas anderes als diese blöden Overalls produzieren durfte. Natürlich handelte es sich bei den Entwürfen nicht um Einteiler. So hatte sich Madan für schwarze Jeans und einen Schwung cooler Metall-T-Shirts entschieden. Umabel für praktische Hemden und hellen Hosen. Man würde mehrere Varianten der gewünschten Kleidung schneidern, versprach man Corry. Sie kam gerade wieder zurück in den Klassenraum, als eine Delegation ebenfalls auf das Zimmer zusteuerte. Die Gruppe sah merkwürdig aus, nicht nur der bierbäuchige Zwerg, auch die Gestalt mit der Sense in der Hand und die blonde Barbiepuppe fielen den sechs ins Auge.
"Was sind das denn für Leute?" wunderte sich Bree, als Corry sich setzte.
"Keine Ahnung, abwarten?"
Michaela trat also vor.
"Nun, eure Auswertungen haben nicht viel ergeben, aber ihr bekommt heute eure Bestimmung. Diese Herrschaften hier, werden sich dann mit der spezifischen Ausbildung von euch kümmern!" Der komische Zwerg trat vor.

"Gestattet mir, dass ich mich vorstelle: Amor!" Aus den hinteren Reihen war ein Schnauben zu hören. "Gibt es irgendwelche Probleme?" giftete Michaela sofort los.
"Nichts, es wird nur langsam einiges klar!" grinste Mumiah. Amor schien nicht zu verstehen, worauf sie anspielte. Michaela schon und musste sich beherrschen nicht loszulachen. Auch sie war kein Fan des "Rocker-Zwerges". Dieser trug heute eine rote Windel und an den Ketten, die von den Sicherheitsnadeln herunterhingen, glitzerten Herzchenanhänger. Der Zwerg ging durch die Reihe und begutachtete alle Engel, schließlich blieb er vor Mumiah stehen.
"Du wirst meine Weddingpeach!" Mumi schrak zurück.
"Warum ich?" Amor war schon wieder zurück gegangen und trug irgendwas in irgendeiner Liste ein.
"Weil du mit ein bisschen Make Up und einem guten Friseur aussiehst wie ein Rauschgoldengel." "Was? Willst du mich verarschen? Du spinnst wohl!" Mumi war aufgesprungen und protestierte. "Nein, er spinnt leider nicht! Geh mit ihm, dann bekommst du deine Flügel!"

*Entschuldigung, dass ich mich als Autor grade mal wieder einmische, aber Mumiah als Liebesengel? Als sogenannte Weddingpeach? *nach Luft schnapp* Klar, optisch gesehen würde es passen, aber ich kenne kein Mädchen, Frau ja nicht mal einen Mann der mehr und häufiger flucht als Mumiah. Sobald ich mich wieder beruhigt habe, von meinem Lachanfall, werde ich euch die anderen vorstellen.*

Ein hagerer großer Mann, ein Men in Black trat vor. Auch er ging durch die Reihen und blieb schließlich vor Mattia stehen.
"Du wirst ein Todesengel werden!" Aua! Verdammt, was für ein Gekreische war das bitte? Die Stimme des MiB lag in einer unerträglichen Tonlage. Selbst Matti musste sich die Ohren zuhalten. "Oh, Verzeihung!" Der Mann, dessen Gesicht eher wie die einer Mumie aussah, drehte an einem Gerät, welches um seinen Hals hing. Augenblicklich wurde seine Stimme angenehmer.

"So, ich bin der gesandte des Todes!" stellte er sich vor und verbeugte sich dabei.
"Cool!" antwortete Mattia.
 "Da ein Todesengel weder weiblich, noch männlich sein darf, bist du die perfekte Wahl. Von mir wirst du alles über den Tod lernen!" Mattia verzog zwar etwas den Mund, dann zuckte sie mit den Achseln und der Tod nahm sie mit sich fort. Michaela trat auch vor und zeigte stumm auf Bree.
"Du bist diejenige, die man am besten formen kann. Du bist beherrscht und unauffällig, du wirst mein Kriegsengel!" Bree erwachte aus ihrem Halbschlaf.
"Was soll das heißen? Unauffällig?" Bree hatte ständig neue Haarfarben und auch sonst eine eher kräftige Statur. Ihre Haare hatten jetzt einen fliederfarbenen Ton, sie stand auf Veränderung. Fast wöchentlich machte sie sich eine neue Haarfarbe.
"Red' nicht lang rum, du bekommst deine Flügel und wirst bei mir bleiben für deine Ausbildung!" Bree, die das ganze immer noch nicht so ganz verinnerlicht hatte, zuckte mit den Schultern.

"Ich bin Venus und ich habe gehört hier ist eine Designerin unter euch, die werde ich ausbilden, zum Schutzengel. Sie hat Geschmack!" Coretha verzog entsetzt das Gesicht. Diese bis zur Entstelltheit operierte Barbiepuppe? Corry machte sich ganz klein in ihrem Stuhl.

"Coretha, na los, steh schon auf!" Diese kam ganz langsam auf die Ausbilderin zu. Beugte sich angeekelt etwas weg von ihr. Doch Venus, die eine liebevolle Person war, nahm sie in ihre Arme. "Hach, ich freu mich so mit dir zusammenzuarbeiten!" Dann entschwand sie vor der entsetzen Coretha aus dem Zimmer.

"Na los, geh schon mit, es geht immerhin um deine Flügel!" Umabel und Madan sahen sich an. Sie waren die einzigen die übrig waren, doch der Raum war leer. Kein weiterer Ausbilder stand zur Verfügung. So meinten sie jedenfalls. Doch da flatterte ein winziges Wesen um Bel herum. Nicht größer als ein Glühwürmchen. Erschrocken wedelte Bel mit ihren Händen in der Luft.

"Hey, was soll das?" eine piepsige Stimme erschallte. "Bel, das ist Tinkerbell." Umabel stutzte.

"Tinkerbell? Wie bei Peter Pan?" fragte sie.

"Nun, die Geschichte von Peter Pan entstand durch sie. Sie ist eine Muse!" erklärte Michaela. "Muse?" Umabel versuchte in dem Glühwürmchen etwas zu erkennen.

"Du bist zwar etwas groß für eine Muse, aber trotzdem, ich werde dir beibringen eine Muse zu sein!" Das Glühwürmchen flog zur Tür. Es dauerte einige Sekunden, ehe Umabel aus ihrer Überraschung aufwachte und ihr folgte. Madan lehnte sich zurück. Er war als einziger noch übrig.

"Feen? Was bekomm ich dann? Einen Kobold?" witzelte er.

"Hast du was gegen Kobolde?" Direkt neben seinem Tisch stand eine kleine Figur. Nicht größer als ein Gartenzwerg, mit grünem Hut und einem Kleeblatt im Mund.

"Ähm, ähm...." stammelte Madan.

"Beweg schon deinen kleinen Arsch, da du der Rest bist, muss ich dich wohl zum Racheengel ausbilden. Die anderen sind ja schon weg!" Madan stand wie von allein kerzengerade vor dem Gnom. "Ja Sir!" salutierte er. Gegen seinen Willen. Dieser Zwerg hatte es echt drauf! Nun gut, nachdem jetzt jeder seine Bestimmung gefunden hatte, trafen sie sich wieder bei der Flügelausgabe.

Die Flügelausgabe war eine Werkstatt. Neugierig betraten alle die Halle, in der auch die Pferdewagen der himmlischen Reiter standen. Man sah vor allem jede Menge defektes Zubehör. Neugierig schauten sich die Engel alles an. Nahmen das eine oder das andere in die Hand, nur Madan stand wie ein Zinnsoldat neben seinem Ausbilder. Tinkerbell umschwirrte die Engel und erklärte einige der Teile.

"Das ist der Zauberstab der Zahnfee, sie schafft es immer wieder sich auf ihn draufzusetzen und dann bricht er!" Es gab neben diversen Zauberutensilien auch elektrische Geräte und Computer. Zum wiederholten Male ließ Michaela die Klingel ertönen. Ein verschlafen aussehender Engel trat zu ihnen. Raziel, der Ingenieur öffnete genervt eine Luke.

"Wer stört?" grummelte er. Als er Michaela erkannte, unterdrückte er ein Gähnen und setzte eine freundlichere Miene auf.
"Was kann ich denn tun für die rechte Hand Gottes?" Michaela zeigte ihm die Liste.
"Flügel, ja okay, da muss ich kurz suchen. Es dauert einen Moment." Er öffnete die Tür zur Lagerhalle und alle folgten ihm auf den Fuß. In der Halle herrschte ein heilloses Durcheinander. Überall lag Holz herum. Von der Decke hingen unzählige Modelle. Modelle von ein und demselben Schiff. In jeder Größe.
"Was zum Teufel ist das hier?" fragte Mumiah.
"Pscht!" zischte Amor. "Der Teufel hat damit nichts zu tun, im Gegenteil!"
"Mir doch egal, was ist das hier?" erwiderte Mumiah aufsässig.
"Raziel hatte für Noah die Pläne der Arche gezeichnet, seitdem sind ihm aber die Ideen ausgegangen!" erklärte Umabel und wunderte sich, woher sie das wusste.
"Gut gemacht meine Liebe!" zwitscherte Tinkerbell.
Die Vergabe der Flügel war schmerzhaft. Ein Brandzeichen wurde den Engeln zwischen ihre Schulterblätter gemacht. Je nach Bestimmung sahen die Zeichen anders aus. Alle Engel jaulten auf vor Schmerz, nur Madan, der traute sich nicht auch nur einen Pieps von sich zu geben.
"Ein Soldat hat immer Haltung zu bewahren!" war seine erste Lektion. Na da hatte er sich ja was eingebrockt. Fast schon sehnte er sich nach der Seelensuppe.

Die Party oder
heiße Schokolade mit Gott

"Also das mit den Flügeln bekommen, dass hab ich mir anders vorgestellt!" giftete Bree. Die Flügel waren wie eine Art Tattoo, welches nur zu sehen war, wenn es benötigt wurde. Michaela hatte alle auf einen Platz geführt und sie sollten sich auf die Flügel konzentrieren.
"Jeder Engel und jede Art Engel hat andere Flügel. Wenn ihr euch jetzt auf die Stelle auf eurem Rücken konzentriert, werdet ihr es sehen!" Mit verkniffenen Augen standen die Engel da, dachten an ihre Flügel und nix geschah. Bei keinem der Engel erschien auch nur ein kleines Flügelchen.
"Toll, seid ihr sicher das die Dinger auch funktionieren?" fragte Madan eher skeptisch. Die Erzengelin lachte. Sie hatte die verkniffenen Gesichter fotografiert und grinste sie an.
"Ja, nur hat das mit Konzentration nichts zu tun!" Ihr Lachen wurde lauter. Da hatte sie die sechs schön an der Nase herumgeführt.
"Blöde Kuh!" meckerte Mumiah.
"Mit was denn sonst?" fragte Mattia, die ganz versessen darauf war, ihre Flügel zu testen.
"Nun, mit Gefühlen. Eure Flügel kommen dann, wenn ihr etwas ganz intensiv fühlt." erklärte eine andere Frau die neben Michaela aufgetaucht war.

"Ich bin Aphrodite." Die Pleitegöttin war höflich und zuvorkommend, ganz anders als noch vor einigen Wochen.
"Aphrodite, was machst du denn hier?" Ela jappste noch immer und zeigte der Göttin das Bild. Diese ließ sich zu einem Schmunzeln verleiten. Sie war viel schöner, wenn sie lächelte.
"Ich bringe die Heiligenscheine!" Dabei zog sie eine Schachtel hervor.
"Heiligenscheine?" fragte Corry ungläubig. Nun, moderne Heiligenscheine bestanden nicht aus Licht und schwebten über dem Kopf, oh nein. Sie sahen eher aus wie Tablets.
"Keine Angst, sie schweben nicht sinnlos über euren Köpfen!" lachte die Göttin.
"Gott sei Dank!" Umabel griff unwillkürlich über ihren Kopf.
"Diese Darstellung ist grundfalsch und noch nie hatte ein Engel so einen dämlichen Kopfschmuck. Die Menschen haben einfach zu viel Fantasie." Aphrodite gab jedem der Engel ein goldenes Tablet.
"Das besondere an diesem Gerät, wenn ihr hinten die Verankerung löst, dann habt ihr ein Mobiltelefon. Leider kann man damit nur Engel anrufen, Menschen empfangen die Frequenz nicht." erläuterte sie weiter. Dann drückte sie jedem einen Brief in die Hand.
"Darin befindet sich euer Pin, ich denke ihr seid alle mit Technik großgeworden und findet noch heraus, wie das alles funktioniert. Ihr solltet eure Nummern gleich austauschen, ihr werdet sie für eure Mission sicher brauchen!" Michaela schaute genervt. Ihr Flug-

unterricht wurde erheblich durch diesen modernen Krimskrams gestört.
"Ich will diese Dinger nicht in meinem Unterricht sehen!" schimpfte sie auch sofort los. Aphrodite verdrehte die Augen und verabschiedete sich.
"Wir sehen uns wieder, bis bald ihr Lieben!"
"Bis bald ihr Lieben!" äffte Ela sie nach, als sie verschwunden war.
"Gut ihr habt es gehört, Gefühle sind wichtig zum Fliegen! Konzentriert euch auf ein Gefühl. Du Corry solltest dich auf das Gefühl der Sicherheit konzentrieren!" Corry überlegte, wann fühlte sie sich denn sicher?
"Ah, verstanden, ich soll mich dann wohl auf Liebe konzentrieren?" fragte Mumiah.
"Du hast es erfasst!" Ela klang wieder etwas versöhnlicher. Da der Liebesengel nicht viel mit Liebe anfangen konnte, zu oft wurde sie verletzt, fiel es ihr schwer sich daran zu erinnern, wie sich die Liebe anfühlte. Sie brauchte eine ganze Weile, eh sie die Erinnerung daran hervor gekramt hatte und auch der Schutzengel musste lange nachdenken. Während also die zwei über ihre Gefühle nachdachten, flogen vier weitere Arme in die Luft.
"Was denn?" fragte Michaela.
"Ähm, Krieg, auf was soll ich mich denn da konzentrieren?" Bree stand total ratlos da.
"Das wird schwierig, denn wenn du dich auf das falsche einlässt, kann es sein, dass du eine Waffe herauf beschwörst und soweit sind wir noch nicht mit deiner Ausbildung. Nun gut, denk an Macht, genau, denk daran wie mächtig du bist!" Nachdem Michaela auch

dem Todes-, Rache- und Botenengel erklärt hatte, woran sie denn denken sollten, schaffte es jeder der Engel für eine knappe Minute die Flügel auszubreiten.
"Gut das war es für heute, wir machen Morgen weiter. Geht euch jetzt ausruhen!"
"Das ist ganz schön anstrengend, aber habt ihr gesehen? Tiefschwarz sind meine Flügel!" freute sich Mattia.
"Eigentlich sollten wir das feiern, oder?" Die anderen schlurften etwas erschöpft hinter dem Todesengel her.
"Ich bin so müde!" stöhnte Umabel.
"Was haltet ihr von einer Mitternachtsparty?" ereiferte sich Matti.
"Gähn, echt jetzt?" fragte Bree.
"Bis Mitternacht halt ich nicht durch!" sträubte sich auch Mumi.
"Ich mache euch einen Vorschlag. Bis Mitternacht sind es noch gut vier Stunden, was haltet ihr davon, wenn wir jetzt schlafen und um Mitternacht eine Party feiern?" Mattia gab nicht auf.
"Bin dafür, aber jetzt erst mal ins Bett", gähnte Madan.

Mattia war aufgeregt, es war fünf vor zwölf und sie strampelte sich aus der Wolke. Zog einen schwarzen Morgenmantel an und tapste barfuß zur gegenüberliegenden Tür. Es dauerte eine Weile bis sie Madan wach hatte, gemeinsam weckten sie die anderen.
"Wir könnten doch was bestellen!" meinte Mumi, die immer noch müde aussah.

"Das ist doch der Witz, soll doch keiner mitbekommen, das ist wie im Ferienlager!" Mattia hatte bereits einen Plan.
"Wie alt bist du?" gähnte Bel.
"Ihr seid echte Langweiler!" schimpfte der Todesengel. Schließlich schaffte sie es doch die Engel dazu zubringen ihr zu folgen.
"Wir holen uns in der Küche was wir wollen und dann wird gefeiert!" Nun gut, der Plan war an sich nicht schlecht, doch ohne eine Karte, dauerte es ewig bis sie auch nur das Treppenhaus fanden. Mussten sie nun nach oben? Oder doch nach unten? Sie irrten hinter Mattia her. Zischten hier und da, wie blöd die Idee war und landeten in einem Raum. An der Decke dieses Raumes flimmerten bunte Lichter.
"Wow!" sagte Corry beeindruckt.
"Seht euch das an!" stellte auch Bel fest.
"Ein Spiegelkabinett!" ergänzte Madan. Vorsichtig betraten sie das Labyrinth. In jedem Spiegel den sie fanden, sah man einen anderen Raum. Mal eine Küche, mal eine Bibliothek oder ein Badezimmer. "Ob das die Überwachungszentrale ist?" fragte Bree und starrte in ein Wohnzimmer. In diesem Moment hörten sie ein lautes Kreischen.
"Was ist passiert?" Bree sah sich um, keiner der anderen war noch zu sehen. Sie bahnte sich einen Weg durch die vielen Gänge und stieß auf Bel.
"Wer hat da so geschrien?" fragte Bel. Bree schüttelte den Kopf und sie irrten zusammen durch die endlos scheinenden Gänge. Viel zu oft landeten sie in einer Sackgasse.

"Ich sagte doch es war 'ne Scheißidee!" fluchte Madan von irgendwoher. Immer tiefer gelangten sie in den Spiegelwald.
"Kommt her, schnell!" rief es wieder von irgendwo, rechts oder war es links? Es schien Tage zu dauern, waren jedoch nur Minuten, bis sie endlich auch vor dem Spiegel standen, in den Mumiah erschrocken hineinsah. Eine Figur musterte sie. Ein schlanker junger Mann. Blaue Augen und einen hervorstehenden Zahn. Er sah nicht böse aus, aber auch er schien nach jemanden zu rufen. Wer war er?
"Was ist das?" fragte Madan.
"Sollte es nicht 'Wer ist das' heißen?" stellte Bel fest.
„Oder ‚Wo ist der?'" warf der Racheengel ein.
"Vielleicht kann man den berühren!" fragte sich Corry.
"Nein, tu das nicht!" hielt Mattia sie davon ab, das kühle Glas anzufassen.
"Wenn der uns jetzt auch sehen kann?" fragte Mumiah.
"Schaut mal, da sind noch mehr!" Weitere Gestalten erschienen und blickten ungläubig zu ihnen heraus.
"Das sind auch sechs, seht doch mal was die anhaben!" Bree riss ihre Augen weit auf.
"Das sind Overalls!" schluckte Madan.
"Mintfarbene Overalls!" die Engel starrten sich ungläubig an.
"Was zum..." da ging in dem Spiegel das Licht an und die Figuren, rannten in alle Himmelsrichtungen davon.
"Ich glaube wir sollten auch verschwinden, wenn die uns auch sehen konnten und jetzt fliehen, wer weiß

wer da gerade kommt!" schlug Bel vor. Die anderen nickten und traten gemeinsam den Rückzug an.

"Was war das?" fragte Madan, als sie schließlich doch noch in der Küche angekommen waren und sich über ein Mitternachtsmahl hermachten.

"Ein Spiegel in eine andere Abteilung?" fragte Mattia. "Ich weiß nicht, habt ihr gesehen was die trugen?" Mumiah stopfte sich eine Tomate in den Mund, die platzte und verteilte ihr Innenleben auf dem Tisch.

"Das mit dem Essen, üben wir nochmal!" entschied Corry und reichte ihr einen Lappen.

"Sagt mal kommt euch das nicht alles auch merkwürdig vor?" fragte Bel.

"Was genau meinst du?" antwortete Madan.

"Na alles, wir wachen auf in einem Fastfoodrestaurant, werden plötzlich als Engel bezeichnet, bekommen Flügel und sollen irgendeinen Auftrag erledigen, von dem keiner weiß was es eigentlich ist?" Ein betretendes Schweigen trat ein.

"Stimmt, mir kommt es vor als wolle uns da jemand verarschen!" stellte Mattia fest.

"Ja aber die Flügel sind doch echt? Oder habe ich das nur geträumt?" fragte Corry.

"Ich meine, warum wir? Was bitte haben wir mit dem Ganzen zu tun?"

"Das kann ich euch erklären!" Erschrocken fuhren die Engel herum. Niemand hatte die Tür im Auge behalten. Gott stand im Türrahmen.

"Nur keine Panik, ich bin nur hier, um mir eine heiße Schokolade zu machen. Könnt ihr nicht schlafen?" fragte er gütig lächelnd und ging zum Herd.

"Oh Gott, hast du mich erschreckt!" seufzte Mumiah.

"Das tut mir leid!" antwortete er und lächelte.
"Also gut, du wolltest uns erklären warum wir!" Gott nickte nur, öffnete den Kühlschrank und entnahm ihm die Milch. Dann kramte er in dem Schrank und beförderte einen Topf ans Tageslicht. Währen er die Milch im Topf auf die Herdplatte stellte, summte er eine kleine Melodie. Die sechs warteten gespannt. Sie hatten vergessen ihre Brote zu essen, außer Madan, der genüsslich weiter in das dickbelegte Sandwich biss.
"Also was ist nun?" mampfte er mit vollem Mund.
"Nun, damals als mein Sohn noch nicht geboren war, gab es einen Mann, Moses, ihr habt sicher schon von ihm gehört?" Die sechs nickten.
"Er hatte es sich zur Aufgabe gemacht wichtige Artefakte, die seiner Meinung nach göttlichen Ursprungs waren in einer Kiste zu lagern!"
"Die Bundeslade?" fragte Bree.
"Ja so nannte er die Kiste wohl. Unter anderem befand sich darin, dass erste Schriftstück, welches je erstellt wurde!"
"Was hat das mit uns zu tun?" Gott hatte sich einen Pot mit dampfenden Kakao genommen und setzte sich zu den Engeln.
"Esst nur weiter, ich erzähle euch was das mit euch zu tun hat." Während die Engel aßen erzählte Gott eine endlos lange Geschichte von Moses, ähnlich der, die in der Bibel geschrieben stand.
"Die Lade, oder Kiste steht nun kurz vor der Entdeckung, sie wurde unzählige Male von uns neu versteckt, nun wieder fand ein Wissenschaftler heraus, dass es diese Lade wirklich gibt. Wir müssen nun also

diese Lade finden und das Schriftstück an uns bringen. Kein sterblicher darf es jemals in die Finger bekommen. Es ist zu außergewöhnlich und könnte sich negativ auf die Menschheit auswirken. Und darum seid ihr hier."
"Dann beam es doch einfach her!" sagte Mattia.
"Das geht leider nicht, wir dürfen nicht aktiv eingreifen, von hier aus. Wir müssen jemanden auf die Erde schicken, es zu finden. Zumal wir selbst nicht wissen wo genau wir suchen sollen. Einzelheiten dazu erfahrt ihr noch früh genug!" Bree nahm einen Schluck von dem Kakao, Gott wusste was gut schmeckte:
„Ihr habt die Lade doch versteckt, wieso wisst ihr jetzt nicht mehr wo sie ist?" wunderte sich Coretha.
„Oh nein, versteckt hat sie jemand anderes. Keiner weiß wo genau sie sich befindet, aber es gibt Hinweise, die bekommt ihr aber noch früh genug genannt!" Gott hatte nun einen Schokoladenbart.
"Okay wir besorgen dir das Schriftstück und dürfen dann zurück zu unserer Familie?" Bedauernd schüttelte Gott den Kopf.
"Nein, ihr werdet hier bleiben müssen. Ihr seid jetzt Engel, ihr gehört nicht mehr zu den Menschen!" "Und warum wir?" fragte Corry.
"Nun, ihr seid vom Schicksal auserwählt worden!" Sie plauderten noch einige Stunden mit Gott, über Gott und die Welt. Er sprach oft wie ein Politiker, sagte viel aber nichts aus.
"Ihr solltet noch einige Stunden schlafen, ihr habt einen anstrengenden Tag vor euch!" verabschiedete er sich schließlich. Müde und satt schlichen die Engel zurück in ihre Zimmer. Der Weg zurück schien einfa-

cher zu sein. Göttliche Fügung, nannte man das wohl.
Wirklich viel hatten sie nicht erfahren, doch ihnen
wurde klar, dass dies alles kein blöder Scherz war, sie
wirklich im Begriff waren für Gott zu arbeiten.
"Hoffentlich lohnt es sich!" seufzte Bel und schlief ein.

Knuffi und die Büchse der Sandora

Etwas ratlos standen die sechs in einem der Gänge. Loki hatte ihnen den Rest des Tages freigegeben und sie wussten nichts mit sich anzufangen. Was tat man denn in seiner Freizeit, hier in der Hölle? Da kam etwas rostbraunes an ihnen vorbei gehuscht und nahm ihnen die Entscheidung ab.
"Da ist Knuffi," rief Jey.
Kurz nach dem streunenden Kater, kam der General um die Ecke.
"Habt ihr eine Katze gesehen?" fragte er mit bedrohlichem Unterton.
"Katze?" fragte Maryu und stellte sich dumm.
"So ein hässliches Vieh mit Schwanz! Wenn ich die erwische, das Fellbündel hat die Waffenkammer auf den Kopf gestellt!" schimpfte Mars.
"Ähm, also Katze, nein haben wir nicht!" Muzoun wurde blass. Was hatte Knuffi da nur angestellt. Er wollte lieber nicht wissen, was der Kriegsgott mit seinem geliebten Kater anfangen würde, wenn er ihn fand. Wütend machte der General kehrt und entschwand um eine Ecke.
"Hinterher!" rief Atumi, kaum dass der wütende Mann weg war. Das taten sie dann auch, sie rannten dem Kater hinterher, der nun schon einiges an Vorsprung hatte. Sie teilten sich in zwei Gruppen auf, als sich die Gänge teilten.

"Okay, wir gehen rechts, wir müssen Knuffi vor dem General finden!" bestimmte Jeyoui und diesmal waren alle einverstanden, dass sie die Befehle gab. Sie suchten fast eine Stunde, dann trafen sie vor der Tür zum Dachboden der Hölle wieder aufeinander.
"Letzte Chance, wenn sie da nicht ist, dann weiß ich auch nicht mehr!" Topoke hatte schon die Hand auf der Klinke.
"Wir haben Mars getroffen, er hat sie jedenfalls auch noch nicht!" beruhigte Maryu seinen Mitstreiter. Muzoun wurde vor Sorge immer blasser im Gesicht.

Auf dem Dachboden der Hölle lag allerlei Gerümpel. Jedes Gerät, das je erfunden wurde und als Teufelswerk abgestempelt worden war, wurde hier eingelagert. Da war die erste Glühbirne und dort das erste Lagerfeuer. Blitze in Gläsern und Motoren jeder Art.
"Ih, was ist das denn?" fragte Jey, die vor einer riesigen Figur stand. Diese Figur hatte annähernd Ähnlichkeit mit einem Menschen. Sie sah aber irgendwie grün aus.
"Hulk?" fragte Maryu.
"Ich denk eher es ist Frankensteins Ungeheuer!" überlegte Muzoun. Da hörten sie ein Miauen. Die Katze war also tatsächlich hier.
"Da oben, auf dem Schrank mit den Dosen!" rief Tfaji und zeigte auf ein altes wackliges Regal im hintersten Eck. Ein Dutzend Dosen und Gläser standen darauf.
"Komm her Knuffi, sei ein braver Kater und komm zu Herrchen!" versuchte Muzo zu locken. Die Katze fauchte, schlich zwischen den Gefäßen hin und her und schließlich kam, was kommen musste. Das erste

Glas fiel zu Boden. Blitzschnell reagierte Topoke und warf sich nach vorn, um es aufzufangen. Er schaffte es.
"Puh! Das war knapp!" erleichtert hob er das Glas, welches mit einem merkwürdigen Rauch gefüllt war in die Luft. Da flogen auch schon zwei weitere Gläser gen Boden. Dieses Mal reagierten Tfaji und Maryu und konnten ein Unglück verhindern. Während Muzoun versuchte seine Katze noch immer mit süßen Worten anzulocken, musste auch Jey ein Unglück verhindern.
"Blödes Mistvieh!" brüllte Topoke. Das hätte er wohl nicht tun sollen, denn die Katze fauchte erneut und sprang, zwei Dosen mit sich reisend von dem Regal. Die Dosen fielen scheppernd zu Boden, unerreichbar für die fünf bereits am Boden liegenden Helden.

Ein ekliger Gestank machte sich breit, dazu kam eine Rauchwolke.
"Bäh das stinkt!" Maryu hielt sich die Nase zu.
"Wer hat hier einen fahren lassen?" schimpfte auch Tfaji.
Doch keiner der sechs war an dem Geruch schuld. Die Katze war durch die offene Tür geflohen und Muzoun hob die zwei aufgesprungenen Dosen auf.
"Ich glaube der Gestank kam hier raus!" Er versuchte durch den merkwürdigen Nebel die Schrift zu entziffern. Leider war die Dose so verrostet, dass nur noch Stücke der Inschrift zu erkennen waren und diese waren kyrillisch.
"Macht mal jemand ein Fenster auf?" fragte Atumi der sich wieder auf die Beine gekämpft hatte.

"Wo ist die Katze hin?" wollte Jeyoui wissen.
"Abgehauen, der wurde hier die Luft zu dick!" grummelte Topoke, "mir übrigens auch, wir sollten gehen!"
Der Rauch hatte sich bereits im gesamten Raum verteilt, einige der Schwaden waren sogar durch die Tür entkommen. Sie stellten die geretteten Gläser wieder in das Regal zurück und verließen fluchtartig den Dachboden. Muzoun hatte auch seine zwei Dosen wieder zurückgestellt, ohne jedoch auf die Beschriftung der zweiten zu achten, hätte er es getan, wäre ihm sicher schlecht geworden.

In der Hölle ist die Hölle los

Nun, zuerst hatten die sechs geglaubt, es sei gar nichts passiert. Sie fanden Knuffi im Zimmer seines Herrchens auf dem Bett schlafen. Doch dann ging plötzlich ein Alarm los.
"Was ist passiert?" fragte Maryu und hielt sich die Ohren zu.
"Was?" rief Topoke, der ebenfalls die Ohren zuhielt.
"Was?" schrie Maryu zurück. Dieses Spiel spielten sie eine Weile, bis der Alarm verstummte.
"Was war los?" Topoke schrie noch immer.
"Schrei doch nicht so, keine Ahnung!" Maryu legte sich entspannt auf sein Bett.

Nun was war geschehen? Auf den Gängen wuchsen Blumen. Rosen, Narzissen, Nelken und sogar Orchideen waren dabei. Das obere Management war zusammen getroffen.
"Wie kommen diese widerlichen Pflanzen hier her?" fragte Lillith und rümpfte die Nase, ob des Duftes.
"Es sind nur Blumen, jetzt beruhigt euch mal wieder!" erklärte Hades und pflückte eine.
"Nur Blumen? Ich lass die Beamten diese beseitigen!" Der General, der die Suche nach dem Kater offensichtlich aufgegeben hatte, machte sich auf den Weg einen Gärtnertrupp zusammen zu stellen. Da rannte ihm ein mittlerer Dämon entgegen.
"Herr General, es ist furchtbar!" rief er schon von weiten.

"Es sind nur Blumen, beruhigen sie sich Soldat!" versuchte dieser den aufgeregten Mann zur Besinnung zu bringen.
"Das meine ich doch gar nicht, General!" jappste dieser.
"Was denn dann?" Etwas alarmiert hob der große Mann seine Augenbraue. Der Soldat, ein Dämon der mittleren Stufe, der sonst Feuer spucken konnte, demonstrierte das Unglück.
"Ich kann kein Feuer mehr erzeugen und nicht nur ich, alle sind ihrer Fähigkeiten beraubt!" stieß er in einer Dampfwolke hervor. Trotz seiner dunklen Haut, sah der General jetzt kalk weiß aus. Er selbst versuchte seine Fähigkeit, des Teleportierens, doch er flackerte lediglich etwas.
"Wahrscheinlich ein Virus, begeben sie sich sofort zur Krankenstation!" befahl er seinem Untergebenen.
Obwohl er gerade auf dem Weg zum Fegefeuer war, machte er auf dem Absatz kehrt, um den anderen die Neuigkeiten mitzuteilen. Blumen, waren wirklich das kleinste Problem, welches jetzt zu lösen war.

"Okay, gibt es einen Virus, der sowas verursacht?" fragte Lillith, die sich nicht mehr verwandeln konnte. Auch sie flackerte lediglich, doch eine Änderung gab es nicht.
"Das ist eine Katastrophe!" schimpfte der General.
"Wir müssen rausfinden was geschehen ist, hier panisch rum zu eiern bringt uns nichts!" versuchte Hades der Lage Herr zu werden. Dass auch er seine Fähigkeiten nicht benutzen konnte, beunruhigte ihn weniger. Er sah auch so böse genug aus, er musste

nicht mit Blitzen schießen können, um Angst und Schrecken zu erzeugen. Der Teufel hatte sich schon bei seiner Führungsliga gemeldet.
"Was zur Hölle ist bei euch los?" Er war kurz vorher zu einer Runde Poker mit Gott aufgebrochen und zum Glück für die anderen nicht anwesend.
"Nichts, alles okay!" schwindelte Hades und versprach ein Auge auf die neuen zu werfen.

"Wir müssen diese Krise schnell in den Griff bekommen. General, sie bewaffnen ihre Leute, falls wir es mit einem Angriff zu tun haben, sollten wir vorbereitet sein!" übernahm Loki die Führung. Der General verzichtete auf das salutieren und stürmte aus dem Raum. Das war typisch Mars. Ein Angriff auf die Hölle, wer sollte denn bitte die Hölle angreifen?
"Hades, hol die Beamten und lass sie diese Blumen entfernen, ins Feuer damit!" Auch Hades folgte den Anweisungen, ohne lange zu warten.
"Lilith, du machst dich auf den Weg zur Krankenstation. Wir müssen eine Lösung für den Fähigkeiten-Verlust finden!" Lilith warf ihre langen blonden Haare in den Nacken und stolzierte davon. Selbst während dieser Krise bewahrte die Frau ihre Würde. Loki machte sich auch auf den Weg, in die Bibliothek, leider kam er nicht sehr weit.

Der General, der die Waffenkammer erst neu aufräumen lassen hatte, stand wie vom Donner geschlagen vor den Waffenschränken. Hinter ihm eine Armee sprachloser, unfähiger Soldaten.

"Das darf nicht wahr sein!" stammelte der hochdekorierte Mann. Verzweifelt öffnete er einen Schrank nach dem anderen, holte eine Waffe nach der anderen raus. Selbst die Schwerter begutachtete er. Entsetzt und sprachlos lagen wenig später alle Waffen, von der kleinen Handfeuerwaffe bis hin zur Panzerfaust vor ihm auf dem Boden. Dynamitstangen, Handgranaten und Munition stapelten sich meterhoch.
"Das kann doch nicht", stammelte er und sah sich verzweifelt nach Worten ringend um: „Ich… was… wo?" Tränen standen in den Augen des bulligen Mannes. Es musste sich um einen schlechten Scherz handeln.
"Wer war das?" schrie er unvermittelt los.
"Wir wissen es nicht, wir sind eben erst gekommen, mit ihnen Herr General!" Die blanke Wut stand in den Augen des Oberbefehlshabers. Da kam ein anderer Soldat zur Tür herein. Er drängelte sich nach vorne.
"Herr General, die Panzer, alle also alle...!" er wusste augenscheinlich nicht, wie er es Mars beibringen sollte.
"Was? Schokolade?" fragte dieser gerade heraus.
"Karamell, um genau zu sein!" Mars kniete vor dem Haufen aus Waffen nieder und schlug die Hände vors Gesicht.
"Jemand muss Loki informieren!" jammerte er. So verzweifelt und traurig hatte ihn noch nie jemand erlebt. Er konnte einem fast leidtun.

Während in der Hölle, die Hölle ausbrach langweilten sich die sechs Anwärter.

"Kommt wir gehen mal auf Streifzug, hier wird's doch irgendwas geben um Spaß zu haben!" Jey sprang auf und öffnete die Tür. Vor ihren Quartieren war es noch ruhig, doch von Weiten hörten sie ein Getrippel.
"Was ist das?" fragte Muzoun.
"Es kommt von da hinten!" wies Jey in eine Richtung.
"Oh mein Gott!" erstaunt riss Topoke die Augen auf.
"Das müssen Tausende sein!" stellte Maryu fest.
"Los hinter her!" erklärte Atu und rannte los.

Loki wurde eingeholt, von einem der Soldaten, die der General losgeschickt hatte.
"Was gibt es?" fragte Loki und ahnte schon schlimmes.
"Der General schickt mich, ich soll sie informieren, dass wir uns nicht mehr bewaffnen können!"
Loki wagte nicht zu fragen, er sah ihn nur abwartend an.
"Also die Waffen, die sind irgendwie verwandelt!" stotterte der Soldat, als fürchte er einen Wutausbruch, wenn er sagte, was er erlebt hatte.
"In was?" kam es von Loki.
"Schokolade, Lakritze und Karamell!" stotterte der Mann weiter, glaubte kaum selber, was er da sagte.
Loki starrte ihn an. Wollte der Kerl ihn verarschen? Da zog der Mann eine Handgranate aus der Tasche und reichte sie dem Vertreter des Teufels. Loki nahm das eigentlich tödliche Werkzeug in die Hand. Es fühlte sich klebrig an, es roch auch merkwürdig.
"Lakritze Sir!" meinte der Soldat. Loki knetete es kurz und biss dann in den Splint und kaute darauf herum.
"Schmeckt gar nicht schlecht," bemerkte er.

"Was soll ich dem General sagen?" fragte der Soldat ungeduldig.
"Nun, also ich weiß jetzt auch nicht, Guten Appetit?" Loki schien angesichts der prekären Lage den Verstand zu verlieren. Andererseits war eine solche Reaktion typisch für den Gott des Schalk. Etwas ratlos sah der Soldat zu ihm und wusste nun auch nicht was er tun sollte, da hoppelten zwanzig weiße kleine Häschen um die Ecke. Flauschige und knuffige Häschen. Loki starrte auf die Invasion der Niedlichkeit und verkniff sich ein lachen.
"Wenn ihr die Handgranaten in ein Nest legt, ist Ostern!" grinste er. Im Gegensatz zu Hades, Lilith und Mars, schien er Gefallen an der Situation zu finden. Dann besann er sich wieder und befahl dem Soldaten: "Sagen sie dem General, er müsse alle Häschen einfangen, egal wie!" drehte sich um und betrat die Bibliothek.

Nicht nur bei Loki waren die Häschen aufgetaucht, auch in anderen Bereichen hoppelte es und machte die Hölle verrückt. Die wenigen Blumen, die noch nicht entfernt worden waren, fielen nun den netten Mümmelmännern zum Opfer.
"Nehmt jedes Behältnis das ihr finden könnt, fangt die Viecher ein!" befahl der General gerade, als der Bote von Loki zurück kam.
"Was sagt Loki zu der Situation?" fragte Mars.
Ängstlich gab der Soldat das Gespräch wieder.
"Dieser Loki ist echt unmöglich, jetzt hat er den Verstand verloren!" Dann machte er sich, zusammen mit seiner Armee auf die Häschenjagd. Natürlich wäre es

ihm lieber gewesen, die Tiere abzuknallen, doch da die Munition und Waffen nur noch als Nachtisch taugten, mussten sie sich körperlich betätigen.
"Eigentlich ein gutes Training!" stellte er dabei fest. Es dauerte eine Weile bis die ersten Meldungen seiner Truppen eintrafen, dass die Häschen gefangen worden waren. In der Küche stapelten sich die Körbe, Kisten und Schachteln. In manchen hockten zehn oder mehr von den kleinen weißen Tieren. Der General fand das letzte Tier in einem Gang, es saß in einer Ecke und mümmelte vor sich hin.
"Bleib schön sitzen, du kleines Mistvieh!" flüsterte er und sprang überraschend nach vorne. Er bekam das arme kleine Tier am Schwanz zu fassen und griff beherzt zu.
"So das war das letzte!" freute er sich, da nahm er aus dem Augenwinkel etwas wahr. Etwas Flatterndes und buntes. Wenige Sekunden später landete ein großer gelber Zitronenfalter auf seiner Nase.

Es mussten Millionen sein. Überall flatterte es und schimmerte es in den schönsten Farben. Wie eine Wolke hingen sie in den Räumen und Gängen. Loki, der die Lösung so eben in einem der Bücher gefunden hatte, schlug wild um sich. Er mochte Schmetterlinge nicht. Fast panisch rannte er die Gänge entlang, in denen die Armee zum Glück schon mit dem Einfangen begonnen hatte und rettete sich auf die Krankenstation.
"Pandoras Schwester!" schnaufte er und Lilith sah ihn verwundert an.

"Pandora wurde aus Lehm geformt, sie war aber der zweite Versuch. Der erste ging schief. Sandora war, sagen wir nicht so gelungen, dennoch hat auch sie eine Dose gefüllt!" sprudelte es aus dem Gott heraus.
"Ich habe noch nie von Sandora gehört!" schimpfte die Göttin.
„Kein Wunder, sie lebte nur drei Tage und ward schnell vergessen."
„Und was war in dieser Dose drin?" fragte Lilith.
"Nun Sandora war wohl ein Witzbold, dementsprechend werden wir jetzt von zehn witzigen, oder weniger witzigen Plagen verfolgt!" Loki empfand gegen seinen Willen Hochachtung vor der vergessenen Frau.
"Super und wie überstehen wir das jetzt? Wenn Satan zurückkommt, bekommen wir richtig Probleme!" Lilith hatte keine Lösung für ihr Problem gefunden, da es ja kein medizinisches Problem gab.
"Lass uns rechnen, das erste waren die Blumen, dann unsere Fähigkeiten und die Häschen, ach nein die Waffen!" begann Loki.
"Was ist mit den Waffen?" Lilith wusste ja noch gar nichts. Kurz erklärte Loki, dass er noch vor einer viertel Stunde eine Handgranate gegessen hatte.
"Schokolade? Wo?" fragte Lilith und rannte los. Sie liebte Schokolade und ein Waffenarsenal aus Schokolade, wer träumte nicht davon. Endlich waren die Dinger mal zu was gut, dachte sie.

Irgendwie hatte es der General, der kurz vor einem Nervenzusammenbruch stand, geschafft die Schmetterlinge zu beseitigen. Nun stapelten sich neben den Unmengen Karnickel auch Gläserweiße Schmetterlin-

ge in der Küche. Doch wenn man richtig mitgezählt hatte, war es erst der Anfang. Und tatsächlich. Lilith traf auf ihrem Weg zum Schokoladenwaffenarsenal auf merkwürdige Puppen. Kleiderpuppen ähnlich liefen sie durch die Gänge und riefen mit einer mechanischen Stimme:
"Hab mich lieb, hab mich lieb!" es war unheimlich. Selbst für Lilith, die das unheimliche erfunden hatte, kam dieser Anblick dem Horror gleich.
"Fehlt nur noch Jacky die Mörderpuppe!" murmelte sie und versuchte den Puppen davon zu laufen. Sie lief Hades direkt in die Arme. Dieser schwang einen Baseballschläger und köpfte eine Puppe nach der anderen.
"Hey, grad beschäftigt?" fragte Lilith.
"Nur ein bisschen Sport und du?"
"Ich bring dir Nachschub!" lächelte die Unterweltgöttin.
"Na dann lass uns Ball spielen!" freute sich Hades. Plötzlich wurde es dunkel. Sämtliche Lichter flackerten und gingen schließlich aus. Die Notbeleuchtung ging nicht an.
"Was ist denn nun schon wieder?" fragte Hades und hieb nach einer weiteren Puppe.
"Systemausfall, denk ich!" Lilith konnte gerade noch in die Hocke gehen, als Hades auch schon einen Schlag in ihre Richtung ausführte.
"Pass doch auf!" brüllte sie.
"Ist so dunkel, ich kann nichts sehen!"
"Oh nein, merkst du wie heiß es wird? Die Klimaanlage ist auch ausgefallen!"Lilith schaffte es sich im Dunkeln an den übrigen Puppen vorbei zu schleichen.

Die Schokolade hatte sie vergessen, wenn es noch wärmer werden würde, und das würde es, blieb davon eh nur noch Matsch übrig.

Der Strom war weg. Der General im Zweikampf mit den Puppen wies seine Männer an, Taschenlampen zu besorgen. Loki hingegen, saß auf einem Krankenbett und zählte mit. 1. Blumen, 2. Fähigkeiten, 3. Waffen, 4. Hasen, 5. Schmetterlinge, 6. Puppen, 7. Systemausfall - hier stockte er in Gedanken, gehörte der Systemausfall dazu, oder war er nur Zufall. Wenn sie Glück hatten war das Nummer 7, dann blieben nur noch drei Überraschungen. Die nächste traf sie wie aus heiterem Himmel. Es blieb dunkel, die Klimaanlage funktionierte auch nicht mehr, dennoch kam in dröhnender Lautstärke Musik über die Sprechanlage. Eigentlich dürfte diese auch nicht funktionieren. Loki drückte sich die Hände auf die Ohren, das war ja kaum zum Aushalten. Musste es denn unbedingt 'Last Christmas' sein, welches in Dauerschleife durch das Dunkel hallte? Loki verließ sein sicheres Versteck und traf auf den General, der verschwitzt und atemlos an einer Mauer lehnte. Auch er hielt sich die Ohren zu. Es dauerte eine Weile da schwankten auch Lilith und Hades zu den zwei. Die Ohren zuhaltend und mit Blicken im Dunkeln Zeichen zu geben, das klappte nicht. Da traf sie etwas hartes auf den Schultern.

"Aua!" brüllten die Soldaten los.
Es schien zu hageln, in der Hölle hagelte es sonst nie. Das laute Knack und Klack, was die Hagelkörner auf

dem steinernen Boden machten, übertönte George Michaels Stimme.

"In Deckung!" rief der General seinen Leuten zu. Wie sinnvoll, diese waren schon unter Tische, Stühle und sonstige Möbel gekrochen. Immerhin wollten sie nicht erschlagen werden. Loki zog den General ebenfalls unter einen Tisch, der in einem angrenzenden Zimmer stand. Zu viert kauerten sie darunter. Die Musik dröhnte, der Hagel klackerte und das Licht war immer noch aus, es wurde immer heißer.

"Leute, wie sollen wir das dem Chef erklären?" fragte Lilith?

"Keine Ahnung, aber das ist kein gewöhnlicher Hagel!" meinte Hades. Er hatte vorsichtig ein Hagelstück aufgehoben und daran geleckt.

"Das sind Eisbonbons!" stellte er fest.

Von jetzt auf gleich war alles vorbei. Der Hagel hörte auf. Sie trauten sich vorsichtig aus ihrer Deckung, als der Boden zu beben begann. Wie auf Murmeln rutschten die Dämonen und Götter aus und landeten unsanft auf ihren Hosenboden. Die Eisbonbon-Hagel-Körner bewegten sich auf die Lavaschächte zu, die quer durch das Unterirdische Reich liefen, einige Soldaten, wurden mitgeschleift. Es war ein Geschrei und überall klebte es. Es musste mittlerweile fast fünfzig Grad Celsius haben, der Zucker war schmierig und klebrig. Dennoch rutschte er wie von allein in die Lava.

Das Beben dauerte über eine Stunde, es nahm alle Bonbons mit sich.

174

"Super, erst schmilzt die Schokolade weg und jetzt bekomm ich nicht mal ein Bonbon!" schimpfte die Göttin. Ihre Haare waren klitschnass, ihre Kleidung zerrissen und sie sah alles andere als sexy aus, im Moment.
"Was kommt denn jetzt?" der General hatte die Schnauze voll. Wer auch immer dafür verantwortlich war, ihm würden Qualen bis zum Tode erwarten.
"Hey, unsere Fähigkeiten sind wieder da!" stellte Hades erstaunt fest. Kaum waren die Bonbons alle in der Lava gelandet, ging das Licht wieder an. Die Klimaanlage arbeitete auf Hochtouren. Nach der Hitze, kam nun die Kälte. Es wurde so kalt, dass der Lavafluss gefror, oder besser die Eisbonbons gefroren und bildeten eine Zuckerschicht über der Lava. Es sah aus wie ein Fluss der Eiskönigin.
„So ist der Spruch: Da gefriert die Hölle ein – also gemeint?" fragte Hades.
Doch die Lava war stärker und das flüssige Eis wurde zu Seifenblasen, die an den scharfen Kanten der Granitwände zerplatzten.
"Hey Leute! Ihr in der Hölle wisst, wie man sich anständig amüsiert!" Maryu war unter einem anderen Tisch hervorgekrochen und lutschte an einem der süßen Bonbons. Loki, Lilith, Hades und Mars blickten sich erstaunt um, an die sechs Neuen hatte keiner von ihnen gedacht. Loki grinste breit zu seiner Klasse hinüber und zwinkerte schelmisch.
"Okay, dass wars!" erklärte Loki und klopfte dem General auf die Schulter.

"Gute Arbeit, jetzt aufräumen, der Chef kommt in zwanzig Minuten!" damit verabschiedete er sich und ließ seine Mitstreiter etwas ratlos zurück.

Dämonenvielfalt

Da die Fähigkeiten der Unterwelt zurück gekommen waren, verlief das "Aufräumen" reibungslos. Nur den Zuckerfluss konnten sie nicht so schnell beseitigen. Schließlich musste der Teufel doch eingeweiht werden. Er reagierte merkwürdig. Er lachte und wie er lachte. Dann sah er sich die Käfige mit den Karnickel an und befahl diese zu schlachten und auf Vorrat zu horten.
"Karnickelbraten ist immer gut!"
Gott sei Dank hatte Jey es nicht gehört. Sie wäre in Tränen ausgebrochen. Die Schmetterlinge wurden an die Oberfläche gebracht und freigelassen. Bis auf ein paar wenige Exemplare, die der Forschung dienen sollten. Da die Hölle eher einem Endlager ähnelte, hatte man hier eine große Forschungsabteilung. Es wurde mit Atomen geforscht, mit Genen und auch mit Strahlung.
Es kam nie raus, dass Knuffi für das Desaster verantwortlich war. Dennoch ging dieser Tag in die Annalen der Hölle ein. Als der Tag, an dem Mars zusammenbrach. Sowas hatte es zuvor nie gegeben. Die Waffen waren tatsächlich zu einem ekligen Matsch zusammengeschmolzen, als die Klimaanlage versagt hatte. Was früher mal tödliche Waffen waren, war nun nur noch eine süße Pampe. Mars' Armee hatte zwei Tage zu tun, das Zeug loszuwerden, wobei es ins Fegefeuer gebracht wurde. Dort mussten die Arbeiter es vernichten. In dem sie es verzehrten. Da die Leute im

Fegefeuer sonst nur Wasser und Brot bekamen, war das doch echt mal ein Highlight in ihrem trostlosen Dasein.

Loki kam mit etwas Verspätung zum Unterricht. Die sechs Dämonen warteten schon und fragten sich, welche Abenteuer sie wohl heute erleben würden.
"Wann wache ich eigentlich endlich mal auf?" seufzte Jeyoui.
"Das ist kein Traum, ich glaube nicht, dass wir nochmal aufwachen!" bemerkte Muzoun.
"Ich find's cool hier, ich will gar nicht aufwachen!" beschloss Atumi.
Als Loki endlich erschien, trug er einen Pappkarton bei sich. Er balancierte, das schwer scheinende Paket und stellte es schließlich vor den Sechsen ab.
"Guten Morgen," lächelte er verschlagen.
"Guten Morgen!" Die anderen begrüßten ihn ebenfalls. Neugierig beäugten sie den Karton und warteten auf eine Erklärung.
Loki schritt durch die Reihen, noch immer trugen seine Dämonen, wie er sie schon heimlich nannte, die Kluft der Arbeiter.
"Morgen bekommt ihr endlich eure Ausrüstung, ich habe heute die Versandbestätigung erhalten, dann seht ihr aus wie richtige Dämonen!" erklärte er.
"Und was ist da drin?" fragte Maryu nun neugierig.
Loki hob den Deckel von dem Paket. Die sechs konnten jedoch nur silberne Deckel sehen, wie man sie von Einweggläsern her kannte. Jetzt begann Loki einen Monolog:

"Nun, ihr wisst, dass Dämonen gewisse Fähigkeiten beherrschen müssen. Diese kommen nicht von allein! Mars und Hades sind beide Kriegsherren, der eine kann mit einem Schwert kämpfen, der andere beschwört gleich die Armee hervor. Lilith beherrscht die Kunst der Wandlung, je nach dem, was ein Mensch für Vorstellungen von der perfekten Frau hat, erscheint sie ihm. Nur wenige kennen ihr wahres Ich. Meine Wenigkeit, nun ich kann in die Köpfe der Leute kriechen und ihnen die tollsten Dinge einreden. So hat hier jeder seine Existenzberechtigung. Natürlich gibt es auch Fähigkeiten, die jeder hat. Diese Türen zu erschaffen, zum Beispiel, das funktioniert aber leider nur in der Hölle. Um eine der begehrten Fähigkeiten abzubekommen, müssen jedoch Grundvoraussetzungen geschaffen werden, diese stehen hier in dieser Kiste!"

Die Möchtegern-Dämonen sahen sich an. Sollten sie heute ihre Zauberkräfte bekommen? Die Aufregung stieg, sie rutschten ungeduldig auf ihren Stühlen herum. Maryu platzte wieder hervor:

"Wir bekommen heute Fähigkeiten?"

Loki lächelte kalt. Er wusste, dass die Verwandlung, die eine Fähigkeitenanpassung mit sich brachte schmerzhaft war.

"Sowas in der Art, sagen wir, heute bestimmen wir, welche Fähigkeiten ihr lernen dürft."

"Dürfen wir uns das nicht aussuchen?" fragte Atumi enttäuscht.

"Es kommt auf eure Vorbegabung an!" beruhigte Loki ihn.

"Dann hast du schlechte Karten Maryu, du kannst ja nichts!" witzelte Topoke.
Bevor sich Maryu verteidigen konnte, schüttelte Loki unmerklich den Kopf, Maryu verstand den Wink mit dem Zaunpfahl.
"Das werden wir ja noch sehen!" giftete er trotzdem zurück.
"Könnt ihr mal mit dem Gelaber aufhören? Ich will wissen wie das von statten geht!" maulte Jey los.
Wie jedes Mal wenn Jey die anderen zur Ordnung ruft, hatte das genau den gegenteiligen Effekt. Muzoun stieg voll drauf ein und schon gab es den schönsten Streit.
"Unsere Miss Prüde meldet sich zu Wort!" stichelte er.
"Ich bin nicht prüde!" widersprach Jey.
"Dann eben zimperlich!" sprang Topoke zu Hilfe.
"Lasst sie doch in Ruhe!" warf Maryu ein.
"War klar, dass du zu ihr stehst, du bist doch nur scharf auf sie!" kam Atu dazu.
Bevor der Streit weiter ausartete, meldete Loki sich zu Wort. Leise, ruhig und es war ein Wunder, dass die sechs ihn überhaupt hörten.
"Ihr seid ein Team, benehmt euch gefälligst auch so!"
Es half, mit einem Schlag war es mäuschenstill in dem kleinen Klassenzimmer. Tfaji, die zu dem ganzen gar nichts gesagt hatte, starrte nur auf ihre Nägel.
"Kommen wir nun zu euren Begabungen!" Lokis Stimme war immer noch nur ein flüstern, sprach er überhaupt? Oder hörten sie es nur in ihrem Kopf?
"Ich habe euch studiert, in euren Gedanken und Gefühlen gewühlt und eine Auswahl getroffen. Hinsichtlich der schweren Aufgabe die euch bevorsteht. Ich

gebe jetzt jedem von euch ein Glas," dabei holte er vorsichtig die Gläser aus dem Karton, die mit ihren Namen beschriftet waren, "ihr trinkt erst, wenn ich euch den Befehl dazu gebe!"

Die Gläser standen wie düstere Omen vor den sechs. Sie waren zwar schon in den Reihen der Dämonen aufgenommen wurden, dennoch konnten sie weder zaubern noch sonst irgendwas cooles bewirken. Loki hatte das letzte Glas genommen und vor der jungen Frau abgestellt, welche immer noch ihre Nägel begutachtete. Mit einem Fingerschnipsen von Seiten des Klassenleiters, verschwanden die Deckel von den Gläsern. Dann kam der Befehl. Er sagte kein Wort, er stand nur da und fixierte die sechs Dämonen, die immer noch mehr Menschen waren, als alles andere. Dennoch wie in Trance setzten Maryu, Atumi, Topoke, Muzoun, Tfaji und Jeyoui die Gläser an. Sie konnten nicht anders, sie taten es einfach. Es sah unheimlich aus, wie sie alle gleichzeitig die bunten Flüssigkeiten in sich rein schütteten. Atumi's Getränk sah aus wie Kirschsaft, Maryu trank etwas dunkles, wie Johannisbeersaft, Jey hingegen trank Orangensaft, so hatte jeder eine Farbe. Kaum war das Gebräu hinunter, sackten die sechs in sich zusammen. Sie bekamen ihren Willen wieder und schließlich auch ihren Körper. Loki sammelte die leeren Gläser wieder ein. Währenddessen begann in den sechs Körpern die Verwandlung und die Dämonen litten Höllenqualen. Ihre Körper zuckten, sie bekamen Schaum vor dem Mund, sie weinten und jammerten. Es hörte sich herzerweichend an. Tfaji war die erste, die erschöpft vom Stuhl glitt und leblos am Boden liegen blieb. Nach einer knappen Stunde, mit schmerzverzogenen Gesichtern, hilferufenden Händen und wilden Zuckungen, lagen alle sechs leblos am Boden. Nichts rührte sich mehr. Loki schnappte sich die Kiste und verließ den Raum. Er hatte seine Aufgabe für heute erfüllt.

Der Teufel trägt Prada

Die Dämonen erholten sich wieder, es dauerte zwar fast sechs Stunden, in denen sie wie tot auf dem Fußboden verweilten, aber sie erholten sich wieder. Noch konnten sie keine Fähigkeiten an sich entdecken, aber das würde schon noch kommen. Am nächsten Morgen trafen endlich die Klamotten ein. Loki hatte das Sondermodel bestellt, welches über viele Vorzüge verfügte. In freudiger Erwartung, was seine Klasse dazu sagen würde, öffnete er die Lieferung.
"Glaubt mir, ihr werden die Klamotten lie... Was zur Hölle ist das?" Loki stutzte mitten im Satz und zog ein verschweißtes Päckchen hervor. Es leuchtete mintgrün. Eine wirklich eklige Farbe! Entsetzt kramte er nach dem Lieferschein:
"Sechs Overalls, der Marke Prada, mintgrün!" las er vor und wurde blass. Das darf doch wohl nicht wahr sein.
"Der Teufel trägt Prada!" lachte Maryu los und die anderen stimmten mit ein.
"Ihr bleibt hier, ich kümmere mich darum!" Loki verschwand durch die Tür und ließ das falsche Paket einfach stehen.
"Ich finde wir sollten es mal anprobieren, was meint ihr?" fragte Jey. Sie stimmten ihr ausnahmsweise zu und siehe da, obwohl es bei Topoke und Atu etwas an Armen und Beinen fehlte, passten ihnen die Overalls. Sie drehten sich gerade noch um die eigene Achse, um zu sehen wie es von hinten aussah, da wurde die Tür

schwungvoll geöffnet und Loki gefolgt von Satan persönlich trat in das Zimmer.
"Wer hat euch erlaubt diese Dinger anzuziehen?" brüllte Loki los, als er die sechs mintgrünen Gestalten entdeckte.
"Wir wollten doch nur mal probieren!" erklärte Atumi unbeeindruckt. Loki hatte noch nie gebrüllt, da er nicht sehr überzeugend wirkte wenn er brüllte, wussten sie jetzt auch warum.
"Die sind echt bequem!" stellte Tfaji fest.
Satan sah sich die Bescherung an.
"Da steckt diese verfluchte Michaela dahinter, da wette ich alle Karnickel die im Kühlhaus sind!" fauchte er. Sein hübsches Antlitz verzog sich zu einer grausamen Maske.
"Wenn ich Hermes in die Finger bekomm, verklage ich ihn bis auf die Unterwäsche!" schimpfte Loki mit.
"Hey beruhigt euch mal wieder, es sind nur Klamotten und wie Tfaji sagte, sie sind höllisch bequem!" versuchte Atumi die zwei Götter zu beruhigen.
"Außerdem, wie sähe das denn aus, wenn ihr jetzt Rabatz macht, wegen ein paar Overalls, das ist kindisch!" half Topoke ihm. Da hatte er ohne Zweifel Recht. Loki atmete einmal tief ein und straffte sich wieder. Der Anwalt machte jetzt wieder einen deutlich einschüchternden Eindruck. Wenn er wie ein wildgewordener Stier tobt, sieht er eher lächerlich aus. Auch Satan beruhigte sich wieder.
"Dennoch, gleich morgen lassen wir die Overalls einfärben!" befahl er, dann verpuffte er in der Luft.
"Schade, dass er schon wieder weg ist!" seufzte Jey und warf ihm einen schwärmerischen Blick hinterher.

"Setzt euch wieder hin, vielleicht war es wirklich nur eine Verwechslung." Loki dachte noch etwas nach, dann machte sich ein breites Grinsen auf seinem Gesicht breit. Wenn sie die Prada-Klamotten hatten, hatte der Himmel so eben mit seiner Bestellung zu kämpfen und das freute ihn.
"So, wir machen uns jetzt mal daran, euch nach Fähigkeiten einzuteilen. Maryu du wirst in Kampfkunst ausgebildet werden, beim General!" Loki hatte sich eine Liste zu Rate genommen.
"Ich hab schon Kickboxen gemacht, das kann ich schon!" erwiderte der schlanke Mann. Er sah so schön lächerlich aus, in dem Mintgrünen Anzug.
"Das mag sein, dennoch hast du noch andere Fähigkeiten, die in dir schlummern und die wird der General schon heraus kitzeln!" lächelte Loki. Maryu verzog die Mine, er mochte den General nicht.
"Atumi, du wirst in der Kunst der Alchemie ausgebildet, das übernimmt Hades jeden Vormittag, nachmittags wirst du dich Maryu zum Kampftraining anschließen!"
Atumi sah noch unglücklicher aus, Hades und der General, man da hatte er voll die Arschkarte gezogen.
Loki las weiter vor:
"Topoke wird mit Lilith zusammenarbeiten, sie lehrt dich dann alles über die Kunst der Verführung!"
"Strike!" freute sich Topoke sichtlich.
Die anderen warfen ihm wütende Blicke zu.
"Muzoun, dir wird man beibringen Dämonen heraufzubeschwören. Sei also pünktlich im Atelier morgen früh!" Auf Muzoun's Frage, wer denn sein Ausbilder sein wird, kam nur ein: „das werden wir noch sehen."

Anscheinend hielt sich keiner für kreativ genug, so dass diese Wahl noch nicht gefällt worden war.
"Tfaji, ich werde dich unterrichten und Jeyoui wird bei Hades zusätzlich nachmittags einige Stunden in der Kunst des Feuers eingewiesen." Loki sah von seinem Platz auf.
Er sah strahlende Gesichter bei Topoke und Muzo und wütende bei den zwei Kämpfer-Dämonen.

Es war mitten in der Nacht, als Jey wach wurde. Jemand rüttelte an ihrem Bett. Sie schlug die Augen auf und sah Maryus Lachen.
"Los komm, wir wollen etwas feiern!" zischte er und warf ihr den Overall aufs Bett.
"Was denn Feiern?" gähnte sie, zu müde, um zu widersprechen.
Wenig später fanden sich alle sechs, in ihren mintgrünen Overalls auf den Gängen wieder.
"Das ist eine blöde Idee, aber ich kann euch ja kaum allein losziehen lassen!" meckerte Jeyoui.
"Genau Alter! Wir finden schon irgendwo eine Kiste Bier oder so und dann stoßen wir an. Wir werden jetzt echte Dämonen, mit Fähigkeiten und so, wenn das kein Grund zum Feiern ist?"
Sie irrten durch die Gänge, trafen nur auf wenige der niederen Dämonen, die scheu den Blick abwandten.
"Herrlich wie viel Angst die vor uns haben!" freute sich Maryu.
"Die haben nur Angst zu erblinden, bei deinem Anblick!" zischte Muzo.
"Wohl eher bei deinem!" kam es zurück.

"Hey Leute, schaut mal was ich gefunden habe!" rief Topoke, der einige Schritte voraus war und eine Tür geöffnet hatte.
Der Raum war riesig. Oder jedenfalls schien es so, denn er war über und über mit Spiegeln zugestellt. Durch die Reflektion sah alles endlos aus.
"Wir sollten da nicht reingehen!" warf Jey ein, die mittlerweile etwas wacher war.
"Quatsch, das sind nur Spiegel, stell dich nicht so an!" Maryu schob Topo zur Seite und trat in den Raum hinein. Vorsichtig folgten die anderen ihm.
"Ist ja öde, nicht mal Zerrspiegel!" stellte Tfaji fest und hampelte vor einem der großen herum.
Während sich alle in dem Kabinett verliefen, fand Maryu einen besonderen Spiegel.
"Hey Leute kommt mal her, ich kann hier etwas sehen, jemanden sehen!" erstaunt blickte er auf eine Gestalt. Sie schien ein Geist oder so zu sein. Sehr schreckhaft, denn sie schien zu schreien. Die anderen stolperten durch das Labyrinth und fanden sich nach und nach vor Maryus Spiegel ein. Tatsächlich war darin ein junges Mädchen zu sehen, in einem weißen Nachthemd, sie starrte sie an, immer mehr Leute kamen hinzu.
"Was war das?" rief Jey erschrocken, sie hatte etwas gehört.
"Ist hier jemand?" erklang auch prompt eine Stimme.
"Verflucht der General!" wisperte Topo.
"Kommen sie sofort hervor!" erklang es wieder von der Tür.
"Was machen wir jetzt?" flüsterte Muzo.

Maryu zuckte mit den Schultern, sollten sie sich still verhalten? Es half nichts, ungeschickt wie sie nun mal waren, stolperte Atumi über einen Fuß des Spiegels und brachte ihn zum fallen. Wie eine Reihe Dominosteine klappten die Spiegel an einander, dabei klirrte es, sie zersprangen in tausend Scherben. Es war ohrenbetäubend laut. Die Dämonen drückten ihre Hände auf die Ohren, schlossen die Augen krampfhaft und hofften nicht von einem der umfallenden Spiegel erschlagen zu werden. Dann war es vorbei. Sie standen inmitten von Scherben, die in allen Farben glitzerten und dem General direkt gegenüber.
"Was habt ihr hier zu suchen?" fragte Mars streng. Das Chaos um sich rum schien er komplett zu ignorieren.
"Also wir, ich meine ich. Es war meine Idee!" Atumi trat vorsichtig einen Schritt nach vorn.
"Ja, es war seine Idee!" erklärte Maryu sofort.
"Es ist mir egal wessen Idee das war!" brüllte der General los.
"Sie kommen jetzt sofort mit auf den Sportplatz. Werden wir doch mal sehen, ob sie noch fit genug sind, um vierzig Runden zu laufen. Im Laufschritt!" wies er an.
"Danke für euren Beistand, Verräter!" zischte Atumi und lief voran.
Sie hofften der General würde nach zwei drei Runden ein Erbarmen haben, doch als sie sich fast drei Stunden später ins Bett schleppten, hatten sie tatsächlich vierzig Runden um den Sportplatz hinter sich. Sie waren zu müde, um sich noch umzuziehen.

Der Schutzengel-Unterricht – Was Engel über Mode wissen sollten

Coretha hatte wenig Mühe den Raum zu finden, in dem ihre Ausbildung zum Schutzengel stattfinden sollte. Neugierig betrat sie das Zimmer und stutzte. Es sah hier aus wie in einem Schönheitssalon. Ein großer Schminktisch nahm die hintere Seite ein, an den Seiten flankierte ein riesiger Spiegel und überall standen Vitrinen mit goldenen Etuis und Schatullen herum. Es gab nur einen einzigen Stuhl und ein gemütliches Sofa in dem hellen Raum. Von Venus war nichts zu sehen. Etwas unentschlossen ging Coretha die Vitrinen entlang. Parfümflakons in jeder Form und Farbe standen darin. Puderquasten und elegante Taschenspiegel reihten sich mit Lippenstiften und Haarspangen. Erst nach genauerem Hinsehen, entdeckte sie eine in den Spiegel eingelassene Tür und öffnete sie langsam. Ein großes Bett dominierte den Raum dahinter. Dort lag und schnarchte Venus. Sie hatte eine fliederfarbene Augenmaske auf. Unschlüssig stand Corry vor ihrer Lehrerin und räusperte sich. Ohne Erfolg. Dann stupste sie die Göttin sanft an. Diese drehte sich zur Seite und schnarchte fröhlich weiter. "Na toll! Hey Venus, aufwachen!" rief sie ihr zu. Auch das hatte wenig Wirkung. Eine kleine dickliche Frau betrat den Raum und rief entsetzt:

"Was tust du hier?" Coretha fuhr erschrocken herum.
"Ich also, ich..." Die kleine dicke Frau zerrte an Corrys Ärmel.
"Die Göttin darf nicht vor zehn Uhr geweckt werden, hat man dir das nicht gesagt?" Eine riesige Warze nahm Corrys Aufmerksamkeit in Beschlag.
"Äh, was?" sie schüttelte sich.
"Du bist sicher ihr Lehrling. Geh noch ein bisschen spazieren, vor zehn Uhr wird die Göttin nicht wach!" Mit diesen Worten stieß die Frau mit der Warze den Schutzengel zurück in den Raum mit den Vitrinen und schloss lautlos die Tür.
"Okay, das heißt dann wohl erst mal frühstücken!" freute sich Corry.
Als sie um zehn erneut den Raum betrat, stand Venus mitten im Raum und hatte eine Tasse Tee in der Hand.
"Da bist du ja meine Liebe, entschuldige, ich hätte dir sagen sollen, dass Unterrichtsbeginn erst um zwei ist. Vorher ist noch so viel zu erledigen!" Sie schlürfte den Tee und eine Scharr kleinwüchsiger Bediensteter schwirrte umher.
"Nun gut, da du schon mal hier bist, Regel Nummer eins: Ein Engel hat zu jeder Zeit und in jeder Situation perfekt auszusehen. Schönheit ist wichtig. Ich hörte du designest deine Kleidung selbst. Nun, das ist nicht schicklich für einen Engel." Dabei ging sie auf die Wand gegenüber dem Spiegel zu und drückte einen versteckten Knopf. Die Türen fuhren zur Seite und ein Arsenal an Kleidung kam zum Vorschein. "Wie du siehst, ich bin bestens ausgestattet immer dem Anlass entsprechend. Diese Kleider hier vorne ist die aktuelle

Kollektion des Jahres, die kann ich dir leider nicht anbieten, aber alles was da hinten ist, such dir aus was dir gefällt. Schau hier, das kannst du gerne nehmen, die Kollektion des letzten Jahres. Die passenden Schuhe dazu findest du hier. Ich muss jetzt los, zum brunchen, wir sehen uns dann nach dem Mittagschlaf, sagen wir gegen drei?" Coretha staunte. Das war mit Abstand der größte begehbare Kleiderschrank, den sie je zu Gesicht bekommen hatte und diese Schuhe! Ohne eine Antwort abzuwarten, schwebte Venus davon und ihre Bediensteten mit ihr. Corry stand allein da und war einfach nur sprachlos. Da waren Kleider aus jeder Epoche der Menschheit. Wo sollte sie da nur anfangen? Ehrfurchtsvoll schritt sie die Regale und Kleiderstangen entlang. Ordentlich aufgereiht und nummeriert hingen da die Klamotten von 2000 Jahren. Coretha fand ein Tigerfell, datiert auf 900 vor Christus. Vorsichtig nahm sie es heraus. Probierte es an, drehte sich vor dem Spiegel hin und her.
"Wow, das sah heiß aus!" stellte sie fest und machte ein Selfie mit Hilfe ihres Heiligenscheines. Der restliche Vormittag ging dabei drauf, dass Corry sich ein Teil nach dem anderen anzog, ein weiteres Selfie vor dem riesigen Spiegel machte und sich wieder umzog. Sie hatte gerade ein blaues weites Kleid mit weißen Punkten angezogen, dazu Pumps mit weißer Schleife, als Madan hinter ihr stand. "Was ist denn hier los?" fragte er verwirrt. Corry erschrak fürchterlich.
"Ähm, warum erschreckst du mich so?" Madan ging um die junge Frau herum.
"Sieht gut aus!" lobte er.

"Was willst du hier?" Wieder machte es klick und ein Selfie fand seinen Weg ins Angel-Net.

"Dich zum Mittagessen abholen?" erklärte er grinsend.
"Oh, okay. Ich muss mich nur rasch umziehen!" Coretha hatte jetzt ein riesen Problem. Sie hatte die Kleidung, die sie schon anprobiert hatte einfach auf einen Haufen geworfen und ihre Kleidung musste irgendwo da drunter zu finden sein. "Ach Quatsch, lass es doch einfach an. Ich verhungere sonst!" Madan zog sie mit sich.

"Einen Moment, ich brauch noch die Handtasche und den Schmuck dafür!" Madan stöhnte. "Ernsthaft? Beeil dich!"

Als Corry in ihrem umwerfenden Outfit die Kantine betrat wurde es einen Moment lang still. Die anwesenden, vor allem männlichen Engel, verdrehten sich den Kopf nach ihr. Sie genoss diese Aufmerksamkeit und rekte ihr Kinn etwas höher als üblich in die Luft.

"Der Lehrling von Venus, wie ich sehe!" stellte ein junger Engel fest. Corry wurde rot. Madan drückte ihr ein Tablett in die Hand und schob sie weiter. Wenig später gesellten sie sich zu den anderen. "Schickes Outfit!" lobte Mattia.

"Was hast du denn so gelernt bis jetzt?" fragte Bel.
"So wie der Raum aussah, hat sie was über Mode der letzten 2000 Jahre gelernt!" grinste Madan. Als ob das noch nicht reichte, zeigte Mumiah die Bilder aus dem Engel-Net.

"Ja das stimmt wohl." Corry war etwas beleidigt: "Erste Regel, ein Engel hat zu jeder Zeit und egal unter welchen Umständen gut auszusehen!" kam ihre schnippische Antwort. Die anderen lachten. Das Essen war köstlich.

Als Corry nach dem Essen wieder den Raum betrat, lagen ihre Klamotten fein säuberlich über einem Stuhl. Alle anderen waren wieder im Schrank verschwunden. Wer das wohl gewesen ist? Sie zog rasch das Kleid aus, hing es auf den verwahrlost wirkenden Kleiderbügel und schlüpfte in ihre Jeans. Die kleine dicke Frau mit der monströsen Warze betrat den Raum.
"Die Göttin sagt ich soll sie ins Spa begleiten!" Ein Spa? Wow!
Venus lag schon entspannt auf einer Liege.
"Da bist du ja Schätzchen, schön. Mach es dir bequem." Den Rest des Tages lernte Coretha die Unterschiede zwischen Körperöl, Körperlotion und Körpercreme. Welches Schlammbad das Beste für die Haut ist und warum grelle Töne angesagt waren.
"Wann lerne ich denn was über meine Fähigkeiten?" fragte sie während sie eine Gurkenmaske bekam und eine Pediküre genoss.
"Schätzchen, ein Schutzengel hat nicht wirklich Fähigkeiten. Alles was du können musst, ist drei bis vier Minuten in die Zukunft zu schauen. Das lernst du schnell, aber was bitte spricht dagegen dabei gut auszusehen?" Da musste Coretha ihr Recht geben und freute sich, eine so modebewusste und erfahrene Lehrerin zu haben. Auch, wenn diese aussah wie eine Barbie die zu lang im Ofen lag.

Die Rache ist mein

Madan war noch immer in diesem Zustand des willenlosen Zombies gefangen. Der Kobold sah ihn an.
"Du willst dich sicher an mir rächen, oder? Keiner mag es befehligt zu werden, keiner macht das lange mit. Nun, genau deswegen bist du hier. Wir lernen was es heißt Rache zu nehmen!" Er schnipste mit den Fingern und Madan entspannte sich sichtlich.
"Alter, was sollte das denn bitte?" ging er auf den Kobold los.
"Nicht so hastig, würdest du mir jetzt gern den Hals umdrehen?" Madan nickte.
"Nun, Rache ist ein Gericht, dass kalt serviert wird. Aber das ist genau das was du noch lernen wirst. Vorher müssen wir rausfinden, worin deine Begabung liegt!" Madan sah ihn verwirrt an.
"Ich kann gut furzen!" Der Kobold nickte.
"Das ist keine Begabung, aber ein guter Anfang. Ein Racheengel muss mit den Ängsten der Betroffenen spielen", erklärte der Gnom.
"Woher soll ich denn wissen was für Ängste die Betroffenen haben?" Madan hatte sich bisher nicht in dem Raum umgesehen. Jetzt erst bemerkte er, dass er in einer Folterkammer stand. Streckbank, eiserne Jungfrau, Pranger und jede Menge Ketten. An den Wänden hingen diverse Peitschen, Gerten und sogar eine kleine Auswahl an Morgensternen. Schwarze Ledermasken und Handschuhe fanden sich in einer Vitrine.

"Voll das SM-Studio hier!" stellte er fest.
"Das, ist nur ein kleiner Teil. Nimm Platz!" kicherte der Zwerg und zeigte auf einen großen Stuhl, ähnlich dem eines Zahnarztes.
"Ich würde glaube ich lieber stehen, „ erwiderte Madan.
"Siehst du, deine Angst hält dich davon ab. Nun gut wie du willst. Es gibt Ur-Ängste, die jeder Mensch hat, wie zum Beispiel die Angst vor dem Tod!" Madan nickte.
"Aber, für den Tod ist deine Kollegin zuständig, wir reden von Ängsten wie: Achluophobie, die Angst vor der Dunkelheit. Oder Acrophobie - die Angst vor großen Höhen oder auch ein Klassiker: Arachnaphobie,"
"Spinnenphobie, ja die kenn ich!" Madan hatte ein diabolisches Lächeln aufgesetzt.
"Wie erfahre ich denn welche Angst in jedem schlummert?" Der Gnom hielt die Hand hoch.
"Du hast schon Ideen, wie ich deinem Gesicht entnehme?" Madan grinste und ob er die hatte.
"Das genau, ist was du hier lernst. Wie du dich an denen dann rächst, das überlasse ich dir. Ich lehre dir nur, die Ängste zu erkennen." Der angehende Racheengel freute sich schon auf den Unterricht, endlich mal was Nützliches zu lernen, ist doch eine schöne Abwechslung.
"Nun mal langsam mit den wilden Pferden. Hast du deinen Heiligenschein dabei?" Madan zog verdutzt das goldene Tablet heraus. Der Gnom tippte eine Weile darauf herum und drückte es ihm wieder in die Hand.

"Hier hast du eine Liste, diese Liste umfasst neunzig Prozent der Phobien die es auf der Welt gibt. Die lernst du erst mal auswendig. Wenn du die alle kannst, dann erkennst du auch welche Phobie der Gegenüber hat." So hatte sich der Racheengel das nicht vorgestellt. Das waren über dreihundert Phobien, meist mit unaussprechlichen Namen.
"Das kann sich doch kein Schwein merken!" Der Gnom kicherte.
"Die Fachausdrücke brauchst du nicht, nur die unterschiedlichen Angstauslöser. Und achte mal genau auf deine Mitmenschen, vielleicht kannst du wenn du dich auf sie konzentrierst, die eine oder andere Angst schon erkennen!" Madan scrollte das Dokument bis zum Ende. Verdammt gab es eigentlich etwas wovor die Menschen keine Angst hatten? Diese Weicheier!
"Ja gut, aber nur weil ich weiß was für eine Angst der hat, wie kann ich die denn dann ausnutzen?" Madan hatte sich fast unwillkürlich doch auf den Stuhl gesetzt.
"Diese Lektion mein Lieber, die lernen wir später. Aber eine ungefähre Vorstellung davon hast du doch schon oder? Immerhin weiß ich, dass du Michaelas größte Angst schon aufgedeckt hast und sie damit ganz schön geärgert hast!" Der Gnom schien nicht verärgert, eher stolz.
"Äh, was denn?" Doch der Gnom winkte nur ab. Er hatte in den Gedanken des Anwärters gelesen und wusste von der nächtlichen Austauschaktion. Doch da er ja im Rachegeschäft war, war er nicht gewillt irgendjemanden seine Beobachtungen zu erzählen.

"Besser wenn wir das nicht näher besprechen, die Wände haben Ohren!" Madan seufzte. Toll bevor er das coole Zeug lernte, musste er das blöde Zeug lernen.

"Nun, es ist bald Mittagspause, ich glaube du gehst jetzt mal eine Runde spazieren und versuchst die Ängste schon zu sondieren. Ich bin heute wieder kreativ." Es machte Puff und der Gnom verschwand in einer Rauchwolke. Madan sah sich grüblerisch in dem Raum um. Er freute sich schon auf die richtige Arbeit und beschloss doch gleichmal los zu stiefeln. Auf dem Weg durch die Gänge begegnete er einigen "Mitarbeitern" Gottes und versuchte an ihren Gesichtern abzulesen, welche Phobie sie denn wohl hatten. Es gelang ihm nicht. Frustriert steuerte er auf den Raum zu indem der Schutzengel sein Beautyprogramm absolvierte. Plötzlich war ihm klar, welche Angst Corry haben musste. Er zog sein Tablet heraus und suchte in der Liste. Da stand es ja: Dysmorphobie. Er holte Coretha wie üblich zum Essen ab. Doch sein diabolisches Grinsen verging nicht mehr. Er stellte sich vor, wie Coretha plötzlich über und über mit Pickeln und Mitessern versehen war.

"Was starrst du mich denn so an?" Da mitten auf ihrer Stirn, ein rotglänzender Furunkel.

"Du hast da was!" sagte er und zeigte auf ihre Stirn. Corry zog rasch ihren kleinen Taschenspiegel hervor. "Iiiiiiiih, was ist das denn?" sie schlug ihre Hände über dem Gesicht zusammen und rannte blind aus der Kantine heraus. Madan lachte. War es Zufall, dass dieser Pickel entstanden war, war er schon vorher da, oder hatte er das geschafft? Genüsslich schob er sich

ein großes Stück Steak in den Mund und kaute zufrieden darauf herum.
"Die Rache ist mein!"

Liebe ist Zufall
Fluchende Weddingpeach

Es war eine Lichtung. Mit einer Hollywoodschaukel und vielen schönen Blumen, die Mumiah betrat. Auf der Schaukel saß der Zwerg in den Windeln.
"Hey!" begrüßte sie ihn.
"Meine Liebe Mumiah, schön das wir uns endlich näher kennenlernen!" freute sich Amor. Er strich sich dabei über seinen dicken Bierbauch. Mumiah sah angeekelt weg.
"Setz dich doch zu mir!"
"Äh, nein!" Mumiah blieb stehen wo sie war.
"Was heißt hier nein?"
"Ich setze mich nicht neben so einen Windelfetischisten, da bleibe ich lieber stehen!" Amor wirkte gekränkt.
"Nun gut, wie du willst. Und lilafarbene Windeln sind zur Zeit der letzte Schrei!" Mumiah schnaubte verächtlich.
"Na sicher, genauso wie meine schwulen pinken Flügel?"
"Was hast du denn gegen deine Flügel? Ich finde sie passen sehr gut zu dir." Das hätte er nicht sagen dürfen.
"Diese blöden Dinger machen mich zum Gespött unter allen Engeln, hätten sie nicht blau oder schwarz sein können?" Der Liebesbote verlor sein Lächeln.

"Also wir sind nicht hier, um über Farben der Liebe zu diskutieren. Diese Farben haben die Menschen nun mal ausgesucht. Wir sind hier, damit du lernst wie man Liebende vereint!"
"In etwa so erfolgreich wie du? Was heißt heute noch Liebe? Man wird ja sowieso nur fürs eigene Ego verwendet und dann wie der letzte Dreck weggeworfen!"
"Nun ja Fehlschläge gibt es immer wieder, aber einige bleiben auch ihr Leben lang zusammen!" Die Diskussion gefiel dem Zwerg nicht.
"Weißt du was, steck dir deine Scheiß Liebe doch zusammen mit deiner Scheiß Romantik sonst wohin!"
Amor war aufgestanden. Er sah jetzt echt wütend aus.
"Es scheint so als müssten wir dir erst mal Benehmen bei bringen, junges Fräulein!" brüllte er ihr entgegen.
"Pah! Das will ich sehn, na los mach schon!" giftete sie ungehalten zurück. Mumiah mochte die Liebe anscheinend nicht wirklich. Der Windelträger legte einen Pfeil auf, zielte damit auf den Engel.
"Ey, was soll das denn jetzt? Ich will mich nicht verlieben!" Doch ihr Lehrer achtete nicht darauf. Ehe sie sich versah, traf sie der Pfeil. Doch es war kein Liebespfeil.
"Du wundervoller kleiner Wicht, was hast du da gemacht?" Mumiah stockte. Hatte sie das wirklich gesagt?
"Du süßer Käfer, was soll diese bezaubernde Geste?" Das darf doch nicht wahr sein. Sie wollte das nicht sagen, eigentlich sollten die Sätze ganz anders lauten. Mumiah öffnete den Mund, wollte fluchen, doch anstatt der Flüche kamen Wörter wie: Blumen, Herzchen, Liebe und Sterne heraus. "Ich habe dir eine Fähigkeit

genommen und dafür eine gegeben. Deine Flüche werden sich jetzt nicht mehr so aggressiv anhören. Du wirst merken, dass sich dadurch vieles besser anfühlt." Mumiah wollte brüllen du 'Affenarsch' doch rauskam:
"Du Engel!" Nun, sie verzweifelte innerlich. Ihr lagen Unmengen an Verwünschungen auf den Lippen, doch nichts davon kam über diese. Im Gegenteil.
"Na warte, wenn ich dich erwische, dann streichle ich dich von oben bis unten!" Das war ja so peinlich!
"Wie lange dauert dieser Zustand?" Mumiah kochte innerlich vor Wut.
"Leider ist das ein Zauber, der nur vierundzwanzig Stunden anhält. Nutze die Zeit und finde heraus, welche Vorzüge es hat." Mumiah atmete schwer.
"Vorzüge? Ich mache mich damit total beliebt!" eigentlich wollte sie lächerlich sagen, verdammt nicht mal das funktionierte noch.
"Nun, wir sehen uns in vierundzwanzig Stunden wieder. Bis dahin, lerne schön!" Amor zog von dannen und ließ den tobenden Liebesengel zurück. Alles in ihr schrie: Verfluchte Scheiße, verfickter Mist, blödes Arschgesicht.... doch über ihre Lippen kam nur: "Schöne Blumen, herrliche Wölkchen, wundervolles Vögelchen!" Sie beschloss einfach gar nichts mehr zu sagen. Ob sie das durchhielt?
Nun, natürlich hielt sie das nicht durch. Schon beim Essen, als sie sich setzte, fing sie an sich zu beschweren. Naja, sie wollte sich beschweren, leider sagte sie wiederum Sachen wie:
"Die Liebe ist so schön, jeder Mensch sollte geliebt werden. Reich mir doch bitte mal das wunderschöne

Salz, mein allerliebster..." dabei wurde sie dunkelrot im Gesicht. Die anderen sahen sie Verständnislos an. So kannten sie Mumiah gar nicht.
"Was ist denn mit dir passiert?" Bel legte ihre Hand auf Mumiah's Stirn. "Bist du krank oder so?" Wütend schlug Mumi die Hand weg.
"Ich bin nicht krank, ich bin nur verzaubert von dem schönen Liebesengel. Dieser gutgekleidete, tolle Gott, hat mir die Fähigkeit gegeben zu lieben." Gott sei Dank, konnten die anderen nicht ihre wirklichen Worte vernehmen. Diese waren definitiv nicht mehr jugendfrei. Verzweifelt stieß Mumi ihr Tablett zur Seite und rannte mit Wuttränen in den Augen aus dem Raum.
"Versteht ihr was sie hat?" Nun was blieb Mumiah anderes übrig als sich zu verstecken? Sie verkroch sich in ihrer Wolke, immer noch total zornig und verzweifelt. Es war einfach nicht ihre Natur, nur nette Dinge zu sagen. Und was bitte sollte das auch bringen? Sie würde jetzt einfach schlafen und die vierundzwanzig Stunden, von denen noch dreiundzwanzig übrig waren, abwarten. Dachte sie. Leider musste sie am Nachmittag zum Flugunterricht.

Es war der erste Ausflug, seitdem sie Engel geworden waren, zur Erde. Sie sollten von einer Plattform aus, in die Tiefe springen und sich auf ihre Flügel verlassen. Ihr war schon mulmig bei dem Gedanken daran. Aber nicht nur sie sah grün im Gesicht aus, als sie an der Kante stand.
"So, nun konzentriert euch auf euer Gefühl!" Mumiah wurde immer schlechter. Wie sollte sie mit so viel

Wut im Bauch denn an Liebe denken können? Einer nach dem anderen sprang in die Tiefe. Vielleicht waren sie wagemutig oder auch selbstmörderisch, nur Bel schaffte es, ihre Flügel schon vor dem Absprung zu öffnen.
"Na los, spring schon Mumiah! Oder muss ich nachhelfen?" Michaela war ungeduldig.
"Dir kann nichts passieren!" versicherte sie nochmal.
"Aber wenn es nicht klappt?" stotterte Mumiah.
"Dann musst du noch mehr üben!" mit diesen Worten gab ihr die Erzengelin einen Stoß und sie befand sich im freien Fall. Ihr Schrei hallte gellend. Die Erde kam immer näher, sie versuchte sich auf Liebe zu konzentrieren und fluchte, "Blumen, schöne Blumen, wunderschöne Blumen!" Nun, eigentlich waren das natürlich andere Flüche. Es konnten jetzt nur noch wenige Meter bis zum Boden sein. Sie sah sich schon auf dem Boden in Einzelteile verteilt, total zermatscht da liegen. Noch zehn Meter, fünf, drei! "Autsch!" hörte sie ihre Stimme. In diesem Moment entfalteten sich ihre Flügel. Die anderen, die vor ihr gelandet waren sahen sie erst erschrocken, dann belustigt an.
"Ernsthaft?" Mumi stand auf. Ihr war so zum Heulen zu Mute. Nun, immerhin waren ihre Flügel jetzt da, das hieß sie würde wieder nach oben kommen. Und dann würde sie sich verstecken und nie wieder hervor kommen. Ja genau das würde sie tun.
"Das war 'ne astreine Bruchlandung!" lachte Madan sie aus. Mumi starrte ihn wütend an. Alles in ihr wollte schreien: Halt deine blöde Fresse, alles nur wieder ihr Mund nicht:

"Wie lieblich deine Stimme erklingt, mein Liebster!"
Sie stampfte wütend mit den Füßen auf und die anderen wichen einen Schritt zurück. Dann flog sie ihnen davon. Immer höher und höher. Anscheinend wirkte Wut auch, obwohl ihre Flügel ja nur durch Liebe erscheinen sollten. Merkwürdige Angelegenheit, die ihr jetzt jedoch völlig egal war. Sie hatte sich bei dem Sturz nicht wirklich wehgetan. Es war nur die Demütigung, die sie schmerzte.
Als sie niedergeschlagen am nächsten Morgen zum Frühstück erschien, sagte sie kein Wort.
"Hey Mumiah, alles okay bei dir?" Mumiah kaute verbissen auf ihrem Brötchen herum.
"Klar, warum sollte es verdammt nochmal nicht in Ordnung sein!" Die Engel nickten und der Liebesengel stutzte. Hatte sie gerade verdammt nochmal gesagt?
"Verflucht!" probierte sie es. Es klappte. Die vierundzwanzig Stunden waren rum.
"Na warte Amor, wenn ich dich erwische, dann schiebe ich dir deinen scheiß Pfeil bis zum Anschlag in deinen fetten Arsch, dann kannst du Liebe scheißen!" rief sie und rannte lachend aus der Kantine.
"Liebesengel ticken nicht richtig!" stellte Mattia fest.

Der Tod steht ihr gut
Tod durch Poststempel

Mattia freute sich riesig auf ihren ersten Tag als Todesengel. Sie stellte sich die Aufgaben eines jenen sehr spannend und aufregend vor. Gut gelaunt begab sie sich über die Gänge nach unten. Merkwürdig, hier war sie doch schon mal. War hier nicht die Seelenversandabteilung? Nun gut, wer weiß warum der Gesandte des Todes sie hier her bestellt hatte. Sie öffnete die Tür. Tatsächlich stand sie wieder in dieser riesigen Halle, deren Ende man mit bloßem Auge nicht erfassen konnte. Vorsichtig trat sie näher.
"Willkommen in der Seelenversandabteilung Mattia. Was führt dich heute zu uns?" Wieder hallte Gabriels Stimme über Lautsprecher zu ihr.
"Der Tod?" antwortete Mattia eher etwas zögernd.
Wie aus dem Nichts erschien eine Gestalt vor ihr. Ein Umhang, eine Sense und rotglühende Augen. Genauso hatte sie sich den Tod immer vorgestellt. Die Figur reichte ihr die Hand. Anders als erwartet war es eine schlanke Hand. Fraulich und gar nicht knochig. Gabriel kam auf einer Art Skateboard angerauscht.
"Hallo Matti, na alles klar?" Mattia die immer noch verwundert die Hand anstarrte, nickte nur knapp.
"Hel, jetzt erschreck doch unsere Mattia nicht so, sie wird ja ganz blass", tadelte der Erzengel. Tatsächlich schlug die Figur ihre Kapuze zurück, holte die langen

blonden Haare aus dem Umhang und lächelte sie sanft an.
"Hallo Mattia, ich bin Hel, deine Ausbilderin."
"Wo ist denn der Typ von gestern, der sagte er sei der Tod?" Etwas enttäuscht starrte Mattia sie an. "Ja ich weiß, du hast geglaubt mit dem Tod persönlich zu reden. Ich muss dich enttäuschen. Der Tod ist lediglich eine Sache und keine Figur. Ich bin die Göttin des Todes. Glaub mir, eine echt langweilige Angelegenheit. Aber das wirst du schon noch merken."
"Aber ich dachte immer..." Hel legte ihren Kopf etwas schief und sah abwartend auf sie herab. Sie war groß, mindestens einen Kopf größer als Mattia und so schön.
"Ja meine Liebe, was dachtest du denn?" Ja, was genau dachte Mattia denn eigentlich.
"Naja, ich dachte an Totenkopf und düstere Stimme und Knochenhand und so! So wie der Typ von gestern!" Stattdessen stand eine knapp 2 Meter große Schönheitskönigin vor ihr, mit sanfter Stimme und strahlend grünen Augen. Diese Augen hatten etwas Hypnotisches an sich.
"Ja, das ist so das Bild welches die Menschen sich von mir machen, ich tu ihnen den Gefallen und deswegen habe ich mich auch dir so gezeigt. Es ist wie mit dem Weihnachtsmann, jeder glaubt es gibt ihn nicht und doch existiert er." Während Hel erzählte ging sie durch die riesige Halle, die Mattia schon kannte. Gabriel hatte sich sein Skateboard unter den Arm geklemmt und folgte ihnen.

"Es gibt einen Weihnachtsmann?" fragte Mattia völlig überrumpelt. Also echt, wer glaubte denn schon an den Weihnachtsmann?
"Solange es Menschen gibt, in deren Vorstellung diese Figur existiert, wird die Stelle nicht wegrationalisiert. Und meine Arbeitskleidung bleibt dieser dämliche dunkle Umhang." Gabriel klopfte ihr mitfühlend auf die Schulter, wobei er sich fast schon strecken musste. "Nun gut, ich bin nicht hier, um über meine Probleme mit dir zu diskutieren und dich interessiert mein Modegeschmack sicher auch nicht." Sie ging zu einem Schreibtisch, öffnete eine Schublade und entnahm dieser ein Gerät. Da sie direkt mit dem Rücken davor stand, konnte Mattia nicht erkennen was es war.
"Nimm das, es ist das wichtigste Utensilie in unserem Job. Seit alles digitalisiert wurde, ist der Job eines Todesengels viel einfacher geworden." Mattia sah das Gerät an. Es sah aus wie ein Joystick und lag auch ungefähr so in der Hand.
"Du scheinst ja sowieso auf schwarze Kleidung zu stehen, wie trübsinnig. Wenn du diesen Knopf hier drückst, erscheint die Sense." Mattia probierte es aus. Tatsächlich erschien eine Sense in ihrer Hand. Sie wollte mit ihrem Finger prüfen wie scharf das Werkzeug war.
"Das ist ja aus Gummi!" stellte sie erschrocken fest.
"Ist ja auch nur eine Requisite. Keiner benutzt mehr eine Sense!" stellte Gabriel fest.
"Wenn du wieder den Knopf drückst, dann verschwindet sie wieder. Du musst sie auch nur hervor holen wenn du alte, sehr kranke und sehgeschwächte Menschen für den Transport bereit machst", erklärte

Hel, als sei es das normalste der Welt, alte und gebrechliche Menschen mit einer Gummisense zu erschrecken. Hel zeigte auf den zweiten Knopf, dieser war grün.
"Hiermit markierst du den Verstorbenen. Er bekommt dann eine sogenannte Eingangsnummer verpasst. Diese vergibt der Computer automatisch. Stell dir vor du pappst dem Toten eine Briefmarke auf. Genauso läuft das ab. Wenn die Nummer gespeichert ist, wird dieser Knopf hier oben blinken. Einmal leicht draufgedrückt und die Seele wandert in unseren Bestand. Das war es eigentlich auch schon. Das sind die Aufgaben eines Todesengels." Hel schien sichtlich erfreut, das Verfahren so kurz und präzise erläutert zu haben.
"Äh, soll das heißen ich bekomme keine besonderen Fähigkeiten?" Mattia war nicht nur entsetzt über die fachliche Einführung, als auch enttäuscht. Sie hatte sich das alles viel spannender und aufregender vorgestellt.
"Nun, klar du kannst einen auf altmodisch machen und den Leuten noch die Angst vorm Sterben nehmen, aber dank der ganzen modernen Medizin, sterben die meisten im Schlaf. Richtig viel zu tun bekommst du auch nur, solltet ihr im Krieg eingesetzt werden. Da musst du dann aufpassen, dass eine Seele nicht doppelt im System erscheint. Sowas kommt nicht gut an in der IT." Hel klang wie die Chefin einer Fabrik und nicht wie eine Todesgöttin.
"Tja, Mattia. Eigentlich bist du nur sowas wie ein Postbote. Briefmarke drauf und ab dafür in den Kasten." Matti war so enttäuscht, dass sie fast zu weinen begann.

"Hey, Kopf hoch. Jeder Todesengel entwickelt mit der Zeit einige wirklich brauchbare Fähigkeiten. Nur leider kann man die nicht erlernen. Ich hatte mal einen, der konnte sich ganz klein machen, kleiner noch als ein Käfer. Oder Simon, der konnte sich in ein Tier verwandeln. Du wirst schon noch rausfinden, was genau deine Stärke ist. Soweit ich weiß, werdet ihr eh nicht im öffentlichen Dienst eingestellt, ihr seid doch sowas wie Gottes Supertruppe." Hel tätschelte den armen Todesengel und drückte spaßeshalber den Knopf für die Gummisense.
"Was denkst du? Wollen wir ein paar alte Leute erschrecken gehen?" fragte sie versöhnlich.

Das Schwert Gottes

Bree hatte die Schnauze voll. Sie hechelte und kämpfte. Seit über einer Stunde schon jagte die Erzengelin sie durch die Gegend. Erst aufwärmen, Dauerlauf. Dann Muskeltraining mit Gewichten und nun das. Dass ihre Ausbildung mit viel Schweiß und Ausdauer zu tun haben würde, hatte sie ja schon geahnt, aber was zu weit ging, ging zu weit.
"Ich kann nicht mehr!" jammerte sie.
"Sag das mal einem Soldaten auf dem Schlachtfeld!" Ja klar, Michaela hatte ja Recht.
"Könnte man ja versuchen, dem geht's sicher genauso wie mir!" Breenelle hielt sich die Seite.
"Okay, wir machen eine kurze Pause! Halbe Stunde. Da drüben steht Wasser." gab ihre Ausbilderin schließlich nach. Bree stürzte sich auf die Flasche mit dem Wasser. Sie trank fast die halbe Flasche aus, als sie aus dem Augenwinkel ein Leuchten wahrnahm. Vorsichtig drehte sie sich um. Michaela hatte sich verändert, sie war jetzt größer und trug Lederhosen. Ihr Gesicht war durch etwas wie ein Visier geschützt. In ihrer Hand hielt sie ein langes Schwert. Es glänzte grell, tat in den Augen weh und Bree musste ihre Hand schützend heben.
"Stell dich dem Kampf!" War das jetzt ihr Ernst? Mit was denn?
"Ich dachte ich bekomme eine Auszeit!" rief Bree und konnte gerade noch zur Seite springen, als das Schwert auf sie niederfuhr.

"Spinnst du?" Breenelle glaubte nicht, was sie da sah. Wie eine Irre schlug Michaela ein ums andere Mal nach ihr.

"Konzentriere deine Kräfte, dann wirst du schon eine Waffe erhalten!" Kräfte konzentrieren, klar, wenn das mal so einfach wäre.

"Du spinnst ja, nach dem du mich quer durch alle Kampfsportarten gejagt hast, soll ich noch Kräfte haben?" Wieder konnte Breenelle nur knapp einem Hieb entgehen und sprang hinter einen Felsen. "Okay, streng dich an. Eine Waffe, am besten ein Maschinengewehr oder so!" betete Bree vor sich hin. Tatsächlich leuchtete etwas in ihrer Hand auf. Breenelle freute sich, doch dann sah sie was genau sie heraufbeschworen hatte.

"Bleib mir bloß vom Hals! Ich habe eine Fliegenklatsche!" brüllte sie mehr erstaunt und frustriert, als sie schon das Metall des Schwertes auf dem Felsen klirren hörte.

"Was zum Teufel soll ich mit einer blöden Fliegenklatsche?" Breenelle rannte wieder davon, die Fliegenklatsche nach Michaela werfend. Die Umgebung glich mittlerweile dem eines Dschungels und es gab viele Verstecke.

"Streng dich mehr an!" befahl Ela in einem unnatürlich hallenden Ton. Allein diese Worte machten Bree tierisch Angst. Die Stimme klang blechern, eher wie die eines Roboters.

"Okay, diesmal aber!" Mit fest zusammen gepressten Augen konzentrierte sie sich auf das, was sie wollte. Und, es klappte! In ihrer Hand erschien eine Pistole.

"Ha, jetzt mach ich dich fertig!" Völlig überwältigt von ihrem Erfolg verließ Bree die Deckung ihres Baumes und schoss auf die Erzengelin. Die Waffe machte nicht Peng, es flogen auch keine Kugeln durch die Gegend. Nein, die Waffe machte gar nichts, außer etwas Wasser verspritzen.
"Das kannst du besser und du solltest es langsam auch mal, sonst bist du des Todes!" Ungläubig starrte Breenelle auf die Waffe in ihrer Hand. Das durfte doch nicht wahr sein. Der Dschungel wandelte sich, in eine freie Ebene, hier gab es nichts um sich zu verstecken. Wie ein Berg türmte sich Ela über ihr auf.
"Das ist unfair!" rief Bree und ging rückwärts.
"Konzentriere dich!" rief diese unheimliche Stimme erneut. Bree versuchte es ja. Ernsthaft. Sie stolperte über ihre Füße und lag im Dreck. Über ihr das Schwert Gottes. Während Michaela das Schwert auf sie hinabstieß, glühten Bree's Hände erneut auf. Sie hielt einen Stock in der Hand, immerhin.
"Ein Besen?" fragte Michaela und schien einen Moment verwirrt.
"Damit fege ich dich vom Angesicht der Welt!" Bree versuchte ebenso bedrohlich zu wirken wie ihre Ausbilderin. Anscheinend hatte sie es geschafft. Das Schwert Gottes hielt inne. Bree nutzte den Besenstiel, um sich aufzurappeln. Okay, das war jetzt echt gemein. Michaela lachte. Und wie sie lachte.
"Warum lachst du?" fragte Breenelle beleidigt.
"Damit fege ich dich vom Angesicht der Welt?" Ela konnte nicht mehr vor Lachen.
"Naja, es soll schon Leute gegeben haben, die sich totgelacht haben!" Endlich fand eine neuerlicheÄnde-

rung der Umgebung statt. Ruinen. Breenelle schaffte es sich in einer zu verkriechen. Sie schlug die Tür zu und verbarrikadierte sie mithilfe des Besens, welcher noch immer in ihrer Hand war. Dann verkroch sie sich hinter einem von Motten zerfressenen Sofa und konzentrierte sich weiter. Michaela lachte nicht mehr. Es war totenstill. Ob sie sich wirklich zu Tode gelacht hatte? Breenelle lauschte. Angespannt saß sie hinter dem Sofa und versuchte sich zu konzentrieren. Es musste doch möglich sein eine bessere Waffe, als ein Besen zu bekommen. Plötzlich hämmerte es gegen die Tür.

"Komm raus, komm raus, wo immer du bist! Wir spielen hier nicht verstecken!" rief es dumpf durch die Tür. Bree wagte nicht über den Rand des Sofas zu sehen. Sie hörte Holz splittern. Nur eine Frage der Zeit, wann diese Irre hier eindrang.

"Bleib bloß weg du! Ich habe..." Bree's Hände leuchteten erneut. Es erschien, ein Feuerzeug.

"Du hast was?" wieder Holzsplittern.

"Feuer, ich habe Feuer!" Die Erzengelin verstummte kurz.

"Willst du jetzt eine Raucherpause machen, oder warum sagst du mir das?"

"Ja, warum nicht, lass uns doch eine Friedenspfeife rauchen!" schlug der gehetzte Engel vor. Wieder ein Hieb gegen die Tür. Okay, Bree, das war nicht das Wahre. Weiter konzentrieren. Mit einem Krachen gab die Tür nach. Breenelle blieben nur Sekunden, um eine neue Waffe herauf zu beschwören. Der Schatten des Feuerschwertes erhob sich vor dem Sofa. Bree schluckte, ihre Hände kribbelten erneut. Jetzt reicht

es. Sie spürte etwas Hartes und schweres in ihrer Hand. Mit geschlossenen Augen, riss sie die vermeintliche Waffe in die Luft und schrie:
"Ich mach dich fertig!" Dabei sprang sie über das Sofa und stand nun direkt vor ihrer Ausbilderin. Diese hielt ihr Schwert vor Verblüffung unbeweglich in der Luft und starrte verwirrt auf den Gegenstand in der Hand ihres Schützlings. Breenelle folgte ihrem Blick und erstarrte ebenfalls.
"Ist das?" fragte Michaela.
"Scheint so", meinte Bree. Beide ließen ihre Arme sinken. Das Schwert aus Elas Hand verschwand, ihr Outfit wurde wieder zu einem Marineblauen Overall und beide starrten auf das, was da in Breenelles Hand erschienen war.
"Eine Salami? Was zum Geier willst du denn mit einer Salami?" Michaela wusste nicht ob sie lachen oder weinen sollte. Sie hatte viele Kriegsengel ausgebildet, aber eine Salami war ihr noch nicht untergekommen.
"Naja, jedenfalls muss ich nicht hungern!" Bree war es sichtlich peinlich. Außerdem war die Salami schmierig in ihren Händen.
"Na dann, Schluss für heute und Guten Appetit!" Bree seufzte erleichtert auf.
"Bock auf eine Salamipizza?" fragte sie ihre Ausbilderin. Diese musste nun doch lachen.

Von der Muse geküsst

"Schön, dass du da bist, Bel!" das kleine Flatterwesen schwebte wenige Meter vor Umabel's Kopf auf und ab.
"Ich freue mich auch dich zu sehen, Tinkerbell."
"Wie du weißt, ist eine Muse dafür da, Künstlern in ihrer Schaffensperiode neue Eingebungen zu schicken. Gott sei Dank, haben wir einige der größten Künstler der Welt hier. Folge mir, wir besuchen sie mal. Dann kannst du gleich mal versuchen, sie zu beeinflussen." Bel und Bell machten sich auf den Weg. Der Bereich der Werbeabteilung und des Kreativstudios lag im untersten Geschoss. Von dem ganzen Geflatter der Fee wurde Umabel schon schwindelig und beinahe wäre sie gegen eine Glastür gelaufen, doch sie schaffte es dem Wesen zu folgen. Sie gingen durch ein Büro, es schien ein durchschnittliches Büro zu sein.
"Was ist das hier?" fragte Bel neugierig.
"Hier sitzen unsere kreativen Köpfe, normalerweise. Die haben nur gerade eine Kreative-Pause. Seit nunmehr drei Monaten schon." Tinkerbells Ton ließ durchblicken was sie persönlich davon hielt. Nämlich nichts.
"Es gibt kaum anstrengendere Kunden, als sogenannte kreative Köpfe, dass wirst du schon noch merken. Wir müssen dort durch diese Tür." Eine dicke Tür, mit Leder verkleidet. Schalldicht wie es schien.
"Schalldicht?" fragte Umabel skeptisch.

"Du wirst gleich merken warum!" Vorsichtig drückte Bel die Klinke herab. Kaum war auch nur ein Spalt offen, hallte ihr ein unbändiger Lärm entgegen. Schnell machte sie die Tür wieder zu.
"Hilfe, was ist das denn?" Tinkerbell lächelte. Sie holte aus einem kleinen Beutel winzige Ohrenstöpsel heraus.
"Hast du auch welche für mich?" Doch die kleine Fee hörte sie schon nicht mehr. Okay, dann musste es wohl ohne Ohrenstöpsel gehen. Wieder drückte die angehende Muse die Klinke herunter. Öffnete mit einer schnellen Bewegung die Tür und sprang fast hinein. In dem Raum war es hell, Tageslicht strömte von überall herein. Umabel konnte nicht anders, sie musste sich die Ohren zuhalten. Dieser Krach war ja nicht zum Aushalten. An der Stirnseite stand eine riesige Musikanlage, aus der schlimmster Trash-Metal drang. Ansonsten teilten sich zwei Künstler diesen Raum. Wie konnten die nur bei diesem Krach arbeiten? Das war keine Musik, das war Krach und nur Gebrüll und Geschrei. Verwirrt sah sich Umabel, noch immer mit den Fingern in den Ohren um. Da standen Bilder von der Mona Lisa, mit allen möglichen und unmöglichen Kopfbedeckungen rum. Die Venus von Milano, mit bemalten Augen und Tattoo's. Bei dem Lärm kein Wunder, dass diese Künstler nichts zustande brachten. Michelangelo stand vor einem drei Meter hohen und breiten Marmorblock. Er kratzte sich am Kopf, anscheinend fehlte ihm die Inspiration. Nun gut, sie war die Muse, aber was genau sollte sie denn jetzt tun? Sie sah sich nach ihrer Lehrerin um. Tinkerbell schwebte kurz unter der Decke. Inmitten

eines Windspiels. Das Windspiel bestand aus Perlen, Spiegeln und sonstigem Glitzerkram. "Tinkerbell!" schrie sie ihr zu. Doch die kleine Fee interessierte sich nur für das Glitzern und Blinken. "Hallo? Was soll ich denn jetzt tun?" schrie sie noch einmal. Auch jetzt zeigte das Flattervieh keine Reaktion.
"Na toll!" Umabel wollte die Musik ausschalten, doch an der riesigen Anlage fand sie keine Knöpfe. Vielleicht gab es hier eine Fernbedienung oder so. Der Krach machte ihr Kopfschmerzen. Vorsichtig ging sie zu Michelangelo, wollte ihn bitten die Musik wenigstens leise zu machen, da fing dieser einer Eingebung an zu hämmern.
"War ich das etwa?" Bel traute ihren Augen nicht, mit welcher Begeisterung der große Meister den großen Marmorblock bearbeitete.
"Das war ja einfach. Dann schauen wir doch mal was wir für Leonardo tun können!" Sie ließ den wild hämmernden Künstler stehen und begab sich zur anderen Seite. Hier dominierte die Farbe. Bilder über Bilder und Farbe über Farbe. Es war ein kunterbunter Mix. Leonardo stand vor einem Stück Holz, anscheinend wollte er gerade eine neue Leinwand bespannen. Dann, kaum das Umabel in seiner Nähe war, überlegte er es sich anders und zog ein Messer heraus. "Was machst du da?" fragte die Muse. Doch der Maler ignorierte sie. Er schnitzte wild drauf los. "Also wenn das so einfach ist, dann weiß ich nicht, was ich noch lernen soll." Verwirrt schaute sie auf die Fee, die immer noch mit dem Windspiel spielte.
"Elfen und Glitzerzeug." Umabel presste beide Hände auf ihre Ohren. Der Lärm machte ihr höllische Kopf-

schmerzen. Sie beschloss etwas zu suchen, womit sie diesen Krach ausschalten könne. Sie kam an Statuen vorbei, die dem Meister gerecht wurden aber auch an Gartenzwergen. Hatte die Michelangelo gemacht? Sie sah herrliche Bilder und üble Klekserein.
"Das sieht aus, als hätte es ein fünfjähriger fabriziert!"
Es sah wirklich merkwürdig aus, wie die angehende Muse, mit beiden Händen fest auf die Ohren gedrückt, durch den Raum ging. Musste sie denn überhaupt noch bleiben, anscheinend hatten die zwei doch ihre Inspiration gefunden, könnte sie nicht einfach verschwinden? Sie hätte den Künstlern die Eingebung für besseren Musikgeschmack geben sollen. Das wäre auf jeden Fall besser gewesen. Umabel setzte sich in eine Ecke, weit weg von den übergroßen Musikboxen und wartete. Ihr Kopf hämmerte wie wild, doch dann, mit einem Mal wurde es still. Vorsichtig nahm sie die Hände von den Ohren.
"Sieh dir an, was ich für ein Meisterwerk geschaffen habe!" strahlte Michelangelo seinen Kollegen an. "Es kann nicht annähernd so schön sein, wie meines!" Beide hielten Gegenstände in der Hand. Kleine Gegenstände. Was hatten sie denn da gemacht? Bel raffte sich auf. Staunend blickte sie auf das, was die künstlerischen Genies geschaffen hatten und traute ihren Augen nicht.
"Sehr schön", kicherte Tinkerbell plötzlich neben ihr.
"Was ist das?" fragte Bel entsetzt. Der Bildhauer hielt einen drei cm langen Marmorspan in den Händen. Hatte er aus dem großen Klotz, das gemacht? Der Maler hielt ein fünf cm langes Röhrchen in der Hand.

"Nun, ich denke, das da ist ein Zahnstocher und das sieht aus wie eine Trillerpfeife?" stellte die Fee fest.
"Ähm, war ich das etwa?" Tinkerbell kicherte noch mehr.
"Lass uns hier verschwinden, für heute haben wir genug angestellt!"

Krisensitzung im Himmel

Gott stand neben seinem pompösen Schreibtisch. Einen goldenen Putter in der Hand und schlug sanft auf den kleinen Ball, der auf der grünen Puttingmatte lag. Er genoss es, sich zwischen den vielen Besprechungen etwas sportlich zu betätigen. Michaela schimpfte immer mit ihm, für sie war Golf kein Sport. "Bälle in die Pampa schlagen!" Nannte sie es. Gott hob den Putter und da klopfte es. Wie in einem dieser typischen amerikanischen Filme. Der Boss will gerade einlochen, da kommt irgendetwas dazwischen.
"Ja bitte!" obwohl er genervt war, klang seine Stimme fest und freundlich. Der Raum war groß. Ein Schreibtisch, aus Eiche mit Engelverzierungen nahm die Stirnseite ein. Darauf standen ein Laptop und eine altmodische Tischlampe. Auch hier fand man Engel in den Verzierungen. Bücherregale den linken Flügel. Rechts war ein Panorama-Fenster. Oft stand Gott da und sah auf seine Schäfchen herunter. Eingreifen konnte er schon lange nicht mehr. Was er wirklich bedauerte. Er war sich damals sicher, dass seine Geschöpfe flügge werden müssten und ihre Geschicke selbst lenkten, nun das hatte er nun davon. Er seufzte, als ihm der Spruch: „Vater werden ist nicht schwer – Vater sein dagegen sehr" einfiel. Am liebsten schaute er kleinen Kindern zu, die spielten, lachten und noch nicht mit der Gier nach Geld, Autos oder Waffen gekennzeichnet waren. Er hätte sich nie im Leben vorstellen können, dass jemand seinen Namen missbrau-

chen würde, um eben solche in die Luft zu sprengen. Immer wenn so etwas passierte, musste er zum Psychiater. Er ertrug es nicht, es war wie Schnitte in seinem Herzen. Führte bei ihm zu Depressionen. Freud erinnerte ihn dann immer wieder daran, dass es nicht seine Aufgabe war, jeden Menschen zu retten. Gab es nicht in jeder Religion die Gebote? Eins davon, du sollst nicht töten, war anscheinend Auslegungssache für die Menschen geworden. An die anderen hielt sich auch kaum noch jemand. Es wurde Zeit, dass er wieder eingriff. Seine Idee das Pergament zu bergen diente auch zu dem Zweck, eine Eingreiftruppe für solche Fälle zusammen zustellen. Die Berichte, die er jedoch von seinen Ausbildern bekam, ließen nicht wirklich zu, dass er viel Hoffnung in seine Spezialgruppe setzte. Gabriel betrat den Raum.
"Was gibt es Gabriel?" Er ließ den Putter sanft gegen den weißen Ball schlagen. Er rollte in das Ziel und Gott hob den Kopf.
"Nun, leider nichts Erfreuliches!" Gott legte den Schläger zur Seite, bat Gabriel einen bequemen Stuhl an und nahm hinter seinem Schreibtisch Platz. Gabriel setzte sich und holte einen Mp3 Player aus seiner Tasche. Er machte Musik an, irgendwelchen Hip-Hop.
"Was soll das?" fragte Gott irritiert.
"Nun kann uns keiner abhören!" Gott war empört.
"Abhören? Wie kommst du da drauf?" Gabriel sah ihn ernst an. So ernst, dass selbst Gott Angst bekam.
"Seit der letzten Seeleninspektion, sind wieder zwanzig Seelen verschwunden!" kam der Erzengel sofort zur Sache.

"Wie kann das sein? Sicher, dass es nicht nur ein EDV-Fehler ist?" Gabriel schüttelte den Kopf und zog eine Mappe hervor.
"Da ich dem Wolke 7-Programm seit dem letzten Absturz nicht mehr vertraue, habe ich alles noch einmal manuell aufgezeichnet. Gott, es sind nicht irgendwelche Seelen die verschwinden, es sind besondere!" Er schob das Buch über den großen Schreibtisch und Gott blätterte darin. Seine Augen wurden immer trüber. Bis sie schließlich eine fast schwarze Farbe hatten. Er ärgerte sich und das tat er nur sehr selten.
"Wir schicken die Engel gleich los!" beschloss er.
"Aber Chef, die sind doch noch mitten in der Ausbildung. Die können noch nicht mal richtig fliegen!" bemerkte Gabriel skeptisch. Er hatte diese Idee schon immer für eine Schnapsidee gehalten.
"Darauf kann ich keine Rücksicht mehr nehmen. Wir verlieren zu viele Seelen, wir müssen den Verräter finden. Ich berufe eine Besprechung ein, danke Gabriel. Bitte mach dir keine Sorgen. Ich vertraue darauf, dass alles gut gehen wird!"
Gabriel glaubte ihm nicht. Wie sollte er auch? Gott glaubte sich ja selbst nicht. Der Erzengel nahm seinen Angel-Pod vom Schreibtisch, machte die Musik aus und ging, einen letzten traurigen Blick auf den alten Mann werfend, der wieder ein Stück älter wirkte. Wie lange würde er das noch durchstehen?
Im Besprechungszimmer des Himmels hatten sich die wichtigsten Erzengel und Götter eingefunden. Gott stand an der Stirnseite. Auf einer Wand war die Karte von Kairo projiziert.

"Nun, wir werden morgen mit der Mission starten. Und zwar hier. Dort wurde der erste Hinweis lokalisiert von unserer Forschungsabteilung." Michaela glaubte nicht was sie da hörte.
"Das geht nicht, Chef, die Engel sind noch lange nicht fähig etwas so waghalsiges zu tun. Sie sind noch Babys!" Gott hob die Hand um sie zur Ruhe zu zwingen.
"Sie hat Recht, keiner der sechs hat genug Wissen, um zu überleben auf dieser Welt." bemerkte Amor und auch die anderen stimmten ihm zu.
"Ihr vergesst dabei etwas! Ihr vergesst, dass diese sechs schon jahrelang auf dieser Welt zugebracht haben, ohne irgendwelche Fähigkeiten. Sie müssen es schaffen, dabei ist mir völlig egal, welche Einwände ihr vorbringt. Wir können und dürfen nicht länger warten. Ihr habt zwei Tage für die Reisevorbereitungen!" Wieder wollte Michaela etwas sagen, doch diesmal kam ihr Aphrodite zuvor. "Ich werde sie begleiten, dann haben sie noch einen extra Schutz, ich kann vielleicht nicht viel, aber kämpfen kann ich notfalls." Gott sah die Göttin erstaunt an. Soviel Einsatz? Auf einmal? Nun gut, warum eigentlich nicht.
"Du hältst dich aber zurück. Du greifst nur im Notfall ein." Aphrodite nickte und versprach alles zu tun, die sechs im Auge zu behalten.
"Okay, dann auf, bereitet die Engel vor." Gott drehte sich um und verließ den Raum.

Blei zu Gold

Atumi brauchte eine Weile, ehe er zu der Küche fand, in der die Gifte und Krankheitskeime entwickelt wurden. Hades wartete bereits. In seiner Vorstellung dachte Atu an eine Art Kerker, ähnlich wie im Zaubertrankunterricht bei J. K. Rowlings Harry Potter, doch er fand ein Labor vor. Hell und über und über mit Reagenzgläsern bestückt. Einige davon sahen wirklich kompliziert aus und blubberten vor sich hin. Neugierig schritt Atumi die Versuchsanordnungen ab. An der Wand hingen die üblichen Periodensysteme und andere Tabellen mit unmöglichen Abkürzungen. Einige waren ganz neu, andere so vergilbt, dass sie sicherlich schon hunderte von Jahren da hingen. Hades kam aus einem kleinen Nebenraum, er hatte einen kleinen Bunsenbrenner in seiner Hand.
"Ah da bist du ja, da hinten der Tisch ist für dich, ich komme gleich zu dir, ich muss nur noch...."
"Okay," Atu setzte sich an dem ihm zugewiesenen Platz und sah skeptisch auf den Lehrer. Er war der Herr der Unterwelt, im Moment jedoch sah er eher aus wie ein Professor und wirkte auch so zerstreut.
"So mein Schätzelchen, brutzel du mal vor dich hin!" brabbelte er.
"Was ist das?" wagte Atumi die Frage.
"Mein Mittagessen, Hähnchen!" erklärte Hades.
"Seit es nur noch Karnickel gibt, brutzel ich mir gern selbst etwas!"
Atumi musste lachen, sein lautes und ohrenbetäubendes Lachen.

"Uh.... das musst du dir dringend abgewöhnen! Damit störst du die heilige Ruhe der Alchemie!" schimpfte Hades sofort, nachdem er die Hände wieder von den Ohren genommen hatte.
"Das kann ich mir nicht abgewöhnen, das ist mein Markenzeichen!" beharrte Atumi.
"Das wird dir der General schon abgewöhnen, dass fällt nicht in meinen Aufgabenbereich. So ich erkläre dir erst mal was für Fähigkeiten du gestern bekommen hast."
"Gute Idee!" stimmte Atu zu.
"Es gibt für jeden von euch zwei übernatürliche Fähigkeiten, eine die man lernen kann, die andere, die kommt direkt aus euch und keiner weiß vorher was es sein wird. Die, die du lernen kannst, ist die Kunst aus billigem Metall Gold zu machen!"
Atumi schaute auf seine Hände.
"Oh nein, damit machst du das nicht, du benutzt eine Formel, eine Formel die du selbst entwickeln musst. Wenn du diese Formel im Kopf dann einsetzt, schaffst du es sicher bald auch ohne Hilfsmittel, aber zuvor musst du die Grundsätze der Alchemie kennen lernen. Ich habe hier ein Buch. Wenn du dir da drüben deine Hände gewaschen hast und Handschuhe übergezogen hast, dann kannst du mit der Studie der Giftmischung anfangen. Ich muss mich noch um den anderen kümmern!"
Atumi ging zu dem großen Waschbecken, welches Platz für ein ganzes Schwein hatte und wusch sich die Hände. Grüne raue Papierhandtücher nutzte er zum trocknen, dann zog er sich die Latexhandschuhe an. Er ging zu dem Tisch zurück und zog sich das Buch

heran. Es sah ziemlich staubig aus. Als er den Einband von der Dreckschicht befreit hatte, las er:
"Alchemie für Dummies!" Beleidigt verzog er das Gesicht. Dennoch schlug er es auf.
"Willkommen in der faszinierenden Welt der Alchemie, wir führen sie ein in die Fähigkeiten von Flüssigkeiten und fester Materie, von Gasen und Wasser. Bla, bla, bla! Wo find ich denn jetzt mal ein Experiment?"
Atumi blätterte weiter, endlich fand er Angaben zu einem Experiment. Da stand ein Rezept, auch noch ein einfaches, nur zwei Sachen brauchte er dafür. Er sah sich um und fand den Giftschrank, dort standen die Zutaten sicher drin. Er öffnete den Schrank und sah sich um.
"Okay, dann schauen wir mal. Tollkirsche, Bariumcarbonat, Magnesiumcarbonat, Essigsäure!" Atumi griff nach der großen Flasche und holte sie heraus.
"So jetzt noch Amm... wie hieß das noch?" Atumi nahm die Flasche mit die er schon gefunden hatte und kehrte zu dem Lehrbuch zurück. Er las die Anweisung erneut.
"Natriumhydrogencarbonat, das soll sich einer merken!" grummelte er vor sich hin. Wenige Minuten später hatte er das Glas mit dem Pulver gefunden.
"So hier steht keine Angabe wie viel man davon brauch, mh, ach no risk no fun." beherzt schüttete Atu das gesamte Pulver, fast ein Kilo in eine große Schüssel. Die gesamte Flasche Essigsäure darüber. Dann rührte er darin rum.
"Einfacher als Kochen!" freute er sich, als die Essigsäure Blasen warf. Doch das Experiment ging gründlich daneben. Es dauerte nur Minuten, bis der Schaum

auf den Boden tropfte und nicht weniger werden
wollte. Entsetzt versuchte Atumi den Schaum aufzuhalten. Grüne Papierhandtücher wie ein Irrer aus dem Spender reissend. Das jedoch dauerte so lange, dass die hintere Reihe schon völlig mit Schaum bedeckt war. Es schäumte weiter. Bald stand er knöcheltief im weißen Schaum. Er musste Hilfe holen! Oder besser doch nicht, es muss doch in dem verdammten Buch etwas stehen, was das aufhalten würde. Während er auf einem Stuhl balancierend hektisch in dem Buch blätterte, bahnte sich der Schaum einen Weg, einen Weg zu dem Mittagessen von Hades. Der Raum war nun schon bis zu den Knien mit Schaum bedeckt.
"Oh mein Gott!" rief Atumi, als er sah, dass nur noch wenige Zentimeter zwischen der schmierigen Masse und dem Hähnchen von Hades lagen. Hastig sprang er vom Stuhl, glitt aus und rutschte den Gang entlang. Er versuchte sich an den Tischen festzuhalten, die an ihm vorbei sausten, ohne Erfolg. Einige der dort angeordneten Reagenzien flogen mit einem Klirren zu Boden. Der Schaum wechselte die Farbe. Atumi kam zu spät, der mittlerweile regenbogenfarbene Schaum hatte den Bunsenbrenner gelöscht und das schmackhafte Hähnchen vernichtet.
"Was mach ich nur?" jammerte Atumi. Er zog sich an einem der Tische hoch, versuchte auf dem schmierigen Untergrund Halt zu finden, glitt immer wieder aus. Wie sollte er das Chaos nur rechtzeitig beseitigen? Eigentlich war es ja auch Hades Schuld, warum ließ er ihm auch so ein blödes Buch da?
"Verdammt, verdammt, verdammt!" fluchte er, als er endlich wieder auf den Beinen war. Der Schaum

reichte ihm nun schon bis zur Brust und noch immer schien es mehr und mehr zu werden.
Die Tür wurde aufgerissen, sofort bahnte sich der Schaum einen Weg in die Gänge hinaus und sank wieder etwas ab, in dem Raum.
"Was hast du angestellt?" fragte Hades entsetzt. Atumi sah geknickt aus, nun wie sollte er das erklären?
"Sag es nicht, ich habe schon eine ungefähre Ahnung!" Hades sah zornig aus. Er betätigte einen Knopf und ein lautes Sauggeräusch ertönte.
"Bleib wo du bist, die Anlage brauch einige Sekunden um das Zeug abzusaugen!" Atumi nickte.
"Tut mir leid! Ich wollte, ich wusste..." versuchte der junge Dämon zu erklären.
"Mein Mittagessen!" schrie Hades, als er das halb gare Hühnchen auf dem Boden liegen sah.
"Du schuldest mir ein Brathähnchen, vorher will ich dich hier nicht mehr sehen!" schrie der Gott der Unterwelt und schubste den klitschnassen Dämon zur Tür hinaus.
Atumi schlitterte mehr als, dass er lief über die Flure. Noch unter der Dusche, fragte er sich, wo er bitte ein Brathähnchen herbekommen sollte.

Windhund

Topoke stand extra früh auf. Er versuchte sein Haar zu stylen, doch es wollte ihm nicht wirklich gelingen. Heute war seine erste Unterrichtsstunde bei Lilith, oh hatte er ein Glück. Die Frau machte ihn wirklich an. Es wäre ein Vergnügen sie flachzulegen. Zum zigsten Mal versuchte er nun schon diesen Wirbel am Hinterkopf in den Griff zu bekommen.
"Mist, dann muss es eben so gehen!" schimpfte er.
Seine Mühen sollten eh völlig umsonst gewesen sein.
Dennoch ging er gut gelaunt zu dem Zimmer, in welchem die Göttin bereits auf ihn wartete.
"Schön das der Herr auch noch auftaucht!" zickte sie ihn an, anstelle einer Begrüßung.
"Was? Ich bin pünktlich!" verteidigte er sich sofort.
"Was ist das?" fragte sie und zeigte auf den Wirbel.
"Ich habe es echt versucht, aber ich habe leider kein Gel hier!" Warum griff sie ihn in einer Tour an?
Lilith ging um ihn herum. Er kam sich jetzt total lächerlich vor in dem Mintgrünen Overall.
"Aua!" hatte sie ihm gerade in die Hüfte gezwickt?
"Aus dir einen Verführer zu machen wird harte Arbeit!" bei diesen Worten griff sie ungeniert in seinen Schritt. Er verzog das Gesicht zu einer schmerzhaften Grimasse. Mann hatte diese Frau Fingernägel.
"Okay, dreh dich, los mach schon!"
Meinte sie das ernst? Er sollte sich drehen? Er drehte sich vorsichtig um seine eigene Achse.
"So bekommst du nicht mal ein Lüftchen, du musst dich schon schneller drehen!"

"Lüftchen?" fragte er und drehte sich etwas schneller. "Deine zweite Fähigkeit, Tornados hervorrufen. Aber das musst du selbst herausfinden. Ich wollte nur deine Begabung testen, anscheinend taugst du dafür noch weniger. Lass uns gehen, wir haben einen straffen Zeitplan!"
Topoke war schwindlig. Er stolperte hinter der Schönheit her. Diese führte ihn in ein Fitnessstudio.
"Du musst diesen Babyspeck loswerden, wir versuchen es erst mal mit Training. Wenn du das durch hast, da hinten ist eine Sonnenbank, dein Teint ist viel zu blass. Ich bin in drei Stunden wieder da und bring dich zum Friseur, diese Haare gehen ja mal gar nicht!"
Sie setzte den verdutzten Mann auf das Fahrrad.
"Halbe Stunde, dann laufen!" sagte sie noch und ging von dannen.
Sollte so sein Unterricht aussehen? Fitness und Solarium? Na wenigstens musste er nichts auswendig lernen. Da kam Lilith zurück.
"Hatte ich vergessen, damit es nicht zu langweilig wird!" sie gab ihm einen MP3 Player und schaltete ihn ein. Eine monotone Stimme begrüßte ihn.
"Ich bin ihr Personality-Coach. Ich führe sie heute in die Welt der erfolgreichen ein. Wiederholen sie: Erfolg macht sexy, Erfolg macht sexy!"
Topoke wollte das Gerät sofort ausschalten, doch es ließ sich nicht mal mehr abnehmen. Ununterbrochen hörte er: Erfolg macht sexy. Wenn das die nächste Zeit so weiter ging, würde er wahnsinnig werden, davon war er überzeugt.

Nachdem er auch vom Laufband runter war, sollte er mit einem Hulahuppreifen die Hüften bewegen. Er kam sich auch überhaupt nicht lächerlich dabei vor, noch immer hörte er das monotone Gelaber vom Band. Topoke sollte den Reifen drehen lassen, doch er schaffte es sich selbst im Kreis zu drehen. Irgendwann drehte er sich so schnell, dass er seine Umgebung nur noch verschwommen wahrnam. Aber er konnte auch nicht einfach aufhören. Das Schwindelgefühlt, welches ihn erfasst hatte, war beinahe schon erloschen.
"Hilfe, ich will stehen bleiben!" rief er gegen den Wind an, der schon an seinen Kleidern zerrte. Doch er drehte sich weiter, er schien auch immer schneller zu werden. Seine Arme waren weit ausgebreitet. Er spürte wie der Wind immer stärker wurde. War das schon der Tornado, von dem die Göttin gesprochen hatte? Egal, er wollte aufhören. Erstaunt stellte er fest, dass er den Spruch nicht mehr hörte, das Tosen um ihn herum war einfach zu laut. Wenigstens etwas!

Als Lilith etwas später zurück kam, um nach ihrem Schützling zu sehen, wurde ihr die Tür förmlich aus der Hand gerissen. Die schweren Gewichte wirbelten in einer Spirale umher und Topoke hing in der Luft. Er drehte sich wie ein Kreisel. Lilith musste nicht nur gegen den Wind ankämpfen, sondern auch vor den Gewichten in Deckung gehen. Wenn Topoke jetzt ohnmächtig werden würde, würden die Geräte zu Boden plumpsen und sie erschlagen.
"Topoke!" schrie sie. Doch ihr Schrei kam nicht bis zu dem völlig apathischen Mann durch.

Topoke spürte sich nicht mehr. Er hatte das Gefühl nicht mehr in seinem Körper zu sein. Als er registrierte, dass er mehrere Meter über dem Boden schwebte, bekam er Angst. Das war das Finale, die Angst unterbrach sein Gekreisel. Er konnte sich gerade noch an der Halterung für die Sandsäcke festkrallen, als der Tornado von jetzt auf gleich aufhörte und alle Geräte mit einem Ohrenbetäubenden Geschepper zu Boden rasten.
"Hilfe!" schrie er.
Lilith hatte fluchtartig den Raum verlassen, sie war buchstäblich in Sicherheit gesprungen.
Als die Geräte auf einem Haufen am Boden lagen, betrat sie vorsichtig die zerstörte Fitnesshalle.
"Was hast du gemacht?" fragte sie empört.
"Hol mich hier runter!" jammerte er.
Lilith schaffte es den Mann herunterzuholen. Sein Overall hing nur noch in Fetzen an ihm.
"Du bringst das hier in Ordnung, das dürfte dann genug Training sein für dich und untersteh' dich, dich noch einmal zu drehen!"
Topoke war wacklig auf den Beinen und er zitterte am ganzen Körper.
"Erst soll ich mich drehen und jetzt nicht, Frauen!" schimpfte er und hing eine der Hanteln in eine Halterung.

Künstlerische Freiheit

Muzo war erstaunt. Er hatte nicht mit einem solchen Ausbildungsraum gerechnet. Es war hell, taghell und überall standen Leinwände herum. Leere Leinwände. Eine Staffelei und jede Menge verschiedene Farben. Es mussten dreihundert sein, die da in Tuben, Töpfen und Eimern standen. Neugierig sah er sich um. Die hintere Seite war ein offenes Regal, auch hier standen Töpfe und Farbeimer herum. Allerdings sahen die nicht mehr so neu aus, wie die anderen. Dazwischen, wie eine Zahnlücke im Regal, war ein Waschbecken. Eine Menge leerer Würstchengläser, anscheinend wurden die überall zum reinigen der Pinsel verwendet, sogar hier in der Hölle. Daneben lagen Künstler-Paletten alle gebraucht. Ein mehr oder weniger sauberer Kittel hing an einem rostigen Nagel.
"Gut, dass du schon da bist, du darfst heute malen!" Loki kam in den Raum.
"Malen? Was denn?" fragte Muzo überrascht.
"Nun, hier habe ich einige Vorlagen, du wirst überrascht sein, was du alles so mit den Farben erreichen wirst." Loki holte eine Mappe hervor. Es waren Skizzen von merkwürdigen Kreaturen.
"Das sind sogenannte Zeitdämonen. Die heißen so, weil sie eine bestimmte Zeit lebendig sind und dann verpuffen. Die Einfachen hier überleben nur wenige Minuten, die schweren schon mal eine Stunde, nimm bitte alles was du dazu brauchst nur von da hinten. Wir müssen sparen und die Farben sind leider sehr

teuer. Ich komme dann in einer Stunde wieder und seh mir alles an!" Loki grinste und verließ den Raum wieder. Muzoun blätterte durch die Mappe, es waren wirklich merkwürdige Kreaturen, welche mit drei Beinen und zwei Köpfen. Andere schienen nur aus einem Kopf zu bestehen oder aus hunderten von Tentakeln. Grausig, solchen Viechern wollte er lieber nicht begegnen. Da fand er eins, dass einem Wischmopp glich und eigentlich ganz niedlich aussah, dass würde er zuerst probieren. Er zog sich den Kittel an und stellte eine mittelgroße Leinwand auf die Staffelei. Dann war die Qual der Wahl groß, welche Farbe sollte das Wuschelding haben? Er entschied sich schließlich für ein helles Lila und mischte sich die Farben an. Es miaute zu seinen Füßen.
"Knuffi? Wo kommst du denn her?" er bückte sich kurz um seinen Kater zu streicheln, dann suchte er sich die Pinsel zusammen. So weit so gut. Da er früher schon viel gezeichnet hatte, allerdings mit Lineal und Bleistift, war dies eine völlig neue Variante für ihn, aber nicht unmöglich. Konzentriert ging er an die Arbeit. Der Kater hatte sich in einer Ecke zusammengerollt und schlief.

"Das wars! Ist schick geworden!" freute sich Muzo als er sein helllila Wischmobb auf der Leinwand vollendet hatte. Er drehte sich zum Waschbecken, um seine Pinsel auszuwaschen. Als er wieder auf die Leinwand starrte, war diese leer.
"Das kann doch nicht sein?" Im nächsten Moment hörte er wie Knuffi fauchte und schrie. Sie fetzte über den Boden und rannte die Staffelei dabei um.

"Wow, hey Knuffi lass das!" rief er und fühlte plötzlich wie sich scharfe Zähne in seine Wade verhakten. Schreiend, mit den Armen wedelnd und schließlich auf dem Po landend, drehte er sich nach allen Richtungen um. Er rieb sich das schmerzende Bein und sah gerade noch wie Knuffi auf das Regal mit den neuen Farben sprang. Am Boden vor dem Regal, Knuffi fauchte und schrie noch immer panisch, war ein helllila Wischmobb.
"Ich glaub ich träume!" Muzo rieb sich die Augen. Da drehte sich der Wischmobb um und hüpfte auf seinen Erschaffer zu. Es sah eigentlich voll lustig aus, wie das Fellvieh sich über den Boden bewegte. Wenn da nicht die messerscharfen Zähne gewesen wären.
"Oh, braves Mobbelchen, liebes Mobbelchen!" Muzoun rutschte langsam immer weiter hinter. Bald spürte er das Waschbecken im Rücken, versuchte aufzustehen, ohne das Monster aus den Augen zu lassen. Sein Blick fiel auf einen Besen, der in der Ecke stand. Hastig sprang er darauf zu und packte ihn wie einen Baseballschläger.
"Na warte, aus dir mach ich Mobbmatsch!" rief er und ging zum Angriff über. Entgeistert musterte er den Besenkopf, denn der Stiel war von Mobbmonster aufgefressen wurden.
"Ich hab dich erschaffen, du hast mir zu gehorchen!" jammerte Muzoun, während er mit Farben und Pinseln und Gläsern nach dem Vieh warf. Was hatte Loki gesagt, nur wenige Minuten? Wie lange war wohl dieser hier am Leben. Er hatte keine Uhr, ihm kam es vor wie eine Ewigkeit. Dabei hatte er gedacht, das Tier sieht ungefährlich aus. Wie man sich täuschen

konnte. Er fühlte mit einem mal ein Kribbeln durch seinen Körper gehen, als würde der Körper von jetzt auf gleich einschlafen. Das Mobbmonster, welches noch eben an einem Eimer mit azurblau genagt hatte, stutzte. Es schien sich umzusehen. Dann drehte es um und hoppelte wieder auf das andere Regal zu, auf dem es Knuffi vermutete. Was war geschehen, warum hatte es von dem Dämon abgelassen. Muzoun griff nach einer Kehrschaufel und ließ sie scheppernd fallen. Er sah die Kehrschaufel. Auch wie sie durch die Luft schwebte, er sah nur sich nicht. Seine Hand war weg. Wo war hier ein Spiegel?

Das Helllila Monster verfolgte den rostroten Kater. Dieser fauchte und sprang von einem Regal zum nächsten, nicht ohne es abzuräumen. Auf dem Regal standen zum Glück nur leere Eimer und Kisten. Knuffi schaffte es einen der Eimer durch Zufall so zu werfen, dass das Monster darunter gefangen war. Einige Sekunden hielt das Gefängnis auch durch, dann war es im Schlund des Monsters gefangen. Mit allem was das Monster zu fressen bekam, schien es zu wachsen. Was als kleines knöchelhohes Wesen begonnen hatte, war nun schon einen halben Meter hoch.

Muzoun hatte einen Metallstab gefunden, der einigermaßen spiegelte und jetzt schwebte dieser vor seinem Gesicht. Er fühlte genau wie er ihn in der Hand hielt, doch er sah die Hand nicht. Ihm wurde schwindelig, was war los mit ihm? War das eine seiner Fähigkeiten? Konnte er sich unsichtbar machen? Eigentlich ja eine coole Sache, aber darauf hätte man ihn echt vorbereiten können. Er sah sich nach dem Monster um. Verdammt, wann war es denn so gewachsen?

"Oh, Mann, Loki ich könnt echt deine Hilfe gebrauchen!" sagte er in den Raum. Das Monster grunzte und verharrte, kaum einen Meter vor ihm. Es sah den schwebenden Stab. Muzo kam eine Idee. Er warf den Stab auf die andere Seite des Ateliers und rief:

"Hol das Stöckchen!" Das Monster folgte dem Stab tatsächlich. Es brachte den Stab auch zurück. Es hörte auf Kommandos!

"So und jetzt sitz!" sagte Muzo und wunderte sich selbst, dass seine Stimme so sicher klang. Er selbst fühlte sich gar nicht sicher.

Er ließ das Monster noch Männchen machen, sich totstellen und apportieren. Er freute sich gerade, dass er es geschafft hatte, das Vieh unter Kontrolle zu bekommen, da fing es an zu jaulen und zu pulsieren.

"Was ist denn jetzt los?" fragte der Künstlerdämon noch und flog im nächsten Moment quer durch die Luft. Knallte gegen das Regal mit den alten Farben und rutschte daran zu Boden. Das Regal wackelte und fiel um. Doch nicht genug, dass die Farben aufplatzten und eine Heidensauerei veranstalteten. Die Explosion des Mobbmonsters beförderte auch alles wieder zu Tage, was die Zeichnung gefressen hatte. Eimer, Besenstiel, Farben, Pinsel und Gläser flogen wie bei einer Splitterbombe quer durch den Raum und hinterließen ein heilloses Chaos. Muzoun lag bewusstlos und immer noch unsichtbar am Boden. Knuffi hatte sich hinter einen Stapel Leinwände verkrochen und zitterte so sehr, dass die Leinwände mit zitterten.

"Um Himmels willen!" Loki kam wie versprochen eine Stunde später zurück. Er sah das Chaos, sah dass die Farben, auch die neuen, alle defekt waren und nun ausliefen. Ein See von den schönsten Farben lag vor ihm. Ölig und Klebrig. Dann sah er eine, nennen wir es Gestalt, über und über mit Farbe bespritzt.
"Muzoun! Komm zu dir!" Loki rüttelte den bewusstlosen.
Es dauerte einige Minuten, ehe dieser wieder klar genug war, um seine Erlebnisse zu beichten.
"Immerhin, anscheinend kannst du dich unsichtbar machen, aber jetzt solltest du wieder sichtbar werden!" meinte Loki.
"Ich dachte, ich bin schon wieder sichtbar?" Doch Loki schüttelte den Kopf.
"Nur da, wo du voll Farbe bist!" Den panischen Ausdruck auf Muzos Gesicht konnte Loki nicht sehen, doch er hörte ihn in dem schrillen Ton, mit dem er sagte:
"Ich weiß nicht wie!" Loki klopfte ihm auf die Schulter.
"Du räumst hier auf und ich suche Lilith, sie weiß wie! Und ich nehme Knuffi mit, der hat genug Action gehabt heute!"
Loki verließ den Raum wieder. Frustriert sah sich Muzoun das Chaos an, wie sollte er das nur aufräumen?

Von einem Ort zum anderen

"Hey, schaut mal was ist das denn für ein Poster?"
Maryu blieb an dem Schwarzen Brett stehen, auf dem die Ankündigung für einen Wettbewerb stand.
"Großer Murmelhaus-Bau-Wettbewerb. Das größte und schönste Haus bekommt Sonderurlaub in der Karibik!" las Muzo weiter.
"So ein Blödsinn, Murmelhäuser, wie soll das denn gehen?" Jey sah skeptisch aus.
"Mit Sekundenkleber geht's," meinte Topoke und biss von seinem Sandwich ab.
"Der Wettbewerb findet heute statt, schade dass wir keine Zeit haben, Karibik wäre toll!" erklärte Maryu.
Keiner der sechs konnte sich wirklich vorstellen, wie so ein Wettbewerb ablaufen sollte. Tfaji hatte heute ihre erste Stunde bei Loki und war gespannt welche Fähigkeiten, denn nun in dem Trank gewesen war. Sie erinnerte sich schwach daran, dass er widerlich nach Lakritze geschmeckt hatte. Anscheinend war dieses Zeug ein echtes Teufelszeug, wenn man die Waffen aus der Süßigkeit mitrechnete, tauchte es oft hier unten auf. Selbst der Koch machte regelmäßig einen Nachtisch aus Bärendreck.
Tfaji wartete auf Loki im Klassenzimmer. Es war leer. Der Anwalt des Teufels war noch nicht eingetroffen. Stattdessen lag ein dicker Wälzer auf dem Tisch.
"Enzyklopädie der Krankheiten," las sie laut vor. Das Buch war wirklich sehr dick.

Neugierig blätterte Tfaji darin, es war sicher kein Zufall, dass es hier auf sie gewartet hatte. Ob sie das alles konnte? Es gab echt üble Krankheiten darin. Krankheiten von denen sie vorher noch nie gehört hatte und die unweigerlich zum Tod führten.
"Oh gut, du hast schon angefangen!" Loki war unbemerkt herein gekommen. Tfaji zuckte zusammen, sie fühlte sich ertappt.
"Was ist das?" fragte sie und schob ihm das dicke Buch hin.
"Nun, deine Fähigkeit wird sein, Menschen krank zu machen! Damit du eine Übersicht über einzelne Krankheiten bekommst, solltest du das Buch lesen." Tfaji sah ihn erschrocken an.
"Das alles? Auswendig?" schrie sie fast hysterisch.
"Nicht auswendig, du sollst nur ein Gefühl dafür bekommen und morgen gehen wir dann in ein Krankenhaus und du sagst mir, welche Wehwehchen die Leute haben!" Loki lächelte bösartig. Er wusste wohl, dass es kaum zu schaffen war, dieses dicke Buch zu lesen, innerhalb eines Tages.
Tfaji war kurz davor ihm den Schinken über den Kopf zu hauen, antwortete jedoch lediglich:
"Du bist ja nicht ganz dicht!"
Loki lächelte noch immer bösartig.
"Tfaji, ob ich dicht bin oder nicht, steht hier nicht zur Debatte. Es ist nur wichtig, dass du jetzt mit dem Buch beginnst!" Loki tätschelte ihr nochmal die Schulter und verschwand wieder.
"Ich muss jetzt zu dem Wettbewerb, habe eine hübsche Summe gewettet. Du kommst hier ja allein klar, oder? Wir sehen uns!"

Wenn Blicke töten könnten, wäre Loki jetzt tot umgefallen. Obwohl, eigentlich war er ja schon tot. Trotzdem Tfaji verfluchte ihn, mit Worten die nicht sehr 'Lady like' waren. Der Teufel hätte fast noch etwas lernen können. Dennoch, da sie eh hier festsaß, würde sie anfangen das Buch zu lesen. Es gab allein siebzig unter dem Buchstaben A, wobei für jede einzelne Allergie und Angst noch extra Untergruppen existierten. Wenn sie Glück hatte, würde sie es vielleicht bis B schaffen. Während sie sich von ADS bis Alzheimer durch plagte, musste sie immer wieder an Loki denken. Der vergnügte sich bei irgendeinem dummen Wettbewerb und sie durfte hier unaussprechliche Lateinische Begriffe lesen. Mit jeder Seite die sie umschlug, wuchs ihr Hass. Sie hasste Loki, sie hasste dieses blöde Buch, sie hasste sogar den blöden Stuhl auf dem sie saß und die Tafel hasste sie auch. Was sie nicht wusste, dieser Hass war eine ihrer Waffen, denn er war ansteckend. Es war die Krankheit, die sie verbreitete. Sie konnte zwar auch Schnupfen oder Husten auslösen, doch der Hass war das eigentliche Ziel, welches Loki verfolgte. Leider hatte er mit Tfajis unbewusster Fähigkeit nicht gerechnet.

Loki war zu dem Wettbewerb gegangen. Die Dämonen hatten Wetten abgeschlossen, wer denn das beste Murmelhaus bauen würde. Es gab die verschiedensten Möglichkeiten die Murmeln zu einem Gebilde zu formen. Eine bestand darin Spielkarten auf die Murmeln zu legen, und so immer höher zu bauen. Andere legten Münzen dazwischen. Egal wie, es war eine

Sisyphus-Arbeit. Die höhergestellten Dämonen feuerten ihre Favoriten an. Loki hatte eine ganze Stange Geld auf seinen Bauherrn gesetzt und er schien gute Karten zu haben. Das Haus seines Favoriten hatte immerhin schon ein halbes Dach. Er kaute schon seit drei Stunden Kaugummi, klebte die Masse dann auf die Murmeln und so klebten sie zusammen. Guter Plan.

"Scheint so, als ob Loki gewonnen hat!" seufzte Hades, der ebenfalls eine größere Summe gewettet hatte. Die Sache mit den Karten funktionierte nur leider nicht so gut.

Während die Spannung immer mehr stieg, erschien wie aus dem Nichts eine Gestalt und das mitten in einem der Bauwerke. Sie sah böse aus, der Hass blitzte förmlich aus ihren Augen. Ein Aufschrei entfuhr dem überraschten Murmel-Bauherrn und er stolperte rückwärts, riss dabei einen Mitstreiter um. Die Murmeln der zwei Gebäude kullerten über den Boden. Die Figur fixierte einen nach dem anderen an und plötzlich begann jeder, den anderen anzuschreien. Sie riefen sich Verwünschungen und Flüche zu. Die ersten Fäuste flogen. Immer mehr Murmeln kullerten, da keiner dem anderen seinen Erfolg gönnte.

"Was ist das denn?" rief Hades erschrocken.

Loki war starr vor Schreck. Vor ihm stand Tfaji, sie fixierte ihn mit ihrem Blick.

"Nicht in die Augen sehen!" rief Lilith und hielt sich die Hand vor.

"Wie macht sie das?" fragte der Gott der Unterwelt und zog eine Sonnenbrille hervor.

Lilith war hinausgerannt. Die Teilnehmer des Wettbewerbs schlugen nun wild auf einander ein. Jeder gegen jeden, es war wie Fightclub, nur besser. Dem Teufel gefiel es zwar, dass sein Lehrling so gut war, doch auch er hatte eine Menge Geld auf die Murmeln gesetzt, welches er nun verloren hatte. Auch die Reise in die Karibik, würde wohl ein Traum bleiben.

Tfaji saß über dem Buch und schien zu schlafen. Lilith stand im Klassenzimmer und starrte sie an.
"Tfaji, Tfaji!" sie rüttelte die junge Frau, die kurz darauf zu sich kam. Lilith stand vor ihr.
Wann war die denn gekommen? War sie eingeschlafen? Was war passiert?
Im gleichen Moment, als Tfaji von Lilith geweckt wurde, verschwand sie aus dem Wettbewerbsraum. Die Dämonen prügelten sich immer noch, waren aber schon langsam müde, es reichte nur noch für ein paar Ohrfeigen.

"Weißt du was passiert ist?" fragte die Göttin der Hölle.
"Äh, Appendizitis, Symptome: Bauchschmerzen im Oberbauch..." brabbelte Tfaji los.
Lilith starrte sie entsetzt an.
"Du hast dich soeben Astral projiziert!" ging sie dazwischen.
"Bei Astral bin ich noch nicht!" wie in Trance antwortete die junge Frau.
Loki kam nun ebenfalls in den Raum.
"War sie die ganze Zeit hier?" fragte er.
"Ja, das war sie!"

"Wow, sie hat echt außergewöhnliche Kräfte!" staunte ihr Lehrer.
"Wieso, was meinst du?" fragte Tfaji, die langsam wieder mitdenken konnte.
"Wir haben fünfunddreißig Verletzte auf der Unfallstation, 7 davon schwer. Dank dir!"
"Ich war doch hier, ich habe doch gar nichts gemacht!" verteidigte sich die Dämonin.
"Du hast nichts gemacht? Ich habe gerade zehn Riesen wegen dir verloren Fräulein!" schimpfte Hades, der nun ebenfalls den Raum betrat.
„Die hättest du auch so verloren, also gib ihr nicht die Schuld." ging Lillith dazwischen.
"Ihr spinnt ja, ich geh jetzt, mir reichts!" Tfaji wollte nach dem Buch greifen, um es mitzunehmen, doch Loki hielt es zurück.
"Das brauchst du nicht mehr!"
"Auch gut!" Ihre Haare in den Nacken werfend, schritt sie von dannen.

Hölleninferno

Hades besah sich seine Schülerin. Sie war schlank, fast schon mager, hatte einen viel zu langen Hals und einen merkwürdig deplatzierten Kopf darauf. Die spitze Nase und ihr Kinn machten die Frau nicht gerade appetitlicher für ihn. Eigentlich war Hades ein Mann, der nichts anbrennen ließ, doch hier würde er definitiv eine Ausnahme machen.
"Nun gut Jeyoui, du hast gestern den Trank des Feuers zu dir genommen!"
"Was heißt das im Klartext?" fragte das junge Mädchen.
Hades ging zu dem vorbereiteten Holzhaufen, der wie bei einem Lagerfeuer kegelförmig angerichtet war.
"Strecke deine Hand aus, zeige auf das Lagerfeuer und stell dir vor, wie es aussieht wenn es brennt!" befahl der Lehrer ihr. Jey gehorchte. Sie zeigte mit ihrer rechten Hand auf das Holz und versuchte sich vorzustellen wie es wohl aussah wenn es brannte. Es passierte nichts.
"Du musst dich konzentrieren!" mahnte Hades. Jey kniff die Augen zusammen. Das Holz wackelte.
"Nicht aufhören, weiter konzentrieren!"
"Was denkst du denn, was ich hier tue?" fragte sie genervt. Hades Blick durchbohrte ihre Seele, sie streckte die Hand näher zu dem Feuer und kniff erneut ihre Augen zusammen. Eine kleine Rauchwolke erschien, kaum größer, als die, die entsteht wenn man

eine Kerze ausblies. Jey bekam schon Kopfweh, dennoch hörte sie nicht auf. Der Rauch verging, kein Feuer zu sehen.
"Okay, vielleicht versuchen wir einmal das hier!" Hades hatte noch einen weiteren Versuch aufgebaut. Einen Haufen Kerzen.
"Stell dir vor, wie diese Kerzen brennen!" verlangte er wieder.
Jey schüttelte ihren Arm aus. Sie hatte ihn total verkrampft.
"Du musst entspannt bleiben, versuch es!" Das sagte er so einfach, er wusste ja wie es ging. Jey wappnete sich. Entspannt bleiben, Kerzen die Brennen. Sie sah einen Weihnachtsbaum vor sich, mit vielen Kerzen daran und alle brannten. Es sah so schön aus, dann zeigte sie mit ihrer Hand auf die Kerzen. Ein Zischen ertönte. Dann qualmte es extrem. Von den Kerzen die ihr Hades hingestellt hatte, war nur noch ein Klumpen Wachs übrig. An einigen Stellen züngelten noch kleine Flämmchen.
"Das war schon ganz gut, jetzt noch mal das Lagerfeuer!" Hades löschte den Wachshaufen mit einem Wischen seiner Hand. Jey ging wieder zurück zu dem vorbereiteten Holzscheiten. Diesmal konnte Jey genau sehen, wie es brannte. Es kostete sie kaum noch Anstrengung, dass Bild heraufzubeschwören. Wenig später zuckte ihre Hand vor und von dem Lagerfeuer ging eine angenehme Wärme aus.
"Super machst du das, hier versuch das!" Hades zeigte auf einen Haufen Streichhölzer.
"Versuch jedes davon einzeln zu entzünden!" Jey versuchte es, doch leider machte es wieder nur Puff und

von den kleinen Schwefelhölzern blieb nichts als ein Häufchen Asche zurück.
"Alles klar, große Feuer legen ist der Anfang, du musst lernen auch kleine Dinge zu fokussieren, wir üben das jetzt!" Hades befahl ihr ein ums andere Mal dieses oder jenes in Brand zu setzen.

Nach zwei Stunden Übung, schaffte es Jeyoui mühelos einzelne Kerzen anzuzünden, ohne dass diese zu Wachsklumpen wurden. Hades überlegte, wie er die Fähigkeiten der jungen Dämonin noch weiter trainieren konnte. Da fiel ihm ein, dass in einigen der Gänge noch diese blöden Blumen wuchsen, die aus der Büchse der Sandora gekommen waren. Warum Jey nicht damit beauftragen, diese zu verbrennen.
"Okay, du gehst jetzt spazieren und überall wo du eine Blume siehst, zisch und weg damit! Du kannst die ersten einfach so vernichten, aber dann versuch bitte, einzelne Blätter und Blütenblätter zu verbrennen. Ich schau dann später nach dir!" Hades schob sie aus dem Übungsraum und räumte die Experimente weg.

Jey freute sich, es war gar nicht so schwer Feuer zu machen. Da war eine Blume. Zisch und weg war sie. Hüpfend und fast schon rennend vor Adrenalin, grillte sie eine Blume nach der anderen. Sie war gut darin, das gab ihr einen richtigen Aufschwung. Jeyoui wurde selbstbewusst. Die Dämonin bog von einem Gang in den Nächsten. Als sie sich umsah, entdeckte Jey in den Ecken riesige Spinnweben. Zack, die Spinnweben waren Geschichte. Sie rannte wie eine

Besessene durch die Gänge, verbrannte Blumen und
Blätter, einzelne Grashalme und die Spinnweben. Es
war wie putzen, auf eine coole, nein heiße, Art. Die
junge Frau hörte kaum noch ihre Schritte auf dem
Steinboden, auch wurden ihre Bewegungen immer
schneller und die Gänge verschwommener vor ihren
Augen.

Überwachungszentrale: "Herr General!" das Walki-
Talki kratzte.
"Was gibt's?" brummte es zurück.
"Da verbrennt jemand unsere Spinnennetz-Kameras!"
"Bleiben sie wo sie sind, ich schau mir das selber an!"
Es dauerte eine Weile bis der General in der Überwa-
chungszentrale ankam. Er ließ sich die letzten Bilder
zeigen und befahl:
"Lasst die Höllenhunde los!"

Jey rannte durch die verwinkelten Gänge. Sie kam zu
einem Gang, an dessen Ende ein großer Spiegel stand.
Links ging nur eine Tür weg. Eine massive und
schwere Tür. Es war die Tür zur Bibliothek. Sie sah
direkt in den Spiegel und erschrak. Da stand eine
riesige Raubkatze mit schwarz schimmerndem Fell
vor ihr. Nein, Moment, sie war in dem Spiegel gar
nicht zu sehen! Vorsichtig schlich sie näher, ihre Beine
machten keinerlei Geräusch. Je näher sie dem Spiegel
kam, umso größer wurde die Katze. Es schien sich um
einen Tiger zu handeln. Etwas rotes flammte hinter
ihm auf. Neugierig und ungläubig trat sie näher und
näher, das Tier musterte sie ebenfalls neugierig. Es

schien nicht bösartig zu sein. Nun stand sie direkt vor ihm.
"Wer bist du?" fragte sie und streckte die Hand aus. Das Tier im Spiegel streckte ihr eine Pfote entgegen. Verwirrt starrte Jey auf ihre Hand, da war keine Hand mehr! Erschrocken sprang sie einen Meter zurück, das Wesen im Spiegel tat es ihr gleich. Was war das, was da so rot leuchtete? Sie ging wieder näher heran. Der Schwanz der Katze brannte. Sie drehte den Kopf. Starrte entsetzt auf den schwarz glänzenden Körper, der in dem brennenden Schwanz endete. War sie der schwarze Tiger? Sie versuchte an den brennenden Schwanz zu kommen, drehte sich wie wild im Kreis. Spielte Fangen mit ihrem eigenen Schwanz. Da hörte sie ein grollen, bellen und knurren. Sie blieb mitten in der Bewegung stehen, spitzte die Katzenohren und starrte den Gang entlang. Es klang schaurig, was sie hörte. Es machte ihr Angst.

Die Höllenhunde, Bello und Hasso, waren freigelassen worden. Sie hatten die Fährte der Wildkatze aufgenommen und schlichen nun auf den Gang zu, in dem Jey war. Es waren merkwürdige Kreaturen, jeder von ihnen hatte drei Köpfe. Bello hatte die Köpfe eines Pitbulls, eines Schäferhundes und eines Zwergpinchers. Hasso vereinigte die Köpfe des Dackels, eines Bullterriers und Boxers in sich. Die zähflüssige Spucke triefte von ihren Lefzen. Sie brauchten nur noch wenige Meter, dann würden sie den Tiger sehen. Er war kleiner als Hasso, denn Hasso überragte fast schon den General. Ein monströses bösartiges Vieh. Bello war kaum ungefährlicher. Da hinten erkannten sie die schwarze Raubkatze, die immerhin auch fast eine Schulterhöhe von 1,30 hatte. Und sie brannte, nicht nur ihr Schwanz stand jetzt in Flammen.

Jey hatte Angst, sie starrte auf die Hunde und bemerkte die Hitze, die sie umschloss. Gleichzeitig machte sie diese Hitze mutiger. Sie brüllte und fauchte. Na kommt schon, ihr dämlichen Viecher, ich mach euch alle. Da knurrte der große laut, Jey sah sich panisch um, da die Tür. Sie stand einen Spalt weit offen. Schnell rein da, bevor die Hunde die Jagdsession eröffneten.

Hades war auf der Suche nach Jey ebenfalls in der Überwachungszentrale gelandet.
"Was ist denn hier los?" fragte er verwirrt, da die Techniker auf kleine Monitore starrten und man auf ihnen sowohl Großaufnahmen der Hunde, als auch des Tigers sehen konnte, der soeben in Flammen stehend die Bibliothek betreten hatte.
"Dieses Wesen ist hier eingedrungen, hat unsere Kameras ausgeschaltet!" erklärte der General.
Hades sah erschrocken auf die Bilder. Auf einem der Bilder war Jey zu sehen, wie sie eine Blume in Flammen aufgehen ließ und dann um die nächste Kurve verschwand, auf dem nächsten Bild, war sie weg. Dafür stand ein majestätischer schwarzer Tiger in dem Gang.
"Oh nein!" rief Hades erschrocken.
"Keine Sorge, Hasso und Bello machen das schon, nur keine Angst, mein Freund!" verstand der General den Ausruf total falsch.

"Abbruch! Sofort die Hunde zurück rufen!" schrie er und wedelte wie wild mit den Armen.
"Was ist denn mit dir los?" rief der General hielt Hades zurück. Dieser starrte entsetzt auf die Bilder, die aus der Bibliothek übertragen wurden.

Hasso und Bello hatten sich ebenfalls Zutritt, zu dem mit Papier und Holz vollgestopften, Raum verschafft. Hier standen schon einige Regale in Flammen, sie folgten der Spur, ihre sechs Nasen dicht am Boden. Jey hatte sich in eine Ecke verdrückt, da sie aber brannte, blieb sie nicht unbemerkt. Die Hunde hatten sie bald aufgespürt, sie waren nun kaum mehr fünf Meter von ihrem Opfer entfernt. Jeyoui hatte höllische Angst. Das Feuer, welches sie ausgelöst hatte, hatte sich schon bis zu der Galerie, auf der weitere Bücherregale standen hochgefressen. Über ihr und neben ihr brannte es lichterloh. Hinter ihr war die massive Mauer und vor ihr zwei Ungeheuer.

Es knackte und prasselte, der Qualm wurde immer dichter, es würde nicht lange dauern, dann würde die Galerie über ihr zusammenbrechen. Wenn sie Glück hatte, würden die herabfallenden Trümmer auch die Hunde unter sich begraben, die nun nur noch drei Meter von ihr entfernt waren. Die junge Dämonin schloss verängstigt die Augen, dass war's also, jetzt würde sie von zwei Monstern zerfleischt werden. Sie überlegte kurz ob sie einen Gegenangriff wagen sollte, da brach über ihr die Galerie zusammen im gleichen Moment hatten auch die Hunde den Sprung nach vorn gewagt. Jeyoui hatte ihre Hände über den Kopf

zusammengeschlagen, sich klein gemacht und erwartete Schmerzen, doch nichts geschah. Der Balken, der eben noch im Begriff war sie zu erschlagen, war verschwunden, das Feuer aus, ein Regen aus Asche fiel auf sie hernieder, die Hunde saßen schwanzwedelnd vor ihr.
"Jey? Geht es dir gut, Mädchen?" Wie aus einem fernen Universum, drang die Stimme zu ihr. Hades, er kniete neben ihr. Eine Decke um sie legend. Sie fühlte noch den weichen Stoff, dann Schwärze.

Satan tobte, wie konnte sowas geschehen? Die Bibliothek ein einziger Trümmerhaufen, wichtige Bücher und Schriften, nur noch Asche. Hades stand geknickt vor ihm. Auch der General ließ, entgegen seiner sonstigen Haltung, seine Schultern leicht hängen.
"Wir konnten ja nicht ahnen, dass Jey sich in einen Tiger verwandeln kann!" verteidigte Loki die zwei, ganz der Anwalt.
"Die Ausbildung wird langsam richtig teuer!" brüllte Satan weiter.
"Erst das Labor in Trümmern, dann der Fitnessraum, dann das Atelier! Jetzt die Bibliothek!" schrie er wie von Sinnen. So hatten sie den Teufel noch nie erlebt.
"Sehen sie zu, dass sie den Schaden in Ordnung bringen und ich will keine weiteren Katastrophen mehr! Die Auszubildenden werden nicht mehr allein gelassen, während ihrer Unterrichtsstunden! Haben wir uns verstanden?" Der Teufel zog seinen Anzug glatt, der durch das Toben einige Falten bekommen hatte.

"Aber unsere anderen Aufgaben, wir können nicht rund um die Uhr dabei bleiben!" versuchte Lilith einzuwenden.
"Hiermit entbinde ich euch dessen. Ich dachte meine Höllenfürsten wären Multitaskingfähig, anscheinend habe ich mich geirrt. Raus hier!"

Maryu mit den Scherenhänden

Der General hatte wirklich miese Laune. Das lag natürlich nicht zuletzt an dem Tadel durch seinen Boss. Leider traf es Maryu mit voller Wucht. Der arme Kerl hatte schon zwanzig Runden um den Sportplatz drehen dürfen, Situps und Liegestütze. Jetzt jagte der General ihn durch einen Parcour. Über Holzwände, unter Netzen lang, über Holzstämme und an Geräten entlang. Das Training konnte man mit der Ausbildung der Navi-Seals gleichsetzen. Maryu schnaufte, ihm tat schon alles weh. Doch der General kannte keine Gnade. Seit nunmehr vier Stunden musste der arme Dämon, mit Marschgepäck und Gewichten ausgerüstet, Ausdauertraining über sich ergehen lassen.
"Los, das muss schneller gehen!" schrie Mars wiederholt.
Maryu fehlte die Luft, um zu antworten. Er hatte noch nicht mal erfahren, was seine eigentliche Gabe war. Er blieb kurz hinter dem Schlammgraben stehen, stützte seine Hände auf die Knie und versuchte Luft zu holen.
"Wer sagte was von einer Pause?" kam es sofort vom General. Maryu hasste den Mann. Dennoch rannte er weiter, durch Reifen hindurch. Wie er es schaffte nicht zu stolpern, verwunderte ihn selbst.
"Komm her!" der General hatte gepfiffen. Maryu schleppte sich zu dem bulligen Mann.
"Ein Soldat hat jederzeit fit zu sein, deine Kondition ist nicht gut!" Maryu's Atem ging stoßweise.

"Ey Mann, ich kann nicht mehr!" hauchte er.
"Ey Mann gibt es nicht und ich kann nicht mehr auch nicht!" brüllte ihm der General ins Ohr. Eigentlich müsste er davon einen Gehörsturz bekommen, dachte Maryu.
"Wir müssen dafür sorgen, dass du kämpfen lernst. Zieh dich um, wir treffen uns in fünf Minuten in der Halle!" befahl er .
Wie jetzt? Nach der Tortur auch noch kämpfen? Wie sollte er denn da bitte noch eine Chance haben?

Er kam natürlich einige Minuten zu spät.
"Pünktlichkeit!" brüllte der General ihn an. Maryu schaltete sein Gehirn ab, was ihm nicht schwer fiel. Dann griff der General ihn an, Kickboxen. Wie aus Reflex reagierte Maryu mit seinem Wissen aus der Kindheit. Das Kampftraining war hart und Maryu küsste oft den Boden. General Mars wechselte während des Trainings die Kampfsportarten alle drei Minuten und legte eine Behändigkeit an den Tag, mit der keiner gerechnet hätte. Schließlich lag Maryu am Boden, dachte sich, wenn ich einfach nicht mehr aufstehe, dann ist es vorbei. Sein Plan ging auf, jedenfalls zum Teil.
"Geh jetzt duschen, morgen um fünf geht es weiter. Für deine Unpünktlichkeit darfst du in der Waffenkammer noch die Munition sortieren!"
"Ey Mars," rief Maryu als er schon fast aus der Tür war, "iss ein Snickers!" dann huschte er schleunigst unter die Dusche.

Für die Frechheit, die sich Maryu geleistet hatte, hatte der General sofort die Antwort. Diese wartete in Form eines riesigen Berges mit Munition.
"Ey verdammt, seh' ich aus wie Aschenputtel?" stöhnte Maryu und setzte sich auf den kleinen Schemel. Dann machte er sich an die Arbeit. Er sollte diesen Berg bis zum Abendessen schaffen, dass war ein Ding der Unmöglichkeit. Die Waffen hingen in dem Raum hinter Metallgittern. An einer Wand lagen Zünder, an der anderen das TNT und Dynamit. Ein Regal beinhaltete an die fünfzig Handgranaten. Während Maryu sich umsah, stellte er die Schachteln in die die Munition sollte neben sich auf. Dann ging es los. Neun Millimeter, zweiundzwanziger und Schrot. Hohlspitz und sieben Millimeter. Langsam füllten sich die ersten Schachteln. Die Arbeit war eintönig und machte so überhaupt keinen Spaß. Er wusste, er würde nie mehr zu spät kommen. Maryu wurde mit einem Mal schwindelig, er schloss einen Moment die Augen. Beschloss eine Runde zu gehen, das angestrengte lesen der kleinen Bezeichnungen auf den Hülsen machte ihn ganz wirr im Kopf. Er ging zu dem vergitterten Waffenlager, sah sich die verschiedenen Gewehre und Kleinkaliber an. Noch vor kurzem war hier alles gähnend leer gewesen. Maryu musste grinsen, als er an die Waffen aus Schokolade und Lakritze dachte.

Er fuhr sich mit der Hand durch das Gesicht und spürte einen Schmerz auf seiner Wange. Erschrocken zuckte er zusammen. Dann erstarrte er für einen Moment. Seine Hände waren weg! Stattdessen hatte er klauenartige Messer, da wo vorher noch seine Finger waren. Erschrocken schüttelte er die Hände, doch sie blieben scharfe Waffen. Er drehte sich ein paar Mal um sich selbst, verlor dabei das Gleichgewicht. Mit seinen Armen rückwärts wedelnd landete er in dem Haufen Munition. Verzweifelt versuchte er Halt zu finden. Dabei stellte er sich so ungeschickt an, das er seine neue Hose in Fetzen schnitt. Toll, was für eine blöde Fähigkeit war das denn? Seine Messerhände schafften es sich festzuhaken. Als er jedoch versuchte sich hochzuziehen, gab sein Halt nach. Wieder landete er rückwärts im Munitionshaufen. Er starrte auf die Messer, an ihnen baumelten runde Ringe mit einem Stift daran. Entsetzt registrierte er, was das bedeutete. Er hatte sich als Halt die Stifte der Handgranaten ausgesucht. In dem Moment gingen die gefährlichen Minibomben auch schon los. Es knallte ohrenbetäubend.

Der General trat gerade aus der Turnhalle, als er das Feuerwerk sah, welches von der Waffenkammer ausging. Erst war es nur ein Knall, dann wurde der schwarze Mann blass. Er hörte wie der Haufen Munition wie Knallfrösche hochgingen.
"Oh Scheiße!" rief er und sprang in Deckung, denn das TNT und Dynamit würde reichen, um auch die Turnhalle in Schutt und Asche zu legen. Mars rannte förmlich um sein Leben. Da ging der Sprengstoff auch schon hoch. Die Scheiben der Turnhalle wurden durch den Druck in tausend Scherben geschlagen. Glas rieselte auf den Gott des Krieges nieder. Dann war es plötzlich ruhig. Eine riesige Staubwolke lag in

der Luft, Mars war taub. Er verstand nichts mehr. Es war, als wäre er unter Wasser. Er sah wie die Soldaten auf ihn zu gelaufen kamen und riefen, doch hören konnte er nichts. Was war mit dem Dämon? Wo war dieser verfluchte Maryu?

Als die Truppe vereint um die Trümmer der Waffenkammer stand, etwas ratlos, konnte Mars noch immer nichts hören. Nicht mal seine eigene Stimme nahm er wahr.
"Maryu!" brüllte er, was er wusste, aber nicht hörte. Inzwischen waren auch die anderen Dämonen eingetroffen.
"Oh Nein!" rief Jey. Sie standen vor den Trümmern. Tfaji schluckte, war ihr Kollege da wirklich drin gewesen und in alle Winde verweht? Sie bemerkten nicht den Käfer, der zwischen den Trümmern krabbelte. Es schien fast so als sei der Käfer besoffen, er schwankte bedrohlich hin und her. Dann kippte er tatsächlich um. Es rumpelte, es knirschte und Schutt wurde zur Seite geschoben. Gespannt sahen die Soldaten zu, was denn aus den Trümmern hinauskletterte. Ein rußverschmiertes Gesicht, mit einem weißen Zahn, der seitlich hervor lugte und langen Krallen befreite sich von den Wänden, die über ihm eingestürzt waren. Da der Dämon schon tot war, hatte er wie durch ein Wunder, die Explosion überlebt. Einer der umfallenden Metallschränke, hatte ihn davor beschützt in Einzelteile zerrissen zu werden. Dieser Schrank und eine Menge Glück.
"Alter! Das war knapp!" Maryu saß inmitten der Trümmer und schüttelte sich. Loki, Lilith und vor

allem Mars starrten ihn wie betäubt an. Wie konnte er das denn überleben.
"Wie zur Hölle hast du das überleben können?" fragte Jey.
"Keine Ahnung, aber hey ich bin fertig mit der Arbeit, die Munition muss ich ja jetzt wohl nicht mehr sortieren oder?"
Der General war auf einer Seite heilfroh seinen Schüler lebend und unverletzt vorzufinden, andererseits wurde er extrem wütend, ob der Frechheit.
"Leute, das gibt wieder Ärger mit dem Chef!" stellte Hades fest.

Ein teuflisches Geschäft

"Das kann ich nicht machen!" die Stimme der unbekannten Frau hallte dumpf durch die Bürotür des Teufels.
"Es ist mir ziemlich egal, ob du das kannst. Wir haben einen Vertrag und den musst du einhalten!" erwiderte Satan.
"Wenn das rauskommt bin ich erledigt."
"Dann sieh zu, dass es nicht rauskommt." Satan war sehr wütend. Er hatte den Bericht seines Untergebenen Mars auf den Tisch liegen. Direkt daneben lag ein Aktenkoffer.
"Reicht es nicht, dass ich dir jede Woche eine neue Lieferung bringe? Selbst das könnte mich meinen Kopf kosten!" schimpfte die Frau weiter.
"Hör zu, die Lieferungen sind jetzt unwichtig. Konzentrier dich auf die eigentliche Aufgabe!" Satan schien aufgeregt hin und her zu laufen.
"Apropos Vertrag, du hast noch nichts für mich getan!"
"Wenn du das Projekt zu meiner Zufriedenheit erledigt hast, dann kümmere ich mich um die Einhaltung meines Versprechens." erwiderte Satan gereizt. Er hatte wirklich unheimlich gute Laune.
"So jetzt entschuldige mich, ich muss ein Wort mit meinem Management reden!"
"Du scheinst Probleme zu haben, wenn ich mir das so anseh'!"

"Nichts, was ich nicht in den Griff bekommen könnte, und nun, bis zum nächsten Mal, meine Liebe!" Die Tür ging auf. Hades, Mars, Lilith und Loki saßen vor dem Büro und musterten die junge Schönheit, die mit dem leeren Aktenkoffer in der Hand aus dem Büro kam. Satan sah ihr nach, bis sie im Aufzug verschwunden war und sah dann zu seinen Untergebenen.
"Kommt rein!" sagte er knapp.

Nachdem die vier vor seinem Schreibtisch standen, wie unartige Schulkinder, die zum Rektor gerufen worden waren, setzte sich Satan. Er rieb sich seine Schläfen und warf einen angewiderten Blick auf den Bericht, der immer noch vor ihm lag. Dann musterte er seine Untergebenen streng.
"Chef, ich...," fing der General an, brach jedoch ab. Er wusste nicht wie er sich für die Katastrophe entschuldigen sollte.
"Wir müssen die Mission vorverlegen!" kam es von Satan.
"Das können wir nicht machen, die sechs haben noch nichts gelernt!" bemerkte Loki.
"Ach nein, wie kommt es dann, dass mein Reich einem Schlachtfeld gleicht?" Das war ein Argument.
"Bereitet sie auf ihre Aufgabe vor, gebt ihnen Geld mit und erklärt ihnen die Aufgabe. Bitte so, dass sie auch der dümmste von ihnen versteht!" Wen er damit meinte, war nicht ganz klar.
"Nun, zum Glück waren die wichtigen Dokumente für die Aufgabe nicht in der Bibliothek und ich habe

auch schon einen Anhaltspunkt. Ich werde alles vorbereiten!" erklärte Lilith.
"Ich rüste sie aus, mit dem was noch da ist!" Mars salutierte.
"Können wir sie echt auf die Erde loslassen?" fragte Hades und runzelte die Stirn.
"Wir müssen, entweder das, oder erstens Gott und seine Leute kommen uns zuvor oder aber mein Reich ist bald völlig zerstört." Satan glaubte kaum, dass er das sagte. Dennoch es entsprach der Wahrheit. Diese Sechs waren eine wandelnde Katastrophe.
"Und gebt ihnen diesen blöden Kater mit, ich will ihn nicht hier haben!" sagte er noch, dann machte er eine Handbewegung, dass seine Untergebenen ihn allein lassen sollten.

Nachdem das Management gegangen war, warf sich Satan eine Aspirin ein. Nicht mal die Apokalyptischen Reiter hätten so ein Chaos ausgelöst. Wenn er die sechs nicht schnell unter seine Kontrolle bekam, war sein Reich in Gefahr. Er hoffte, dass sie auf der Erde nicht so unfähig waren, wie sie es hier gewesen sind. Sie waren viel zu stark für so junge Wesen. Das Problem dabei war, dass sie es selbst nicht wussten. Geschweige denn kontrollieren konnten.
"Ich hoffe es endet nicht in einer Katastrophe!" sprach er und schloss die Augen.

Teil 3

Die Suche beginnt

Wenn Engel eine Reise tun

Michaela stand vor den sechs Engeln. Sie sah ernster aus, als gewöhnlich. Ihr nervöses Hin- und Herräumen auf dem kleinen Tisch machte die Engel unruhig.
"Was ist los?" fragte Bree schließlich.
"Nun, ich weiß gar nicht wie ich es euch sagen soll. Ihr seid nun seit einem Monat hier und ihr habt ja, doch schon einiges gelernt." Michaela machte eine Pause.
"Jetzt kommt's, wir haben die Probezeit nicht bestanden und werden zu Suppe verarbeitet!" witzelte Madan.
Ela lächelte, "wenn es das nur wäre. Der Chef hat beschlossen eure Reise vorzuverlegen!" Gespannt warteten die Engel auf weitere Erklärungen, doch von der Erzengelin kam nichts mehr.
"Okay, das heißt was?" hakte Mattia nach.
"Übermorgen geht ihr auf die Mission. Ich habe protestiert, aber der Chef duldet keinen Aufschub." Man hätte eine Stecknadel fallen hören können. So still war es. Nacheinander klappten die Engel ihre Münder auf, wieder zu, wieder auf. Jeder wollte etwas sagen, doch es kam nichts.
"Ich werde mich darum kümmern, dass ihr Reiseausrüstung auf eure Zimmer bekommt." Ela sah noch einmal mitfühlend auf ihre Schützlinge und verließ dann den Raum.
"Der spinnt wohl? Ich kann doch noch gar nichts!" fand Madan als Erster seine Stimme wieder.

"Ich kann alte Leute erschrecken!" stellte Mattia fest und fuhr die Gummisense aus.
"Als ob uns das weiterhilft!" jammerte Corry.
"Wer weiß, vielleicht bekommen wir noch Superagenten-Ausrüstung oder sowas?" hoffte Bree.
Bel fasste augenblicklich wieder Hoffnung, wahrscheinlich eine der Musen-Eigenschaften.
"Leute, ihr tut so, als müssten wir in die Hölle, wir gehen nur zur Erde. Und wir kennen uns doch auf der Erde aus, jetzt lasst uns packen, wir schaffen das, himmlische Kräfte hin oder her!"
"Sie hat verdammt nochmal Recht, hey es geht nach Hause!" rief Mumi und sprang fast schon übermütig auf. Madan dachte eine Weile nach, dann sprang er auch auf.
"Leute, das wird ein Spaß, wir machen eine Reise." Dann fiel ihm ein, dass er verreisen nicht leiden konnte und er setzte sich wieder.
"Also wenn wir hier weiter rumsitzen, kommen wir nicht weiter. Wir werden jetzt packen und dann schauen wir, was genau unser Auftrag ist!" Corry zog Mumi hinter sich her. Die anderen folgten ihr. Sie fanden in ihren Zimmern einen großen Rucksack vor. Keine Koffer, keine Reisetaschen, nichts dergleichen. Ja wie sollten sie denn da all ihr Zeug rein bekommen? Schlafsäcke und ein großes Zelt? Spinnen die?
"Zelten gehen?" Mumi und Corry waren entsetzt.
"Öfter mal was neues. Okay Mädels, ich nehme das Zelt und die Camping-Ausrüstung. Wer von euch nimmt meine Kleidung mit?" fragte Madan. Bree meldete sich.

"Aber nimm nicht zu viel mit." Gesagt getan. Die allgemeine Ausrüstung wurde verteilt. Als Bree und Bel fertig waren, hörten sie aus den Zimmern von Mumiah und Corry lautes Fluchen. Vorsichtig öffneten sie die Türen. Es herrschte ein heilloses Durcheinander. Bree konnte gerade noch einen vorbeifliegenden Stöckelschuh ausweichen.
"Wie soll das nur alles da rein?" jammerte Corry.
"Was willst du denn mit diesem Zeug? Wir gehen auf Expedition und nicht zu einer Modeveranstaltung!" Coretha streckte ihre Brust heraus, warf ihre Haare in den Nacken und sagte stolz:
"Regel Nummer eins..." Bree beendete den Satz für sie, denn die letzten Tage hatte sie jeden damit genervt.
"Ein Engel soll und muss zu jeder Zeit gut aussehen!" Corry schmollte.
"Glaubst du echt in der Wildnis wird sich irgendwer für dein Aussehen interessieren?" Bei dem Wort Wildnis wurde der Schutzengel blass. Bei Mumiah sah es nicht anders aus. Sie jedoch jammerte, dass sie eben nicht die richtigen Klamotten für so eine Reise hatte und fluchte. Bel nahm die Weddingpeach zur Seite.
"Du gehst jetzt erst mal ein entspanntes Schaumbad nehmen, ich kümmere mich um alles!" Diese Idee war potentiell ganz gut, doch hätte Bel die Auswirkungen vorhergesehen, dann hätte sie das nicht getan.
"Corry? Corry wo willst du denn hin?" rief Bree über den Flur.
"Na was denkst du denn? Shoppen, ich brauch Wildnisbekleidung. Modische Wildnisbekleidung!" Das durfte doch alles nicht wahr sein. Madan und Mattia

machten gerade eine Liste der Dinge, die sie vielleicht noch brauchen würden. Dosenfutter und Getränke.
"Wir sind auf der Erde, da gibt es alles zu kaufen, also!" Die Liste wurde länger und länger.
"Wer soll das nur alles schleppen?"
"Das ergibt doch so keinen Sinn, Matti, wir sollten Michaela fragen, wo es eigentlich losgeht und hingeht, dann können wir besser planen!" Da hatte der Racheengel vollkommen recht. Die zwei brauchten eine Weile bis sie ihren Ausbildungs-Erzengel gefunden hatten.
"Wir müssen wissen wohin es geht, um die Ausrüstung richtig zu planen!"
"Kairo, ihr werdet zuerst in Kairo sein. Den weiteren Verlauf, tut mir leid, keine Ahnung." Michaela sah noch immer verzweifelt aus.
"Ägypten? Brauchen wir da nicht irgendwelche Impfungen?" hakte Madan nach.
"Ihr seid Engel, ihr werdet nicht krank!" stellte Ela fest.
"Ach ja, das hatte ich ja schon wieder vergessen!" Der verzweifelte Ausdruck auf Michaelas Gesicht wich einem Lächeln.
"Das ist vielleicht nicht so schlecht, wer kommt auf der Erde besser zurecht, als die Menschen?" Mattia grinste.
"Darf ich mein Pferd wiedersehen?"
"Ihr werdet keine Zeit haben dafür, es gibt noch andere, die ebenfalls hinter der Rolle her sind, es wird ein Wettlauf werden! Außerdem habt ihr die Verzichtserklärung unterschrieben, die euch jegliche Begegnung

mit eurem alten Leben untersagt!" Mattia sah etwas geknickt aus.
"Alles klar, also komm Madan, wir können unsere Liste neu machen. Wir brauchen wohl dann auch keinen Sonnenschutz und Aspirin!"

Trotz der Informationen, die Mattia und Madan den anderen übermittelten, hatte es Corry geschafft vier Paar Schuhe in ihren Rucksack zu verstauen. Noch dazu unzählige Tiegelchen mit Make-Up und Cremes. Wenigstens hatte sie auf die Kleider verzichtet, sich für Hosen entschieden.
"Es ist zum verrückt werden. Was wenn wir auf einen Ball müssen, ich kann doch nicht in Hosen auf einen Ball gehen!" schimpfte sie immer noch.
"Dschungelball, alles klar Jane!" grinste Bree. Sie selbst war schnell fertig geworden mit packen.
"Ja und dann triffst du dort auf Tarzan und ihr schwingt euch von Liane zu Liane!" grinste auch Bel. Das Gespräch wurde unterbrochen. Gott kam in den Raum, gefolgt von Aphrodite.

"So, Aphrodite wird euch begleiten, sie ist aber nur im Hintergrund, sie darf euch nur im äußersten Notfall helfen!"
"Einen Babysitter bekommen wir auch noch?" fragte Mattia genervt.
"Nennt es wie ihr wollt, hier sind die Unterlagen. Mehr haben wir nicht. Morgen früh fliegt ihr los! Schlaft jetzt, ihr habt eine anstrengende Reise vor euch!" Der Herr über den Himmel drückte Mattia die Mappe in die Hand und verließ den Raum mit einem:

"Gott schütze euch!".

Die letzte Nacht in den Wolken war unruhig für die Engel. Madan schaffte es sogar wieder einen Abflug zu machen. Mitten in der Nacht, im Traum aktivierte er seine Flügel und fegte damit das Bett zu Boden. Die Drahtseile rissen und er weckte mit dem lauten "Bämm" alle andern auf. Doch auch diese hatten Alpträume, Angst und Vorfreude mischten sich. Und ständig diese Furcht zu versagen. Doch auch diese Nacht war irgendwann vorbei. Mehr müde und träge standen die Engel nach einem letzten Frühstück auf der Abflugrampe. Michaela half ihnen die Rucksäcke aufzusetzen, obwohl die Flügel doch etwas im Weg waren. Sie umarmte noch mal jeden einzelnen.
"Passt auf euch auf, die Erde ist ein gefährlicher Ort!"
"Na dann auf, auf und davon!" rief Madan und stürzte sich durch die Wolken. Ob die Engel auf die Erde vorbereitet waren, wer weiß. Aber war die Erde auch auf die Engel vorbereitet?

Wenn Kairo Besuch von Engeln erhält

Es war stockfinster. Nach einander stolperten die Engel auf die Erde. Ihre Landungen hatten noch wenig Stil und sogar Madan setzte sich auf seinen Hosenboden. Da sie noch Anfänger waren, verfehlten sie ihr Ziel etwas. Eigentlich sollten sie fernab jeder Zivilisation landen.
"Man, warum ist es denn so dunkel?" fragte Bree, die als erstes festen Boden unter den Füßen hatte.
Nacheinander landeten auch die andern, mehr schlecht als recht. "Aua, pass doch auf du Trampel!"
Bald schon hörte man Gestöhne und Flüche.
"Geh vielleicht mal runter von meinem Zeh!" schimpfte eine Stimme.
"Ich sehe gar nichts, wo sind wir denn?" kam es von einer anderen.
"Hat nicht mal wer Licht, das ja stockdüster, haben wir schon Nacht?"
"Verdammt, wir hätten die Taschenlampen aufschreiben sollen!" das war eindeutig Mattia.
"Nacht? Soll das heißen wir haben so lange zur Erde gebraucht?"
Ein Glimmen erschien, kaum größer als das eines Glühwürmchens. Na los Bree, du hast doch schon einmal ein Feuerzeug heraufbeschworen.
"Kann nicht sein, da oben ist es auch stockfinster. Wenn es Nacht wäre, dann wären da ja wohl Sterne!"

"Nimm deine Flügel aus meinem Gesicht!" Diese Stimme gehörte zu Mumiah.
Es dauerte noch eine Weile, bis jeder seine Flügel wieder eingefahren hatte. Dann flammte ein Feuerzeug auf. Bree hatte es geschafft.
"Was ist das hier?" Sie leuchtete über ihren Kopf.
"Sieht aus wie eine Art Glocke!" meinte Mattia.
"Pass bloß auf, dass du mir meine Haare nicht abfackelst!" quietschte Corry.
"Also ich weiß ja nicht, ob wir hier richtig sind?" Bel trat einige vorsichtige Schritte nach vorn.
"Wo ist sie hin?" rief Madan.
Jetzt machte auch Bree einige Schritte nach vorn. Wieder wurde es stockdunkel.
"Hey, wer hat das Licht ausgemacht?" rief Mumiah.
"Kommt, wir folgen ihnen!" rief nun Madan, packte den erst besten Engel den er greifen konnte bei der Hand und trat nach vorn. Nach einander wurden sie aus der dunklen Glocke hinausgezogen.
Wie aus dem Nichts standen die sechs plötzlich im grellen Sonnenlicht. Für einige Momente blind.
"Ich habe meine Sonnenbrille vergessen!" stellte Corry entsetzt fest.
"Wo sind wir hier? Das ist definitiv nicht der geplante Landeplatz!" Mattia fummelte schon an ihrer Ausrüstung rum, um an die Mappe mit den Informationen heran zu kommen.
"Seid mal leise, könnt ihr verstehen was die sagen?" Bel hatte sich umgesehen.
Und es gab so viel zu sehen. Jede Menge Menschen liefen in den Gassen. Sie selber standen etwas im Hintergrund, zwischen zwei sandfarbenen Häusern. Die

engen Gassen waren vom Leben nur so erfüllt.
Überall hörte man Stimmen, laute, leise und auch hier und da das Kläffen einiger Hunde. Katzen und Vögel.
Bel trat etwas nach vorn, so wie es schien, standen sie mitten auf einem Basar. Hier gab es unzählige kleinere Geschäfte, mit Kleidung, Schmuck, Nippes und Gewürzen. Es roch orientalisch und geheimnisvoll.
Die Händler priesen ihre Ware an, laut und verständlich.
"Ich kann verstehen, was die sagen!" stellte nun auch Madan fest.
"Okay, das ist sehr praktisch, ob die uns auch verstehen? Wir müssen rausfinden wo genau wir uns grade befinden!" meinte Matti und starrte auf die Karte.
"Wir fragen die da drüben!" Bel zeigte auf eine junge Frau mit muslimischen Gewand. Sie hatte nette Augen und lächelte schon die ganze Zeit zu ihnen rüber.
Vorsichtig folgten die anderen der Muse.
"Hallo, kannst du uns vielleicht sagen wo wir sind?" Bel sprach einfach drauf los. Das Mädchen lachte.
"In Kairo, wo solltet ihr sonst sein? Mein Name ist Masera. Darf ich euch zu einem Tee einladen?"
"Oh, danke das ist echt lieb von dir. Ich meinte eigentlich wie dieser Ort hier heißt!"
Masera lachte und zeigte auf ein großes Banner, welches in einiger Entfernung hing. Darauf stand in drei verschiedenen Sprachen 'Chan el-Chalili'.
"Oh davon hab ich gehört, es ist der berühmteste Basar in Kairo!" Mattia wollte sofort wieder die Unterlagen sichten.

"Lass das lieber, wir wissen nicht wer sie ist, nicht das wir am Ende unsere Informationen an Räuber verlieren!" Bree hielt sie zurück.
"Bist du misstrauisch, wie kann dieses Mädchen denn böse sein?" fragte Coretha und sah sich die mit Pailletten bestickten Kleider an.
"Sie hat recht, wir sollten nicht jedem sofort vertrauen, vergiss nicht, wir sind auf der Erde!" raunte auch Mumiah.
Masera führte sie in einen kleinen Laden, der vollgestopft war mit Nippes. Ägyptische Figuren, Katzen in jeder Größe und Gips-Figuren von den Pharaonen. Überall dieser liebliche, süße Duft.
"Nach was riecht es hier?" fragte Madan.
"Das sind Curry, Safran und Rosmarin!" erklärte Masera. "Wir verkaufen hier Seife und auch einige der Gewürze!"
"Safran? Der ist doch so teuer!" stellte Mattia fest.
"Nun, trotzdem wird er gekauft. Setzt euch!" Masera hatte sie in ein Hinterzimmer geführt. Dort standen Hocker aus festen Stoff herum. Verziert mit Kamelen und Hieroglyphen. Mattia setzte sich.
"Sehr bequem, hey ich kann lesen was da steht!"
"Du kannst Hieroglyphen lesen?" fragte Madan erstaunt. Für ihn waren es nur komische Zeichen.
"Da steht, Sonne, Horizont und das da ist Amo Re!"
"Sehr gut, es bedeutet Sonnengott grüßt Amo Re." erklärte die Ägypterin.
Nachdem sich alle bequem hingesetzt hatten, servierte das junge Mädchen mit der Haut in der Farbe von Milchkaffee den Tee. Er roch nach Vanille und Muskat.

"Woher kommt ihr?" fragte sie.
"Vom Himmel!" platzte es aus Madan heraus.
"Himmel?" Masera sah sie erstaunt an.
"So ein Quatsch, natürlich aus Europa!" erklärte Mattia schnell.
"Madan meinte sicher den Tee, er schmeckt himmlisch!" warf Bel sofort erklärend ein.
Masera musterte sie neugierig. Der Tee schmeckte nicht nur himmlisch, er machte sie auch sehr müde. Bree bemerkte die Wirkung zuerst. "Trinkt nicht weiter!" brachte sie noch heraus. Dann fielen ihr die Augen zu. Doch es war zu spät. Tatsächlich schliefen die Engel ein.
"Verdammt, Bree hatte Recht! Eine Falle!" schimpfte Coretha und kippte gegen die Schulter von Mattia.
Und wie Bree Recht hatte. Während unsere Engel außer Gefecht gesetzt waren, kam ein junger Mann in den Raum. Er durchsuchte das Gepäck der sechs. Leider fand er außer der Mappe, die Mattia bei sich hatte, nichts von Wert. Das konnte ja heiter werden, kaum angekommen, schon beraubt.

Das kann ja was werden

Bevor die sechs von den Besitzern des Ladens verschleppt werden konnten, hatten sie mehr Glück als Verstand. Aphrodite tauchte unvermittelt auf. Masera und ihr Mann, Salih, erschraken so sehr, dass sie die Flucht ergriffen.
"Was ist denn hier los?" Stirnrunzelnd sah sich die Göttin im Raum um. Das Gepäck der Engel war überall verstreut. "Das kann ja heiter werden, hey, aufwachen!" Die Göttin schüttelte die sechs Schlafenden. Leider ohne Erfolg. Sie seufzte. Gut, dann schlaft noch ein wenig, ich werde inzwischen eure Sachen wieder einräumen. Aphrodite war etwas spät dran, da sie noch die modifizierten Heiligenscheine von der IT holen musste. Die Modifizierung bestand eigentlich nur aus einer App. Ein Navigationssystem. Aphrodite packte die Rucksäcke wieder zusammen und bewachte die schlafenden noch eine Weile. Dann gab sie jedem der sechs, ihre Heiligenscheine und verschwand wieder im Hintergrund. Genau passend, denn Bree rührte sich schon wieder.
"Ich hab es doch geahnt!" gähnte sie. Neben ihr wurde Madan wach.
"Was ist denn passiert?"
Nach und nach erwachten die anderen. Alle sahen sich verwirrt an.
"Die Mappe ist weg!" stellte Mattia trocken fest.
"Aber wir haben unsere Tablets wieder!" freute sich Coretha.

"Super, hast du eine Ahnung wo dieses Miststück ist? Ich will mich bedanken für den Schlummertrunk!" blaffte Mumi.
"Keine Ahnung, auch egal. Wir sollten schnell von hier verschwinden. Bevor die wiederkommen!" erklärte Bel.
"Lass die nur wiederkommen, die scanne ich gleich mal ein!" schimpfte Matti und schulterte ihren Rucksack. Moment, einscannen? Wo war ihr Scanner denn abgeblieben?
Verzweifelt durchwühlte sie ihre Sachen. Der Scanner war weg. Toll, jetzt hatte sie wirklich gar keine Fähigkeiten mehr.
"Hier liegt er!" rief Madan.
"Gott sei Dank, anscheinend sind die ziemlich schnell geflüchtet! Dabei haben sie das wohl verloren!" Bree hielt dem verzweifelten Todesengel ihr Werkzeug entgegen.
"Die Rache ist mein!" grinste Madan und konzentrierte sich.
"Waaaa, bist du irre, raus hier!" schrie Mumiah.
Madan hatte es geschafft, dass im ganzen Laden Schlangen verteilt waren. Eigentlich wollte er etwas anderes erreichen, doch Schlangen waren auch nicht schlecht. Es zischte und schlängelte. Panisch rannten die Mädels raus und entfernten die eine oder andere Natter von ihren Schultern. Während Madan böse grinsend auf das Chaos sah, welches er angerichtet hatte.
"Du hast doch nicht mehr alle Tassen im Schrank!" giftete Bel los.

"Wieso? Eigentlich wollte ich nur das ganze Klimbim da drin zu Staub werden lassen, ich finde so ist es sogar noch besser!" Madan freute sich wirklich darüber.
"Man du hättest wenigstens warten können, bis wir draußen sind." Mattia holte eine kleine Schlange von Madans Rücken und warf sie zu den anderen. Sicher war der Laden jetzt für immer unbenutzbar.
"Wir sollten uns auf unsere Aufgabe konzentrieren, da die Mappe weg ist, wo sollen wir jetzt anfangen?" fragte Bel, die Vernunft in Person, wie üblich.
"Ich bin ja nicht von vorgestern! Ich habe den Text kurz überflogen und weiß noch, dass unser Weg uns sicher zur Pyramide führen sollte." erklärte Mattia, etwas beleidigt. Immerhin wurde ihr das Material gestohlen.
"Dann sollten wir zusehen, dass wir dahin kommen. Fliegen?" fragte Mumiah und wollte schon ihre Flügel ausfahren.
"Vergiss es, wir sind hier mitten auf dem Markt, was denkst du was mit uns passiert wenn wir jetzt fliegen?" schimpfte Bree.
"Wir werden berühmt?" Es klang eher wie eine Feststellung, die Corry da machte. Mattia war noch immer in Gedanken versunken. Sie überlegte, was genau passiert war.
"Aphrodite muss uns den Arsch gerettet haben!" stellte sie unvermittelt fest. Erstaunt sahen sich die anderen an.
"Mag sein, aber das ist jetzt unwichtig. Wir danken ihr, wenn wir sie das nächste Mal sehen!" Bree ver-

drehte die Augen. War hier denn keiner fähig einen Plan zu schmieden?
"Fakt ist, wir müssen nach Giseh. Wie kommen wir da hin?" stellte Bel fest.
"Nehmt doch einfach den Bus!" erklang eine kleine piepsige Stimme. Sie gehörte einem kleinen Mädchen. Das Mädchen hatte zerrissene Kleider und war dreckig.
"Bus? Wo fährt der denn?" fragte Mumiah. Das Mädchen zeigte in eine Richtung und wollte davon laufen.
"Hey warte mal!" Coretha nahm von den Kleiderstangen des Ladens, einige Kleider herunter. Befreite sie von den zwei Schlangen und schenkte sie der Kleinen.
"Damit du was Schönes zum Anziehen hast!" Das Mädchen staunte und lief dann doch davon.
"Du kannst doch nicht einfach Dinge verschenken, die dir nicht gehören?"
"Aber die können uns einfach Dinge wegnehmen, die denen nicht gehören?" Corry regte das Kinn in die Höhe.
"Sie hat recht, vielleicht sollten wir auch..."meinte Madan.
"Was willst du denn da noch mitnehmen? Lasst uns den Bus suchen!" Bel zog den Racheengel am Ärmel mit sich fort.
Der Markt war riesig, sie liefen durch Gassen und noch mehr Gassen, sogar durch Passagen und Hallen. Überall sahen sie dieselben Waren. Tücher, Kleider, Gewürze und einige hatten Schmuck. Viele hatten Souvenirs. Figuren der Pyramiden, der Sphinx und Skarabäen. Bei einem Stand mit hübschen mundgeblasenen Flakons mussten sie Corry wegzerren, sie

konnte sich einfach nicht sattsehen. "Komm schon, wir müssen los!" Bree zog rechts von ihr, Mumiah links und Madan stemmte sich mit aller Gewalt in den Rücken des Schutzengels.
"Aber das wäre ein schönes Geschenk für Venus!" rief sie und drehte noch lange den Kopf zurück.
"Wir sind nicht hier, um denen da oben Geschenke zu besorgen. Wir haben eine Aufgabe!" meckerte Umabel, der langsam die Geduld ausging.
"Von der wir noch nicht mal wissen, wie sie aussieht!" schimpfte Coretha zurück und befreite sich aus den Griffen ihrer Mitstreiter. Rückte Frisur und Kleidung zurecht und blieb abrupt stehen.
"Was denn nun schon wieder?" fragte Madan, der voll in sie reinlief.
"Da drüben ist die Haltestelle!" sagte Corry und zeigte auf die andere Straßenseite.

Ohne Moos nix los

"Okay, hier steht der nächste Bus fährt in zehn Minuten und bringt uns direkt bis vor die Pyramiden." erklärte Bree, die den Busplan studierte. Es stimmte kurze Zeit später hielt ein blau weißer Bus vor ihnen. An seiner Front stand groß und breit "PYRAMIDS". Doch als unsere Engel einsteigen wollten, fragte der Fahrer: "Busticket?" Sie sahen sich alle groß an. Busticket? Sie brauchten ein Ticket? "Ähm, wir sind Engel, wir brauchen sowas nicht!" versuchte Madan sein Glück. "Kein Ticket, keine Fahrt!" war die knappe Antwort.
"Toll! Und jetzt?" fragte Mumiah.
"Laut der neuen App, sind die Pyramiden dreißig Kilometer weit weg!" jammerte Corry.
"Wir brauchen Geld!" stellte Umabel unnötigerweise fest.
"Warum haben wir nicht die Kasse in dem Laden geplündert?" stöhnte Madan.
"Warum hat uns Gott nichts mitgegeben?" warf Bree in die ratlose Runde.
"Wann kommt der nächste Bus?"
"In einer Stunde ungefähr, warum Matti?" Bree bemerkte bald, dass sie auch keine Uhr besaßen, nur die auf ihren Tablets.
"Lasst mich mal machen!" Mattia wies die anderen an, hier auf sie zu warten und verschwand im Getümmel der 16 Millionen Einwohner Stadt.

"Was hat sie denn vor?" fragte Corry und setzte sich auf ihren Rucksack. Ihr taten die Füße weh. Sie hatte sich für die Reise, für schicke blaue Pumps entschieden. Doch die schlechten Straßen und Gassen Kairos waren nicht dafür geeignet. Auch ihre Beine fühlten sich an wie Blei. Sie saßen fast eine halbe Stunde an der Bushaltestelle und spähten in alle Richtungen, ehe Mattia wieder zum Vorschein kam.
"Wo warst du?" fragte Coretha.
"Ich habe uns Geld besorgt, was denkst du denn?" erklärte Matti, als wäre es das normalste von der Welt.
"Dein Konto geplündert oder was?" fragte Madan.
"Wie du hast ein Konto?" Mumiah überlegte, was wohl aus ihrem Konto geworden war.
"Da hinten ist ein Altenheim!" erklärte Mattia und es klang als wäre damit alles gesagt worden.
Die fragenden Blicke der anderen bohrten sich in den Todesengel.
"In einem Altenheim gibt es immer jemanden der stirbt, also habe ich denjenigen besucht." Wieder sagte sie es so, als sei damit alles geklärt.
"Und hast dann einen Toten bestohlen?" entrüstete sich Bel.
"Ich bin ein Todesengel. Ich habe meine Sense rausgeholt und noch einige Worte mit der Sterbenden gewechselt. Sie hat keine Verwandten und sagte es sei okay, wenn ich ihr Bargeld an mich nehme. Es ist nicht viel, aber es wird reichen!" Mattia setzte sich nun auch auf ihren Rucksack.
"Ach so und dann hast du ihre Seele genommen und bist wieder weg?" fragte Mumiah.

"Ich hab ihre Seele gescannt und zur Seelenversandabteilung geschickt, wie das so funktioniert heutzutage."
"Ich hoffe du hast ihr nicht erzählt, dass ihre Seele zerstückelt wird?" fragte Corry.
"Ich bin doch nicht blöd, da kommt unser Bus!"
Mattia schien erleichtert, den blöden Fragen ihrer Begleiter zu entkommen. Sie zog ein Portmonee heraus und zahlte die Busfahrt für alle sechs.

Der Bus war voll. Zu voll. Es waren viele Touristen unterwegs, aber auch Einheimische, die zu allem Überfluss ihre Tiere bei sich hatten. Sie sahen Ziegen und Käfige mit Hühnern darin, sogar ein Schwein quiekte aufgeregt. Sie standen an einer Stange zusammengequetscht. Die Luft war stickig, denn die Klimaanlage blies nur heiße Luft hinein. Schweigend versuchten sie auszumachen, wo sie eigentlich waren. Ständig wurden sie hin und her geschüttelt, weggedrückt oder zur Seite geschoben. Die Fahrt dauerte eine Ewigkeit.
"Man, wie lange dauert das denn noch? Ich will hier raus!" stöhnte Corry.
"Oder die sollen verschwinden!" jammerte auch Mumi.
"Ich kann ja mal was versuchen!" grinste Madan.
"Bloß keine Schlangen bitte!" rief Corry ihm zu.
Madan konzentrierte sich, man sah es wie er die Augen zusammen kniff und dann. Ein langer merkwürdiger Ton war zu hören. Es klang fast wie das Signal einer Dampflok. Verwirrt sahen sich die Engel an. Was sollte das denn, doch dann rochen sie es. Und wie sie es rochen. Entsetzt schlugen die fünf weibli-

chen Engel die Hände vor die Nase. Der Gestank war unerträglich. Nach ihnen rochen es wohl auch die anderen. Einige rissen plötzlich an den Fenstern.
"Du Sau!" brüllte Umabel.
"Ups!" grinste Madan. Er war der einzige der nicht die Nase zuhielt.
Plötzlich hielt der Bus an. Mitten im nirgendwo. Kurz hinter Shabramant. Der Busfahrer stieg aus, öffnete die hintere Tür. Drei starke Männer kamen von der anderen Seite auf die sechs zu. Ehe sie verstanden, was geschah, wurden sie in hohen Bogen aus dem Bus geworfen. Einer nach dem anderen landete im Dreck. Wüste Beschimpfungen und Verwünschungen folgten ihnen und auch Abfall wurde ihnen hinterher geworfen. Der Busfahrer stieg wieder ein und rauschte davon.
Verstört rappelten sich die Engel wieder auf. Waren sie gerade aus dem Bus geworfen worden? Weil Madan gefurzt hatte? Das konnte nur ein schlechter Traum sein. Madan hielt Mattia ein totes Huhn hin, welches nach ihm geworfen wurden war.
"Du bist für den Tod zuständig!" sagte er, dabei überlegte er ob das Huhn vorher schon tot war, oder ob er es vergast hatte.
Mattia nahm das Huhn bei der Kehle und schnauzte: "Aber nicht für Geflügel!" dabei warf sie es unachtsam über die Schulter nach hinten. Mit so viel Schwung, dass es gegen einen Motorradfahrer prallte.
Man hörte quietschende Reifen. Einen lauten Knall und kurz darauf Schreie. Vorsichtig drehten sich die sechs um. Fast fünfzig Meter hinter ihnen, hatte es einen Unfall gegeben. Ausgelöst durch ein totes

Huhn, welches fliegen konnte. Das jedenfalls riefen die Menschen, die schreiend neben dem verunglückten Motorradfahrer standen.

"Ich glaube, du solltest ihn scannen!" stellte Coretha fest.

"Warum hast du ihn denn nicht beschützt?" fragte Bel, den Tränen nahe.

"Ich denke, wir sollten hier schleunigst verschwinden!" stellte Bree fest, "bevor noch jemand auf die blöde Idee kommt, dass wir etwas damit zu tun haben!"

Der Fährmann

Die sechs fanden sich, wie auf den Anweisungen die sie in ihren Quartieren gefunden hatten, im Klassenzimmer ein. Loki stand schon da und wartete.
„Ich habe gute Neuigkeiten für euch", erklärte er und versuchte fröhlich auszusehen. Natürlich war ihm alles andere als fröhlich zu Mute.
Die sechs, die eigentlich mit einem Anpfiff gerechnet hatten, sahen ihren Lehrer erstaunt an.
„Satan war begeistert, welche Fortschritte ihr gemacht habt. Deswegen schickt er euch schnell los, um die besagte Aufgabe zu erfüllen."
Jetzt waren die sechs erst recht verwirrt, sie hatten doch noch gar nichts gelernt? Wie konnte er dann begeistert sein?
„Bist du dir sicher, dass er das will?" fragte Muzoun nach.
„Sicher bin ich mir sicher!" Loki war nervös, natürlich war Satan nicht begeistert, aber dass mussten die ja nicht erfahren.
„Wir geben heute eine Party für euch, sozusagen als Abschied!" Diese Idee hatte Lilith gehabt, damit die Schüler keinen Verdacht schöpfen würden. Der General hätte sie lieber in den Schlund eines Vulkans geworfen. Hades machte sich auf weitere Katastrophen gefasst.
„Und was genau ist nun unsere Aufgabe?" fragte Tfaji nach.

„Ich habe hier einen Ordner, ihr werdet mit dem Fährmann auf die Erde gelangen und dort Kontakt zu einem Mann suchen. Die Infos entnehmt ihr bitte den Unterlagen. Ihr müsst das auswendig lernen, denn ihr dürft diesen Ordner nicht mitnehmen." Loki knallte jedem einen Ordner hin.

„Während ihr das lernt, werden wir euer Gepäck zusammenstellen. Ihr bekommt auch genug Geld mit, das ihr überleben könnt auf der Erde. Ich bitte euch nur noch um eines,"

Loki wartete bis auch Jey von dem Ordner hochblickte,

„lasst nicht jeden wissen, wer ihr seid. Ihr seid sozusagen Geheimagenten. Und es bleibt auch geheim, welche Fähigkeiten ihr besitzt!"

„Alles klar, also spielen wir Menschen und für was mussten wir dann die Fähigkeiten lernen?" fragte Maryu.

„Für Notfälle, die hoffentlich nicht eintreten werden. Da gibt es noch eine Kleinigkeit," Loki wagte kaum von den anderen zu reden, die ebenfalls auf dem Weg waren.

„Wie viele Kleinigkeiten kommen denn noch?" grinste Atumi.

„Es kann passieren, dass ihr auf Personen trefft, die ebenfalls hinter dem besagten Artefakt her sind. Die dürften euch aber kaum gefährlich werden, also am besten ihr lasst sie links liegen, Hauptsache ihr seid schneller als die!"

„Wäre es nicht besser, die auszuschalten?" fragte Topoke.

„Wenn sie euch zu sehr im Weg stehen, klar, macht sie fertig. Aber ich denke, wir sind die schnelleren und deswegen, lest euch jetzt das Exposé durch und ich kümmere mich um eure Ausrüstung!"
Jey meldete sich.
„Wir bekommen doch ordentliche Kleidung? Die Overalls sind zwar ganz bequem, aber für die Erde?"
„Ja sicher, modisch angepasst an die heutige Zeit. Und vergesst nicht, kein Kontakt zu eurem früheren Leben, ihr habt dafür unterschrieben!" mahnte Loki noch, ehe er den Raum verließ.

Jeyoui und Muzoun waren die einzigen, die das Exposé wirklich studierten. Die anderen blätterten lustlos darin und lasen einige wenige Zeilen.
„Freimaurer?" fragte Maryu.
„Geheimgesellschaft, die angeblich die USA gegründet haben. Wir werden in Texas starten. Steht hier zumindest!" erklärte Muzo.
„Ist ja cool, was genau suchen wir eigentlich?" fragte Topo, der den Ordner schon wieder zugeklappt hatte.
„Ein Dokument, die Rolle der Erkenntnis. Dürfte ich jetzt vielleicht mal weiterlesen? Außerdem wurde uns das schon bei unserer Ankunft hier erzählt. Hört ihr eigentlich nie zu?" zickte Jeyoui den Dämon an.

Es dauerte einige Stunden, bis Loki wieder erschien. Er erklärte ihnen noch einige Einzelheiten zu ihrer Ausrüstung und schickte sie dann zu der Party, die zwei Stockwerke tiefer stattfand. Hier gab es köstliche Cocktails für die Reisenden und ihre Ausbilder gaben ihnen noch gute Tipps mit auf den Weg. Obwohl je-

der der Höllenfürsten mit einer weiteren Katastrophe gerechnet hatte, verlief die Party ruhig.
„Wir kommen wieder zur Erde, nur diesmal sind wir besser!" freute sich Maryu. Dem aufmerksamen Betrachter, wäre die Miene des Generals aufgefallen, der bei diesen Worten fast panisch schaute. Knuffi hatte sich ein Plätzchen gesucht, in der Sockenschublade des Generals. Nur wenn dieser anwesend war, verzog sie sich in die Küche. Jack gab ihr gerne die Reste zu fressen und der Kater wurde immer fetter. Er dachte gar nicht daran in Muzoun's Rucksack zu bleiben. Kaum hatte der Kunstdämon dem Rucksack den Rücken zu gekehrt, war der Kater verschwunden. Na gut, dann blieb er also in der Hölle. Eine Katze unterwegs sollte auch reichen.

Nach der Party führte Loki sie zu einem unterirdischen See, es war kalt, düster und überall plätscherte es. Stalaktiten hingen von der Decke. Ein schmales Boot, ähnlich einem Kanu, lag an dem felsigen Ufer. Darin waren schon sechs See-Säcke untergebracht.
„Damit bringen wir euch zurück zur Erde!" erklärte Loki. Da es zu düster war, um etwas genau zu erkennen, konnte er die skeptischen Blicke seiner Schützlinge nicht sehen. Ein alter gebrechlicher Mann, mit grauen Haaren und langem Bart stand am Bug des Gefährts.
„Ich bin der Fährmann." Erklärte er. Seine Stimme klang zittrig und schwach. Dieser kleine Kautz sollte die schwere Fracht bis zur Erde bringen? Das konnte ja was werden.

Es dauerte auch noch eine ganze Weile, bis sich die sechs einigen konnten. Das Boot war sehr klein und sie mussten fast schon übereinander gestapelt darin Platz finden. Es schwankte und natürlich flog einer der sechs auch noch über Board. Das führte zu einer weiteren Verzögerung, da Topoke sich erst wieder umziehen musste. Schließlich nach endlos langer Zeit, saßen alle in dem Kanu und Loki gab dem Fährmann einige Münzen.
„Das Gepäck kostet extra!" blaffte dieser.
Loki seufzte kramte in seinen Sachen und holte weitere Goldstücke hervor. Der Alte biss mit seinem einzig verbliebenen Zahn darauf und nickte, dann legte er ab. Die sechs wagten nicht zum Abschied zu winken. Sie wagten ja kaum zu atmen. Zum Glück brauchten sie nicht so viel Atem, wie normal sterbliche.

Die Reise führte durch unterirdische Gänge, unbeleuchtet und dunkel. Nur die kleine Laterne, am Bug des Bootes, spendete Licht. Die Flamme schien jedoch jeden Moment zu erlöschen. Als dies wirklich geschah, konnte man ein Licht am Ende des Tunnels erkennen. Auf das steuerte der Alte zu. Er brauchte zum Erstaunen der sechs kein Paddel oder Stab, um das Boot voran zu treiben. Die grelle Sonne blendete die Dämonen im ersten Augenblick. Da sie die letzten Wochen unterirdisch gelebt hatten, hatten sie vergessen wie es war, die Sonne auf ihrer Haut zu spüren. Das Boot trieb auf einem Fluss, gegen den Strom.
„Hier muss ich euch raus lassen, mein Boot schafft keine Bäche, die sind zu seicht!" krächzte der Alte.
„Wo sind wir denn hier?" fragte Jeyoui.

„Auf der Erde!" erklärte der Mann.
„Haha, echt?" frage Maryu und strampelte sich frei.
„Steigt schon aus, ich habe Feierabend, keine Lust wegen euch Überstunden zu machen!"
Das Aussteigen ging besser, als das Einsteigen. Lediglich die Hosenbeine, ihrer Jeanshosen, wurden nass.
„Wenn wir zurück wollen, wo treffen wir dich?" fragte Topoke.
„Ihr wollt nicht zurück!" lachte der Mann und legte ab, noch während Jey nach ihrem Seesack griff.

Da standen sie nun, an einem Bach, nur wo genau, dass wussten sie nicht.
„Wir gehen einfach den Bach entlang, mal sehen wo der herkommt!" beschloss Jey und hob ächzend ihren Sack auf die Schulter.
„Aye, aye Kapitän!" grinste Tfaji und tat es ihr nach.

Howdy Partner

Atumi, Maryu, Topoke, Muzoun, Tfaji und Jeyoui waren schon seit Stunden unterwegs. Der Bach nahm einfach kein Ende.
„Lasst uns eine Pause machen!" beschloss Muzoun, der schon schweißgebadet war. Die Idee wurde mit Begeisterung aufgenommen.
„Seid ihr sicher, dass wir hier irgendwo auf eine Ranch treffen sollen?" fragte Topoke und ließ seinen See-Sack fallen.
„Laut den Informationen, die ihr auch auswendig hättet lernen sollen, ja!" schimpfte Jeyoui.
„Warum sollen wir die alle auswendig kennen? Reicht doch, dass wir zwei Streber haben!" grinste Maryu.
Sie hatten sich in den Schatten der Bäume gesetzt und streckten ihre Glieder.
„Wir hätten einen Kompass mitnehmen sollen!" stöhnte Tfaji. Da hörten sie von weitem Hufgetrappel. Es kam immer näher.
„Was ist das?" fragte Atumi und lauschte.
„Es kommt von da, hört sich an wie Pferde!" Maryu zeigte Richtung Osten. Es dauerte nur noch Minuten, dann konnten sie am Horizont tatsächlich fünf Reiter ausmachen.
„Ob die zu uns wollen?" Tfaji war aufgesprungen und hielt ihre Hand vor die Augen. Die Sonne stand schon tief über dem Weideland. Die Reiter kamen wirklich direkt auf sie zu. Mit ihren Cowboyhüten und den

karierten Hemden erinnerten sie an einen Wild-West-Film.
Jetzt konnte man auch erkennen, dass sie alle sehr stark waren. Richtige Männer, wie man sie nur aus dem Kino kennt.
„Howdy!" rief Maryu und winkte ihnen.
„Bist du bekloppt? Was ist, wenn die uns was antun wollen?" schimpfte Jeyoui, der die Männer sichtlich Angst machten.
„Ich beschütze dich schon, Baby!" raunte Topoke, was ihm sofort einen Boxhieb einbrachte.
„Hey Leute, seid ihr die Neuen?" fragte der älteste unter den Männern, als sie ihre Pferde stoppten. Es waren herrliche Tiere, wilde Mustangs.
„Die Neuen?" fragte Atumi.
„Jack sagte wir bekommen Unterstützung, seid ihr die Neuen?" fragte der Mann erneut.
„Jack?" kam prompt die Gegenfrage.
„Mister Vergan, also was ist jetzt?" der Mann, auf dem braunen Mustang mit der weißen Blesse, wurde ungeduldig. Eine Schrotflinte hing an seinem Sattel. Maryu wollte gerade antworten, da schubste ihn Jey zur Seite.
„Ja sind wir Sir!" Woher sie dieses Selbstbewusstsein nahm, verstand sie selbst nicht.
„Okay, dann packt eure Sachen und folgt uns, wir fangen euch ein paar Pferde ein!" Die Männer wendeten ihre Pferde nur mit einem Befehl der Schenkel.
„Wahnsinn, Cowboys!" sagte Maryu. Er war als kleines Kind oft geritten und hielt sich selbst für einen fantastischen Reiter.

Sie mussten noch lange hinter den Cowboys her trotten.

„Da hinten sind die Pferde," der älteste, der sich immer noch nicht vorgestellt hatte, hielt ihnen ein Lasso hin.

„Ihr wisst ja wie das geht, hier sind noch Halfter. Reitet dann immer Richtung Sonne, dann kommt ihr automatisch zu einem Haus, dort werdet ihr schlafen. Ho!" gab er den Befehl und die anderen galoppierten quer durch die Herde der Pferde hindurch.

„Wir wissen wie das geht?" fragte Muzoun der ungläubig auf das schwere Lasso starrte, welches in seiner Hand lag.

„Ach, so schwer kann das nicht sein, komm schon, wir lassen die Sachen hier und fangen uns die Hotties!" freute sich Maryu. Jeder kannte die Wildwest Filme, Clint Eastwood und Terence Hill, Bud Spencer und wie sie alle hießen. Man nahm das Hanfseil am Knoten und drehte es über dem Kopf. Das Seil musste schön schwingen und durfte dabei nicht schlingern. Allein das Seil in die Luft zu bringen, sah einfacher aus, als es tatsächlich war. Einer nach dem anderen mühte sich damit ab, anscheinend hatte aber Maryu echt etwas mehr Erfahrung. Er schaffte es das Seil sogar zu werfen.

„Also gut, ich bin dafür, dass Maryu unsere Pferde fängt." Muzoun war beleidigt. Da gab es etwas, was er nicht konnte. Aber er hatte auch keine Nerven jetzt noch lange zu proben und üben, die Sonne ging schon unter.

Maryu war begeistert, er stolperte über das unebene Gelände, das Lasso wie ein echter Cowboy schwingend auf die Pferde zu. Die grasten und sahen den Mann nicht im Geringsten als Bedrohung. Erst als er das Lasso los ließ und es eins der wilden Tiere streifte, nahmen sie Reißaus. Immer wieder lief der Mann hinter ihnen her, sie wieherten und schienen ihn auszulachen. Dennoch, Maryu war im Zugzwang. Er hatte damit angegeben, wie gut er mit Pferden konnte, das musste er jetzt beweisen. Immer wieder drehte er das schwere Seil in der Luft, langsam bekam er echt Übung darin. Nur das mit dem Treffen, das war nicht so seine Stärke. Oft stolperte er und fiel auf die Nase. Wie auch jetzt, nur diesmal hatte er tatsächlich ein Pferd erwischt, er zog den Strick zu, während er von dem galoppierenden Gaul durch die Steppe gezogen wurde.

„Ho, bleib stehen, aua!" gellten seine Schreie zu den anderen.

Atumi und Topoke lachten.

„Schade, dass ich kein Handy hab um das aufzunehmen. Das wäre der Renner auf Youtube!" japste der Winddämon.

„So wird das in zwanzig Jahren nichts!" Jey stand ungeduldig von einem Fuß auf den anderen hopsend dabei.

„Ich habe eine Idee, ich muss nur wissen welche der Tiere Stuten sind!" meinte Topoke und jappste noch immer nach Luft. Maryu hatte den Strick inzwischen losgelassen und war dem Pferd gefolgt. Jetzt hatte er weder ein Pferd noch ein Lasso. Er wusste definitiv wie das ging!

Topoke ging auf die Herde zu, er konzentrierte sich auf die weiblichen Tiere.
„Na meine Schöne? Du bist so ein herrliches Tier, wie wäre es wenn wir zwei Freunde werden?" sprach er dabei wie ein Mantra und tatsächlich, während die Hengste ihre Ohren anlegte, trabten drei Stuten auf ihn zu. Er legte ihnen die Halfter um und tätschelte ihnen die Hälse.
„Meister der Verführung!" freute er sich, als er die zahmen Tiere zu seinen Freunden brachte.
„Das war unglaublich, aber wir brauchen sechs Pferde!" erklärte Jey und nahm die Zügel.
Die Sonne stand wie ein roter Feuerball am Horizont, als Topoke seine Künste noch mal anwandte und auch Maryu's Opfer damit anlockte. Wer brauchte schon Lasso, wenn man Charme hatte?

„Alles klar bei dir, Kumpel?" fragte Topoke und half Tfaji dabei auf den Rücken des großen Tieres.
„Die waren nur schon müde! Ich hab es also geschafft, obwohl ich das mal besser konnte!" Maryu redete sich raus, wie üblich.
„Schon klar!" zwinkerte Muzoun und fühlte sich sichtlich unwohl auf dem großen Tier. Auch ihm musste geholfen werden, beim Aufsteigen, da er sehr klein war.
„Also gut, wir müssen Richtung Sonne!" bestimmte Jey und sah majestätisch aus, auf dem dunkelbraunen Vollblüter. Das stimmte, nur leider war die Sonne schon untergegangen, um sie herum war Finsternis.

„Die Sonne ging da unter!" zeigte Atumi und machte ein klickendes Geräusch, um seinen Gaul zum gehen zu bewegen. Dieser blieb einfach stehen. Er wedelte mit den Zügeln und rief Befehle wie:
„Lauf, los, Trab!" doch das Pferd rührte sich nicht.
„Das sind Westernpferde, die reagieren nicht auf solche Befehle!" erklärte Maryu, lehnte sich ein Stück nach vorn und sein Pferd setzte sich in Bewegung.
„Wie hat er das gemacht?" fragte nun auch Muzoun, der ebenfalls wie angewurzelt auf seinem Tier saß.
„Lehnt euch ein Stück nach vorn, dabei leichter Schenkeldruck!" rief Maryu, jetzt wieder breit grinsend, über die Schulter. Und er hatte doch Ahnung von Pferden!

Sie ritten in der Finsternis, konnten aber bald die Lichter des Hauses in der Ferne sehen.
„Howdy Partner, ihr habt ja ganz schön lang gebraucht!" begrüßte der alte Mann sie.
„Wir haben uns einfach nicht entscheiden können, welches Pferd wir wollten!" versuchte Tfaji die Situation weniger peinlich zu machen.
„Weiber!" schien es zu funktionieren. Der Alte zeigte ihnen, wo sie ihre Tiere versorgen konnten und brachte sie dann in die Scheune. Dort in alten ausgedienten Pferdeboxen, waren Schlafplätze für sie bereitet.
„Wenn ihr fertig seid, hinter der Scheune machen wir ein Lagerfeuer, da bekommt ihr was zu essen!"
Er tippte sich an den Hut.
„Danke, äh…" Atumi brach ab,
„Ben, mein Name ist Ben. Na kommt schon ihr Küken!" grinste der alte Mann und verließ die Scheune.

Als die sechs um die Scheune herum kamen, sahen sie die Männer wie sie sich abmühten einen kleinen Stapel Holz anzufeuern.

„Das sind die Neuen!" Ben zeigte auf die Gruppe.

„Frauen? Ehrlich?" fragte ein junger Mann, dessen Stirn eine lange Narbe zierte. Er hatte etwas Böses an sich. Etwas Verschlagenes.

„Ja Frauen, was dagegen?" fauchte Tfaji.

„Immerhin weiß ich wie man Feuer macht, ihr anscheinend nicht!" kam es überheblich von Jeyoui.

„Das Holz wurde nass, als wir durch den Bach geritten sind, das ist der einzige Grund!" blaffte der Mann zurück.

„Jey, wie wäre es wenn du es versuchst?" beschwichtigte Muzoun.

Jey lächelte und kniete sich vor den Haufen. Sie wusste nach dem Desaster mit der Bibliothek genau, dass sie sich nicht von dem Feuer überwältigen lassen durfte.

„Bringt mir mal ein kleines Bündel Stroh!"

Ben reichte ihr einige Halme. Sie schob es zwischen die dicken Holzscheite und konzentrierte sich auf einen der Stängel. Dieser glühte schon bald. Wieder überkam sie der Wunsch, ein Inferno auszulösen, doch sie bekam sich bald wieder in den Griff.

„So geht das, habt ihr das geseh'n?" fragte sie, als kurz darauf das Lagerfeuer prasselte. Natürlich hatte es keiner gesehen, denn sie hatte darauf geachtet, dass niemand sah, wie die Funken aus ihrem Finger kamen.

Als sie wenig später gemütlich um das Feuer herum saßen, vergaßen sie für eine Weile die Welt und die Rolle der Erkenntnis. Ben erzählte von den Aufgaben, die auf sie warteten. Kühe treiben, Holz für Lagerfeuer beschaffen und Büchsenbohnen kochen. Die Frauen, so wurde beschlossen, sollten sich auch um den Abwasch kümmern. Ben war allgemein ein netter Mann. Er besorgte ihnen Ausrüstung. Sättel und Hüte, Chaps und Stiefel. Der Mann, der so abfällig zu ihnen war, nannte sich Jim und trank eine Menge Whiskey. Er sprach wenig, doch seine Blicke töteten einen.

„Der Typ ist mir unheimlich!" erklärte Tfaji flüsternd Atumi.

„Du bist ein Dämon, eigentlich solltest du ihm unheimlich sein!" gab Atumi zurück.

Die Sterne strahlten. Es war fast hell und total romantisch.

„Also Leute, dass wars. Wir brechen bald auf, geht noch etwas schlafen!" Ben warf Erde auf das Feuer und es erlosch. Die Mädels hatten eine eigene Box, während die Männer alle in einer leeren Reithalle lagen.

„Wir sind jetzt Cowgirls!" sagte Jey und grinste, während sie sich in dem schmutzigen Spiegel betrachtete.

„Ich bin vor allem hundemüde, mach das Licht aus und komm schlafen!" meckerte Tfaji.

Wenig später hörte man nur noch die Pferde schnauben und ein Kojote, der irgendwo heulte.

Howdy Partner

Jey saß mit den anderen etwas abseits.
„Ich habe mit Ben geredet, er sagt Jack kommt nur, wenn mit den Kühen was nicht in Ordnung ist."
Die anderen sahen sich ratlos an.
„Wir können ja nicht einfach verschwinden hier!" erklärte Maryu und kaute auf einem Zahnstocher.
Man musste ihm lassen, das Outfit stand ihm. Er wirkte, als würde er schon immer hier her gehören.
„Dann müssen wir uns darum kümmern, dass mit den Kühen was nicht stimmt."
Muzoun hatte seine Stirn in Falten gelegt, man sah, dass er gedanklich mit einem Plan spielte.
„Du hast eine Idee, Muzo?" fragte Topoke nach.
„Lasst mich mal machen, heute Nacht, bei der Wache fange ich an!" grinste er nun.
Sie waren schon seit zwei Tagen unterwegs und mittlerweile konnten sich alle auch gerade im Sattel halten. Die sechs jammerten dennoch immer über ihre müden Hinterteile, wenn sie abends abstiegen. Ihre Beine taten ebenso weh. Ben lachte, er hatte längst erkannt, dass die Neuen keine Ahnung vom Kühe treiben hatten. Während sich die erfahrenen Cowboys über sie lustig machten, half Ben als einziger. Er zeigte ihnen, nach dem Essen, wie sie das Lasso zu werfen hatten, was sie gegen ihre wundgeriebenen Oberschenkel tun konnten und wie man mit einem Messer Dosensuppe löffelte. Ben war okay, das fanden alle.

Am nächsten Morgen standen die alten Hasen vor der Herde und kratzten sich verwundert die Köpfe. Einige ihrer Tiere wiesen merkwürdige Zeichnungen auf. Jemand hatte die Kühe mit Neonfarben bemalt. Von einfachen Strichmännchen, bis hin zur Karikatur der Mona Lisa. Jey trat zu ihnen und starrte ungläubig auf das bunte Treiben.

„Ich bin ja kein Experte, aber bemalt man Leder nicht erst, wenn es schon von den Tieren abgezogen wurde?" fragte Topoke und grinste.

Ben ging auf eines der Tiere zu, nahm etwas Wasser aus seiner Flasche und schrubbte an dem Kunstwerk herum. Das Neon Zeichen, in Form einer Schnecke, verwischte.

„Kein Problem, wenn es regnet geht das weg, los wir haben keine Zeit zu verlieren!"

Das war also Muzoun's Plan gewesen. Kühe bemalen. Hatte ja prima geklappt.

Maryu ritt neben Muzoun, hinter den anderen.

„Toll, alles verlief nach Plan, nur der Plan war scheiße!"

„Hast du etwa was Besseres in Petto gehabt?"

„Komm, mal ehrlich, bunte Kühe? Was Besseres hast du nicht drauf?"

Muzoun verzog das Gesicht.

„Immerhin hatte ich einen Plan. Du bist ja selbst zu dumm ein blödes Pferd einzufangen!" knurrte er.

„Ich bin gar nicht dumm!" Maryu's Stimme wurde bedrohlich leiser.

„Und wie du das bist!"

Maryu riss die Zügel seines Kollegen an sich, das Pferd warf den Dämon ab und er landete unsanft auf dem Boden. Maryu sprang ebenfalls aus seinem Sattel.

„Sag noch mal ich sei dumm!" zischte er dem am Boden liegenden, verdutzten Muzo an.

„Du bist dumm wie zehn Meter Feldweg!" sagte dieser wütend. Sein Kopf war schon rot angelaufen. Maryu warf sich auf die Stelle an der Muzo lag, doch da war dieser schon verschwunden. Nicht einfach nur zur Seite gerollt, er war einfach weg.

„Wo bist du, du Feigling?" brüllte Maryu. Muzo machte sich jetzt einen Spaß daraus, Laut zu geben und zuzusehen, wie Maryu in alle Richtungen boxte. Ein Bild für die Götter. Tfaji kam dazu und besah sich das Schattenboxspiel von Maryu und seine wilden Schreie dazu.

„Gibt es ein Problem?" fragte sie schließlich.

„Muzo ist das Problem!" erklärte Maryu.

„Der ist doch gar nicht hier!" warf die Dämonin ein.

„Doch, er ist nur unsichtbar!" Maryu wurde langsamer in seinen Bewegungen.

„Nein, er reitet da vorn, zwischen Ben und Topo!" erklärte Tfaji ruhig und überlegte, ob Maryu vielleicht einen Sonnenstich hatte. Dieser schnaufte wie eine Dampflok. Er hatte sich bei seinen vergebens ausgeführten Boxhieben völlig verausgabt.

Es war wieder Nacht, Muzo saß am glimmenden Feuer und überlegte angestrengt. Er würde einen Zeitdämon hervor rufen. Das würde klappen, um die Cowboys dazu zu bringen ihren Boss zu verständigen. Gedankenverloren blätterte er in der riesigen Auswahl, welcher der komischen Figuren wäre wohl am besten geeignet? Muzo konnte sich einfach nicht entscheiden, bald wäre seine Wache rum und er musste das Vieh ja auch noch zeichnen. Schließlich warf er das Buch in die Luft, auf welcher Seite es auch lieben blieb, dass würde der Dämon sein, den er zeichnete.

„Was ist los?" fragte Jey, die durch das Muhen, der Kühe und die Rufe der Männer wach wurde.
„Irgendwas macht die Kühe unruhig, Bill sagte es sei ein Kojote, wir brauchen euch", erklärte Ben.
Wenig später saßen die Männer und Frauen in den Sätteln. Während Ben und seine Leute das Tier jagten, von dem sie glaubten es sei ein einfacher Kojote, sollten die anderen die Kühe hüten.
Ein Unterfangen, welches gar nicht so einfach war, da Muzo's Dämon quer durch die Herde wütete. Es war kein Kojote, wie auch Ben und seine Jungs feststellen mussten. Es schien sich um eine Art Vogel zu handeln. Wobei es nicht fliegen konnte, eher also wie eine Ente.
„Was zum Teufel ist das?" fragte einer der Jungs.
„Keine Ahnung, aber wir knallen es ab!" rief ein anderer.
„Sieht aus wie ein geflügeltes Schwein!" bemerkte Bill.
Sie schafften es das Wesen einzukreisen, sie zielten auf das „Tier" und trafen es auch, doch es lief weiter. Die Schrotladungen machten ihm gar nichts. Ein geflügeltes Schwein, mit einem Horn auf der Stirn und einem Kopf der wie das eines Bullterriers aussah, war schon merkwürdig. Dazu die Tatsache, dass es keiner-

lei Reaktion auf Munition zeigte, eigentlich sollte es ausreichen, dass die Männer Jack informierten.
„Wir fangen es ein!" beschloss Ben und griff nach dem Lasso, welches an seinem Sattel hing. Wenig später hörte man, wie die Seile die Luft durchschnitten. Sie schafften es auch die Lassos um den Kopf des Wesens zu schlingen, doch wenige Sekunden später, hatte es sich durch die Seile durchgefressen und rannte weg.
„Das gibt's doch nicht!" brüllte Bill.
„Alles klar, so wird das nichts, wir brauchen ein Gitter oder so!" Ben gab Anweisungen. Die Dämonen hatten die Herde einige Meter weggetrieben, so dass sie nicht mehr in unmittelbarer Gefahr waren.
„Toller Plan, was zum Teufel ist das?" fragte Jey.
„Ein Zeitdämon, frag mich aber nicht wie lange er existiert!" stolz schwellte Muzo seine Brust. Er hatte natürlich immer wieder die Bemühungen der Cowboys beobachtet und in sich rein gelacht, wenn wieder ein Einfangversuch schief ging. Jetzt jedoch hatten sie es, mithilfe eines Korbes, festgesetzt. Anscheinend konnte sich der kleine Dämon daraus nicht befreien. Er machte jedoch auch keine Anstalten. Im Gegenteil, er legte sich in dem Korb hin und fing an zu schnarchen. Ohrenbetäubend laut. Nicht mal alle Cowboys zusammen brachten einen dermaßen Lärmpegel auf, beim schlafen.
„Das Vieh macht die Tiere verrückt, die Pferde sind auch unruhig!" Ben hielt sich die Ohren zu.
„Vielleicht sollten wir Jack Bescheid geben?" fragte Jey hoffnungsvoll.

„Quatsch, wir schneiden ihm die Kehle durch, dann ist Ruhe!" erwiderte Bill.
Dieser Plan ging auch schief, so schnarchte der Dämon weiter.
„Lassen wir es hier, wir reiten gleich weiter. Da hinten geht schon die Sonne auf!" brüllte Ben Anweisungen.
Wieder nichts, was musste mit den Tieren geschehen, dass Jack auftauchte?
Sie ritten weiter, die Kühe trabten folgsam vor ihnen her, auch sie wollten weg von dem Geschnarche.
Plötzlich war es still.
„Was ist denn jetzt? Bill reite zurück, sieh nach ob das Vieh vielleicht ausgebrochen ist!" Bill wendete sein Pferd und tat wie ihm befohlen.

Der Zeitdämon hatte seine Zeit gehabt, er war verschwunden. Das wusste Muzo, doch er ärgerte sich, warum hatte es nicht geklappt?
„So kommen wir niemals an unsere Informationen!" meckerte auch Jey.
„Mach's doch besser, Miss Oberschlau!" Atumi hatte Partei für den Freund ergriffen.
„Das werde ich auch!" Jey ritt vor, an die Spitze. Diese Nacht, würde sie es schaffen.

Geheimbund – Geheimmission

Die Dämonen hatten langsam die Schnauze voll. Ihnen taten die Hintern weh und sie wollten mal wieder in einem richtigen Bett schlafen. Auch eine Dusche wäre wirklich schön. Die Männer, die mit ihnen mit ritten, stanken auch erbärmlich. Doch Muzo's Bemühungen waren ohne Erfolg geblieben. Es war Zeit für einen Kriegsrat. Als sie die Herde für die Nacht in einem provisorischen Gehege eingepfercht hatten, trafen sich Atu, Maryu, Topo, Tfaji, Jey und Muzo um einen Schlachtplan aufzustellen.

„Deine Idee mit dem Zeitdämon war gut, doch denke ich einer ist zu wenig, wir sollten langsam mal einen Erfolg aufweisen!" Topoke hatte Recht.

„Was meint ihr denn wie viele Dämonen von Nöten sein werden?" hakte Tfaji nach.

„Wie viele kannst du jetzt zeichnen?" fragte Maryu.

„Wenn ihr mir Zeit organisiert, vielleicht fünf bis zehn?" erklärte der angesprochene Dämon.

„Wir geben dir eine Stunde, zeichne was der Stift hergibt und denk nicht drüber nach, nimm die Dämonen, die dir ins Auge springen!"

„Ihr meint also, ich soll pfuschen?" fragte Muzoun und sah nicht glücklich aus.

„Vergiss deinen blöden Perfektionismus, es kommt nicht drauf an, wie genau die Dämonen sind, nur auf das Ergebnis!" Jey verlor langsam die Geduld mit ihrem Mitstreiter.

Sie schafften es tatsächlich die Männer lange genug abzulenken, so dass ihnen die Abwesenheit des Dämons nicht auffiel. Muzoun arbeitete wie ein Wilder, während der erste noch perfekte Striche bekam und Farben dazu, wurde er mit jeder weiteren Kreatur immer schlampiger. Fell, Haut, Augen und Figuren variierten zu den Originalen immer häufiger. Welche Auswirkungen das wohl auf die Dämonen haben würde? Nach einer Stunde wurde die Herde nicht nur unruhig, nein, sie rannten wie aufgescheuchte Hühner in dem Gehege hin und her. Kleinere Tiere wurden eingequetscht und schließlich brach auch der Zaun auseinander.

„Okay, das reicht. Wer reitet zu Jack?" fragte Topoke hoffnungsvoll.

Doch die Cowboys lagen schlafend neben dem Feuer. Keiner der Männer schien den Tumult mitzubekommen.

„Was ist denn mit denen?" fragte Muzo, der ans Feuer trat.

„Ich dachte, wir gehen auf Nummer sicher." Meinte Tfaji und zog eine Phiole heraus.

„Du hast sie betäubt?" fragte Jey.

„Na sicher, los wir müssen los, der Trank hält nur einige Stunden!" Tfaji hatte die Pferde der anderen am Zügel.

„Warum habe ich dann gezeichnet?" Muzo war beleidigt. Er entriss Tfaji die Zügel und stieg auf.

Während also die Kühe in alle Himmelsrichtungen verstreut davon liefen, grausame Zeitdämonen das Lager verwüsteten und Jagd auf die Pferde der anderen machten, ritten unsere sechs in die entgegen gesetzte Richtung. Sie galoppierten, als wäre der Teufel persönlich hinter ihnen her, was wohl auch irgendwie stimmte. Die Nacht durch und den folgenden Tag ebenso. Als die Sonne erneut unterging, konnten sie in der Ferne das Haus sehen. Dort musste Jack sein. Da die Prärie flach und eben war, konnten sich die sechs Reiter nicht verstecken. Also blieben sie vorerst in gebührenden Abstand zu dem Haus und warteten die Dunkelheit ab.

Es wurde dunkel, nicht nur draußen, sondern auch in dem Haus. Doch dann erkannten die Dämonen, eine merkwürdige Zeremonie. Die Tür ging auf, acht Personen mit Fackeln in der Hand kamen die Auffahrt herunter. Sie trugen Kutten. Einer von ihnen musste Jack sein, dass wussten sie.
„Wir verfolgen sie, seid aber um Himmels willen leise!" zischte Atu.
„Müsste es nicht, um Höllen's Willen heißen?" fragte Maryu.
Muzo gab ihm einen Klaps auf den Hinterkopf.
„Aua!" fauchte Maryu.
„Pscht!" wisperte Tfaji nun auch.
„Er hat angefangen!" beschwerte sich Maryu.
„Halt endlich die Fresse!" schimpfte Topoke.
Maryu wollte noch etwas entgegnen, doch Jey hielt ihm den Mund zu und schüttelte den Kopf.
„Wo sind sie?" fragte Muzo, der durch Maryu so abgelenkt gewesen war, dass er die Gruppe die sie eigentlich verfolgen wollten aus den Augen verloren hatte.

„Na toll, gut gemacht Maryu!" knurrte der Lügendämon Atu.
„Ich hab doch gar nichts gemacht!" stellte Maryu fest.
„Da hinten, die Scheune, ich glaub da sind sie rein!" Tfaji zeigte in die Ferne.
Tatsächlich sah man das Licht der Fackeln durch die Holzbretter durchschimmern.

„Hiermit eröffne ich die Sitzung der Freimaurer-Loge Texas. Wir haben heute drei Tagesordnungspunkte, bitte ließ sie vor, Bruder Emanuel!"
Durch die schmalen Öffnungen, die die Seitenwände der Scheune aufweisen, konnten die Dämonen hören was im Inneren von sich ging. Nur das Sichtfeld war ziemlich eingeschränkt. Welcher dieser Männer war denn nun Jack?
„Glück muss der Mensch haben, was für ein Zufall!" freute sich Tfaji, als sie ihr Auge gegen die Bretterwand drückte.
„Der Typ ganz vorne, das muss Jack sein!" flüsterte Jeyoui. Sie hatte ein Astloch zum durchsehen und konnte neben dem Ranchbesitzer, auch den Mann links von ihm sehen, der jetzt das Wort ergriff.
„Finanzielle Aufstockung für die Förderung der Ranchbesitzer ist TOP 1, das Buch der Weisheit von den Rosenkreuzern welches wir für uns erwerben konnten ist TOP 2 und dann noch die offene Runde!" erklärte dieser.
„Das Buch der Weisheit, das wird das sein, was wir brauchen!" erklärte Atumi.
„Ach nee, wirklich?" äffte Muzo. Er war immer noch beleidigt darüber, dass er völlig sinnlos Dämonen

gezeichnet hatte und diese auch noch pfuschen musste.

„Kann einer von euch erkennen, wo dieses Buch liegt?" fragte Tfaji.

„Ich seh' nur eine Kiste, vielleicht ist es da drin?" antwortete Topoke.

„Wir warten ab, wenn sie es rausholen, wissen wir wo wir suchen müssen!" Jeyoui hatte wieder voll die Oberhand.

„Warum klopfen wir nicht einfach und fragen ob wir es haben können?" fragte Maryu. Diese sinnvolle Frage, hatte wieder einen Klaps auf den Hinterkopf zur Folge.

„Du hast dein Hirn echt am Empfang abgegeben heute oder?" fragte Topoke.

„Welchem Empfang?" fragte Maryu.

Topoke verdrehte die Augen und sah wieder durch seinen Spalt.

Maryu rieb sich die Stelle, die Topoke getroffen hatte und zuckte mit den Schultern. Dann drehte er sich von der Scheune weg, setzte sich einige Meter weiter in den Staub und zog eine Mundharmonika heraus. Er wollte grad anfangen, darauf zu spielen, da bekam glücklicherweise Muzo mit was er da vor hatte.

„Leg sofort das Ding weg!" fauchte er und war mit wenigen Schritten bei Maryu.

„Ihr gönnt mir auch gar nichts!" heulte Maryu.

„Pscht!" zischte Tfaji wieder.

„Leg dich hin und schlaf ein wenig!" beschwichtigte Jey.

„Okay, ihr weckt mich dann ja?" Maryu schob sich den Rucksack unter den Kopf und schloss die Augen.

„Unglaublich!" stöhnte Muzo und ging zurück zu seinem Beobachtungsposten.
Im Inneren wurden noch immer finanzielle Dinge besprochen. Jeder der acht hatte eine Meinung dazu. Während dieses Gespräches fanden sie heraus, dass einer davon der Bürgermeister des nahegelegenen Städtchens Killeen war. Ein anderer der Friseur, Stadtrat und Polizeibeamter. Nette Vereinigung. Das Wort Vetternwirtschaft kam einen in den Sinn.
„Gott ist das öde, habt ihr euch so eine Sitzung der Geheimgesellschaften vorgestellt? Ist ja wie eine Vereinssitzung!" gähnte Atumi.
„Etwas aufregender hätte ich schon gedacht, ja!" stimmte auch Jeyoui zu. Es war wirklich öde. Es wurde mit Zahlen jongliert wie in einer Mathe Stunde. Erst teilte man es den Personen zu, dann wieder wurden daraus Spenden gemacht, eigentlich war anscheinend gar kein Geld übrig. Es dauerte ewig. Der einzige, der nicht vor Langeweile einschlafen wollte, war Maryu, denn der schlief schon lange. Dann nach einer gefühlten Ewigkeit, wurde ein Slogan gerufen.
„Damit ist es beschlossen!" kam es aus dem Inneren. Tfaji und Topoke, die müde ihre Augen geschlossen hatten und mehr dösend an der Scheune lehnten erwachten schlagartig. Jetzt würde es zum Top 2 gehen. Das Buch, welches sie stehlen sollten. Interessiert beobachtete Topoke die Truhe, auf die jetzt auch der Ranchbesitzer zuging. Er hatte also recht behalten, dass begehrte Buch war in dieser Truhe. Tatsächlich holte der Großmeister ein, in speckiges Leder gebundenes, unförmiges Etwas und legte es vor sich auf den Tisch. Seine blauen Augen leuchteten dabei verhei-

ßungsvoll auf. Er hatte einen grauen Vollbart und tiefe Furchen im gebräunten Gesicht. Atumi schätzte ihn auf Ende sechzig. Dann begann er zu erzählen:
„Ein glücklicher Zufall und die großzügige Spende von Bruder Samuel, haben es uns ermöglicht in Besitz dieses Schatzes zu kommen!" Dabei hob er das Buch hoch, welches sehr, sehr alt wirkte.
„Und ein unglücklicher Zufall wird es euch wieder entreißen!" grinste Tfaji böse.
„Es handelt sich leider nach meiner ersten Begutachtung, nur um eine Abschrift des Originals. Dennoch ist es sehr alt. Und wertvoll. Es gibt nur zwei Exemplare und eines davon ist nun in unserem Besitz! Das Original befindet sich noch immer in Spanien," erzählte Jack seinen Brüdern weiter.
„Wo in Spanien?" fragte Topoke leise.
„Es wird noch eine Weile dauern, bis wir die alten Schriften übersetzt haben. Unsere Bemühungen, an das Original ranzukommen waren bis jetzt ohne Erfolg. Es liegt irgendwo in den Archiven der Rosenkreuzer, aber wir sind dran. Dabei gilt der übliche Wettbewerb zwischen den Logen. Unser Schriftführer, der heute mit Abwesenheit glänzt, ist bereits auf dem Weg nach Europa."

Maryu schreckte aus seinem Schlaf hoch.
„Da kommt die Herde!" rief er.
„Pscht, du spinnst ja!" zischte Muzo.
Doch er täuschte sich nicht, tatsächlich war eine Herde Kühe auf dem Weg zu ihnen.
„Ich hasse diese Viecher langsam." Schimpfte Tfaji.

Jetzt waren auch die Brüder der Loge auf den Lärm aufmerksam geworden. Sie löschten die Fackeln, Topoke konnte gerade noch sehen, wie Jack das Buch wieder in die Truhe packte.

Die Herde Kühe trampelte an ihnen vorbei. Weit und breit war kein Cowboy zu sehen, der sie trieb. Ob das die Kühe waren, die durch die Zeitdämonen aufgescheucht wurden waren?

„Unsere Chance!" dachte Tfaji und eine Astralprojektion von sich, stand plötzlich direkt vor der Truhe. Wenn sie schnell genug war und leise dazu, könnte sie das Buch stehlen, ehe wieder die Fackeln angingen. Sie versuchte den Deckel der Truhe zu öffnen, doch diese hatte Jack schon wieder verschlossen. Von außen hörte sie das Muhen der Kühe, die immer noch an der Scheune vorbeizogen. Vorsichtig ging sie zu dem Großmeister, der Schlüssel hing noch halb aus seiner Kutte heraus. Langsam und ohne ein Geräusch zu machen, fischte sie nach dem Schlüssel. Hoffentlich würde der Mann nichts merken. Millimeter um Millimeter zog sie vorsichtig daran und schaffte es. Sie schlich wieder die paar Schritte zurück zur Truhe und steckte probeweise einige Schlüssel hinein. Das Muhen der Kühe übertönte glücklicherweise das Schaben der Schlüssel, an dem Metall des Schlosses. Da, das war der richtige Schlüssel, auch das Klicken wurde übertönt, selbst das Quietschen des Deckels ging im Trampeln unter. Dachte sie zumindest. Sie hatte sich gerade das Buch geschnappt und wollte sich davon machen, da bemerkte sie, dass es heller geworden war in dem Raum.

„Oh, oh!" stöhnte sie.

Tfaji drehte sich in der Hocke um, mit dem Buch in der Hand. Hinter ihr standen acht Gestalten, alle mit dunklen Kutten und Augenmasken. Die hatten sie doch vorhin noch nicht aufgehabt?
„Hi!" grinste sie und hob die freie Hand zum Gruß. Die Männer sagten nichts, starrten sie nur an.
„Schönes Wetter heute," versuchte sie abzulenken und richtete sich nun auf.
„Also, war schön euch getroffen zu haben, ich bin dann mal wieder weg!" sagte sie freundlich und wollte sich an den Männern vorbei schlängeln. Doch diese zogen den Kreis um sie zu.
Tfaji schaute von einem zum anderen. Warum konnte sie sich nicht zu ihrem Körper, der noch immer vor der Scheune hockte zurück projizieren? Sie ahnte nicht, dass ein Kreis ihre Mächte wirkungslos machten. Selbst wenn sie zurück könnte, das Buch würde nicht mit kommen. Doch das wusste die junge Frau nicht. Das hatte man vergessen den Dämonen in ihrer Ausbildung beizubringen. Während Tfaji also im Kreis gefangen war, immer noch das Buch in der Hand, standen ihre Mitstreiter draußen und beobachteten was vor sich ging.

Die Kuhherde war vorüber. Muzo war so rasch zur Seite gesprungen, dass er das Gleichgewicht verloren hatte und im Staub landete. Maryu hatte sich köstlich darüber amüsiert. Topoke hatte seinen Posten nicht verlassen, obwohl er nichts sah. Als das Licht wieder anging, wunderte er sich, da die Männer plötzlich Augenmasken trugen, dann sah er den Grund und vergaß glatt zu atmen. Tfaji stand mit dem Buch in der Hand an der Truhe.

„Tfaji ist da drin!" stellte er fest.

Verwundert schaute er sich um, Tfaji gab es zweimal. Einmal neben ihm, in einer Art Trance und dann da drin in Bedrängnis.

„Cool, oder auch nicht!" staunte Topo.

Jey schubste ihn zur Seite und bekam mit, wie die Männer ihre Freundin in die Enge trieben.

„Wir müssen ihr helfen, egal wie!"

„Maryu, bereite einen Portstein vor, dass wir schnell wegkommen!" befahl Muzo.

Dann gingen die übrigen vier zum Scheunentor und stellten sich davor auf. Wie eine Armee standen sie da.

„Kurze Frage, wie ist unser Plan?" fragte Atumi.

„Rein und raus?" sagte Muzo.

„Guter Plan!" stimmte Jey zu.

Dann nahmen sie Anlauf, sie wollten mit wildem Geschrei das Tor einrennen. Beim wollen blieb es dann auch, denn das Tor war widerspenstig und prallte die Dämonen zurück.

Ein rumpeln gegen das Tor, nahm die Aufmerksamkeit der Männer von Tfaji. Sie drehten sich um. Öffneten den Kreis.

„Was ist das, Großmeister?" einer, wahrscheinlich der Bürgermeister, klang etwas ängstlich.

„Das haben wir gleich!" brummte der Polizist. Seinen dicken Bauch konnte man nicht verwechseln.

Jack und der Dorfscherriff gingen zum Tor. Sie öffneten die Verriegelung und zogen an den Flügeln. Genau in dem Moment, als die vier wieder mit Karacho ins Innere vordringen wollten. Diesmal gab es jedoch kein Tor, welches ihre Stoßversuche aufhielt und sie landeten direkt in der Scheune. Durch den Schwung, den sie nicht mehr abfangen konnten knallten sie gegen die Tischkante des Besprechungstisches und rutschten drüber hinaus. Sie wickelten sich förmlich um das Möbelstück und kamen stöhnend und nach Luft ringend zu liegen. Tfaji hatte inzwischen einen neuen Versuch gestartet, sich via ihrer Fähigkeit zu befreien. Diesmal hatte es geklappt, da der Kreis aufgelöst worden war. So stand sie jetzt draußen, bei Maryu der den komischen Würfel betrachtete, welcher wohl ein Portal war. Doch das Buch, welches sie eben noch in der Hand gehalten hatte, war weg.

„Verdammt!" fluchte sie.

„Hey, wo sind die anderen?" fragte er und sah die Dämonin an.

„Drinnen!" sagte diese.

„Was machen die da?" fragte Maryu.

„Keine Ahnung, ich bin kein Hellseher!"

Die anderen machten erstmal nicht viel. Sie stöhnten und entknoteten sich.

„Geh von mir runter!" giftete Jey Topoke an, der mit verdrehtem Bein auf ihr lag.

„Moment, ich muss erst meine Gliedmaßen wiederfinden!"

Jey schubste den schweren Kerl mit all ihrer Kraft von sich.

Da saßen sie also, hinter dem Tisch. Hinter ihnen standen sechs der maskierten Brüder, vor ihnen zwei.

„Zwei dürften wir schaffen oder?" raunte Muzo.
„Wäre ratsam, da ist auch das Tor!" erklärte Jey und nickte. Sie rappelten sich auf und sahen die zwei Männer vor sich böse an.
„Wer seid ihr und was wollt ihr hier?" fragte Jack, der das Buch an der Stelle gefunden hatte, wo Tfaji kurz zuvor noch stand.
„Sie sind Jack oder? Also das war so," fing Atumi an.
„Was zum Teufel tust du da?" fragte Jey.
„Naja, wir sollten Jack vielleicht darauf hinweisen, dass seine Kühe vor Ben und Co geflüchtet sind!" erklärte er.
„Was gehen uns diese blöden Viecher an?" fragte Jey und verdrehte die Augen.
„Ihr arbeitet für mich?" fragte Jack.
„Naja, also ich denke mal, wir haben für dich gearbeitet. Also Vergangenheit!" stellte Muzo fest.
„Genau, und jetzt müssen wir gehen. Also nichts für ungut!" grinste Jey.
Da hörten sie von hinter sich einen Aufschrei.
„Das Buch, Großmeister, die Frau ist weg!"
„Ich glaub, das war unser Zeichen!" sagte Atumi und sprang behände über den Tisch. Muzo versuchte gar nicht erst darüber zu springen, er legte sich bäuchlings darauf und drehte sich um 180 Grad. Topoke und Jey nahmen den Weg unten lang. Dann liefen sie los, auf das Tor zu.
„Schließt das Tor!" brüllten die sechs hinter ihnen.
Jack und der Scherriff mussten sich entscheiden. Tor schließen oder den vier Gestalten hinterher? Sie entschieden sich für hinterher.

„Öffne ein Portal, ein Portal!" brüllte Atumi und schlug Jacks Hand weg, welche ihm am Ärmel gepackt hatte.
„Wohin denn?" fragte Tfaji.
„Spanien, Rosenkreuzer, Archiv!" keuchte Jey. Tfaji verstand zum Glück und öffnete mithilfe der kleinen Knöpfe auf dem Würfel ein Eingabefeld. Sie konzentrierte sich auf die gesagten Worte, leider hatte sie auch immer noch die Kühe im Hinterkopf. Dann presste sie den Daumen auf das grünleuchtende Feld und eine Nebelwand entsprang dem Würfel.
„Lauft hindurch!" brüllte Muzo und sprang durch den Nebel.
„Aber wir haben das Buch doch nicht!" rief Maryu.
„Wir wissen aber, wo das Original ist, los jetzt!" Maryu und Tfaji gingen mit einem Schritt hinterher. Atumi und Topoke im Laufschritt. Jey, die etwas Vorsprung hatte vor Jack rief ihm noch zu:
„Ich bin froh deinen blöden Kühen entkommen zu sein. Ich hasse diese Viecher!" dann machte sie einen Sprung und der Nebel lichtete sich. Zurück blieben acht verdutzte Männer und ein verkohltes Stück Metall.

Die Rätsel der Sphinx

"Wie weit ist es denn noch?" jammerte Coretha.
"Laut dem Navi hier, noch fast 8 Kilometer und da wir deinetwegen nicht so schnell vor ran kommen, rechne ich mit 2 Stunden Laufzeit!" erklärte Bree, die unentwegt auf ihren Heiligenschein starrte.
"Wer konnte denn damit rechnen, dass wir aus dem Bus fliegen?" giftete Corry zurück.
"Jetzt hört auf ihr zwei! Schaut mal da vorn, das sind Kamele oder?" Bel zeigte in die Ferne.
Tatsächlich standen da Kamele. Als hätten sie nur auf die Engel gewartet.
"Die schickt der Himmel!" freute sich auch Mumiah.
Die sechs Götterboten liefen sicher schon eine halbe Stunde durch heißen Sand. Selbst ihnen war die Sonne zu hell und warm. Nachdem sie wieder eine hitzige Diskussion über das Fliegen in belebten Gegenden geführt hatten, waren sie zu Fuß in die Richtung aufgebrochen, in der Giseh lag. Die Kamele schickte nicht der Himmel, sondern gehörten einem Mann. Dieser ließ sich dazu überreden sie ein Stück weit auf den Tieren in Richtung Giseh zu führen. Das jedoch nicht kostenlos. Mattia verhandelte eine Weile mit dem Mann und schließlich wurden sie sich handelseinig. Wenig später saßen die sechs auf den Tieren und schaukelten durch die Wüste. Sie kamen zwar jetzt schneller voran, aber es dauerte doch noch ewig, bis sie die Spitze der ersten Pyramide sahen. Der Mann, dem die Kamele gehörten, sagte etwas zu Mattia.

Diese nickte und machte die anderen darauf aufmerksam, dass die Kleine der drei Pyramiden zurzeit nicht zu besichtigen war. Das war Ihnen ziemlich egal, immerhin hatten die Sechs eine Mission und waren nicht zum Vergnügen in Ägypten.

"Das war's, ab hier müssen wir wieder laufen!" stellte sie fest, als der Mann die Kamele stoppte und sie absteigen ließ.
Sie bedankten sich noch einmal und gingen weiter. Obwohl die riesigen Bauten vor ihnen zum Greifen nah waren, mussten sie jedoch komplett außen herum laufen, da es keine Möglichkeit gab querfeldein von hinten an die Weltwunder zu gelangen. Die Engel hatten die Tempelanlage der Sphinx gefunden, welche nur noch aus Ruinen bestand. Sandstein, Sand und Sonne. Beeindruckt blieben sie stehen. Wie Mahnmale aus alten Zeiten standen die Ruinen und Pyramiden vor ihnen. Der Anblick verschlug ihnen eine kurze Zeit lang den Atem. So riesig hätten sie sich die bekannten Gebäude nicht vorgestellt. Halb vom Sand verschluckt, lagen Felsen vor ihnen. Der Vorplatz zu der Tempelanlage erstreckte sich vor ihnen und sie fühlten sich ins alte Ägypten versetzt, wenn da nicht die ganzen Touristen gewesen wären, die bereits auf dem Rückweg waren und letzte Foto's der Anlage schossen.
"Da seht!" rief Bel und rannte plötzlich wie von der Hummel gestochen los.
"Warte, was ist denn?" riefen Bree und Matti und rannten hinterher.

Madan wollte auch losrennen und auch der Liebesengel war schon einige Meter voraus gelaufen, als sie Corry's Aufschrei hörten. Mitten in der Bewegung stoppten die zwei und sahen sich nach dem Schutzengel um. Diese saß auf dem Boden und rieb sich den Knöchel. Beide Engel kehrten um.
"Corry? Alles okay?" fragte Madan besorgt.
"Mein Absatz ist abgebrochen, warum müsst ihr auch so rennen?"
Mumiah verdrehte die Augen. Dann halfen sie dem Schutzengel hoch und nahmen mehr humpelnd und sehr, sehr langsam die Verfolgung ihrer Begleiter auf. Mumi, Corry und Madan sahen gerade noch, wie sich Mattia in eine Öffnung warf, ja warf, denn diese verschloss sich gerade wieder.
"Wo sind sie hin?" fragte Coretha.
Sie humpelten nun schneller und trafen am Fuß der Sphinx ein. Am rechten Fuß, um genau zu sein. Während der Schutzengel sich an die große Tatze der Sphinx lehnte und nach neuen Schuhen kramte, klopften die anderen die Pfote ab.

Es war dunkel, zu dunkel.
"Hallo? Bree, Bel? Wo steckt ihr?" Mattia hatte sich aufgerappelt und tastete ihre Umgebung ab. Sie war gerade noch hinter Bree hergesprungen. Im Sockel der Sphinx, direkt unter der rechten Pfote, war ein Tor aufgegangen. Dieses hatte erst Bel, dann Bree verschluckt und Mattia nur noch knapp hindurch gelassen. Nur Millimeter hatten sie davor gerettet, eingequetscht zu werden. Was hatte sie sich nur dabei gedacht? Der Gang, in dem sie sich befand war schmal.

Klar, die Pfoten waren zwar lang, aber nicht sehr breit.
"Bel? Bree?" rief sie noch einmal. Wo konnten sie nur sein. Vorsichtig tastete Mattia sich weiter. Warum hatte ihr Scanner nicht auch mal eine praktische Vorrichtung. Taschenlampe oder so. Da fiel ihr das Tablet ein. Sie aktivierte es und der matte Schein, den das Display aussandte reichte für einige Sekunden, um ihr einen Überblick zu verschaffen. Vorsichtig tapste sie weiter, immer wieder musste sie das Touchpad berühren, da sonst das bisschen Licht weg war. Der Gang führte etwas abwärts, nicht stark, doch immer abwärts.

"Bel, warte doch!" Bree rannte hinter dem Schatten der Muse her. Ohne darauf zu achten wohin sie lief. Die Muse war wie von Sinnen, sie reagierte auf gar nichts, sie lief ins Dunkel, als hätte sie ein Ziel klar vor Augen. Bree stolperte und fiel hin. Es reichte, sie brauchte eine Taschenlampe oder Fackel oder ihr Feuerzeug. Hastig klopfte sie ihre Taschen ab. Da war es ja.
"Das gute alte Feuerzeug." Sie knipste es an. Die Flamme stand völlig still. Kein Luftzug, ließ sie flackern. Bree strengte sich an, doch sie sah nichts, keine Bel weit und breit.

"Sie müssen hier irgendwo sein, ich hab doch genau gesehen wie sie hier verschwunden sind!"
Wütend klopfte Mumi auf die Zehen der Statue ein.
"Autsch!"

Die dunkle Stimme erschreckte die drei. Corry hatte mittlerweile ein neues Paar Schuhe an. Flache Sandalen mit schicken Blümchen zierten ihre Füße.
"Was war das?" fragte Madan und sah Mumi an. Diese ging einige Schritte zurück und sah den großen Kopf der Statue an. Deren Augen waren offen. Verwirrt sah sich die Weddingpeach um. Lauter Touristen, keiner schien etwas zu bemerken.
"Wo sind unsere Freunde?" fragte Mumi.
"Das sage ich euch nicht!" erklärte die dunkle Stimme.
"Wow! Das Vieh lebt ja!" stellte Madan fest.
"Machst du ein Foto von mir und der Sphinx!" bettelte Corry, die ihr Tablet herausgezogen hatte.
"Sag uns sofort wo unsere Freunde sind, du du", Mumi suchte nach Worten, "blöde Miezekatze!"
Jetzt wurden doch noch die Touristen aufmerksam. Jedoch nicht auf die Statue, sondern auf den herum zappelnden Engel. Die drei gaben aber auch ein Bild ab. Verdreckt, in altmodischen 50er Jahre Kleid und zerrissenen Jeans. Dazu beschimpfte das eine Mädchen, in Shorts und Bergstiefeln den Felsen? Das Irrenhaus hat Ausgang – genau so sah es aus.
"Sie sind verloren, vergesst sie lieber!" Die dunkle Stimme klang böse.
"Verloren? Was soll das heißen?" fragte Madan und stieß Corry zur Seite, die mit ihrem Tablet vor ihm rumsprang.
"Aua, lass das, ich will doch nur ein Bild, bitte!" Coretha gab einfach nicht auf.
"Unsere Freunde sind in dieser riesigen Katze verschwunden und du willst ein Foto?" giftete Mumiah los.

"Ja und? Schaden kann es nicht!"
Genervt knipste Mumiah ein Bild von dem Schutzengel und wandte sich dann wieder an die Sphinx.
"Hör zu, wenn du nicht sofort meine Freunde ausspuckst, dann schwöre ich dir!" Wieder fiel dem Liebesengel nichts ein womit sie dem riesigen Gestein denn drohen könnte.
"Hey, vielleicht müssen wir ja nur ein Rätsel lösen, wie in den alten Sagen?" ereiferte sich nun endlich auch Coretha für die Freilassung ihrer Freunde.
"Ich mag Rätsel!" kam es auch prompt von der Katze.
"Okay dann fang an, stell dein Rätsel!" forderte Madan auf.
"Ein Mann geht nach einer langen Sauftour stark angetrunken nach Hause. Auf der Straße entdeckt er eine Münze am Boden liegen. Obwohl weder Mond noch Sterne am Himmel sichtbar sind und auch keine Straßenlaterne an ist, hat er das Geldstück schon von weitem gesehen. Wie ist das möglich?"
"Ähm, müsste jetzt nicht eigentlich erst mal das Ding kommen: morgens vier mittags zwei und abends drei?" fragte Coretha.
"Das kennt doch schon jedes Kind, ich warte!" erklärte die Statue.
Die Engel sahen sich an, grübelten eine Weile und schließlich eröffnete Madan:
"Wenn ich von einer Sauftour heimgegangen bin, war's nicht mehr dunkel!"
"Das ist es, es ist Tag!" rief Mumiah der Katze zu.
Diese ließ ein Brüllen hören und der Spalt in der Pfote öffnete sich einen Zentimeter.
"Weiter, los." forderte Mumiah die Katze auf.

Tatsächlich überlegte sich die Katze noch weitere knifflige Rätsel.
"Ich komm mir grade vor wie Bilbo Beutlin!" grummelte Madan, mit der Anspielung auf den Film „Der Hobbit".
Bel war wie vom Erdboden verschluckt. Bree fand eine Wand, doch der Gang endete hier. Nichts war zu finden, kein Durchgang, kein Geheimgang, kein Aufgang.
"Bel, Bree? Wo seid ihr!" hörte sie eine Stimme.
"Hier!"
"Wo ist hier? Breenelle bist du das?" Mattia tastete sich weiter vorwärts. Der Gang ging nun leicht aufwärts und war uneben, mit Schutt und Steinen übersät. Vorsichtig setzte sie einen Schritt vor den anderen.
"Geh einfach gerade aus, dann findest du mich schon!" Der Kriegsengel hielt das kleine Feuerzeug über den Kopf, um für Mattia zu leuchten.
"Puh, wo ist Umabel?" fragte Mattia, als sie den Kriegsengel erreicht hatte.
"Verschwunden, hinter dieser Wand!" erklärte diese.
"Okay, wie kommen wir dahinter?"
"Keine Ahnung, ich habe schon alles abgeklopft, aber nichts!"
Mattia hämmerte gegen die Mauer.
"Umabel?"
Beide lauschten. War da nicht was zu hören?
"Umabel!" riefen nun beide im Chor, dann lauschten sie erneut. Sie hörten etwas ganz klar.
"Schreit sie um Hilfe?" fragte Breenelle und wurde blass.

"Umabel, wir kommen nicht rein, was ist los?" Mattia klopfte noch energischer gegen die Wand. Es stimmte die Muse war in Bedrängnis, nur wie konnten sie ihr denn helfen?

Das vierte Rätsel, welches die Sphinx ihnen stellte, stellte sie vor eine echte Herausforderung. Zweimal hatten sie schon falsch geraten, was zur Folge hatte, dass der Spalt wieder zuging.
"Im Winter halt' ich dich schön warm, im Frühling nimmst du mich auf 'n Arm. Im Sommer willst du von mir nichts wissen, im Herbst wirst du mich anzieh'n müssen." murmelte Coretha immer wieder vor sich her. Das war echt knifflig.
"Also logisch gesehen müsste es eine Jacke sein!" stellte Madan fest.
"Damit hast du recht, soll es weiter gehen? Ich langweile mich, das macht doch keinen Spaß!"
Corry und Madan blickten sich an. Mumi war zu dem Spalt gerannt und hatte wie wild hinein gebrüllt. Ohne bisher eine Antwort zu bekommen.
"Mach weiter, wir müssen sie da herausholen!" rief sie.
Wieder überlegte die Katze einen Moment.
"Keiner der hier anwesenden kann mich sprechen hören, warum ihr?"
"Soll das eine Frage sein? Ein Rätsel?" fragte Corry.
"Wenn ihr das beantwortet, lass ich eure Freunde frei!"
Die Frage war berechtigt, wieso konnten die Engel mit einer Sandsteinstatue reden, wieso sie hören?

"Wir sind Engel, keine Menschen! Daran wird es wohl liegen!" erklärte Mumiah.
Das Tor ging auf, drei Gestalten stolperten ins Licht und blieben am Fuß der Sphinx liegen.
"Gott sei Dank, ihr seid wohl auf!" rief Corry und lief auf die Gestrandeten zu.

Der Weg der Sphinx

Madan und Corry kamen angerannt. Sie halfen den drei verschollenen auf. Bel hustete Sand. Spuckte in den selbigen und sah aus, als wäre sie gerade einer Sandsturmflut entkommen.
"Was war los? Wo wart ihr?" fragte Mumiah aufgeregt.
"Moment, erst mal wieder zu Atem kommen!" hustete auch Bree.
"Was hat diese blöde Miezekatze euch angetan!" fauchte Mumi zu der Statue.
"Ich hab gar nichts gemacht, du bist sehr frech!" miaute diese beleidigt.
Es dauerte noch eine Weile, bis die drei Abenteurer wieder zu Luft kamen. Madan hatte eine Feldflasche hervorgeholt und gab ihnen davon zu trinken.
"Einer der mitdenkt, wie praktisch!" Coretha stützte die Muse.
Die Sonne ging langsam unter. Die wenigen Touristen machten die letzten Bilder und liefen schon auf die Haltestelle zu. Der letzte Bus würde in wenigen Minuten die Stätte verlassen.
"Nun erzählt schon!" bettelte Mumiah ungeduldig.
Bree und Mattia erzählten wie sie durch den Tunnel stolperten und hinter einer massiven Mauer das Schreien der Muse vernommen hatten.
"Ich habe keine Ahnung wie ich überhaupt da hinein gekommen bin!" jammerte diese und wischte sich Sand aus den Augen.

"Aber ich kam auch nicht mehr hinaus. Plötzlich begann sich der Raum mit Sand zu füllen. Es wurde immer mehr, er stand mir schon bis zur Hüfte, als ich die zwei schreien hörte!" Bei dem Gedanken daran, gerade noch davon gekommen zu sein, schluckte die Muse.
"Mattia ist die Heldin hier!" gab Bree zu. "Sie glühte plötzlich auf, wie ein Schwarzlicht. Alles war in lila getaucht und dann war sie auch weg."
"Das war merkwürdig, aber ich hab mich in diese Kammer hinein gebeamt!" erklärte Mattia.
"Bel war schon bis zur Brust verschüttet, ich hab sie gepackt und uns zurück in den Gang gebeamt!"
Bree nickte. Diesem Bericht war nichts hinzuzufügen.
"Wir zogen Bel mit uns mit, den Gang wieder zurück und standen vor der Mauer, durch die wir reingekommen waren. Ich machte mich schon bereit wieder zu beamen, da ging der Ausgang auf."
Jetzt legten sich die drei Rätselfans in die Brust. Und erzählten von den Rätseln und das die Sphinx mit ihnen redete.
"Dann habt ihr uns da rausgeholt, danke!" Mattia klopfte dem stolzen Liebesengel auf die Schulter.
"Habt ihr wenigstens irgendwas herausgefunden? Ich meine wegen des Pergaments?" Madan sah sie abwartend an. Doch sie schüttelten nur enttäuscht den Kopf.
"Pergament?" kam es von der Sphinx.
"Weißt du etwas darüber? Das erste Schriftstück, der Welt?" fragte Coretha.
"Möglich", kam die vage Antwort.
"Raus damit, was weißt du!" rief Mumi, die die Macken dieser blöden Sphinx wirklich satt hatte.

"Wenn die da nicht so unverschämt wäre, würde ich es euch sagen."
Madan und Coretha mussten die ausflippende Weddingpeach zurück halten. Diese wollte schon wieder auf die Sphinx losgehen. Doch leider war das genau der falsche Weg.
"Sie muss sich entschuldigen!" erklärte Mattia.
"Wofür? Dafür das sie euch verschluckt und fast umgebracht hätte?" maulte Mumi.
"Wir leben noch, also, komm schon. Entschuldige dich!" bat nun auch Bel.
Mumiah funkelte ihre Mitstreiter böse an, dann stellte sie sich aufrecht hin und entschuldigte sich bei der doofen Miezekatze.
"Nun, wenn du mich noch hinter dem Ohr kraulst, dann erzähle ich euch was ihr wissen wollt." ergänzte diese.
"Das ist doch nicht wahr!" brüllte Mumiah los. Doch auch dieses Mal beruhigten sie die andern.
Wutschnaubend kletterte die Weddingpeach die Pfoten hoch.
"Es ist keiner zu sehen, du kannst fliegen!" erklärte Bel versöhnlich. Da hatte der Liebesengel aber schon die Hälfte des Weges zurückgelegt und winkte ab. Es sah lustig aus, wie dieses kleine Wesen, an dem riesigen Kopf hing und hinter das Ohr griff.
"Etwas weiter rechts, oh ja gut!" schnurrte die Sphinx.
"Na los, dann erzähl uns, was du weißt!" sagte nun auch Bree.
Die Sphinx schnurrte noch ein paarmal, dann berichtete sie von einer Sage. Der Sage der Sphinx. Die Sphinx war mit nichten nur eine Statue von Menschen

erschaffen, sie war viel mehr das Abbild des Katzengottes. Es gibt eine große Katzenfamilie und einer ihrer Nachkommen, eine entfernte Cousine oder so, hatte zu den Menschen einen besseren Kontakt gehabt.
"Ihr solltet sie mal fragen, sie ist nach Griechenland ausgewandert, das war was ich als letztes von ihr gehört habe. Sie kann euch sicher mehr erzählen!"
Mumiah genoss noch eine Weile die Aussicht, dann öffnete sie ihre Flügel und landete neben ihren Mitstreitern.
"Seht ihr, war doch ganz einfach. Folgen wir der Spur der Sphinx!" erklärte Bree.
"Schön, wie kommen wir von hier weg und wo müssen wir denn jetzt hin?" Mumiah klopfte sich den feinen Sand von den Klamotten.
"Griechenland? In Alexandria gibt es doch eine Bibliothek, da werden wir schon Informationen finden!" erklärte Mattia.
Trotzdem, wie sollten sie denn jetzt hier wegkommen? Noch dazu kam ein böser Wind auf, der ihnen den Dreck um die Ohren wirbelte.
"Der Wind weht in die Richtung, die wir brauchen, wie wäre es wenn wir eine Art Sandboot konstruieren?" fragte die Muse und hatte in nullkommanix die Pläne dafür in die Köpfe der anderen gesetzt. Während diese also an einem improvisierten Sandboot arbeiteten, öffnete Bel ihre Hand. Ein Amulett lag darin, besser die Hälfte eines Amuletts. Schnell verbarg sie es in den Tiefen ihres Rucksackes.

"Leute, ganz ehrlich, was soll das werden?" Coretha sah den vergeblichen Mühen ihrer Mitstreiter zu, die immer noch Hemden und Hosen zu einem Segel zusammen knoteten.
"Gib uns mal eine deiner Blusen, das wäre eine Hilfe, anstatt hier rum zu maulen!" verlangte Madan.
"Meine Blusen? Seid ihr des Wahnsinns? Vergesst es!" rief Corry entsetzt und umklammerte dabei ihren Rucksack. Der Wind, der um die Wächter der Pyramiden wehte, wurde immer stärker. Umabel hatte sich schon mit einem T-Shirt die Nase und den Mund zugeschnürt. Auch Corry zog jetzt ein Tuch aus ihren Sachen und band es sich um.
"Vergesst es, so kommen wir nie nach Alexandria!" schrie Mattia gegen den Wind an.
"Ich könnte euch doch bringen!" die Stimme wurde fast vom Wind weggeweht, dennoch erstarrten die Engel und sahen zu der großen Katze hinauf.
"Wie soll das denn gehen?" fragte Mumiah nach.
Die Sphinx bewegte sich, langsam, es krachte und knallte. Ihre Pfoten erhoben sich. Der Sockel schien zusammenzubrechen. In Zeitlupe wuchs das Tier.
"Wow!" sagte Bel durch ihr T-Shirt hindurch. Das ursprünglich 20 Meter hohe Tier, maß nun fast das Doppelte und stand noch etwas wackelig auf seinen vier Beinen. Während Steine und Sand in alle Richtungen abplatzten.
"Los, Leute, Flügel ausfahren und rauf da!" rief Bree befehlend.
Es war gar nicht so einfach bei diesem Wind zu fliegen, doch nach einigen Fehlversuchen, schaffte es auch Mumiah auf den Rücken der riesigen Steinkatze.

"Haltet euch gut fest!" rief diese ihnen.
"Ach nee, ich wäre jetzt stehend mit weit ausgebreiteten Armen geritten!" maulte Mumi.
"Ich bin noch etwas wackelig, war lange nicht mehr unterwegs. Die alten Knochen müssen erst wieder in Schwung kommen!" erklärte die Katze.
"Knochen? Was für Knochen?" fragte Corry und konnte sich gerade noch mit ihren Händen zwischen zwei Steinquadern krallen, als die Sphinx sich majestätisch in Bewegung setzte. Tatsächlich ging sie erst mal gemächlich. Es wackelte hin und her. Madan hatte ein Seil, welches zum Befestigen der Zelte gedacht war, herausgezogen. Er verknotete es erst mit seiner Hose, dann gab er Anweisungen, dass die anderen sich ebenfalls damit festbinden sollten. Zum Schluss knotete er die Enden zusammen, so dass die Kette einen geschlossenen Kreis ergab. Wenn also jetzt einer von dem großen Tier herunter fallen sollte, würden entweder alle helfen ihn hochzuziehen, oder alle mit ihm untergehen. So saßen sie wackelig aber doch sicher auf dem riesigen Rücken.
"Mal was neues!" stellte Mattia fest und genoss es sichtlich.
"Was ist denn wenn die Sphinx morgen nicht zurück kehrt?" fragte Bree.
"Das wäre was, " lachte Bel, "ich seh schon die Schlagzeile: Sphinx von unbekannten entführt!"
"Seid ihr da oben sicher?" fragte die Sphinx.
"Naja, so gut wie möglich halt, warum fragst du?" erklärte Madan.
"Ich habe nicht die ganze Nacht Zeit, ich werde jetzt etwas Tempo zulegen, haltet euch fest!" es klang fast

gehässig, aber das konnten sich die Engel auch nur eingebildet haben. Gott sei Dank war es ein richtig festes Tau. Denn das Tempo erhöhte sich enorm. Der Wind peitschte von allen Seiten, der Körper krachte im Sprung über die Ebene. Weit und breit war nichts zu sehen. Der Boden schien weit unter ihnen zu verschwimmen.
"Aaaaaaaaaaaaaaaaaaaaaaaaaaaaaaaaaah!" doch auch diese Schreie gingen im Rauschen des Windes unter.
"Von null auf hundert in drei Sekunden?" schrie Mattia, die rechts von dem Katzenkörper hing.
Das Seil hielt sie, doch von sitzen war nicht mehr die Rede, krampfhaft hielten sich die Engel fest und beteten, dass das Seil sie hielt. Denn kaum war die Katze in den Spurt übergegangen, waren sie darnieder gepurzelt, die eine Hälfte hing nun links, die andere rechts. Nur gehalten durch ein Zeltseil. Wie Satteltaschen hingen die Engel an den Seiten der Katze. Sie schafften es immer wieder mal kurz sich zwischen den Steinen festzuhalten, bis der Sand herunter rieselte und sie erneut in der Luft baumeln ließ.

"Ich kann die Lichter Alexandrias sehen!" Mumiah hatte nur kurz die Augen geöffnet. Der beißende Wind und Sand trieb ihr die Tränen in die Augen. So plötzlich wie die große Katze das Tempo erhöht hatte, so plötzlich stoppte sie auch. Sie rammte ihre Vorderbeine in den Staub und schlitterte noch einige Meter weiter. Wobei ihr Hinterteil versucht war, ihren Kopf zu überholen. Wenn sie es nicht schaffen sollte anzuhalten, würden sie eine Rolle machen, seitlich oder

kopfüber, egal, dann wären die Engel Matsch. Wieder hörte man panische Schreie von den sechs.
"Leute, ich kappe das Seil, sie wird sich gleich seitlich überschlagen, ihr müsst springen!" rief Bree, die die Situation richtig einschätzte.
"Was? Du spinnst wohl?" rief Corry und krallte sich noch mehr fest.
"Willst du lieber zermatscht werden? Also, auf drei!" rief Bree. Sie war so tapfer, jedenfalls hatte es den Anschein. Doch dem war nicht so, sie wusste nur, dass sie gleich springen müssen und tat, was zu tun war. Da ging die Statue auch schon nach rechts in die Beuge, der Boden kam den Engeln näher und näher.
"Eins", zählte Bree, "zwei," der Boden war nur noch wenige Meter entfernt, sie müssten sich abrollen, was aber war mit den dreien auf der anderen Seite? "Drei!" bei diesen Worten zerschnitt der Kriegsengel das Seil. Es schnappte mit einem Peitschen-Schlag zurück und gab Madan, Corry und Bree frei. Alle drei sprangen in die Tiefe, die immer noch zwei, vielleicht drei Meter ausmachte. Doch die Gefahr war nicht vorbei. Der Körper der Statue würde genau da auftreffen, wo sie gerade waren, sie mussten hier weg.
"Los, Corry, schnell!" Während Bree den Schutzengel wegzerrte, kam der Körper der Sphinx nur Millimeter neben ihnen auf dem Boden auf. Die Umgebung erzitterte.
„Meine Kleider!" jammerte der Schutzengel, gar nicht wirklich der Gefahr bewusst, in der sie eben noch geschwebt hatten.

Mattia, hatte ebenfalls erkannt was los war und blitzschnell verstanden, was auf der anderen Seite der Sphinx abgegangen war.
"Okay, Leute, unsere Haltestelle!" Die drei übrigen Engel standen, sich fest an den Händen halten auf der rechten Seite der Katze.
"Und los!" rief Mattia und zerrte Mumiah und Bel mit sich in die Tiefe. Sie rutschten einen Teil noch über den seitlich liegenden Rücken und befanden sich dann im freien Fall.
"Schnell, Mattia! Bel! Mumi!" Bree winkte ihnen zu, denn die Katze hatte ihren Purzelbaum damit noch nicht beendet, dass sie sich auf die Seite legte. Mit viel Glück, schafften es auch die anderen Drei sich in Sicherheit zu bringen. Die ägyptische Gottheit rollte noch einige Meter weiter und blieb dann im Sand liegen.
"Ist sie tot?" fragte Mumiah. Doch angesichts der Tatsache, dass sie ja eine Statue war und nicht sterben konnte, schien es ihr auch so ganz gut zu gehen.
"Das hat Spaß gemacht!" rief die Statue und richtete sich wieder auf. Kurz darauf rollte sie sich wieder im Sand.
"Spaß? Wir wären fast erschlagen worden!" jammerte Corry und versuchte verzweifelt ihr Haar in Ordnung zu bringen.
"Ich bin für Air-Bag-Pflicht für Sphinxen!" grummelte auch Madan.

Auf die Hörner genommen

Sie kamen aus dem Nichts und fanden sich in einer großen Menge Menschen wieder, die wie verrückt um ihr Leben rannten. Muzo prallte gegen drei starke Männer, die ihn auf Spanisch beleidigten.
„Wo sind wir und wo rennen die denn alle hin?" rief Jey.
„Oh scheiße!" Atumi war bleich geworden. Er stand wie erstarrt da und zeigte in die Richtung, aus der man neben Glockengebimmel auch schreiende und rufende Menschen hörte. In Scharen strömten sie an ihnen vorbei.
„Das darf doch nicht wahr sein!" fauchte Jeyoui und drehte sich herum, um ebenfalls wegzurennen.
Sie ließ sich von der Meute mittragen. Dann war sie verschwunden.
„Wo ist sie hin?" rief Tfaji, die ebenfalls loslief. Keiner antwortete ihr, sie waren getrennt worden. Jeder rannte nur noch um sein Leben. Sie rannten durch kleine Gassen und immer den Menschen hinterher. Das Geläute wurde lauter. Sie waren in Pamplona gelandet. Mitten im Stierlauf. Toll gemacht, dachte Jey die sich an eine Hauswand drängte. Es waren nur ein dutzend Stiere die hinter ihnen her waren, aber das reichte. Diese Tiere waren so groß und wild und vor allem gefährlich. Das Läuten wurde leiser, hatte sie es geschafft? Dann hörte sie die Menge schreien und rufen. Doch es war nicht mehr der Schrei der Angst, nein, eher Verärgerung? Was war denn nun passiert?

Als Atumi bemerkte, dass die Menge stehen blieb und sich erstaunt umdrehte lehnte er sich gegen eine Hauswand und ließ sich daran herunter gleiten.
„Ich bin zu alt für so einen Scheiß!" keuchte er völlig außer Atem. Auch er bemerkte eine Veränderung in dem Gebehren der Menge und sah in die Richtung, in der eigentlich die Stiere auftauchen müssten. Tfaji und Muzo gesellten sich bald zu ihm.
„Hast du ne Ahnung was hier los ist?" fragte die Dämonin.
„Nicht die geringste, aber irgendwas sagt mir, dass einer von uns damit zu tun hat!" Muzo blickte über die Köpfe der anderen hinweg und suchte den Grund für das Verhalten.

Der Grund war, Maryu. Er hatte es geschafft mit einem Lasso, den Anführer der Tiere einzufangen. War einige Meter mitgeschleift worden und hatte sich am Seil hochgehangelt. Er konnte froh sein, dass er schon tot war, denn überlebt hätte er dieses Manöver sicher nicht. Fast einen halben Kilometer später jedoch, hing er auf dem Rücken des Stieres. Setzte sich dann aufrecht hin und wedelte wie ein echter Cowboy seinen Hut in der Luft. Er fand es toll, das wilde Tier gebärde sich und sprang, machte Buckel und brach in alle Richtungen aus. Doch Maryu hatte seine Krallen ausgefahren und sich festgehakt. Die anfängliche Überraschung und Freude der Läufer, hatte sich jedoch jetzt ins Gegenteil verändert. Sie drohten mit ihren Fäusten, bewarfen ihn mit Wasserflaschen. Maryu verstand nicht, warum, doch dann trieb er den Stier vorwärts. Nur weg von den Massen. Er ritt das große Tier, wie ein Pferd. Texas hatte ihm eindeutig nicht gut getan!

Jey hatte die anderen gefunden. Sie erzählte ihnen kurz, in welche Lage Maryu sich gebracht hatte.
„Er hat was?" Muzo klappte die Kinnlade auf.
„Der spinnt total!" stellte Topoke fest.
„Egal, Fakt ist, die Stiere sind nicht mehr unser Problem, dafür hunderttausend Leute, die alle Maryu's Kopf wollen!"
„Hunderttausend und einer, ich will seinen bescheuerten Kopf auch!" grummelte Atumi.
„Wir müssen ihm helfen!" jammerte Jeyoui fast verzweifelt.
„So müssen wir das?" fragte nun auch Tfaji, die die Eskapaden von ihrem Mitstreiter auch satt hatte.
Da kam ein einzelner Stier an ihnen vorbei gerumpelt. Er bockte noch immer. Oben drauf Maryu. Der Stierlauf von Pamplona hatte sich verändert. Nicht mehr waren es die Stiere, die die Menschen jagten. Jetzt waren es die Menschen, die den Stier jagten. Es war im Grunde eigentlich ganz witzig.
„Howdy Partner!" winkte Topoke Maryu hinterher.
„Los, wir müssen ihn da runter holen!" rief Jeyoui und zog Muzo mit sich mit. Sowohl Topoke, als auch Atumi waren sich noch nicht sicher, ob sie etwas unternehmen sollten. Tfaji schien auch unschlüssig. Sie drehte den Kopf in beide Richtungen, hob ratlos die Arme und stampfte dann mit dem Fuß auf.
„Kommt schon, retten wir sein erbärmliches Leben!" dann lief sie los. Topoke und Atumi rannten ihr hin-

terher. Nicht sicher, wie sie denn das Leben von ihrem Mitstreiter retten wollten. Nun liefen also der Stier mit Maryu, kurz dahinter Jeyoui und Muzo, gefolgt von den anderen dreien die Gassen der kleinen Stadt Pamplona entlang. Hinter ihnen ein wild gewordener Mob. Hunderttausend Menschen die einen Stier und sechs Dämonen jagten.

„Spring ab!" schrie Jey.

„Ich kann nicht!" schrie Maryu zurück.

„Klar kannst du, mach schon!" keuchte Muzo dazu. Doch Maryu, der eben noch so tollkühn war und einen auf Cowboy gemacht hatte, hatte der Mut verlassen. Er fing an nachzudenken. Was hatte er sich denn dabei gedacht? Auf einen wilden Stier zu springen und den zu reiten. Manchmal, in wenigen hellen Augenblicken, war er sich sicher, dass er nicht so schlau war, wie er die anderen immer glauben lassen wollte.

„Spring endlich!" rief Jey, sie war fast gleich auf mit dem Stier. Was nicht zuletzt daran lag, dass sie sich wieder in eine Raubkatze verwandelt hatte. Maryu starrte den Schwarzen Tiger an.

„Los, spring!" rief dieser zu ihm hoch.

Langsam löste der Dämon seine Krallen aus dem wilden Stier. Eine nach der anderen. Der Stier brüllte vor Schmerzen.

„Echt toll was du da getan hast!" fauchte Jey und riss Maryu am Hosenbein von dem verletzten Tier.

Sie rollten über den Boden. Jeyoui schaffte es ihre Gestalt zu ändern und wieder zum Mensch zu werden.

„Ich wollte doch nur", fing Maryu an.

339

„Spar dir das, die Menschen sind stinksauer, wir müssen verschwinden!" Atumi und Tfaji zogen Jeyoui wieder hoch und mit sich mit. Maryu ließen sie sitzen. „Beweg deinen Arsch!" rief ihm Topoke im Vorbeilaufen zu.

Der Stier war nicht lebensgefährlich verletzt. Seine Wunden nicht tief, dennoch mussten die Matadore ihn zu fünft bändigen und zurück bringen. Das Rennen von Pamplona hatte einen merkwürdigen Ausgang genommen. Die Menschen rannten noch immer den sechs hinter her. Doch die Menge wurde immer kleiner, bis nur noch wenige hundert Mann durchhielten. Vor diesen brachten sich die sechs in Sicherheit, indem sie über die Mauer einer Hazienda sprangen und sich dort im Schatten eines großen Olivenbaumes versteckten. Die Reporter hatten sich überschlagen mit den Meldungen. Auf der ganzen Welt gingen die Bilder mit Maryu, der den Stier ritt und der brennenden Katze über die Bildschirme.
„Der General wäre stolz auf uns!" keuchte Tfaji. Nun mussten alle lachen. Doch Mars war nicht zufrieden. Hätten sie nicht inkognito bleiben sollen? Ihre Fähigkeiten nicht anwenden? Mars tobte und Hades musste los, die Erinnerungen und Bilder der Menschen zu manipulieren. Dieser unfähige Haufen von Schwachköpfen! Die ganze Welt zu manipulieren war ein schönes Stück Arbeit und Hades wurde auch immer wütender.

Hexen und andere Frauenzimmer

Sie hatten sich auf der Hazienda Alvaress versteckt. Die wütende Meute war an den hohen Mauern vorbei gelaufen. Als sie die Stimmen und Schritte nicht mehr vernahmen, wollten sie sich auf die Suche machen.
„Ich dachte ich seh' diese Mistviecher nie wieder!" schimpfte Jeyoui.
„Weiß auch nicht, warum wir hier gelandet sind!" entschuldigte sich Tfaji.
„Halt! Wer seid ihr?" Ein kleiner dicklicher Mann mit einem großen Schnauzbart und einer Flinte im Anschlag stand wie aus dem Nichts vor ihnen.
„Wir sind niemand, wir gehen auch sofort wieder!" Doch der Gutsbesitzer war wohl anderer Meinung. Er führte die Dämonen ins Haus. Ein schönes Haus. Mediterraner Baustil. Die Wände waren in einem hellen Terrakotta gehalten und die breite Treppe zierten Amphoren. Schmiedeeiserne Lampen hingen von der Decke. Das Arbeitszimmer des Hausherren war in hellen Farbtönen gehalten und sehr sporadisch eingerichtet.
„Sagt mir jetzt wer ihr seid, sonst hole ich sofort die Policiá!" brüllte der dicke Mann. Er hatte die Flinte wieder herunter genommen. Dennoch wirkte er immer noch bedrohlich. Bevor einer der Dämonen sich überwinden konnte, etwas zu sagen, ging die Tür auf. Eine schlanke, schöne Frau betrat den Raum.

„Sarita, was tust du hier?" fragte der Mann. Die Dämonen drehten sich um. Topoke fing an zu sabbern. Sie war so schön.

„Gustavo, wer sind denn unsere Besucher?" sagte sie mit einer unendlich dunklen Stimme. Ihre Haare waren schwarz und reichten bis zum Hintern, der wiederum gut geformt war. Ihre Augen hatten die Farbe des Herbstes. Braun mit goldenen Sprenkeln darin. Ihre langen Wimpern rundeten den vollen Mund und die kleine niedliche Nase ab. Sie war einfach nur schön. Wie kam ein Mann wie dieser Gustavo, zu so einer schönen Frau?

„Das versuche ich gerade herauszufinden, Weib!" schimpfte dieser los. Sarita Alvaress ging langsam um die Gruppe herum. Sah sich jeden der Dämonen genau an. Sie mussten ein Bild des Jammerns abgeben, in ihren zerrissenen Cowboykleidern, Dreck im Gesicht und hundemüde.

„Cowboys?" fragte ihre dunkle Stimme.

„Nicht wirklich, my Lady!" antwortete Atumi.

Sarita lachte dunkel und laut.

„Hast du das gehört? My Lady!" dann trat sie zu ihrem Mann.

„Also das war so", begann Jeyoui.

„Ihr seid hier willkommen, wir richten euch ein Schlafzimmer her und dann geht ihr erstmal baden." Gustavo blickte seine Frau erstaunt an.

„Aber Sarita!" versuchte er zu widersprechen.

„Siehst du nicht, dass sie sehr weit gereist sind. Sie sind sicher hungrig und müde!"

„Das ist sehr liebenswürdig von ihnen, Senorita!" Muzo hatte die richtige Ansprache sofort drauf.

„Nennt mich Sarita, Sarita Alvaress. Der grimmige alte Mann neben mir ist Gustavo."
Sie rief nach einigen Bediensteten und diese führten die erschöpften Dämonen dann schließlich in ein großes Badezimmer. Nachdem Muzo sich und seine Begleitung vorgestellt hatte, genossen sie das warme Wasser eines gut duftenden Schaumbades. Dann zogen alle sechs die bereitgelegten Kleider an. Der Cowboylook wechselte zu dem spanischen Matador-Look. Samtige Jäckchen und bunte Kleider.
„Ich hasse Röcke!" schimpfte Jeyoui und besah sich im Spiegel.
„Ich konnte das Cowboyzeug nicht leiden. Diese Kleider sind viel besser!" freute sich dagegen Tfaji.
Bei Tisch erzählten die Jungs ihr Abenteuer mit dem Stierlauf. Gustavo, der schon viel Sangria getrunken hatte, lachte vor Vergnügen.
Es wurde viel gegessen, getanzt und vor allem getrunken. Gustavo war bald eingeschlafen und vom Stuhl gekippt. Sarita jedoch musterte ihre Gäste genau.
„Ich weiß wer ihr seid!" sagte sie mit leiser Stimme.
„Achja?" fragte Muzoun und war sofort hellhörig geworden.
„Keine Angst, ich bin auf eurer Seite!"
„Welche Seite soll das denn sein?" fragte Maryu.
„Ihr seid müde, ich werde euch morgen näheres erzählen. Schlaft jetzt!" lachte sie.
Wie durch einen Zauber wurden die sechs müde und gähnten.

Es war ziemlich schnell klar, dass Gustavo nichts zu sagen hatte in dem Haus. Er war wie ein Sklave. Wer war diese Frau? Die vier männlichen Dämonen waren sofort in ihrem Bann und überschlugen sich mit Komplimenten, selbst Tfaji war ihr erlegen, nur Jeyoui widerstand. Sie war auch die einzige, die am kommenden Abend nicht von dem Sangria trank. Sie hielt Wache. Tatsächlich hörte sie wie mitten in der Nacht Leben ins Haus kam. Schnell schlüpfte sie in die Hosen, die sie noch im Gepäck hatte, warf sich einen Poncho über und schlich durch die Gänge. Sie folgte der merkwürdigen Prozedur, bestehend aus ihren Freunden und dreizehn Frauen, quer durch den Garten zu dem kleinen Olivenhain. Dort brannte ein Lagerfeuer. Was machten die da? Es dauerte eine Weile, bis Jey sah, dass es sich um einen Hexenzirkel handelte. Ihre Freunde waren in Käfigen eingesperrt.

Sarita trug ein schwarzes Kleid, viele Ketten und Klimbim. Na toll, sollte sie schon wieder die Retterin der anderen spielen? Nur wie? Sie war alleine, die anderen um ein vielfaches mehr. Als Sarita einen Dolch gegen den Himmel richtete und merkwürdige Formel rief, trat Jey einfach in den Schein des Feuers.
„Nette Party, darf ich mitmachen?" fragte sie mutiger, als sie sich fühlte.
„Was fällt dir ein?" fragte Sarita und zeigte auf sie.
„Dasselbe wollte ich dich grade fragen!"
„Wir opfern diese Menschen hier, dem Bösen und dich gleich dazu – los schnappt sie!" rief die Hohepriesterin.
Da verwandelte sich Jey in den schwarzen Tiger.

„Ich bin das böse, und wenn du nicht sofort meine Freunde frei lässt, werde ich dir zeigen wie böse ich bin!" fauchte die große Raubkatze. Sarita's zwölf Hexenschwestern suchten das Weite. Sie rannten in alle Himmelsrichtungen davon. Nur Sarita blieb stehen.
„Wer seid ihr?" fragte sie, mit ihrer dunklen Stimme.
„Ich dachte, du weißt wer wir sind! Öffne die Käfige!" fauchte die Katze.
Die Käfige wurden mit einer Handbewegung geöffnet, die Dämonen darin, schliefen selig vor sich hin. Gar nicht bewusst in welcher Gefahr sie sich befunden hatten.
„Setz dich und ich werde dir erzählen was du wissen musst. Vielleicht kannst du uns ja behilflich sein!"
Die anderen Hexen kamen langsam zurück. Auch sie setzen sich ans Feuer. Jeyoui verwandelte sich wieder. Sie hatte ihre Fähigkeiten schon ziemlich gut im Griff. Doch stellte sie auch fest, dass es sie eine Menge Energie kostete. Sie fühlte sich müde und ausgelaugt. Dann erzählte sie der Hexe, was sie suchten und das sie von Satan geschickt wurden es zu finden.
„Es gibt ihn wirklich!" hörte man von einigen Schwestern des Zirkels flüstern.
„Wie ist er so?" fragte Sarita.
„Er ist schön, so schön."
„Schön? Wie schön?" die Hexen waren verwirrt.
„Stellt euch den schönsten Mann der Welt vor und gebt ihm noch die Herrlichkeit der Sonne!" überlegte Jeyoui. Da die Hexen niemals in den Genuss kommen würden, ihren verehrten Meister zu treffen, übertrieb sie maßlos. Erzählte sie sei seine Freundin und er wartete nur auf sie.

Anscheinend erwachten ihre Kumpane nach und nach. Muzo schien der erste zu sein, der sich wieder im Griff hatte.
„Ihr könnt uns helfen, das wird sicher positiv bei eurem Tod berücksichtigt!" grinst er.
„Wie können wir euch helfen?"
Dann erzählte Muzoun weiter von dem Artefakt.
„Wir müssen ins Archiv der Rosenritter!" Sarita war blass geworden.
„Das Archiv ist vor vier Nächten abgebrannt!" erklärte eine andere Hexenschwester.
„Abgebrannt?" Jeyoui riss die Augen auf, dass darf doch nicht wahr sein!
„Es gibt mehrere Theorien dazu. Die erste besagt, das die Rosenkreuzer selbst alles angezündet haben, meiner Meinung nach absoluter Quatsch!" erzählte die Hexe weiter.
„Und die andere?"
„Die Templer waren es!" sagte sie, als wäre es das normalste von der Welt.
In den nächsten Stunden erhielten Muzoun und Jeyoui Geschichtsunterricht. Die anderen Dämonen, die zwar wach waren, stellten sich weiter schlafend. Geschichte, wie langweilig!

In der kommenden Nacht waren die Dämonen wieder mit den Hexen im Hain, doch diesmal lief alles ganz anders ab.
„Schwestern, wir haben eine Mission. Wir bringen unsere Freunde hier nach Frankreich und das im Eilflug!" Sarita und ihre Schwestern hatten tatsächlich Besen dabei.

„Du glaubst doch nicht, dass die wirklich fliegen können?" fragte Maryu Topo.
„Ich halte sie für Spinner, wenn die fliegen können, dann fresse ich einen Besenstiel!" stimmte Topo zu.
Nun Guten Appetit Topoke. Wenige Minuten später saßen die sechs Dämonen hinter den Frauen auf dem Stück Holz und flogen durch die Nacht.
„Den Besenstiel würde ich aber erst nach der Landung verzehren!" kicherte seine Hexe, während sich Topoke an ihr festkrallte. Die Luft war kalt und der Wind zerzauste die Haare der Frauen. Muzoun hatte während des Fluges den Mund voll mit den roten Locken seiner Hexe und spuckte ständig. Nur Atumi genoss den Flug.
„Wow, das will ich auch können!" freute er sich und jauchzte.
Die Hexen brachten sie sicher nach Frankreich, genauer gesagt nach Paris. Dort suchten sie einen Landeplatz, bei dem sie nicht sofort gesehen wurden.
„Der Eifelturm, wir landen da!" rief Sarita. Es war jedoch gar nicht so einfach auf dem Eifelturm zu landen. Die Plattform war kleiner als gedacht und zwei der Hexen schrammten die Spitze.
Topoke und Tfaji konnten sich gerade noch an einem der Metallstreben festhalten, ehe die Besen abstürzten.
„Verdammt!" brüllte der Verführerdämon und versuchte Halt zu finden.
„Gibt es keine Fallschirme für Besen?" rief Tfaji und schaffte es sich knapp festzuhalten und nach oben zu ziehen.
Nun war es an Topoke eine Lösung zu finden. Halb in der Luft hängend und strampelnd.

„Hey! Lass mich doch hier nicht so hängen!" rief Topo ihr nach.

Schon die alten Griechen

Sie hatten sich von der Sphinx verabschiedet. Nur wenige Kilometer weiter, lagen die Lichter der Stadt Alexandria. Nachdem die Engel ihr verstreutes Hab und Gut wieder eingesammelt hatten, machten sie sich im Morgengrauen auf den Weg.
"Die Bibliothek von Alexandria, wenn wir da keinen Hinweis finden, dann weiß ich auch nicht!" erklärte Umabell und wies auf ein großes Gebäude in der Ferne.
"Also eins sage ich euch, nie wieder reite ich auf einer Katze!" schimpfte Corry immer noch. Ihre Designer Kleidung hatte gelitten, ihre Haare sahen aus wie ein Vogelnest und sie sehnte sich nach einem heißen Bad.
"Noch nie war ich so verschandelt!"
"Sie nervt zwar, aber sie hat recht, so wie wir gerade aussehen, haben wir keine Chance in die Bibliothek zu gelangen!" erklärte Bree.
"Was heißt hier ich nerve? Erste Regel..." wollte Corry wieder zitieren.
"Ja, ja wir wissen deine doofe erste Regel. Hier gibt es sicher so ein römisches Bad oder sowas!" meinte Mattia.
"Wir sind noch immer in Ägypten, warum sollte es hier etwas Römisches geben?" fragte Bel.
"Alexandria ist aber von einem Griechen erbaut worden!" verbesserte Mattia.
"Was immer noch nicht erklärt warum..."

"Hört auf!" schrie Madan. Er war müde, er hatte Hunger und musste dringend mal aufs Klo und dieses Gezicke, ging ihm schon lange auf den Sack.
"Ist ja gut, da vorne ist jemand, wir fragen einfach mal nach!" erklärte Bree und beruhigte Madan mit einem Schulterklopfen. Sie hatten Glück, der Mann den sie trafen war ein einfacher Schäfer. Als er die sechs auf sich zukommen sah, erkannte er ihre Notlage und bot ihnen sogleich ein Mahl an.
Gastfreundlich wie der Mann und auch seine Frau waren, durften die Engel ihr primitives Badezimmer ebenso nutzen, wie einen Schlafplatz in der Scheune. Obwohl das Heu piekte und die Schafe echt Lärm machten, es stank und die Sonne bereits aufging, schliefen alle sofort ein.

Die Bibliothek von Alexandria war ein hochmoderner Bau. Nichts erinnerte mehr an die Originalversion, die Alexander der Große hatte errichten lassen. Auf den Schieferplatten waren merkwürdige Zeichen eingemeißelt worden und Hieroglyphen wechselten sich mit griechischen Buchstaben ab. Wenn das Äußere schon beeindruckte, so waren die Engel erst recht sprachlos, als sie die Halle betraten. Mehrere Ebenen hoch, aufgebaut wie eine Treppe, überall standen Tische und Terminals dahinter Reihenweise Bücherregale.
"Oh Mann, wie sollen wir denn hier etwas finden?" staunte Bree.
"Ich denke mal, die haben sicher eine griechische Abteilung oder so?" zuckte Mumiah mit den Schultern.

Ein lautes 'PSSSSSST' kam es von der Dame, die sie eingelassen hatte. Ach ja Bibliotheken, da musste man ja flüstern.

"Entschuldigen sie, wir suchen Informationen zur Sphinx, aber der aus Griechenland, wo müssen wir da hin?" raunte Bel zu eben jener Dame. Diese zeigte nach oben und eine vier, also viertes Obergeschoss. Sie erklommen die Terrassenähnlichen Etagen und standen dann tatsächlich vor einer Abteilung, in der es wohl um griechische Literatur ging. Sie war riesig.

"Ich such uns einen Platz, und dann müssen wir wohl oder übel die Bücher lesen!" stellte Corry fest, diese trug jetzt ein schickes Outfit, mit Tarnfarben und sah aus wie vom Militär. Militär Barbie hatte Madan gekichert.

"Nicht nötig, ich such uns die Reihen raus die wir brauchen, hier am PC kann man das einsehen!" erklärte Mattia, die sich bereits an dem Gerät zu schaffen gemacht hatte. Es dauerte nicht lange und der Drucker spuckte eine Liste mit diversen Büchern heraus. Während Madan und Bree eins nach dem anderen anschleppten, lasen und notierten sich die übrigen was es alles zur Sphinx gab.

"Okay, was habt ihr?" fragte Bel, nach fast zwei Stunden.

"Ödipus, was sonst?" erklärte Mattia.

"Wenn ich das hier richtig gedeutet habe, müssen wir nach Theben, aber das gibt es nicht mehr!" schimpfte Mumiah die eine griechische Landkarte vor sich hatte.

"Stimmt, das heißt heute Thiva!" erklärte Bel.

"Wie sollen wir denn da hinkommen? Können wir unterwegs Gyros essen?" fragte Madan skeptisch.

Strafend sahen die Mädels ihn an. Konnte er auch mal an was anderes denken, als ans Essen?
"Oder nen Ouzo trinken, Souflaki?" rief er den Mädels hinterher, die bereits wieder ins Freie traten.

Nach einem kurzen Wortwechsel beschlossen die sechs, sich auf dem Flughafen umzusehen. Dort würde sich schon irgendeine Möglichkeit ergeben, um nach Athen zu kommen.
"Seht ihr, es fliegt jede vierte Stunde ein Flieger nach Athen!" stellte Bel fest.
"Wir brauchen aber Geld für die Tickets!" erklärte Mumi.
"Kannst du nicht wieder jemanden zu Tode erschrecken?" Madan grinste Mattia an.
Sie wollte gerade etwas Schnippisches antworten, da erklang ein Aufruf, der sie aufhorchen ließ:
"Jesus-Airlines stehen zum Abflug bereit am Gate 8 ein halb! Die Passagiere werden gebeten zum Gate zu kommen!"
"Jesus-Airlines?" frage Bree und sah sich um. Anscheinend hatte außer ihnen niemand diese merkwürdige Durchsage vernommen.
"Acht ein halb?" grinste Corry.
"Wo ist denn dieses Gate?" fragte Mattia.
"Na zwischen dem Gate 8 und 9 ist doch klar!" erklärte Bel und ging in die Richtung der Gates. Zwischen den zwei Gates gab es nur eine Toilette. Ob das der Durchgang war?
"Rein da, ich denke wir müssen aufs Klo!" Bree schob Mumi durch die Tür.

"Das ist ein Frauenklo, da darf ich nicht rein!" stellte Madan fest.
"Das ist unser Gate, komm jetzt!" Bel zog den sich sträubenden Madan mit sich und tatsächlich fanden sie hinter dieser Tür keine Waschbecken, Spiegel und Klokabinen vor. Eine Gangway führte sie direkt in ein kleines Flugzeug.
"Jesus schafft ein Flugzeug rann, Jesus ist ein toller Mann!" sang Madan und schnallte sich an. Wider Erwarten verlief der Flug ruhig und dauerte nur knappe zwei Stunden.
In Athen angekommen, musste die Frage der Weiterreise nach Thiva geklärt werden. Dieses geschah mithilfe von Strohhalmen.
"Gut wir werden mit dem Bus fahren, aber nur wenn der da, einen Korken in seinen Allerwertesten steckt!" erklärte Mumi grimmig. Sie hatte vergebens versucht sich der Bus-Idee zu verweigern. Selbst die Erlebnisse aus Ägypten konnten ihre Mitstreiter nicht von einem Leihwagen überzeugen.
Der da, war Madan und dieser war nun mal nicht umsonst ein Racheengel. Er konzentrierte sich einen Augenblick und dann hörte man von dem Liebesengel einen lauten, dröhnenden und stinkenden Furz.
"Das warst du!" schrie Mumiah sofort los. Madan rannte vor ihr weg und lachte. Er sprang dabei in einen Bus, der gerade die Türen schloss und winkte ihr aus dem Inneren zu.
"Äh, Moment, wo will er denn hin?" fragte Bree, die entsetzt dem Bus hinterher starrte.
"Mir doch egal, wenn ich den erwische, ist er eh tot!" fauchte Mumiah.

Nun so egal war es dann doch nicht, denn der Bus, den der Racheengel genommen hatte, fuhr direkt nach Delphi und das lag viel weiter im Land als Thiva.

"Mach dir keine Sorgen, weit kommt er nicht, er hat ja kein Geld!" erklärte Mattia und grinste.

"Soll ich euch mal was sagen, es nervt, dass wir ständig pleite sind!" schimpfte Corry.

"Stimmt auffällig, Gott könnte echt mal was springen lassen!" pflichtete ihr selbst Bel bei.

Auf den Spuren von Ödipus

Madan saß tatsächlich im falschen Bus. Er hatte auch keine Fahrkarte, doch im Gegensatz zu Ägypten schien das hier niemanden zu interessieren. Kein Wunder, dass die pleite sind, dachte Madan bei sich. Er lehnte seinen Kopf an das kühle Glas des Fensters und sah die Landschaft an sich vorbeiziehen. Es war viel grüner und schöner, als er sich das vorgestellt hatte. An die anderen dachte er nur kurz, die werden ihn schon finden, oder er sie. Im Moment genoss er die Ruhe und schlief auch bald schon sanft durchgeschüttelt ein.

Für die Leute die in griechischer Mythologie nicht so bewandert sind, werde ich jetzt mal die Story von Ödipus wiedergeben, natürlich auf meine Weise:

Es war einmal ein Mann und eine Frau, die wollten unbedingt Nachwuchs, doch es klappte nicht. Daraufhin sind sie von Arzt zu Arzt gerannt und schließlich sogar bei einer Zauberin, genannt das Orakel gelandet. Nun als sie die gefragt haben, warum sie denn keine Kinder bekommen könnten, sagte sie: "Lasst das bloß bleiben, euer Balg wird Böses tun und seinen Vater töten, seine Mutter dann auch noch verführen!" Der Vater: "Warum sollte er so etwas tun?" Natürlich war er entsetzt. Warum tun Psychopaten, was sie tun, nun das Orakel wusste es auch nicht. Der Kerl also wieder heimgestiefelt. Hat es seiner Frau erzählt und die hat irgendwann den Verdacht gehegt, dass er nur mit ihr nicht in die Kiste wollte. Schließlich konnte er ja auch in die Puffs der Gegend gehen und da ließ er nichts aus. Nun, die Frau wollte ein Kind und der Typ hatte nun mal die Verantwortung seiner ehelichen Pflichten nachzukommen. Eines Tages, sie hatte die Pille abgesetzt und ihm Viagra unters Essen gemischt, erwartete sie ihn in der Besenkammer. Dort traf er sich immer mit seiner Geliebten, dem Hausmädchen. Nun, im Dunkeln und heimtückisch schaffte es seine Frau ihn zu verführen und wurde schließlich doch schwanger. Bämm, ein Schuss, ein Treffer. Nun, als der Sohn geboren wurde, war der Typ stinksauer, erzählte was von Samenraub und so weiter. Er nahm den Säugling und kassierte eine Menge Kohle als er ihn an ein reiches Ehepaar verhökerte. Seine Frau erfuhr nie, dass ihr Sohn noch lebte, während der Vater sich ein schönes Leben machte, mit dem vielen Geld. Selten genug das er mal an Geld kam, denn ein übermächtiger Mafiaboss, namens Sphinx beherrschte die Stadt. Wenn die Sphinx nicht sagte du darfst rein, oder raus, dann hatte man Pech. Dazu später. Der kleine Ödipus wuchs also fernab der Heimat bei Pflegeeltern auf. Irgendwann stellte sein Kumpel fest: "Man, ist dir noch nie aufgefallen, dass deine Eltern Schwarze sind und du ein Weißer?" Nein, natürlich war ihm das noch nie aufgefallen. Nun wie Kinder nun mal so sind, neugierig und wissbegierig kam er auch zu dem netten Orakel. Dieses schmiss ihn im hohen Bogen raus. "Du bist der Vatermörder und Mutterverführer, mit dir will ich nichts zu tun haben!" schrie sie und schloss den Laden für den Rest der Woche zu. Ödipus, der sich eigentlich immer für ganz "nett" gehalten hatte, war erschrocken und verließ seine Pflegeeltern, um in Zukunft auf der Straße zu leben.

Nun irgendwann kam er dabei auch in die Nähe des Ortes, wo seine Erzeuger lebten und legte sich gleich mit so einem arroganten Schnösel an, der meinte er sei etwas Besseres. Nur weil er Geld hatte, wahrscheinlich son Neureicher, dachte Ödipus und machte ihn kalt. Dieser Neureiche war aber sein Erzeuger, ups! Hatte das Orakel schon einmal richtig gelegen. Nun, er wollte in die Stadt, sein neues erbeutetes Guthaben auf den Kopf hauen, Weiber, Party, Bier und so weiter. Aber dazu musste er an dem Obermafiosi Sphinx vorbei, was kaum jemanden gelang, weswegen die Stadt ein einziger Slum war. Man lebte da von dem, was man in Mülltonnen fand und so, echt widerlich. Ödipus, der ja nicht dumm war, schaffte es schließlich die Umstände zu ändern. Trieb die Sphinx in den Freitod, echt clever! Als sogenannter "Befreier" bekam er die schönste Frau geschenkt, die niemand anderes war als seine Mutter. Tja, Orakel hat sogar zweimal ins Schwarze getroffen. Echte Wahrsagerin, dieses Orakel. Da Ödipus aber die Sphinx gekillt hat, frage ich mich grade, wieso unsere Engel nach Griechenland gereist sind.

Madan wurde wach, als der Busfahrer ihn wieder einmal aus dem Bus warf. Wo zum Teufel war er? Er streifte durch die belebten Straßen, obwohl das Land pleite war, zog es immer noch Touristen an. Der Racheengel sprach einen der Einheimischen an:
"Kannst du mir eine Frage beantworten?" Dieser deutete auf eine Runde Kirche.
"Stelle deine Frage, da, dann wirst du die Antwort bekommen!"
"Okay, was ist da?"

"Das Orakel!" Der Einheimische verschwand wieder in seiner Hütte und Madan trabte los.

Wenig später betrat er den Tempel des Apollo, eine Ruine. Er hatte sich einer japanischen Reisegruppe angeschlossen und war unter den vielen Blitzlichtern unerkannt durch die Kontrolle am Eingang geschlüpft. Im Inneren suchte er eine Zeitlang nach irgendetwas oder jemanden der aussah wie ein Orakel. Wobei er keine Ahnung hatte, wie denn so ein Orakel überhaupt auszusehen hat.

"Hallo? Ist hier jemand?" rief er probehalber in einer kleinen Halle, sein Echo antwortete ihm.

Er wollte schon umkehren, da kam die Antwort:

"Ich bin das Orakel, sprich deine Frage Reisender!"

"Hey, klasse, kannst du mir sagen wie ich nach Thiva komme?" freute sich Madan.

Es war eine ganze Weile still, bis: "Dein Ernst? Jeder der zu mir kommt will sein Schicksal wissen und du nur eine Wegbeschreibung? Sehe ich aus wie ein Navi?"

"Navi, ey danke, da hätte ich auch selbst drauf kommen könne, schönen Tag noch!" Madan kramte in seinem Gepäck und fand schließlich sein Tablet. Aphrodite hatte ihnen doch eine Navigationsapp installiert.

"Du wirst in Thiva nicht finden, wonach du suchst!" erklärte das Orakel.

"Woher willst du das denn wissen?"

"Ich bin das Orakel ich weiß alles!"

"Ah, Google hilft, wa?" Madan grinste.

"Google? Was ist das?"

"Siehste, du weißt eben doch nicht alles! Bis dann mal!"
Madan verließ das Gebäude und fand schließlich einen Weg der ihn nach Thiva zu den anderen brachte. Wobei das Glück ihm erneut hold war, ein Bauer nahm ihn auf seinem Eselskarren mit.

Leider hatte das Orakel mal wieder recht. Als Madan zu den anderen sechs stieß, diese ihm berichteten, nichts, rein gar nichts von der Sphinx gefunden zu haben, bemerkte er trocken:
"Das hat das Orakel auch gesagt!"
"Du warst in Delphi?" fragte Mattia neugierig nach.
Madan musste die Geschichte erzählen und seine Mitstreiterinnen schüttelten nur den Kopf.
"Ehrlich, hättest mal fragen sollen wo wir die doofe Rolle finden!" schimpfte Mumiah.
"Wo bleibt denn da der Spaß?" gähnte Madan und kroch in das Zelt, welches schon aufgebaut war. Morgen würden sie weiter sehen.

7

Die Stadt der Liebe – und der Diebe

Diesmal war es Muzoun der die Nerven behielt und es schaffte Topoke zu retten. Er hatte die Gürtel der anderen aus deren Hosen gezogen und sie zusammengeknotet. Dieses improvisierte Seil reichte er nun nach unten und Topo konnte sich daran hochhangeln. Während Atu und Jeyoui ihm dabei halfen, jammerte Tfaji:
„Toll, den Gürtel kann ich dann ja wohl vergessen."
Sie sah wie er immer weiter gedehnt wurde.
„Maryu wie wäre es wenn du mal hilfst?" fragte Muzoun.
„Geht nicht, ich verliere grad meine Hose!" jammerte dieser. Er hatte beide Hände damit zu tun, die Hose festzuhalten, die wirklich bis zur Mitte seines Hintern gerutscht war.
„Vergiss es, wir schaffen das auch ohne die!" brüllte Jey und zog wieder einen Zentimeter. Endlich hatten sie es geschafft. Topoke lag schwer atmend auf der Plattform.
„Bekomme ich jetzt meinen Gürtel wieder?" jammerte Tfaji.
„Ich bitte auch!"
Da trat Muzoun gegen das improvisierte Seil und kickte es in die Tiefe.
„Holt sie euch doch!" antwortete er schnippisch.
„Hände hoch!" erklang es von der Tür zum Aufzug.

Erschrocken drehten sich die sechs um. Die Hexen hatten schon einen Abflug gemacht. Vor ihnen stand ein Einsatzkommando der Pariser Polizei. Die Waffen im Anschlag und aus den Funkgeräten knisterte es.

„Also nochmal, wie sind sie auf den Eifelturm gekommen!" Diese Frage hatte der Polizist vor Muzoun schon ungefähr einhundertmal gestellt.
„Geflogen!" erklärte dieser, wahrheitsgemäß.
„Mit was geflogen?" Auch diese Frage kam wie von einer Schallplatte mit Sprung.
„Besen!" Muzoun war müde. Er war müde, so müde und es langweilte ihn. Die glaubten ihm ja doch nicht! Dem Polizisten ging es wohl ähnlich.
In den anderen Verhörräumen sah es nicht anders aus, alle erzählten wie sie mit Besen aus Spanien hier her gekommen waren. Was für eine Geschichte. Die einzige die noch etwas Verstand besaß war wie üblich Jeyoui.
„Es war eine Wette, wir sind hochgeklettert. Ich hab gewonnen, ich war zuerst oben!" sagte sie aus.
„Ihre Freunde erzählen etwas von Besenfliegen und Spanien!" Jey hatte Mühe ruhig zu bleiben.
„Ja, also ähm…" jetzt verließ auch sie die Fantasie. Wie konnten die anderen nur so dumm sein? Sie würden jetzt sicher einen Bluttest machen, ob die anderen Drogen genommen hatten. Was würden sie dabei finden? Sie mussten hier raus, schnell! Es dauerte trotzdem noch einige Stunden, bevor man sie in eine Zelle brachte.

„Seid ihr denn des Wahnsinns?" rief Jey.

„Wieso?" fragte Muzoun, der sich auf die Bank gelümmelt hatte.
„Geflogen? Ihr könnt denen doch nicht die Wahrheit sagen!" brüllte sie weiter.
„Der Polizei sagt man aber doch die Wahrheit!" meinte Maryu unschuldig.
„Wir sind Dämonen, wir sind die Bösen, wir sagen nicht die Wahrheit!" zischte Jey. Einige Stunden später kam ein Polizist zu ihnen.
„Euer Anwalt ist hier, ihr dürft gehen!" damit öffnete er die Tür.
Vor dem Zellentrakt stand Loki, höchstpersönlich und diskutierte mit einigen der Inspektoren.
„Hey, es tut uns echt leid!" versuchte Jeyoui die Situation zu entschuldigen.
Lokis Blick genügte, dass sie verstummte.
„Ihr solltet besser bald Ergebnisse aufweisen! Nicht genug, dass Maryu und du der Aufmacher der sechsacht und zehn Uhr News wart, nein auch lasst ihr euch verhaften? Dann erzählt ihr den Polizisten auch noch die Wahrheit? Atumi? Warum zum Teufel bist du bitte der Dämon der Lügen, wenn du die Wahrheit erzählst? Wenn ihr nicht bald begreift, wie ernst die Aufgabe ist, dann landet ihr im Fegefeuer, ehe ihr Loki aussprechen könnt!" warnte er sie vor der Wache und stieg in einen Porsche.
„Alles klar Chef!" rief Tfaji hinterher. Gott der war sauer. Oh ja, ihr Ausbilder war sauer!
Während sie durch die Straßen Paris' wanderten, schrien sie sich gegenseitig an. Sie stritten und stritten. Konnten sich jedoch nicht einig werden, wie sie denn jetzt weiter vorgehen sollten.

„Also gut, das führt zu nichts, Schluss jetzt!" brüllte Maryu.
Er hatte ausnahmsweise einmal Recht.
„Wir sollten zur Universität gehen, da gibt es sicher jemanden, der sich mit den Templern auskennt!" schlug Muzoun vor.
„Wenn du die Freundlichkeit hättest dich mal umzusehen!" wies Jey ihn darauf hin dass sie bereits vor dem Gebäude standen. Es war Sonntagmittag.

Sie liefen durch die verlassenen Gänge. Schauten in einige leere Räume und klopften vergeblich an verschlossene Türen. Kein Mensch war hier. Im sechsten Stock hatten sie dann doch Glück, ein
„Oui," kam aus einem der Büros. Ein schlacksiger Mann, stand inmitten von einem Chaos an Unterlagen.
„Professor, wir sind hier, weil vielleicht, was ist denn hier passiert?" fragte Tfaji und sah sich um.
„Ich habe nur meine Brille verlegt, ich suche sie schon sehr lange!" antwortete der Mann, er sah etwas erschrocken aus.
„Die auf ihrem Kopf?" fragte Topoke und wies darauf.
„Da ist sie, ich danke ihnen! Wie kann ich ihnen helfen?"
Sie erzählten ihm nun, dass sie auf der Suche nach Hinweisen zu den Templern waren. Lillith hatte ihnen einen Ausschnitt einer Karte mitgegeben, die sie dem Mann zeigten. Dieser setzte sich seine Brille auf und besah sich das Stück Papier.

„Ich glaube ich weiß welche Karte das ist, ich mache euch einen Vorschlag!" Die Dämonen lauschten.
Der Professor nickte nur, kratzte sich am Kopf und rückte die Brille zurecht.
„Es gibt vor Paris einige Hinweise auf die Templer. Aber das ist nur das übliche, was für Touristen öffentlich ist!"
„Wir sind keine Touristen, wo sollen wir suchen?" antwortete Atumi.
Der Professor besah sich die sechs, vor allem die Uniform des Lügendämons. Er hatte wieder sein rotes Militär-Outfit an, dass mit den goldenen Knöpfen. Die Verschlagenheit in seinen Augen wäre einem guten Beobachter sicher nicht entgangen.
„Wir treffen uns in zwei Stunden in der Avenue du Colonel Henri Rol-Tanguy, da führe ich euch dann zu den letzten Hinweisen und geheimen Schatzkammern der Templer, dafür überlasst ihr mir dieses Stück Karte!" schlug er vor.
„Alles klar. Bis dann Professor, sollen wir ihnen noch aufräumen helfen?" fragte Muzoun hilfsbereit.
„No, no, ich schaffe das schon. Bis dann!" winkte er und die sechs verließen das Büro und die Universität.

„Irgendwas war an dem Kerl merkwürdig!" Muzoun hatte es jetzt schon ein paar Mal erklärt.
„Das sagtest du bereits!" Maryu hatte sich auf einen Stein gesetzt, der am Eingang der Katakomben lag und spielte mit einem Grashalm. Sie warteten nun schon seit fast einer Stunde auf den Professor.
„Der hat uns verarscht!" meinte Muzoun wieder.

„Mann, du hast doch gesehen wie zerstreut der Mann war, der wird nur die Zeit vergessen haben!" schimpfte Tfaji. Selbst Jey hegte diesmal keinen Verdacht. Dieser alte schrullige Mann, konnte doch keine Gefahr darstellen. Schließlich dauerte es noch eine weitere halbe Stunde, ehe ein kleiner Peugot neben ihnen hielt.
„Da seid ihr ja, ich habe Ausrüstung für euch."
„Ausrüstung?" fragte Topoke und half dem Mann beim Entladen des Kofferraums. Es waren Helme darin, mit Stirnlampen. Wasserflaschen und Spitzhacken.
„Müssen wir da unten denn graben?" fragte Jeyoui und band sich die Wasserflasche um die Hüfte.
„Die Eingänge zu den geheimen Stollen, die die Templer bei ihrer Flucht aus Paris genommen haben, sind nicht frei zugänglich. Bis jetzt wurde da unten nur ein minimaler Bereich geräumt!" erklärte er den sechs Abenteurern. Als alle ihre Ausrüstung hatten, schloss der Professor sein Vehikel ab und öffnete quietschend die Gittertür, die den offiziellen Eingang zu den Katakomben bildete. Für Muzoun's Geschmack, brauchte er etwas zu lang, um das Schloss daran zu öffnen, doch er sagte nichts.

Selbst der offizielle Teil der Katakomben war aufregend. Überall waren Totenköpfe in die Mauern eingearbeitet. Die dunklen Augenhöhlen starrten die Besucher unheilvoll an. Die Gänge waren breit und gut ausgearbeitet, wahrscheinlich erst, damit man Touristen hindurch führen konnte. Es war kühl und roch modrig.

„Wer sind alle diese Toten?" fragte Jeyoui.
„Bewohner der Stadt. Die Friedhöfe brauchten Platz, also hat man sie hier unten untergebracht, los weiter!" der schmächtige Professor wackelte voran. Er ließ seinen Begleitern kaum Zeit die Kunstwerke, die aus den Gebeinen der Verstorbenen bestanden zu bestaunen. Schließlich kamen sie zu einer Art Grotte. Hier lag ein Haufen Gebeine, Wasser tropfte von oben herunter.
„Da hinter liegt der Gang, den die Templer genommen haben. Wir müssen uns beeilen." Er watete durch die Pfütze und stieß die Gebeine unachtsam zur Seite.
„Ähm, einfach drauf los kloppen oder wie jetzt?" fragte Maryu, der einem Schädel ausgewichen war. Die kleineren Knochen knirschten unter den schweren Stiefeln. Muzoun hatte Recht, kein Professor würde so unachtsam mit historischem Material umgehen. Selbst Topoke kamen jetzt Zweifel an der Aufrichtigkeit des kleinen Mannes. Dennoch Maryu und Atumi übernahmen zusammen mit dem Professor das hacken. Sie hackten in die Mauern, die Mauern aus Knochen und Steinen. Oft war nicht klar, ob sie einen Stein herausbrachen oder einen Knochen. Die Wand war nicht sehr dick, dennoch dauerte es fast eine halbe Stunde.

Eins musste man dem Professor lassen, er hatte nicht untertrieben. Tatsächlich befand sich hinter der Knochenwand ein weiterer Gang. Einer in denen die Knochen nicht nur die Wände, sondern auch die Decke zierte. Doch diese Knochen waren augenscheinlich viel älter. Sie waren fast schwarz und wirkten noch unheimlicher, da sie nicht von künstlichem Licht beschienen wurden. Lediglich ihre Stirnlampen erhellten den Raum. Sie stolperten die Gänge entlang, fanden jedoch nichts, was sie wirklich auf die Templer hingewiesen hätte. Der Professor ließ sich immer weiter zurück fallen.

„Leute, liegt es an der Luft hier, oder werde ich grad total müde?" gähnte Atumi.

„Fünf Minuten Pause!" beschloss auch Tfaji.

Sie setzten sich auf den Boden, zu müde, um zu reagieren, als der Professor ihnen nicht nur die Lampen abnahm, sondern auch ihr Gepäck nach Wertsachen durchsuchte. Er fand einiges und nahm es an sich.

„Euch wird hier keiner finden, dass Gift wirkt schnell und ich bin dann weg. Wir sehen uns wieder in der Hölle!" grinste er die sechs an, die benommen und bewegungslos am Boden saßen.

Tfaji griff nach dem Bein des Mannes. Mehr war nicht mehr möglich, aber er würde es bereuen.

Ich hab es doch gesagt, jammerte Muzoun in Gedanken. Das Licht, welches die Lampen noch in der Ferne machten, wurde schwächer und schwächer. Schließlich lagen die sechs im Dunkeln. Um sie herum, Gebeine und Tod. Lebendig begraben.

Skulls and Bones oder
Die Geister die ich rief

Es war dunkel. Stockfinster als die Wirkung der Curare nachließ. Wenn Satans Truppe noch am Leben gewesen wäre, dann wäre sie es jetzt nicht mehr. So fühlten sie sich lediglich, als hätten sie eine Nacht lang durch gezecht.
„Aua! Lebt ihr noch?" die Stimme hallte durch das unterirdische Labyrinth.
„Nicht wirklich!" erklang es dumpf.
„Wer seid ihr?" fragte eine weibliche Stimme.
„Wer trampelt da gerade auf meiner Hand rum?" fauchte die andere weibliche Stimme.
Mit stöhnen, ächzen und vor allem gezeter rappelten sie sich hoch.
„Also ich bin noch komplett!" stöhnte Maryu.
„Hör auf mich zu betatschen!" brüllte Tfaji ihn an.
„Ah, ich hab mich schon gewundert was für Beulen das sind!"
„Toll, die Rucksäcke sind weg!" stellte Muzo fest.
„Die Lampen auch, aua das ist mein Fuß!" Topoke suchte mit den Händen nach Halt.
„Würdest du bitte deine Hände von meinem Busen nehmen!" fauchte Jeyoui.
„Sorry ich kann nichts sehen, es ist so dunkel!" verteidigte der sich und fand einigermaßen Halt.
„Meine Klamotten!" jammerte Tfaji.

„Super, ich wusste der Kerl war kein Professor! Atumi? Bist du da?" fragte Muzoun.

„Ich bin da, seid ihr auch nackt?" flüsterte eine Stimme.

„Wieso nackt?" fragte Jeyoui, trat dabei einen Schritt zurück und stolperte glatt gegen etwas Weiches und warmes. Direkt in Atumis Arme.

„Man hat mir meine Uniform geklaut!" schimpfte dieser.

„Gott sei Dank ist es dunkel!" warf Tfaji ein.

Es raschelte und quiekte neben Tfaji und sie stieß einen schrillen Schrei aus, als ihr etwas um die Knöchel huschte.

„Was war das?"

„Wahrscheinlich Ratten." Gab Maryu zu und schüttelte sich. Er mochte die Nager genauso wenig wie die Mädchen.

So stritten sie noch eine Weile, bis Muzoun den Vorschlag machte nach einem Ausgang zu suchen.

„Wie willst du bitte in absoluter Dunkelheit den Ausgang finden?" fragte Jeyoui.

„Hier rumstehen und nichts tun bringt uns auch nichts!"

Sie stritten wieder. Schließlich einigten sie sich auf eine Richtung und tappelten los. Dabei versuchten sie immer an der Wand zu bleiben. Die Vorstellung, dass diese aus Totenköpfen und Gebeinen bestand, verdrängten sie.

„Skulls and Bones, toll!" schimpfte Maryu, als er wieder in eine Augenhöhle gegriffen hatte. Angewidert zog er seine Finger zurück. In den Schädeln war etwas

Schleimiges. Wahrscheinlich Käfer und Maden. So irrten sie einige Zeit durch die Gegend.

„Das macht keinen Sinn, Jey versuch doch mal irgendwie für einen kurzen Moment wenigstens ein Feuer anzumachen, wir brauchen Licht!" beschwerte sich Muzoun.

Jey kam der Aufforderung nach. Ein Feuerstrahl kam aus ihrer Hand und blendete die Gruppe.

„Man, pass doch auf, du hättest mich beinahe abgefackelt!" brüllte Maryu, dessen Haare tatsächlich etwas verkohlt wurden.

„Oh tut mir leid, aber ich kann im Dunkeln so viel sehen!" zickte Jey zurück.

Jetzt sahen sie gleich noch weniger, denn vor ihren Augen sprangen grüne Punkte.

„Okay, nochmal alle in Deckung!" befahlt Topoke diesmal und duckte sich.

Jey ließ wieder einen Feuerstrahl los, traf dabei auf die gegenüberliegende Wand und entzündete einen Schädel. Staunend sahen die Dämonen zu, wie dieser Schädel erst leicht glomm und dann eine Kettenreaktion auslöste. Ein Schädel nach dem anderen entzündete sich. Nicht die Schädel direkt selbst, lediglich das Schleimige Etwas, in dass Maryu vorher noch hineingegriffen hatte.

„Die Schädel sind Laternen!" stellte Tfaji überrascht fest. Wie die Beleuchtung einer Landebahn verbreitete sich das Licht. Es war ein schauriger Anblick, wie die Totenköpfe durch das Feuer zum Leben erwachten und gleichzeitig unheimlich schön.

„Na bitte, wir haben Licht!" stellte Atumi fest.

„Du bist wirklich nackt, zum Glück hast du noch deine Boxershort an!" stellte Jeyoui fest.
„Sei nicht so prüde!" schimpfte dieser zurück.
„Wisst ihr was, ihr könnt mich mal. Ich reiße mir den Arsch für euch auf und ihr hackt nur auf mir rum. Fickt euch!" Jeyoui drehte sich um und rannte in die andere Richtung davon.
„Ja, hau doch ab du blöde Zicke!" schrie Atumi ihr nach.
„Spinnst du? Lass sie in Ruhe!" Maryu drückte Atumi gegen die Skulls and Bones Wand. Doch ehe es zu einer tätlichen Auseinandersetzung kommen konnte, hörten sie einen Schrei.
„Was war das?" fragte Tfaji.
„Ich glaub das war Jey!" mutmaßte Topoke.
Eilig rannten sie hinter der Dämonin her. Diese stand in einer Sackgasse. Vor ihr standen drei merkwürdige Gestalten. Einer der Gestalten trug eine Uniform, bestehend aus weißen Hosen und einem blauen Überrock. Dazu einen Spitzhut. Er war sehr klein. Der andere trug einen alten Anzug, mit Weste und Fliege. Er hatte einen Vollbart und ein Monokel ragte aus seiner Brusttasche. Und der letzte, ein ebenso kleiner Mann, wie schon der erste, trug einen Gendarmarie Aufzug mit einem Cappie, jedoch nicht in dem modernen blau wie sie heute getragen wurde. Seine war braun.
„Wer ist das?" fragte Tfaji und starrte die drei an.
Ihre Gestalten schienen zu verschwimmen, was jedoch auch an dem flackernden Licht der Totenschädellaternen liegen konnte.

„Mein Name ist Napoleon Bonaparte, ich bin der französische Kaiser! Halten Sie mich nicht auf, ich muss zur Schlacht!" erwiderte der erste.
„Napoleon?" fragte Muzoun erstaunt.
„Ist der nicht im Exil gestorben?" fragte nun auch Jeyoui.
„Exil? Wie kommen sie auf eine so impertinente Idee?" entrüstete sich der Kaiser.
„Oh eure Erhabenheit, wir sind nur überrascht sie hier anzutreffen und wer sind ihre Mitstreiter?" Topoke versuchte es mit Schleimen. Es schien zu funktionieren. Napoleon regte nur sein Kinn in die Höhe, stellte sich aufrecht hin und salutierte, wobei er eine Hand an seine Brust legte.
„Mein Name ist Jules Verne," erklärte nun Rauschebart.
„Der Name sagt mir was!" grübelte Maryu.
„Klar, wer kennt nicht seine Werke? Zwanzigtausend Meilen unter dem Meer und in 80 Tagen um die Welt!" stellte Muzoun fest.
„Wahnsinn, und der da? Wer ist der?" Topoke war begeistert.
„Der da, ist Louis DeFunes!" sagte Muzoun.
„Wer ist das?" fragte Maryu erneut.
„Kunstbanause, der kennt sie nicht Monsieur DeFunes!" sagte Muzoun.
„Nein!" antwortete dieser.
„Doch!" kam es von Maryu.
„Ohh!" antwortete der kleine Mann.
„Nun, da ihr wisst wer wir sind, wie wäre es wenn ihr euch ebenfalls vorstellt?" fragte Jules Verne höflich.
„Ich bin Muzoun!"

„Maryu!"
„Jey."
„Topoke!"
„Tfaji!"
„Atumi!" waren die Antworten, als wäre damit alles gesagt.
„Das sind sehr eigentümliche Namen, seid ihr Ausländer?" fragte Napoleon und blickte sie scharf an.
„Nein, wir sind nur, sagen wir ähnlich wie sie. Nicht wirklich von dieser Welt!" versuchte Tfaji zu erklären.
„Dann kommt ihr aus dem Weltraum?" fragte Jules Verne.
Die nächste Stunde verbrachten die Dämonen damit, den Geistern zu erklären, wer sie waren und warum sie da waren. Jules Verne kam immer wieder auf die Errungenschaften der modernen Welt zurück. Wollte alles über Satelliten und U-Boote erfahren.
„Man schießt Raumschiffe in den Himmel und stellt da dann Satelliten auf?" fragte er neugierig.
„Aufstellen wäre wohl falsch, die schweben da halt so rum!" versuchte Muzoun es zu erklären.
„Und wieso fallen sie nicht auf die Erde hinab?"
Das war eine sehr gute Frage.
„Ich glaub das die so ne Art Antrieb haben." Half Topoke und wunderte sich, dass er noch nie darüber nachgedacht hatte.
„Höchst interessant!" Jules Verne war sichtlich begeistert. Napoleon hörte sich alles sehr ruhig an. Als würde ihn das alles nichts angehen. Während Louis immer wieder sein
„Nein!"
„Doch!"

„Ohh!" einfügte.
„Kann der eigentlich auch was anderes sagen?" fragte Maryu genervt.
„Louis ist einer der tollsten Komiker aller Zeiten!" erklärte Muzoun.
„Ach ja?" selbst Jey war skeptisch.
„Kennt ihr denn nicht die Filme? Louis und seine außerirdischen Kohlköpfe oder Balduin das Nachtgespenst?" fragte Muzoun und schämte sich für die Unwissenheit seiner Mitstreiter.
„Naja, jetzt ist es wohl eher Louis das Nachtgespenst!" grinste Topoke.
„Wir müssen hier raus, könnt ihr uns sagen wo es zum Ausgang geht?" fragte Atumi, der nun echt fror, so ganz ohne Kleider.
„Ich könnte eine Maschine bauen, mit der ihr sofort an die Oberfläche kommt!" bat sich Jules Verne an.
„Das ist lieb gemeint, aber wir schaffen es auch, ohne Paris in Schutt und Asche zu legen!" wehrte Jey ab.
„So könnt ihr nicht gehen!" befahl Napoleon. Da er bis jetzt geschwiegen hatte, nahmen alle sofort Haltung an.
„Folgt mir!" Napoleon zeigte in eine Richtung und schwebte davon. Durch die Wand.
„Ähm Herr Kaiser, Nappi!" rief Maryu hinter ihm her.
„Monsieur Bonaparte! Wir können nicht durch Wände gehen, können sie bitte zurück kommen!" entschuldigte nun Tfaji.
Napoleon kam zurück. Führte sie zu einer Kiste, darin lagen alte Uniformen und Atumi konnte sich wenigs-

tens eine weiße Hose und ein Hemd anziehen. Dann befahl der kleine Anführer erneut:
„Mir nach, ich führe euch zu dem Ausgang, dann greifen wir Waterloo an!" dabei marschierte er los.
Es war ein lustiges Bild. Da marschierten die Dämonen hinter einem Geist her, der Napoleon war. Die zwei anderen Geister marschierten in ihren Reihen mit. Es sah wirklich lustig aus.
„Vielleicht sollten wir was singen, so als Kampflied!" schlug Jules Verne vor.
Prompt stimmte Muzoun, der ja wegen seines ehemaligen Hobbies Radiomoderator Musikbewandert war:
„Waterloo - I was defeated, you won the war
Waterloo - Promise to love you for ever more..." von Abba an.
Alle sangen mit, alle bis auf Napoleon und Jules Verne. Beide kannten den Text nicht. Schließlich merkten sie, dass die Totenschädel an Leuchtkraft verloren hatten. Es wurde wieder dunkler und je dunkler es wurde, so unklarer waren die Konturen der Geister zu erkennen.
„Sagt mal, ehe wir gehen, habt ihr je Relikte der Tempelritter hier gefunden?" fragte Atumi, dem plötzlich ihre Mission wieder einfiel.
„Tempelritter? Diese Verräter sind nach London geflüchtet, wir haben alles vernichtet!" erklärte Napoleon.
„Oh, danke für die Info!" Tfaji zeigte dann auf eine Mauer.
Man konnte sehen, dass sie erst vor kurzem eingestürzt und wieder aufgebaut worden war.

„Dieser Mistkerl hat es wieder zugemauert!" fauchte Maryu.
Das Licht wurde immer schwächer, die Geister waren nur noch Schatten. Sie bedankten sich bei dem Trio Infernale und begannen das Tor frei zu räumen. Knochen, Steine und Geröll schaufelten sie zur Seite. In dem Moment, als das provisorisch angelegte Mauerstück einbrach, erloschen die Totenschädel endgültig. Doch nun hatten sie Licht von der offiziellen Katakomben Höhle und kletterten erleichtert durch.
„Na dann, auf nach London!" freute sich Tfaji.
„Also ich hätte ja gern diesen Professor noch aufgesucht!" meinte Muzoun, da kamen schwere Schritte auf sie zu.
„Policia, stehen bleiben!" hörten sie.
„Nicht schon wieder!" jammerte Topoke und hob beide Hände.

Der Drachenritter

Nachdem Bel den Himmel um finanzielle Hilfe angefleht hatte, war Aphrodite aufgetaucht und hatte ihnen diese Hilfe gewährt.
"Bittet, so wird euch gegeben!" hatte sie erklärt und war danach wieder verschwunden.

"Erklär mir bitte nochmal was wir hier in Siebenbürgen wollen", Mattia sah sich um. Kleine verfallene Häuser, in denen tatsächlich noch Menschen lebten. Sie waren im tiefsten Rumänien.
"Laut der Kopie unserer Aufzeichnungen, die du dir hast abnehmen lassen...", fing Bel an.
"Wie oft willst du mir das noch vorwerfen, also was jetzt?" maulte Mattia, die die Vorwürfe nicht zum ersten Mal hörte.
"Laut diesen Unterlagen, lebt hier irgendwo, der letzte eines christlichen Ordens, namens Drachenritterorden!" rezitierte die Muse aus dem Gedächtnis.
"Okay, steht da auch eine Adresse?" ging Mumiah dazwischen, bevor die zwei sich wieder in die Haare bekamen.
"Schloss Bran, steht hier nur und irgendwas Unaussprechliches", gab Uma kleinlaut zu.
"Da könnt ihr allein hingehen!" Corry war es sichtlich unwohl.
Das Wetter war grausam, anscheinend war Petrus mal wieder in Ungnade gefallen, immer dann, nämlich herrschte auf der Erde "Weltuntergangsstimmung".

Blitze zuckten von weit her, Regen strömte herab und Donner knallte durch die Dunkelheit. Kalter Wind pfiff durch die Bäume und ließ den Regen von allen Seiten kommen. Am dunklen Himmel sah man gigantische Wolkenberge vorbei ziehen. Die sechs Engel hatten sich unter ein Vordach eines Hotels gestellt. Augenscheinlich war die Gegend ein Touristenort, denn die Bars und Café's waren trotz des Wetters gut besucht. Man hörte Lachen und Stimmengewirr, aus jeder Richtung.
"Warum? Wieso willst du nicht mit?" fragte Madan.
"Schloss Bran, ist nichts anderes als das Dracula Schloss!" erklärte Mattia, die sich bei sowas bestens auskannte.
"Genau, ich leg mich sicher nicht mit Vampiren an!" meinte Corry.
"Cool, lasst uns los!" freute sich Madan sichtlich.
"Wartet mal, hier im Reiseführer steht, dass man das Schloss, täglich besichtigen kann, von 9 bis fünf!" Mumiah hatte ein Faltprospekt hervorgekramt.
"Wir wissen ja nicht mal, ob der letzte Drachenritter, dort wohnt. Haben wir einen Namen von dem Kerl?" hakte Breenelle nach.
"Nein, hier steht nur Drachenritterorden, Bran. Es ist jetzt halb vier, wenn wir uns beeilen schaffen wir es vor fünf zum Schloss hoch!" Umabel zeigte vage in eine Richtung, doch beim nächsten Blitz konnten sie feststellen, dass sie in die völlig falsche Richtung gedeutet hatte. Madan ging mutig einige Schritte in den peitschenden Regen hinaus, mittlerweile stürmte es und der Racheengel musste sich nach vorne lehnen, um überhaupt vorwärts zu kommen.

"Beim nächsten Blitzschlag ist es,,, er machte eine dramatische Pause, dann fuhr der Blitz hinab und schließlich leuchtete die Burg auf, "Da lang!"
Es dauerte noch eine Weile bis die Engel sich einig waren, wie sie am besten trocken und nicht total erfroren, da oben ankämen. Es schien doch noch ein weiter Weg zu sein. Bree setzte ihre Beschwörungsgabe ein und schaffte es tatsächlich, zwei Regenschirme herbeizuzaubern.
"Du wirst immer besser, wenn die Regenschirme jetzt noch dicht wären, wäre das perfekt gewesen!" grummelte Mumiah, denn die Regenschirme hatten ein, zwei Löcher.
"Mach's besser, Miss Weddingpeach, du bist bis jetzt zu noch gar nichts fähig!" giftete Bree zurück.
Leider stimmte das, der kleine Liebesengel, hatte bisher noch keine besonderen Fähigkeiten zu Tage gebracht, sie weigerte sich aber auch immer noch ihre Bestimmung anzunehmen. Liebe ist doch nur eine Fehlfunktion des Herzens, war ihre Einstellung.
"Bei so einem Wetter würde man nicht mal seinen Hund vor die Tür jagen!" jammerte Corry.
"Wir hätten im Hotel abwarten sollen, bis das Wetter besser ist", stimmte Mattia geknickt zu. Ihr schwarzer Umhang wurde durch die Feuchtigkeit immer schwerer und kälter. Schließlich schafften sie es dennoch zur Burg hoch.

Kaum, dass sie die steinerne Brücke über den Burggraben betraten, änderte sich das Wetter schlagartig. Kein Donner, kein Regen, kein Wind war mehr zu hören. Es war gespenstig still. Dafür standen sie in-

mitten einer milchigen Nebelwand. Konnten kaum weiter als drei Meter sehen.
"Was ist denn jetzt los?" fragte. Die anderen zuckten zusammen. Die anderen zuckten zusammen. Bree's Stimme klang verändert. Sie selbst hielt sich die Hand vor den Mund. Eigentlich hatte sie ihre Stimme nicht erhoben. Aber selbst das kleinste Flüstern, hallte in der unendlichen Stille wie ein Paukenschlag.
"Das ist unheimlich!" flüsterte Umabel und klammerte sich an Madan, der selbst etwas wackelige Beine hatte.
"Da vorn ist irgendwo das Schlosstor, lasst uns einfach weitergehen, Nebel tut uns nichts!" sagte Mattia zuversichtlicher, als sie sich fühlte.
Wolfsgeheul kam aus den umliegenden Wäldern und der Mond schien fahl. Vollmond? Selbst das war merkwürdig, denn eigentlich war Neumond. Schon seit Tagen war der Mond in der abnehmenden Phase, doch darauf hatten die Engel keine Sekunde geachtet. Zumal man wegen den Wolkenbergen den Mond eh nicht sehen konnte. Vorsichtig schritten sie die Brücke entlang. Die Geräusche ihrer Schuhe wurden von dem Nebel ebenso verschluckt, wie auch ihr Atem und das Rascheln der Kleider. Riesig ragte das hölzerne Tor mit den Eisenbeschlägen vor ihnen auf. Es sah aus, als wäre es direkt vor ihnen aus dem Nichts aufgetaucht. Es war geschlossen und glänzte unheimlich.
"Gibt's hier keine Klingel?" fragte Bree und sah sich um.
"Die Frage ist, wer erwartet uns hinter diesem Tor?" Corry und Mumi hielten sich immer noch engumschlungen, ihnen war das alles zu unheimlich.

"Ich hoffe doch, dass sich dieser Drachenritter dahinter befindet!" Mattia bemühte sich weiterhin ihre Angst zu verstecken.
In diesem Moment quietschte es, ein Riegel wurde auf der anderen Torseite langsam weggeschoben. Es rumpelte, rasselte und eine kleine Tür, die bis jetzt unsichtbar in dem Tor eingelassen war, öffnete sich wie von Geisterhand.
"Wollen wir da wirklich rein?" fragte Corry.
"Wir müssen, wir haben keine Wahl!" erklärte Uma und schritt mutig voran.

Hans der Schlitzer

Als wäre das große Tor ein Portal, veränderte sich die Stimmung sofort, nachdem die Engel den Innenhof betraten. Es war erstaunlich warm und die Luft klar. Vorsichtig schauten sie sich um. Fast rechneten sie damit, dass aus dem Stall Pferdegetrampel zu hören war, aus der Küche Gerüche von Speisen kommen müssten und ein Burgfräulein über die Wehrgänge laufen würde. Doch nichts davon geschah, lediglich ein junger Mann, vielleicht um die zwanzig trat aus dem Wohnbereich. Er trug schwarze Kleidung und seine Haare hatten einen schrägen Scheitel. Nur eins seiner tiefblauen Augen blitzte zwischen dem langen Pony hervor.
"Emo-Style!" kicherte Mumiah.
"Seid gegrüßt!" der Junge sah an sich nicht schlecht aus, in seiner engen Röhren-Jeans und dem schwarzen Rüschenhemd. Er war schlank und seine Augen leuchteten tatsächlich. Vielleicht lag es an dem Mascara, welchen er aufgetragen hatte, vielleicht waren es aber auch besondere Kontaktlinsen.
"Mein Name ist Hans, ich bin hier der Burgherr!" erklärte er und schüttelte jedem einzeln die Hand. Madan übernahm es die Gruppe vorzustellen.
"Ich führe euch gerne durch mein Reich, auch wenn die offizielle Besuchszeit schon vorbei ist. Folgt mir!"
Man merkte Hans an, dass er sich über Besuch freute. Während sich Umabel und Breenelle lieber im Hintergrund hielten, plapperte Mattia auf den Burgherrn

ein. Dieser schien sichtlich begeistert, von so viel Aufmerksamkeit.

"Dies hier, ist der berühmte Vlad der Pfähler, mein Urururururururgroßvater!" sie hatten die Bildergallerie schon zur Hälfte durchschritten. Während ihrer Besichtigung, mussten sie sich von Hans Geschichten über seine berühmten Väter antun.

"Hans, das ist ja alles wirklich interessant, aber, wir suchen Hinweise auf den Drachenorden und diversen Schriftstücken des Drachenordens. Kannst du uns dabei vielleicht weiter helfen?" Corry war sichtlich genervt.

"Ich bringe euch gerne in die Bibliothek, ich selber habe mich nie für dieses alte Papier interessiert." Hans führte sie einige Stufen nach unten, durch eine Tür auf der 'Privat' stand und in einen Teil der Burg, der für die Öffentlichkeit nie erreichbar sein würde. Schwere Holztüren mit goldenen Griffen, verziert mit Fratzen und Ornamenten öffneten sich vor ihnen. Der Raum war dunkel, kalt und unheimlich. Wie auch die Tür waren alle Möbel in ihm aus dem schwarzen Holz.

"Wow!" Umabel stand der Mund offen.

"Warum ist es hier so kalt?" fragte Madan.

"Ich mache euch ein Feuer an, wollt ihr vielleicht auch etwas trinken?" Hans war ganz der nette Gastgeber, merkwürdigerweise, schien das niemanden zu verwundern. Er kannte die sechs Reisenden ja nicht, warum also war er so bereitwillig ihnen die Geheimnisse seiner Burg anzuvertrauen? Ob er ahnte, dass es Engel waren, die da in seinen Räumen gastierten? Auch er schien nicht ganz so "normal" zu sein, wie

man annehmen sollte. Mattia schlug sich bereit ihm zu helfen, sowohl beim Entfachen des Feuers, als auch beim Servieren der Getränke. Noch war keiner zu beunruhigt darüber, dass Mattia so ganz gegen ihre Natur handelte und ihre Augen ständig nach dem jungen Mann schielten. Es dauerte fast eine halbe Stunde, bis der Kamin endlich zog und das Licht des Feuers etwas Wärme in den Raum abgab.
"Okay, wir suchen alles was auf den Orden hinweist, Bel du fängst da an, Madan du nimmst die Regale neben dem Kamin und wir schauen hier!" Bree hatte die vielen Regale taktisch eingeteilt, so dass sie in kurzer Zeit viel abdecken konnten. Während sich also die fünf mit den Buchrücken verstaubter Wälzer vergnügten, verschwand Mattia mit Hans irgendwo im Haus. Hans kam nur einmal kurz herein und stellte einen Krug mit einem roten Wein und Gläsern auf einen der Beistelltische, dann verschwand er wortlos. Der Todesengel blieb verschwunden.

Regal um Regal wurde abgesucht. Die alten Schriftstücke wirkten zerbrechlich. Man hatte das Gefühl, wenn man sie auch nur berührte, würden sie zu Staub verfallen. Bei neunzig Prozent der Bücher stimmte das wahrscheinlich. Mumiah stöhnte und hustete, als sie sich die nächste Regalreihe vornahm und erst mal den Staub von den wertvollen Büchern pustete.
"Der brauch eine Putzfrau!" stellte sie fest. Es klang merkwürdig, inmitten dieser Ruhe, in der man nur ab und zu hörte, wie Bücher aus dem Regal gezogen wurden, umgeblättert und wieder zurück gestellt

wurden. Doch mit dieser Bemerkung, brach sie einen Bann.

"Leute ich hab was gefunden, der Drachenorden hat mit den Gargoyles zusammengearbeitet." erklärte Coretha, "Sie haben diese Figuren wohl zum Leben erweckt, was für Spinner!"

Madan stöhnte auf und setzte sich in einen der staubigen Sessel, keiner wusste wie lange sie bereits in dem unheimlichen Raum waren, das Feuer war schon heruntergebrannt, es wurde erneut kalt.

"Wie lang sind wir schon hier?" fragte Uma und stocherte mit einem Schüreisen in der Glut.

"Mein Heiligenschein sagt, dass es weit nach Mitternacht ist. Wo ist eigentlich Matty?" Coretha prüfte ihren Heiligenschein regelmäßig, sie wollte immer auf dem Laufenden sein, über die Ereignisse im Himmel. Sie selbst hatte ein Angelbook-Profil und schon über einhundert Follower.

"Mattia ist ein großes Mädchen, die weiß was sie tut, wahrscheinlich vernascht sie den hübschen Burgherrn!" grinste Madan.

"Mag schon sein, aber ich habe ein ungutes Gefühl, wir sollten mal nachschauen ob wir sie finden!" Corry packte ihr Tablet weg und ging zu der Tür.

"Schaut euch die Tür an, hier, das ist doch ein Drache oder?" Umabel tastete die Ornamente ab.

"Hol mal eine Kerze, man kann kaum was erkennen!" rief Bree aufgeregt. Mumiah leuchtete dem Kriegsengel mit der Kerze, die neben dem Wein gestanden hatte. Der Rest des Raumes wurde jetzt nur noch von wenigen Fackeln an den Wänden erhellt, auch das Feuer war nun gänzlich erloschen. Es glomm noch

etwas rötlich, doch der Schein reichte kaum bis vor den Kamin.
"Leute, können wir das nicht nachher untersuchen? Ich mach mir echt Sorgen um Matty!" Corry stand einige Schritte hinter den zwei Forschern und fühlte sich unbehaglich. Ob es an den Schatten auf den Wänden lag, die im Schein der Fackeln unheimlich wirkten, oder ihr Schutzengelinstinkt war, konnte sie nicht sagen. Mumiah und Bree ließen sich nicht unterbrechen.
"Da suchen wir Bücher um Bücher durch, um dann die Antwort auf der Tür zu finden, typisch!" maulte Madan, der sich ein Glas eingeschenkt hatte. Er roch daran.
"Das riecht aber merkwürdig!" Die rote Flüssigkeit in dem Glas schwenkend verzog er den Mund.
"Lass mal sehen!" Coretha, deren ungutes Gefühl fast zur Panik hochstieg, griff nach dem Glas. Sie stupste den kleinen Finger hinein, verrieb die Flüssigkeit dann mit dem Daumen und roch ebenfalls daran. Es roch nach Eisen. Jetzt wurde sie richtig panisch! Sie alle hatten schon vorher von dem süßlichen Wein getrunken, doch das was sie jetzt roch, das war definitiv kein Wein!
"Mattia!" schrie sie verzweifelt, schubste die zwei Engel, die noch immer dabei waren die Tür zu ergründen, brutal zur Seite und rannte auf den Gang.
"Was ist los?" Mumiah war auf den Hintern gefallen, konnte die Kerze gerade noch retten, bevor sie den löchrigen Teppich in Brand setzte. Löchriger Teppich? War die Auslegware nicht vorher noch intakt gewesen? Entsetzt hob sie das kleine Licht, der Raum hatte

nichts mehr von dem Gothikstyle. Eher sah hier alles aus, wie in einer Ruine. Die Bücher waren verschwunden, die Regale lagen zertrümmert im Raum.
"Was ist hier los?" auch Uma und Bree starrten auf die veränderte Umgebung. Nichts war mehr gemütlich und gruselig, es war nur noch unheimlich.
"Leute, ich glaube das hier ist Blut!" Madan hatte auch einen Finger in die Flüssigkeit getunkt. Sekundenlang sahen sich alle wie erstarrt an, dann rannten auch sie in den Flur hinaus, hinter Corry her.

Der Gang war nicht mehr mit einem roten Teppich ausgekleidet, lediglich nackter Felsen war unter ihren Füßen. Die Bilderrahmen, in denen vorher noch die Vorfahren des Hausherrn hingen, waren leer. Zum Teil hing nur noch der Nagel in den gemauerten Wänden. Sie folgten dem bläulichen Schimmer, welcher von Corethas Heiligenschein ausging.
"Verdammt, was ist hier los?" fragte Madan immer noch, seine schweren Schuhe hallten bei jedem Schritt. Corrys Licht war plötzlich stehen geblieben. Der Gang endete im Nichts. Die Mauer des Gangs war zum Teil weggebrochen, sie konnte gerade noch stoppen. Als die anderen zu ihr aufgeschlossen hatten, sahen sie über sich den Nachthimmel.
"Wo ist Mattia?" fragte Coretha wieder, diesmal nur flüsternd, die Panik schnürte ihr die Kehle zu.

Twilight reloaded

Sie rannten den Gang wieder zurück, doch da, wo vorher noch eine Treppe war, war nichts mehr. Sie standen in einem Gang, halb eingestürzt. Bree, die als einzige noch nicht von der Panik befallen war, ging einige Schritte zurück und breitete ihre Flügel aus.
"Das wäre doch gelacht, wenn wir gegen dieses Würstchen nicht gewinnen würden!" schimpfte sie und legte einen Senkrechtstart hin. Die anderen machten es ihr nach. Schließlich landeten sie wenig später wieder in dem Innenhof. Hier schien es noch genauso zu sein wie vorher. Dies war auch der Bereich, der für Besucher freigegeben war.
"Konntet ihr was erkennen?" fragte Madan, der als letzte neben seinen Freundinnen landete.
"Ich glaube hinter den Mauern, in der Kapelle war Licht!" erklärte Bree.
"Kapelle? Wenn der Typ ein Vampir ist, was macht der dann in einer Kapelle?" fragte Uma überflüssigerweise.
"Das kannst du ihn ja fragen, falls wir ihn dort treffen sollten!"
Diesmal war es Corry die zuerst los flog.
"Das nenn ich einen Abenteuerurlaub! Erst eine verrückte Katze, dann ein geheimnisvoller Orakelspruch und nun noch Vampirjagd, vielleicht sollten wir Knoblauch mitnehmen!" Madan glaubte noch immer nicht daran, dass dieser Hans tatsächlich ein Vampir sein sollte.

Bevor sie vor der kleinen Kapelle, aus der wirklich etwas Licht kam, landen konnte, wurden sie von einer Million winziger Geschöpfe in der Luft angegriffen.
"Hilfe!" kamen die Schreie der Engel. Wildes Flügelschlagen und Gekreische begleitete diese.
"Was ist das? Ihhhhhh, es hat mich berührt!" der Pinkfarbene Engel strampelte wie wild in der Luft.
"Fledermäuse! Bleibt ruhig, sie fliegen von allein weg, die haben mehr Angst vor uns als wir vor denen!" beruhigte Bree sie.
"Das glaub ich kaum, weg da du Mistvieh!" Coretha wedelte mit dem Tablet gegen die fliegenden Geschöpfe. Natürlich sind Fledermäuse harmlos, doch wenn sie angegriffen werden, reagieren sie wie jedes Tier. Mumiah schaffte es schließlich. Sie leuchtete auf, wie von allein wurden die Fledermäuse ruhig und zogen sich zurück.
"Wie hast du das gemacht?" fragte Madan, der Kopfüber in der Luft hing.
"Liebe?" die Weddingpeach glomm noch immer in der Nacht, "dieses Pink ist echt schrecklich, ich muss mit Amor reden, ich will eine andere Farbe!"
Nachdem der Schrecken überwunden war, die fliegenden Mini-Vampire nicht mehr zu sehen waren, landeten sie schließlich vor der Kapelle.

Die kleine Kapelle wurde nur durch drei Kerzenständer an der Front beleuchtet. Als die schwere Eingangstür geöffnet wurde bot sich den Engeln ein sagenhafter Anblick. Mattia schwebte über dem Altar, der aus Stein war. Neben dem Altar standen zwei Sphingen, deren Augen glommen im Dunkeln und

der Vampir kniete vor ihr. Er drehte sich nicht um, als die Tür wieder ins Schloss fiel.
"Ihr seid zu früh, das ist nicht nett von euch!" sagte er mit einer dunklen und hallenden Stimme, die von überall zugleich zu kommen schien.
"Zu früh? Was hast du mit Mattia gemacht?" rief Coretha und funkelte böse.
"Sie wird meine Braut werden, ihr kommt gerade zur Trauung!" dabei lachte der merkwürdige Emo schrill.
"Mattia!" rief Corry. Doch der Todesengel schwebte weiter über dem Altar und regte sich nicht, die Arme weit ausgebreitet.
"Du spinnst wohl!" kam es aus dem Liebesengel heraus.
Bree versuchte sich zu bewaffnen, schaffte es allerdings lediglich einen Tennisschläger heraufzubeschwören.
"Was bist du?" Madan, der als einziger eher gelangweilt da stand, stellte die Frage, die ihm unter den Nägeln brannte.
"Ich bin Hans, der Schlitzer." War die schlichte Antwort, die den Engeln wohl alles sagen sollte.
"Warum? Weil du dich ritzt?" giftete Mumiah los.
Jetzt drehte sich der Mann doch um. Er fauchte wie ein wildes Tier. Unbeeindruckt schritt Bree auf ihn zu. Den Tennisschläger erhoben und mit drohendem Blick.
"Leg dich nicht mit uns an, wir sind stärker als du!" versuchte Uma den Gegner einzuschüchtern. Dieser schien jedoch über ungeahnte Fähigkeiten zu verfügen, denn er schleuderte die Muse mit nur einem Wisch seiner Hand gegen die Wand.

"Aaaaaaaah!" Ein Krachen und Stöhnen, dann blieb die Muse bewusstlos zwischen zwei Holzbänken liegen. Coretha lief erschrocken zu ihr hin. Natürlich war die Muse nur leicht verletzt, immerhin waren sie ja Engel und so leicht brachte man einen Engel nicht um.
"Du blödes Arschloch!" Mumiah rannte ebenfalls mit erhobenen Fäusten auf den Vampir zu, doch auch sie wurde mit einem Wisch zur Seite geworfen und glitt mit einem erstickten Schrei an der Wand hinunter.
Madan erkannte nun auch, dass es Zeit wurde zu kämpfen. Doch ehe er auch nur seine Fähigkeit einsetzen konnte hingen er und Bree an der Decke.
"Fuck, Bree, fahr die Flügel aus!" rief Corry zu ihnen hoch. Doch zu spät, sie befanden sich nur Sekunden später im freien Fall. Jetzt war nur noch der Schutzengel zur Verteidigung übrig. Super, jetzt stellte sie fest, dass ihr Regel Nummer eins, mal gar nichts half. Was sollte sie nur machen.
"Ein Engel muss immer gut aussehen, toll, echt Venus, das hilft mir jetzt voll!" zeterte sie, während sie sich hinter einer Säule versteckte.
"Ihr seid mir im Weg, dich schalte ich auch noch aus!" der Vampir war nun endlich aufgestanden. Er ging die Reihen ab, doch Corry hatte es geschafft sich ohne Geräusche zu verursachen, hinter den steinernen Beichtstuhl zu flüchten.
"Fang mich doch, wenn du kannst!" rief sie und huschte weiter, hinter den Altar. Dort angekommen zog sie an dem Umhang des Todesengels.

"Wach auf Matti, ich könnt echt deine Unterstützung gebrauchen!" Doch der Todesengel regte sich nicht, immer noch hing er untätig in der Luft rum.
"Echt, zum Rumhängen ist jetzt die falsche Zeit!" fauchte der Schutzengel nervös. Der Vampir kam zu der Stelle, an der die Weddingpeach lag. Diese regte sich wieder.
Mumiah sah die Beine des Mannes an sich vorbeilaufen, wie von selbst packte sie das Bein und biss hinein. Das Fauchen, welches daraufhin von der Kreatur ausging, verhieß nichts Gutes.
Doch die Weddingpeach hatte sich festgebissen. Der Mann kam ins Straucheln, zog den verzweifelten Engel hinter sich her, trat nach ihr. Sie spürte den Schmerz, schaffte es jedoch nicht loszulassen.
"Du Drecksack!" schrie der Schutzengel, dem jeder der Tritte ebenso weh tat, wie ihre Freundin. Bree hatte sich ebenfalls einigermaßen erholt und sich von hinten angeschlichen.
"Nimm das!" brüllte sie und drosch den Schläger auf den Kopf des Gegners. Der Schläger zerbrach und nur Augenblicke später griffen sich die drei Engel an die Kehle. Es fühlte sich an, als ob jemand ihnen die Luft abschnürte. Auch wenn sie eigentlich keine Luft zum Leben brauchten, das Gefühl zu ersticken blieb. Jetzt musste selbst die gequälte Mumiah ihr Opfer loslassen, sie kämpfte am Boden mit unsichtbaren Händen.
"Lass das!" krächzte sie.
"Ihr habt euch mit dem falschen angelegt! So jetzt wird es Zeit das ich heirate!" er klang gelassen und fast schon amüsiert.

"Mattia!" flehte Corry im augenscheinlichen Kampf um ihr Leben.

Der Vampir drehte sich wieder zu dem Altar. Dann stockte er, der Griff um die Hälse seiner Opfer lockerte sich.

"Das glaube ich kaum, du Wichser!" erklang eine düstere Stimme hinter ihm. Verwirrt drehte sich der junge Mann um. Mattia hatte es geschafft. Sie hatte sich aus ihrer misslichen Lage befreit, hielt die Reste des Tennisschlägers wie einen Pfahl vor sich.

"Aber wie?" kam der überraschte Ausruf des Burgherren.

"Wir sind die Boten des Herren und du bist tot!" rief sie und stach mit dem spitzen Holz in das Herz des Mannes. Dieser fauchte und griff nach dem Holz, dann fing er Feuer und verbrannte unter einem gellenden Schrei.

Im selben Moment erholten sich die anderen Engel wieder und rappelten sich auf.

"Alter, echt das war Rettung in letzter Minute!" Coretha umarmte ihre Freundin.

"Musstest du es so spannend machen?" beschwerte sich Madan.

Dann lachten sie alle. Es war echt genug Aufregung für eine Nacht gewesen.

"Wir sollten hier verschwinden!" stellte Uma fest.

Dem war nichts mehr hinzuzufügen.

Die erste heiße Spur

Nachdem die Engel wieder im Burghof standen, konnte man in der Ferne die letzten Sterne glitzern sehen.

"Was habt ihr jetzt herausgefunden?" fragte Mattia und knapperte an einem Schokoriegel, die Madan verteilt hatte. Ihre Vorräte waren knapp geworden und jeder der sechs verspürte langsam richtig Hunger. Sie konnten zwar tagelang ohne Nahrung aushalten, doch es schwächte sie wenn sie nicht wenigstens etwas Kleines zu sich nahmen.

"Nun, die Bibliothek gab nicht viel her, aber auf der Tür haben wir die Geschichte des Ordens gefunden!" erklärte Mumiah stolz.

"Also diese Drachenordentypen hatten eine Truhe! Diese Truhe haben sie einem schlangenförmigen Drachen anvertraut, der auf sie aufpassen soll!" fasste Uma zusammen.

"Ist das die Truhe, die wir suchen?" Madan warf das zerknüllte Schokoladenpapier in eine Tonne.

"Es scheint so oder besser ich hoffe es. Also Leute, los zum Bahnhof!" freute sich Uma, endlich waren sie auf der richtigen Spur, jedenfalls war sie der festen Überzeugung.

"Bahnhof? Warum Bahnhof?" wollte Corry wissen.

"Wir müssen nach Schottland!" Die fünf anderen sahen auf Uma, die schon ihre Flügel ausgebreitet hatte. Warum zum Teufel nach Schottland, sagten ihre Blicke. Umabel sah sich verwundert um:

"Was ist los, wir müssen uns beeilen, solange es noch dunkel ist!"
"Warum Schottland? Und warum nicht mit dem Auto?" fragte Bree.
"Das erkläre ich euch wenn wir losgeflogen sind, jetzt beeilt euch schon!" Wenig später waren die sechs in der Luft. In den ersten Momenten genossen sie schweigend den Wind, der sanft durch ihre Kleidung und die Flügel strich. Dann wurde ihnen kalt. Ihre Kleidung war noch immer durchnässt und der Wind ließ sie fast zu Eis werden. Sobald sie konnten, sollten sie sich dringend trockene Kleidung besorgen.
„Wir müssen aus den Klamotten raus, sonst bekommen wir die Erkältung des Jahrhunderts!" rief Mattia.
„Wir sind Engel, ich glaub nicht, dass wir Schnupfen bekommen können, aber es ist verdammt kalt!" stimmte Coretha zu.
Es dämmerte in der Ferne. Ein oder zwei Hähne krähten und verkündeten den neuen Tag.
"Also, warum Zug? Ich will mit dem Auto fahren!" jammerte Mattia.
"Hast du deinen Führerschein dabei?" fragte Uma.
"Brauch man den denn?" wollte Corry wissen.
"Erkläre du doch mal der Grenzwache oder Polizei warum du deinen Führerschein nicht dabei hast. Zumal die Person, auf die der Schein ausgestellt worden war, tot ist!" gab Bree zu bedenken.
"Ist ein Argument, aber Mattia kann die Polizei doch einfach mit ihrer Sense erschrecken und dann lassen die uns fahren!" jammerte Madan.

"Die werden Fragen, aus welcher Anstalt sie ausgebrochen ist, wenn sie da mit der Gummisense wedelt!" kicherte Mumiah.
"Sehr lustig, „ maulte Mattia, "also, warum nach Schottland?"
"Die Schrift auf der Tür war nicht gut zu lesen, aber ich konnte: nathair-sgiathach saill rún entziffern!" freute sich Umabel über ihre Kenntnisse.
"Äh, was?" fragte Mattia.
"Nathair..." wollte Umabel wiederholen.
"Das habe ich schon verstanden, aber was soll das sein? Klingonisch?"
"Das ist gälisch!" berichtigte die Muse.
"Ah, auf nach Gallien!" freute sich Madan.
"Gääääälisch, nicht Gallisch!" Uma setzte bereits zum Landeanflug an, da der Bahnhof nur wenige Querstraßen entfernt in Sicht kam.
"Und was soll das sein? Ich dachte wir treffen vielleicht Asterix und Obelix!" grinste Madan und setzte nur wenige Augenblicke neben ihr auf dem feucht glänzenden Asphalt auf. Ehe Uma Madan eine Kopfnuss verpassen konnte, ob der dummen Bemerkung, fuhren die Engel erschrocken herum. Ein Mann, klein zierlich und sichtlich verängstigt stand hinter ihnen. Er zeigte auf die sechs und stotterte: "Ihr seid geflogen, ihr seid, ihr seid..."
"Was? Geflogen? Wie viel hast du getrunken?" versuchte Coretha das Unheil abzuwenden.
"Ich bin völlig nüchtern, ich ihr..." er stotterte und schlotterte noch immer. Mumiah trat nach vorn.
"Lasst mich mal machen", grinste sie siegessicher. "Du brauchst keine Angst zu haben, du hast doch sicher

ein Mädchen, dass dir gefällt oder?" Diese Frage kam so überraschend für den Bauern, dass er nur nicken konnte.
"Nun, dann lass uns doch mal dafür sorgen, dass du sie auch bekommst! Ich bin bald zurück!"
"Was hat sie vor?" fragte Mattia.
"Willst du das echt wissen?" antwortete Bree.
"Hast recht, lieber nicht. Erzähl uns lieber was dieses Kauderwelsch an der Tür bedeutet und warum Schottland?"
Während Mumiah mit dem jungen Bauern zu einem nahegelegenen Gehöft marschierte, dort einen Pfeil auf ihren Bogen legte, auf die junge Magd zielte und schoss, klärte Umabel die anderen auf. Die Inschrift verhieß ein Geheimnis, einen Drachen und das dieser das Geheimnis bewachte.
„Und diesen Drachen finden wir in Schottland?" Coretha wirkte immer noch ziemlich irritiert.
„Drache, Schlange und Schottland, was fällt dir dazu ein?" hakte Mattia nach.
Es dauerte noch eine Weile, dann ging ein „Aha" – Moment über Corrys Gesicht und sie grinste.
"Klingt vielversprechend!" stimmte Madan zu.
"Trotzdem, wir brauchen neue Verpflegung!"
Als Mumiah zurück kam, hatten die anderen bereits eingekauft.
"Alles klar? Ist er immer noch der Meinung wir sind geflogen?" hakte Bree nach.
"Schon, aber der hat jetzt andere Probleme!" Mumi sah zerknirscht aus. Ein Schrei, gab Aufschluss warum.

"Vorbeigeschossen?" grinste Mattia und beobachtete wie eine Kuh, laut muhend, hinter dem Jungen her rannte. Da sie vier Beine hatte, würde es nicht lange dauern, bis sie ihn eingeholt hatte. Hinter der Kuh rannte die Magd und schimpfte auf Rumänisch, der halb volle Milcheimer baumelte an ihrem Arm.
"Wenn die Alte sich nicht in letzter Sekunde gebückt hätte, hätte ich getroffen!" schimpfte der Liebesengel.
"Au weia!" lachte Uma. "Kommt wir müssen einen Zug bekommen!"
"Was ist denn jetzt mit dem da? Wir können das doch so nicht lassen!" versuchte Corry einzuwenden. Sie hickste, sie lachte Tränen, es sah auch einfach zu komisch aus, wie die drei da über die Weide rannten.
"Amor wird das schon richten!" Mumiah zog den Schutzengel mit sich fort. Die sechs ausgesandten kauften Fahrkarten für den Zug und hatten Glück, es dauerte kaum eine halbe Stunde, bis sie in ihrem Abteil saßen und es sich bequem machten. Sie hatten eine lange Reise vor sich.

Aus Jeyoui's Tagebuch

Wir wurden wieder von der Polizei mitgenommen. Diesmal jedoch nicht als Täter. Sie hatten den miesen Kerl geschnappt, der dachte er hätte uns ins Jenseits befördert. Wir bekamen also diesmal keine Handschellen verpasst. Der Polizist, der mich damals befragte flirtete mit mir. Tfaji war stinksauer darüber. Mich hat es gefreut. Seit ich mit diesen Leuten zusammen war, ging wirklich alles schief. Ich habe es satt ständig die Vermittlerin zu spielen. Maryu stellt sich wirklich dämlich an und Muzoun ist so zickig, dass es weh tut. Tfaji jammert ständig wegen ihres Aussehens. Tja meine Liebe, auf einer Expedition kann man leider nicht aussehen, als wäre man direkt aus dem Schönheitssalon gekomken. Topoke wird seine Hände verlieren, wenn er nicht endlich aufhört damit an mir rum zu grabschen, ich schwörs! Und Atumi? Hatte der eigentlich irgendwas bisher bewirkt? Er wirkt komplett fehlbesetzt. Ich bin also mitten in einem Haufen unfähiger Leute. Trotzdem habe ich immer noch Angst etwas Falsches zu tun. Wenn die mich nun alleine lassen, dann stehe ich da und dann? Meine Panik ist besser geworden, seit wir auf der Erde sind. Trotzdem ich möchte nach Hause, zu meiner Mom, den Katzen und mir die Decke über den Kopf ziehen. Immer die starke zu sein, das ist einfach sauschwer. Ich möchte gern mal wieder weinen. Dämonen weinen nicht. Ja, ja. Hat mich ja keiner gefragt, ob ich in die Hölle will. Bis vor kurzem dachte ich

noch nicht mal, dass es sowas überhaupt gibt. Und dann diese Gestalten da! Mars, der General. Wenn er weiß gewesen wäre, müsste ich an Mr. Propper denken. Mr. Propper putzt so sauber, dass man sich drin spiegeln kann. Ja in der Glatze des Generals kann man sich auch spiegeln. Lillith, diese Domina-Tussi. Na gut, Satan ist echt niedlich. Wenn ich mich weiter so anstrenge, schaffe ich es für ihn die besagte Rolle zu holen und dann werden wir romantisch in den Höllenschlund fahren mit einer Lavagondel.
Zurück zum Geschehen. Wir standen also in diesem Raum und sollten den Kerl identifizieren.

„Was machen wir jetzt hier?" fragte Muzoun und trat von einem Fuß auf den anderen.
„Wir desinfizieren den Professor!" erklärte Maryu.
Alle prusteten los. Maryu starrte uns an.
„Was hab ich denn gesagt?" fragte er und sah dabei grinsend von einem zum anderen.
„Nichts, nichts. Willst du Alkohol haben?" fragte ein Beamter und grinste zurück.
„Wie jetzt? Saufen?" fragte Maryu.
Die Identifizierung war sehr lustig. Diese Geschichte würde in die Annalen der Pariser Polizei eingehen.
Jey wurde als erste befragt. Es war wieder der Polizist der schon die Befragungen vorher gemacht hatte.
„Schön Sie unter diesen Umständen wieder zu sehen!" freute er sich.
„Das sagten sie schon in den Katakomben." Lächelte der Katzendämon.

„Achja, ähm… klar, logisch!" Er schob nervös einige Dokumente hin und her. Dann hatte er sich wieder gefangen.

„Der Typ ist ein professioneller Dieb, Einbrecher und Betrüger. Er sagte uns jedoch, er habe sie mit Curare vergiftet. Nicht das sie mich falsch verstehen, aber wie zum Henker haben sie das überlebt?"

„Ähm, vielleicht war es zu wenig?" fragte Jeyoui. Gute Frage wie sollte sie erklären, dass sie bereits tot waren und deswegen nicht sterben konnten?

„Die Konzentration, die in dem Wasser war, hätte einen Büffel getötet!" erklärte der Mann ihr gegenüber.

„Vielleicht haben wir einfach zu wenig getrunken?" warf sie wieder ein.

„Ja vielleicht, es ist ein Rätsel," stammelte der Mann vor sich hin. Jetzt schnell das Thema wechseln, vielleicht vergisst er es dann. Verdammt viele VIELLEICHT.

„Bekommen wir unsere Sachen wieder?" versuchte Jey es.

„Natürlich, wir haben schon jemanden losgeschickt es abzuholen!"

Er kramte noch immer in seinen Unterlagen.

„Wo wollen sie denn jetzt hin?" fragte er und blickte sie wieder aufmerksam an.

„London!"

„Ah, ja klar fast logisch!" Die Miene des Polizisten war unergründlich.

„Wieso logisch?" Warum stellte sie eigentlich hier ständig die Fragen, war das nicht sein Job?

„Sie suchen Spuren von den Tempelrittern, das hat uns der Betrüger erzählt. Darf man fragen warum?"
„Wir sind sozusagen Hobby-Historiker und nutzen unseren Urlaub, den wir einmal im Jahr zusammen machen, um Geheimnissen auf die Spur zu kommen. Wie sie sehen, erleben wir dabei viele Abenteuer!"
Klang das zu weit hergeholt? Woher kamen bloß diese haarsträubenden Ausreden. Sie hielt die Luft an, erst als er nickte, wagte sie wieder zu atmen.
„Jetzt wollen sie in London also auch die Gegend unsicher machen?" fragte der Polizist.
„Eigentlich hoffen wir, einen Nachfahren zu treffen. Mal abwarten, wohin uns unser Glück bringt!" lächelte Jessy, sie streckte ihren langen Hals dabei noch etwas höher.

Wenig später brachte sie ein Wagen der Pariser Polizei zum Bahnhof. Sie mussten sich beeilen, wenn sie noch einen Platz im Euro-Express bekommen wollten. Als sie zum Bahnsteig kamen und einstiegen, war es höchste Eisenbahn. Die sechs winkten ihren Rettern noch zu.
„Jey, suchen sie nach Sir Donovan. Er hat eine…. Tempelritter!" mehr konnte Jey nicht verstehen.
Wer war Sir Donovan? Was wollte ihr der nette Polizist denn mitteilen.
Sie fanden ein Abteil und ließen sich erstmal richtig gemütlich nieder.
„Ganz ehrlich, wenn wir ankommen, will ich erstmal was essen!" beschwerte sich Atumi.
„Das ist eine der besten Ideen, die du je gehabt hast!" stimmte Maryu zu.

„Kein Wunder, es war bis jetzt die einzige Idee!"
blaffte Tfaji.
„Zwei Stunden mit euch hier eingepfercht? Vergesst es, das halte ich nicht aus!" Jeyoui stand auf und nahm ihren Rucksack mit.

Sie lief durch den schaukelnden Gang. Hörte Kindergeschrei und Zeitungsrascheln. Sie blickte in einige Abteile. Alle Sitze waren belegt, schließlich fand sie ein Schlafabteil. Hier hielt sich niemand auf, hier konnte sie für zwei Stunden allein sein. Sich ausruhen. Als sie zur Ruhe kam, dachte sie über alles nach. Sie vermisste ihre Mutter so sehr und ihre Schwester, was die wohl gerade machten? Über diesen Gedanken fing sie an die Tränen laufen zu lassen. Sie weinte und schluchzte. Sie bekam nicht mit, dass die Tür zu dem Abteil aufgeschoben worden war und ein junger Mann hineingetreten war. Dieser starrte sie an und wusste nicht so recht, was er tun sollte. Männer wissen nie was sie tun sollen, wenn Frauen weinen. Meistens wissen es noch nicht mal die Frauen, wie sich die Männer dann am besten benehmen sollten.
„Entschuldigung?"
Jey schrak hoch. Wie lange stand er da schon. Er war dürr, hatte breite Jeans an und einen Kapuzenpullover. Er konnte kaum älter als sechzehn sein.
„Oh, ich also…" stammelte sie.
„Kann ich ihnen irgendwie helfen?" fragte der Typ.
„Nein, ich glaube ich gehe jetzt. Ist ja nicht mein Abteil!"

Doch die Wut, Trauer und Angst hatten sich so sehr aufgestaut, dass sie wieder in Tränen ausbrach. Der Mann stand noch immer unschlüssig daneben.
„Soll ich Hilfe holen?" fragte er.
Jey konnte nur den Kopf schütteln.
Der Mann stieg über ihre Beine und kramte in einem der Gepäckstücke, bis er schließlich eine Flasche Wasser fand. Er reichte sie der Frau.
„Vielleicht etwas trinken?"
Jeyoui verkrampfte sich beim Trinken, was zu einem Schluckauf führte. Der war ihr sehr peinlich. Sie saß da, am Boden mit verheulten Augen und Schluckauf. Sie musste wirklich schrecklich aussehen.
„Streit mit dem Freund?" fragte der Mann und ließ sich neben ihr nieder.
„Nicht direkt," hickste sie.
Der Mann fixierte sie mit seinen braunen Augen, eigentlich war er wirklich kein Mann.
„Wo geht's denn hin?" versuchte er es weiter.
„London!" erzählte sie. Warum erzählte sie dem Typen das? Was ging ihn das an?
„Ich muss bis zur Endhaltestelle, hab noch ein bisschen länger vor mir. Weit weg von zu Hause?"
„Zu weit." Nickte sie. Ihr Atem beruhigte sich und das hicksen wurde langsam weniger.
„Kenn ich. Ich bin auch schon lange weg von zu Hause!"
„Wo kommen sie denn her?" fragte Jeyoui, um auch mal eine Frage zu stellen.
„Bayern, ich vermisse das Bier!" sagte er.
„Ich bin auch aus Bayern!" plötzlich war Jeyoui wieder das junge Mädchen, welches in der Ausbildung

war und in Deutschland lebte. Sie unterhielten sich darüber, was sie jetzt alles täten, wenn sie in Bayern wären und wie sehr sie gewisse Dinge vermissten. Die zwei Stunden Fahrt vergingen wie im Flug. Jeyoui hatte sich während dieser zwei Stunden zum ersten Mal, seit sie wieder auf der Erde war, auch heimisch gefühlt.

„Ich muss hier raus, danke für alles. Servus!" sagte sie.

„Hey, wie heißen sie eigentlich?" fragte der Junge.

„Jessy!" nannte sie ihren richtigen Namen. Der Name, mit dem sie vor langer Zeit geboren worden war.

„War mir eine Freude Jessy!" zwinkerte der Junge.

„Und du?" sie war wie selbstverständlich, einige Minuten vor der Station, auf das Du gesprungen.

„Madan, ich bin Madan!"

Vier Tage im Euro-Express

Tag 1:

Erschöpft und ziemlich müde ließen sich die sechs in einem der Abteile nieder. Erstmal mussten sie aus den Kleidern heraus, auch wenn sie nicht krank werden konnten, hieß es nicht, dass sie es angenehm fanden, in nassen Kleidern herumzulaufen. Diese hingen sie über die Gepäckablage und drehten den Hebel für die Heizung auf heiß. Bald wurde es in dem kleinen engen Abteil kuschelig warm. Die Bänke waren auf den ersten Blick bequem und mit weichen Polstern aus rotem Samt verkleidet. Ihr weniges Gepäck hievten sie auf die Ablagen. Direkt nebenan war das Schlafabteil. Da es nur drei Betten gab, mussten sie abwechselnd schlafen.

"Ich nehme das obere Bett!" Madan wollte schon hochklettern, da kam das Veto der Mädels.

"Vergiss es, bei deinem Glück Betten zu zerstören, liegst du schneller auf mir, als ich 'schlafen' sagen kann!" Nun, dieser Vorwurf war nicht so weit hergeholt wie es schien. Madan verdrehte genervt die Augen und krabbelte dann auf die unterste Liege, die so schmal war, dass es kaum für einen Menschen reichte.

"Also bequem ist etwas anderes!" jammerte auch Corry und bekam Höhenangst. Da sie die leichteste war, wurde sie nach oben verbannt.

"Willst du doch lieber unten liegen?" hoffte Madan. Corry sah hinunter, ihr wurde schwindelig und schließlich tauschte sie doch mit Madan die Liege.

Wenn sie jetzt durch die Fahrbewegungen des Zuges von der Pritsche rollen sollte, dann fiel sie wenigstens nicht so tief. Aber nicht nur Corry gefiel es nicht im Zug zu schlafen. Bree, die von Haus aus kräftiger gebaut war, hatte Probleme ihren Hintern überhaupt auf das schmale Brett zu verfrachten. Es dauerte einige Minuten, und es knarrte dabei wirklich übel, bis sie eine Schlafposition hatte, die es ihr einigermaßen bequem machte. Die Halterungen an den Betten machten bei jeder heftigeren Bewegung quietschende Geräusche. Selbst das monotone Rumpeln des Zuges reichte aus, dass einem angst und bange werden konnte. Kaum zu glauben, dass sie es dennoch schafften einzuschlafen. Während die anderen drei im Nachbarabteil einen wunden Hintern bekamen, da die Polster auf Dauer auch nicht das Wahre waren und sich gegenseitig an maulten, bestieg Aphrodite am nächsten Bahnhof den Zug.
"Hallo ihr Lieben, ich dachte ich bringe euch etwas Essbares vorbei!" strahlte sie und hob einen prall gefüllten Picknickkorb in die Höhe.
"Ach, lebst du auch noch?" zickte Mumi sie an.
"Aber, aber warum denn so böse?" lachte die griechische Schönheit.
"Ich böse? Niemals! Wo warst du als Mattia in Lebensgefahr schwebte?" zickte Mumiah weiter.
"Lass gut sein, ich lebe ja noch!" erwiderte Mattia und fühlte sich geschmeichelt.
"Ihr seid Engel, ihr seid schon tot, euch kann gar nichts passieren!" Aphrodite packte ungeniert weiter die Mitbringsel aus. Mumiah wollte schon etwas erwidern, doch Uma legte ihr die Hand auf den Unte-

rarm, ein Blick sagte ihr: "Lass gut sein!" Immer noch wütend, begutachtete Mumiah nun die Leckereien und bemerkte wie hungrig sie war.
"Wo sind denn die anderen?" fragte die Göttin.
"Schlafen, nebenan!" Umabel griff nach einem dick belegten Sandwich und biss gierig hinein.
"Wollen wir sie wecken?" Mattia hatte sich eine Gabel geschnappt und aß mit Genuss den Kartoffelsalat.
"Damit Madan uns alles wegfrisst? Vergiss es!" grinste Mumi und schaufelte ebenfalls Salat in sich hinein.
Aphrodite sah ihnen eine Weile zu, dann ließ sie sich von ihren Fortschritten berichten. Als sie von dem Missgeschick mit der Kuh hörte, brach sie in schallendes Gelächter aus. Einen Kommentar, zum Thema der Apfel fällt nicht weit vom Stamm, konnte sie sich dann auch nicht verkneifen.
"Zu Nessie also? Seid ihr sicher, dass es die überhaupt gibt?" Da die drei fleißig mit kauen beschäftigt waren, konnten sie nur nicken oder den Kopf schütteln. Beides ergab nicht viel Sinn, denn sicher, ob es den sagenumwobenen Drachen im Loch Ness wirklich gab, waren sie sich nicht. Aber sie waren zuversichtlich.
Mattia rülpste gerade laut, als aus dem Nachbarabteil ein lautes Krachen zu vernehmen war. Gefolgt von Geschrei. Aphrodite sah die anderen erschrocken an.
"Wetten, dass Madan sein Bett geschrottet hat?" sagte Mumiah ungerührt und trank einen großen Schluck Limo.
"Oder Bree ist aus dem Bett geflogen." ergänzte Uma.
Keiner der drei machte Anstalten auch nur aufzustehen, also ging Aphrodite nach nebenan, um sich die Bescherung anzusehen.

"Esst schneller, eh Madan hier auftaucht!" hörte sie Mattia die anderen noch anweisen, ehe die Schiebetür zufiel.

Nebenan lagen die drei "Schlafenden" am Boden. Rieben sich die Hintern, den Arm oder auch den Kopf. Die Betten hatten nachgegeben, von oben nach unten waren die Engel aufeinander gepurzelt.
"Hey, geht's euch gut?" Aphrodite musste sich ein Grinsen verkneifen. Die drei saßen und lagen in einer Art Knoten aufeinander und es war nicht ganz ersichtlich, wessen Arm zu welchem Engel gehörte.
"Sehen wir so aus?" giftete Bree auch sofort los, "Nimm deine Hand von meinem Hintern!"
"Ach das ist deiner? Ich dachte schon!" stöhnte Madan. Es dauerte eine Weile bis die Engel ihre Gliedmaßen wieder bei sich hatten und sich das Ausmaß der Zerstörung ansahen.
"Saubere Arbeit, Madan, alle drei Pritschen im Arsch!" Damit hatte Corry leider recht. Nun hatten sie keine Schlafplätze mehr.
"Ja klar, ich bin wieder schuld!"
"Ich hab doch gesagt, schlaf unten!" meckerte auch Bree und besah sich ihren Ellbogen.
"Leckt mich!" Madan stampfte mit dem Fuß auf, schob die Göttin zur Seite und verschwand im Gang.
"Das hättest du wohl gern!" brüllte Coretha hinter dem Racheengel her. Aphrodite bemerkte, dass die Stimmung der Engel sehr gereizt war und versuchte mit einem Lächeln die Engel zu besänftigen.

"Diese Zugpritschen taugen nichts, dass hätte jedem passieren können. Kommt mit rüber, es gibt was Leckeres zu essen!"

Tag 2:

Madan blieb verschollen. Niemand wusste wo genau im Zug er sich befand. Ein schlechtes Gewissen hatten die zwei Mädchen trotzdem nicht. Es gab auch ganz andere Probleme. Aphrodite war wieder verschwunden. Dafür war eine Familie mit zwei kleinen Jungs eingestiegen und diese nervten die übrigen Engel. Sie spielten allerlei Streiche, von Zahnpasta auf den Fenstern, bis hin zu einer Überschwemmung, in dem sie das Zugklo verstopften. Während sich Uma nur noch zurück zog und ein Buch nach dem anderen geradezu verschlang, jagte Mattia die Jungs quer durch den Zug.
"Die sind genauso nervig wie mein kleiner Bruder!" stellte Mumiah fest und wurde fast etwas traurig. Sie hatte lange nicht an ihre Familie gedacht und eigentlich hatte sie, ihre Mutter und ihren Vater, geschweigedenn ihren Bruder auch nicht vermisst. Doch was täte sie jetzt, wenn sie ihren Bruder noch einmal treffen könnte.
"Oder wie meine zwei Jungs!"
Auch Bree standen die Tränen in den Augen. Schließlich mussten beide weinen, was zur Folge hatte, dass der Schutzengel hilflos mal die eine, dann die andere versuchte zu trösten. Sie hatten sich in dem zerstörten Abteil die Schlafsäcke ausgerollt und schliefen nun

auf dem Boden. Zuvor hatte Bree einen Besen heraufbeschworen und erst mal gründlich gekehrt.
"Wo ist Madan eigentlich hin?" fragte Coretha, um die zwei auf andere Gedanken zu bekommen.
"Keine Ahnung, weit kann er nicht sein."
"Wahrscheinlich im Speisewagen!" gab Mumiah schniefend zu. Das sähe ihm ähnlich, dass musste auch Corry zugeben.
"Kommt, wir suchen ihn mal!"
"Keine Lust, ich bleib hier!" seufzte Bree. So war es dann auch, Coretha ließ die zwei deprimierten Frauen zurück und machte sich allein auf die Suche nach Madan. Sie traf unterwegs auf Mattia, die die beiden frechen Jungs an den Ohren gepackt hatte und schüttelte.
"Na ist das immer noch lustig?" keifte sie.
"Lass sie los, das kannst du nicht machen!" fuhr Corry dazwischen.
"Ich will dich mal erleben, wenn du in deinem Schlafsack Mäuse findest!" fauchte Mattia, die sichtlich verärgert war.
Bevor wieder neuer Streit aufkam, schafften es die Jungs sich zu befreien und rannten heulend zu ihren Eltern.
"Toll, jetzt konnten sie entkommen!" Mattia stieß den Schutzengel zur Seite und rannte den Quälgeistern hinterher.
"Ey!" brüllte sie ihr nach, dann setzte sie ihre Suche nach dem verschollenen Racheengel fort. Eigentlich suchte sie nur ein Plätzchen, an dem sie allein sein konnte. Ihre Mitstreiter gingen ihr auf den Keks, sie hatte einfach keine Lust auf deren Gesellschaft.

Tag 3:

Als die Familie den Zug verließ, verschwand auch die Depression die Engel. Gereizt waren sie trotzdem immer noch. Madan war wieder aufgetaucht, gab jedoch keinerlei Erklärung über seinen Aufenthaltsort zum besten. Er legte sich stumm zum Schlafen und würdigte die anderen mit keinem Blick. Coretha und Mumiah machten sich gemeinsam auf den Weg zu der Nasskabine, sie wollten sich etwas frisch machen. Eine sollte Wache stehen, während die andere in der engen Zugkabine Zähne putzte und sich wusch. Auf dem Weg zur Nasszelle trafen sie auf drei junge Männer, die wohl bei der letzten Station in den Zug eingestiegen waren.

"Hallo Ladys!" der älteste von ihnen legte so viel Schleim in seine Stimme, dass Coretha schon davon fast übel wurde.

"Wohin des Weges?" fragte der zweite und grinste frech.

"Wüsste nicht, was euch das angeht!" zickte Mumiah.

"Bist du immer so zickig, wenn man dich begrüßt?" fragte der jüngste, dessen Schneidezahn vorstand. Er sah noch am besten aus, doch sein Lächeln war falsch.

"Nur, wenn wir dumm von der Seite angemacht werden, würdet ihr uns jetzt bitte den Weg frei geben?" Coretha schob den langsam wütend werdenden Liebesengel hinter sich.

"Das kostet Wegzoll!" schleimte die Nummer eins weiter.

"Das könnt ihr haben!" Mumiah schwang hinter Corethas Rücken schon ihre Fäuste.

"Echte Wildkatzen, was? Ich sag euch was, wir lassen euch durch. Dafür trinkt ihr nachher etwas mit uns, na wie wäre es?" Jetzt war es an Corry sauer zu werden. Sie trat den Jüngsten gegen das Schienbein und lächelte dabei:
"Ich sag euch was, ihr lasst uns durch und wir euch am Leben!"
"Glaub mir mal, dafür bekommst du noch eine Abreibung, du blöde Kuh!" rief ihr der jüngste hinterher und rieb sich das Bein.
"Ich freu mich schon drauf, du Arschloch!" rief Mumiah, die von Corry mitgezogen wurde.
Sie schlossen sich in der engen Nasszelle zu zweit ein und begannen ihre Morgentoilette.
Mit der Zahnbürste im Mund stellte Coretha fest:
"Das kann ja heiter werden, diese drei Casanovas sind ja widerlich!"
"Irgendwie kommen die mir bekannt vor, ich weiß nur nicht woher!" rätselte Mumi, die sich wieder beruhigt hatte.
Der Rückweg zu ihrem Abteil verlief störungsfrei. Die komischen Kerle hatten sich anscheinend echt verdünnisiert.

Corry und Mumi vertrieben sich die Zeit mit ihren Heiligenschein-Tablets und spielten Karten, als es an die Tür des Abteils klopfte. Als sie die Köpfe hoben, sahen sie einen Strauß roter Rosen, dahinter ein freches Grinsen. Einer der jungen Männer schob die Tür auf und steckte den Kopf hinein.
"Ich komme in Frieden!" säuselte er.

"Dann lass uns in Frieden!" Mumi und Corry waren beide einen Sitz weiter ins Abteil gerutscht, wobei Corry fast auf Uma's Schoß saß.

"Mir ist aufgefallen, dass wir uns nicht vorgestellt haben und das geht ja nun mal gar nicht," redete er unaufgefordert heiter weiter.

"Mein Name ist Topo, das hier, " er zeigte auf den ältesten, "ist Atu und sein Name ist Maryu," schloss er ab.

"Unser Name ist Wayne!" sagte Mumiah.

"Genau, Wayne interessiert's?" ergänzte Corry.

"Ladys, wir kommen mit den besten Absichten, warum seid ihr so abweisend?" fragte der, dessen Name Atu war.

"Bitte nehmt eure Absichten und verzieht euch!" versuchte Coretha nett zu bleiben.

"Das Unkraut könnt ihr auch wieder mitnehmen!" giftete Mumiah und funkelte die drei böse an.

"Verdammter Mist, sowas von unkollegial!" schimpfte der junge Maryu.

"Du meinst unsozial, Maryu!" verbesserte Atu ihn.

"Was auch immer!"

Die Engel sahen sich sprachlos an. Was zum Teufel sollte das?

"Ich versuche hier zu lesen, könnt ihr eure Diskussion bitte anderswo fortsetzen!" mischte sich nun endlich auch Uma ein.

"Genau, macht eure Sprachübungen woanders, am besten auf den Gleisen!" stimmte Mumi zu.

Coretha war aufgestanden und schob die unverschämten Kerle auf den Gang zurück, zog dann die

Schiebetür mit einem: "Auf Nimmerwiedersehen!" zu und die Gardinen gleich hinterher.
"Merkwürdige Typen, findet ihr nicht?" fragte Uma und widmete sich wieder ihrem Buch. Sie bekam nicht mit, dass ein Zettel unter der Tür durchgeschoben wurde. Auf diesem stand: "Wir sehen uns wieder Ladys!"
"Bitte nicht!" stöhnte Corry und schmiss den Zettel aus dem Fenster.
"Wo ist eigentlich der Todesengel, wenn man ihn mal braucht oder Madan?" Mumiah schaltete ihr Tablet wieder an und schon bald waren die zwei wieder in ihre Spiele vertieft.

Tag 4:

"Gott sei Dank, noch eine Stunde, dann können wir raus hier!" freute sich Mattia. Sie rollte die Schlafsäcke zusammen und auch die anderen waren damit beschäftigt ihr Zeug zusammen zu suchen. Von den drei aufdringlichen Männern waren sie verschont geblieben. Die letzten Tage hatten sie ziemlich viel Energie gekostet. Schon allein das ständige aufeinander sitzen hatte zu Spannungen geführt. Der Ton, indem sie miteinander sprachen, war schärfer geworden. Die Luft immer stickiger und Madan hatte noch immer keinen Ton mit ihnen geredet. Uma stand vor einem Berg Bücher. Sie hatte die letzten vier Tage acht davon gelesen, doch noch weitere sechs versuchte sie jetzt mit Gewalt in ihren Rucksack zu stecken.
"Verdammt, die passen nicht rein!"

"Du musst doch nicht die komplette Enzyklopädie mitschleppen!" versuchte Mattia sie zu überzeugen.
"Doch, wie soll ich sonst an Wissen kommen?" fragte die Muse.
"Learning by doing!" grinste Madan. Erstaunt sahen ihn die fünf Mädels an.
"Es spricht!" stellte Mumiah fest. Madan verdrehte die Augen und packte weiter, auch sein Rucksack war voller, als gedacht. Endlich kam die Ansage, sie würden gleich in den Bahnhof einfahren. Vollgepackt drängelten sie sich auf dem Gang und standen wenig später im grellen Sonnenlicht des kleinen Bahnhofs.
"Loch Ness, seht ihr schon den See?" fragte Bree, kaum dass sie draußen waren. Plötzlich vernahmen die Engel ein merkwürdiges Geräusch, ein Schluchzen und Schniefen:
"Ich will nach Hause!" quengelte Mumiah wie aus heiterem Himmel. Dabei zog sie das e von Hause endlos in die Länge.
"Was ist denn nun los?" fragte Madan überrascht und sah die Weddingpeach erstaunt an. Diese hatte sich auf ihren Rucksack gesetzt und weinte bitterlich. Ratlos standen die anderen daneben.

Maryu und die Schokoladenfabrik

Der Tipp des Polizisten aus Paris brachte die Gruppe zu den Toren einer großen Fabrik.
„Schokoladenfabrik!" freute sich Atumi, endlich mal ein gutes Ziel.
„Wie kommen wir jetzt da rein?"
„Seht ihr den Lieferwagen da vorn? So kommen wir rein!" erklärte Maryu.
„Wie meinst du das?" Muzoun blickte skeptisch.
Maryu erzählte seinen Plan. Es war nicht unbedingt leicht seinen Gedankengängen zu folgen, doch schließlich wussten alle worum es ging.
„Das ist der dümmste Plan den ich je gehört habe!" echauffierte sich Tfaji.
„Wann geht's los?" Atumi hatte gelacht, laut und nervig wie üblich.
Es dauerte nur noch wenige Minuten, bis sie es schafften sich unbemerkt auf das Gelände zu schleichen, bis zu dem Transporter, der vor einem der Gebäude geparkt war. Maryu öffnete die Ladefläche des Gefährts und grinste. Sein abstehender Zahn, schien auch zu grinsen, jedenfalls sah es aus, als würde er im Licht glitzern. Er stieg in das Gefährt und kramte darin herum. Reichte Atumi ein Utensil nach dem anderen. Damit verschwanden sie hinter einem Strom-Häuschen und begannen ihren Plan umzusetzen.

„Dafür verklage ich dich!" schimpfte Tfaji, als sie die Pforte ohne weiteres passiert hatten.
„Grau steht dir!" versuchte Atumi die beleidigte Dämonin aufzuheitern.
Die Gruppe hatte nun graue Gummi-Hosen an. Sie sahen darin nicht gerade sexy aus, was Tfaji fast zur Verzweiflung trieb. Die viel zu großen Anzüge hingen wie Kartoffelsäcke an ihnen.
„Ich kann nichts dafür, dass du so klein bist. So kleine Gummi-Hosen gibt es gar nicht!" meckerte Maryu. Er hatte ihnen während des Plans erklärt, dass er früher als Industriereiniger gearbeitet hatte und sich auskannte, welche Ausrüstung man in einem Betrieb wie diesem brauchte. Der Lieferwagen war von einer Reinigungsfirma und zu Maryu's Glück hatten die eigentlichen Besitzer ihre Ausrüstung wohl noch nicht entnommen. Er hatte also diverse Putzutensilien, sogar einen Dampfstrahlreiniger, an Atu weitergegeben und sie hatten sich diese Gummi-Hosen angezogen. Die Jacken, die normalerweise dazu gehörten, konnte Maryu nicht finden. Nun, sie waren ja auch nicht zum Putzen hier. Kaum waren sie in der Produktionshalle angekommen, hatten sie sich der Kleidung entledigt.
„Diese Erinnerung wird sofort aus meinem Gedächtnis gelöscht!" schimpfte Tfaji immer noch. Ihr lief es weiter eiskalt den Rücken runter.
„Laut diesem Lageplan hier, ist das Büro von Donovan da!" zeigte Muzoun auf einen Plan, der die Maschinen betitelte und auch die Büros anzeigte. Sie folgten der angegebenen Richtung und liefen an lauten, langen und großen Maschinen vorbei. Drei der Maschinen standen nebeneinander. Mitarbeiter konn-

te man nicht sehen. Alles lief automatisch. Aus einem großen Kessel, der flüssige Schokolade enthielt wurde diese auf ein Laufband gepumpt. Dort dann in rechteckige Formen gepresst und durch einen Kühltunnel geschickt. Wenn die Schokolade dann wieder rauskam, hatte sie die Form einer endlosen Tafel Schokolade, wie man sie aus dem Handel kannte. Zwei Messer portionierten die Schokolade dann in zweihundert Gramm und weiter ging es zur Verpackung. Die erste Maschine hatte anscheinend dunkle Schokolade, die dahinter Vollmilch und die ganz rechte weiße Schokolade. Neugierig sahen die Dämonen einige Minuten zu.
„Jetzt weiß ich auch wie Schokolade gemacht wird, los lasst uns zu Donovan gehen!" forderte Atumi die anderen auf.

Sie fanden Donovan, der gelangweilt in seinem Büro saß, welches wiederum über enge Gittertreppen über den Anlagen schwebte.
„Was macht ihr denn hier?" fragte er erstaunt, als die Dämonen sich in das kleine Glasbüro zwängten.
Atumi übernahm es dem Mann, der ziemlich dick-, nein fett war, sie vorzustellen. Donovan nickte, auch wenn man das nicht wirklich erkennen konnte, lediglich daran, dass sein Doppelkinn wippte. So einer will Tempelritter sein?
„Aufzeichnungen? Oh Mann, da kommt ihr aber einige Jahrhunderte zu spät!" stöhnte dieser.
Da es keine weiteren Sitzmöglichkeiten im Büro gab, konnte er ihnen nicht mal einen Stuhl anbieten.

„Wissen sie etwas darüber?" fragte Tfaji, ihr war unbehaglich.
Das Büro schwankte leicht. Allein das Gewicht des Mannes ließ die Konstruktion weniger sicher wirken, als sie es war, aber dann noch ihr Gewicht dazu.
„Mein Vorfahre war tatsächlich ein Tempelritter. Aber Aufzeichnungen hatte dieser nicht. Nach Freitag dem 13., dem sogenannten schwarzen Freitag, verstreuten sich die Ritter auf der ganzen Welt. Die Inquisition brachte jeden um, von dem sie nur annähernd glaubten er sei ein Templer. Sie nahmen damals auch sämtliche Papiere mit sich. Viele verbrannten sie auch. Also wenn jemand etwas über diese besagten Dokumente weiß, dann die Inquisition." Donovan rieb sich über den Bauch.
„Die Inquisition existiert heute ja nicht mehr, ne Ahnung wohin die das gebracht haben?" fragte Topoke.
„Oh doch, die Inquisition gibt es heute auch noch, sie nennen sich jetzt nur Opus Dei!" lächelte der dicke Mann.
Keinem fiel auf, dass Maryu nicht mehr bei ihnen war. Sie ließen sich noch einen Schnellkurs durch die Geschichte der Tempelritter geben und zu Opus Dei.

Maryu hatte die Maschine mit der köstlichen weißen Schokolade gesehen. Wie lange war es her, dass er sowas köstliches gegessen hatte? Nur kurz den Finger in die Masse stecken. Er war über die erste Maschine gehüpft. Da er eigentlich sehr sportlich war, wäre es für ihn kein Problem gewesen, an einer Stelle des Fließbandes drüber zu springen. Doch das Fließband der zweiten Maschine war tückischer. Er hatte vor-

sichtshalber seine Krallen ausgefahren, um sich bei dem Sprung abzustützen. Das war ein Fehler. Seine Kralle hatte sich im Band verfangen und Maryu wurde unsanft im Sprung abgefangen und landete auf der Vollmilch-Endlos-Schokolade.
„Verflucht!" schimpfte er.
Es sah wirklich lustig aus, wie er da, auf dem Rücken liegend mit eingeklemmten Krallen auf dem Schokoladenband fortgetragen wurde.
Ratsch, ratsch, machte es hinter ihm. Er versuchte den Kopf zu drehen, die Messer, die Portionierungsmesser kamen immer näher. Er musste seine Krallen einfahren. Doch es klappte nicht. Er zerrte und riss an ihnen. Es tat weh, denn die Krallen waren ja wie seine Finger. Wenn er sie nicht bald losbekäme, würde er in kleine Häppchen verpackt werden.
Ratsch, ratsch. Das Schneidewerkzeug kam immer näher.
In letzter Sekunde, schaffte Maryu es, die Krallen freizubekommen, dabei verlor er allerding die Spitze einer seiner Krallen. Hob sie über den Kopf und hielt damit die Portionierungsmesser auf.
„Verdammt!" brüllte er.
Die abgebrochene Spitze tat ungefähr so weh, als wenn man einen Fingernagel komplett herausreißen würde. Maryu besah sich, immer noch auf dem Fließband fahrend, seine Wunde.
„Scheiße!" schimpfte er jetzt.
Da Schokolade, die nicht das richtige Gewicht hatte, wieder in den Kreislauf zurück geleitet wurde, schubste ein Hebel Maryu, samt der Schokolade auf der er saß in einen Ausschussbehälter. Dieser setzte

sich in Bewegung, sobald er ein bestimmtes Maß erreicht hatte. Maryu füllte das Maß aus. Wie in einer Gondel bei der Achterbahn, wurde der Behälter immer höher gefahren. Bis zum Rand des großen Silos, in dem die flüssige Schokolade war. Ehe Maryu verstand, was geschehen würde, wurde der Behälter entleert und der Dämon flog in den großen Schokoladentrog.
„Ahhhhhhhhhh, Hilfeeee!"
Doch die Maschine war zu laut, keiner konnte ihn hören. Er schwamm durch die Schokolade. Das wollte er als Kind immer mal machen, doch jetzt fand er es gar nicht mehr so witzig. Die Portionierungseinheit hatte etwas Mühe den Dämon anzusaugen und auf das Fließband auszuspucken, doch sie schaffte es. Wieder lag er auf dem Band. Schokolade tropfte linkst und rechts von ihm herab. Bevor er seine Hände auch nur annähern von dem klebrigen süßen Zeug befreien konnte, fuhr er blind in den Kühltunnel. Es wurde kalt.

„Danke Mr. Donovan, Sie haben uns sehr geholfen!" verabschiedete sich Atumi gerade.
„Keine Ursache, wollt ihr jetzt nach Rom?"
„Ja, wir überlegen noch wie, aber ja müssen wir wohl." Donovan und Atu hatten sich auf Anhieb gut verstanden, das lag wohl auch daran, dass auch Donovans Lachen laut und grölend klang.
„Ich habe ein kleines Privatflugzeug. Ich kann es für morgen früh startklar machen lassen!" bot er an.
„Das wäre echt super!" freute sich Atumi und stieg hinter seinen Gefährten die Treppe hinunter.

Sie wollten schon zum Ausgang laufen, da sahen sie die lebensgroße Schokoladenfigur.

„Wahnsinn, so eine große Schokoladenfigur habe ich noch nie gesehen!" staunte Tfaji.

„Irgendwie kommt sie mir bekannt vor, oder?" fragte Muzoun.

„Mhh, jetzt wo du es sagst. Kommt schon, wir müssen los, wo steckt eigentlich Maryu?" fragte Jeyoui und war schon einige Schritte von der Figur entfernt.

„Den werden wir schon finden!" beruhigte Topoke sie.

Nach wenigen Schritten, blieben sie wie angewurzelt stehen.

„Wisst ihr an wen mich die Figur erinnert?" erschrocken blickten sich die Dämonen an.

„Nein, das kann nicht sein, sag einfach das es ein Irrtum ist!" schüttelte Jeyoui den Kopf.

Es war kein Irrtum, als sie zurück zu der Schokoladenfigur kamen, hörten sie Geräusche aus dem Inneren. Topoke klopfte und fragte:

„Jemand da drin?"

Da schossen die Klauen von Maryu knapp an Topokes Hintern vorbei und brachen die Schokolade auf.

„Das darf doch nicht wahr sein!" fluchte Atumi und begann damit auf die Schokolade einzuschlagen. Immer mehr bröckelte das süße Zeug ab und gab immer mehr von dem schlanken Dämon preis.

„Ganz ehrlich Maryu, musste das sein?" fragte Tfaji, die ungerührt daneben stand.

Ihretwegen hätten sie den Dämon doch zurücklassen können.

„Na süßer, wie geht's!" grinste Topoke ihn an, als der den Kopf freigelegt hatte.
„Du hast dir eine Kralle abgebrochen, ich will gar nicht wissen was passiert ist!" schimpfte Atumi.
„Ich bin sicher, nach dieser Aktion wird der Duden ein Bild von dir bei „Dummheit" einfügen!" Jey stand etwas abseits und glaubte es noch immer nicht.

Als sie abends in einem Hotel eingecheckt hatten, Maryu zig mal duschen gewesen war und geschworen hatte, nie wieder Schokolade zu essen, kam Donovan noch einmal bei ihnen vorbei.
Er übergab den Dämonen die Daten für den Flug und Papiere, die sie vor Zollkontrollen schützen würden.
„Ich weiß nicht was genau ihr mit den Dokumenten vor habt, aber immer noch besser als sie diesen Mördern zu überlassen!"
Am nächsten Tag landeten sie sicher in der Nähe von Rom, auf einem Sportflugplatz.
„Bella Italia!" rief Muzoun und seine Laune war zum ersten Mal richtig gut.

Jetzt stehen wir am Mittelmeer und haben keine Mittel mehr

Man hatte ihnen eine Landkarte gegeben und ihnen gezeigt, wo Rom lag. Atumi hatte die Aufgabe des Navigators übernommen. Auf der Karte sah es aus wie ein Katzensprung, doch nun waren sie schon seit drei Stunden unterwegs. In der ersten Stunde hatten sie sich noch gefreut und darüber geredet, welche Pizza sie verdrücken würden. Tfaji wollte unbedingt shoppen gehen.
„Wie soll das denn gehen ohne Geld?" hatte Muzoun eingeräumt.
Es stimmte, ihre von Loki eingepackte Barschaft war dem Räuber in Paris zum Opfer gefallen. Sie waren blank.
„Ach wir finden eine Lösung, um wieder an Geld zu kommen!" hatte Topoke leichthin gesagt.
Nach einer Stunde Fußmarsch, durch die Pampa kippte die Stimmung. Die Füße taten ihnen weh und die Mädels jammerten.
„Ich kann nicht mehr, können wir nicht eine Pause machen?" fragte Tfaji alle drei Meter.
„Nur noch diese Biegung, dann müssten wir Rom sehen!" hatte Atumi zum zigten Male wiederholt. Die Biegung kam, die Biegung ging. Rom war nicht da. Als dann die dritte Stunde anbrach, jammerten nicht nur die Mädels. Atumi kratzte sich am Kopf. Es war die richtige Straße, konnte es sein, dass man Rom

verlegt hatte? Vielleicht war die Karte auch einfach zu alt. Sie legten eine kurze Pause ein. Ruhten ihre müden Glieder aus und tranken den letzten Rest aus den kleinen Plastikflaschen, die sie vom Flug noch hatten.
„Es kann nicht mehr weit sein!" versprach Atumi. Wie er sich doch irrte. Nach einer weiteren Stunde ging dann der Streit los.
„Bist du dir eigentlich sicher, dass wir noch in Italien sind?" fragte Muzoun genervt.
„Wahrscheinlich sind wir schon am Arsch der Welt!" schimpfte auch Maryu.
Atumi sagte nichts. Er lief voran, stolperte mehr, als dass er ging und biss die Zähne aufeinander. Die anderen schleppten sich hinter ihm her und fluchten. Nach der vierten Stunde wurde es dann wieder ruhiger. Sie hatten anscheinend keine Lust mehr zu meckern. Man hörte nur noch vorwurfsvolles Stöhnen.

„Ich mag mich irren, aber Rom liegt nicht am Meer!" stellte Muzoun eine weitere Stunde später fest.
Nein, Rom lag nicht am Meer, aber die Dämonen standen am Strand und blickten auf die Wellen die sanft Schaumkronen hin- und her trugen.
„Mir egal, ich geh schwimmen!" beschloss Topoke und zog schon seine Schuhe aus.
„Alter, das stinkt!" Maryu hielt sich demonstrativ die Nase zu, als Topoke die Schuhe in den Sand warf.
Da man am Strand besser barfuß laufen konnte, machten es ihm die anderen nach. Atumi starrte indes auf die Karte. Wieso waren sie denn jetzt am Meer? Dann stellte er fest, dass am oberen Rand des mittler-

weile fast schon zerfletterten Schriftstückes, ein großes S prangte. S wie Süden. Verflucht!
Seinem gequälten Ausdruck auf dem Gesicht, entnahm Muzoun, dass etwas nicht stimmte und stellte sich neben ihn.
„Was ist los?" fragte er.
Atumi wurde bleich, er antwortete nicht.
„Kommt ins Wasser! Es ist herrlich!" rief Topoke den anderen zu.
Dann sah auch Muzoun worauf Atumi starrte.
„Du hirnloser Trottel. Du selten dämlicher Idiot!" fauchte er.
Atumi sagte immer noch nichts.
„Was ist denn los?" Maryu und Topoke kamen zu den anderen, die nun einen Kreis um den Lügendämon gebildet haben.
„Wir sind in die falsche Richtung gelaufen, dieser Idiot hat die Karte verkehrt herum gehalten!" brüllte Muzoun los und schlug auf die Karte ein.
„Nicht dein ernst!" auch Jeyoui war fassungslos.
Atumi nickte nur.
„Okay, okay. Hier rumzustreiten bringt jetzt nichts. Ich denke, dass Atumi uns für den Rückweg ein Fahrzeug organisiert. Wie er das anstellt ist mir ziemlich egal. Wir werden solange hier in der Sonne braten und es uns gut gehen lassen!" grinste Topoke und klatschte seine kalte nasse Hand auf den Dämon, der noch immer kein Wort gesagt hatte.
„Der Plan gefällt mir. Also viel Erfolg Atumi!" sagte Muzoun und entledigte sich ebenfalls seiner Kleidung, um in die Fluten zu springen.

Wenig später stand der Dämon allein am Strand und sah seinen Freunden nach, die im Wasser planschten. Wo sollte er denn hier ein Fahrzeug herbekommen? Langsam setzte er sich in Bewegung. Laut der Karte, die er jetzt richtig herum hielt, musste ganz in der Nähe eine größere Stadt zu finden sein, vielleicht konnte er ein Auto mieten. Im feinen Sand kam er nur langsam voran und jeder Schritt wurde schwerer und schwerer.

Topoke hatte genug geplanscht, außerdem hatte er am Strand eine Schönheit ausgemacht. War er nicht der Dämon der Verführung? Wäre doch gelacht, wenn er dieses Mädchen nicht rumkriegen würde. Sie war jung, vielleicht Anfang zwanzig, hatte gebräunte Haut, strahlend weiße Zähne und lockiges dunkles Haar.
„Schau dir die an!" stupste er Maryu an.
„Nice!" sagte dieser und grinste.
Neben der dunkelhaarigen Schönheit saß ihre Freundin. Blonde kurze Haare und etwas pummelig. Nicht so ansehnlich, doch ihr Gesicht war auch ganz niedlich mit der kleinen Stupsnase.
„Na komm, du die Blonde, ich die Brünette!" forderte Topoke Maryu auf.
Normalerweise brauchte er keine Unterstützung bei seinen Eroberungen, aber ein Trottel wie Maryu würde ihn im besseren Licht dastehen lassen.
„Okay, wie gehen wir vor?" fragte Maryu.
Anfänger, dachte Topoke.
„Sieh zu und lerne!"

Topoke ging auf die zwei Mädchen im Sand zu und kniete sich neben die Blondine. Wenig später sah Maryu wie er auf ihn zeigte und die zwei kicherten. Sie hatten sich aufgesetzt und die Hände vor die Augen gehoben, um sich vor der Sonne zu schützen, die ihnen die Sicht nahm. Topoke machte hinter seinem Rücken ein Daumen hoch Zeichen. Maryu schlenderte zu den zwei Mädchen hin.
„Darf ich vorstellen, das sind Dana und die Schönheit daneben ist Elana." Sein falscher Charme schien zu punkten. Die Mädchen kicherten wieder.
Das ging leichter als erhofft, dachte Topoke und schon wenig später saßen die zwei Jungs im Sand und kicherten mit den Mädchen zusammen.

Es war schon die vierte Autovermietung. Sie hatten Autos, ja Kleinwagen. Schuhkartons dachte Atumi. Im Hof dieser Vermietung standen Fiat Puntos geparkt. Wie sollten sie denn zu sechst in einem Fiat Punto passen? Sie brauchten schon etwas Größeres. Die Autovermietung davor, hatte Ferraris und Atumi blickte sehnsuchtsvoll auf die Sportwagen. Doch zu sechst in einem Zweisitzer? Er war wieder zum Strand geschlendert. Er konnte sich weder einen Punto und schon gar keinen Ferrari leihen. Ohne Geld konnte er nicht mal Bus fahren. Nun saß er knapp hinter der Wassermarkierung die die Wellen in den Sand zeichneten und hatte die Schuhe neben sich gestellt. Der Sand rieselte durch seine Zehen. Er war warm und kühl zugleich. Sanft und körnig. Es tat gut die Zehen hinein zu krallen. Er lehnte sich im Sand zurück, stützte sich mit seinen Händen ab und ließ auch hier

den Sand durchrieseln. Dabei ertastete er ein Stück Metall, vielleicht ein Geldstück. Doch es war nur ein alter, verrosteter Kronkorken. Zusammengepresst und wertlos. Er spielte mit dem Stück Blech. Ließ es wie ein Fingerkünstler durch seine Finger wandern.
„Die amüsieren sich und ich darf zusehen wie ich zu Geld komme, echt nett!" langsam wandelte sich seine Verzweiflung in Wut. Es hätte ja auch jemand anders die Karte nehmen können. Doch die sagten ja alle, er solle es tun. Sie navigieren.
„Ich kann keine Karten lesen," erklärte Maryu.
„Ich bin eine Frau, ich hab sowieso kein Orientierungssinn!" war Tfaji's Aussage gewesen.
Toll. Echt nett! Er wollte das Stück Blech gerade in die Fluten werfen, da traf ihn ein Lichtblitz mitten ins Auge. Er musste die Augen zusammen kneifen. Besah sich das Stück noch einmal und erstarrte. Es war nicht mehr rostig, es war auch plötzlich schwerer als vorher. Es glänzte und blinkte in seiner Hand.
„Das ist Gold!" stellte er ungläubig fest!
Es war tatsächlich Gold. Wie ein Irrer hüpfte er nun am Strand herum. Er hatte es geschafft, er hatte Gold gemacht. Doch das eine Stück würde sie nicht retten. Er musste noch mehr Kronkorken finden und dann könnte er sich den Ferrari doch holen. Die anderen würden staunen. Hastig begann er im Sand zu graben. Wie ein Hund warf er mit Sand um sich. Seine Haare, seine Kleider, alles war in kurzer Zeit voller Sand.

Topoke der Verführer

Sie hatten es geschafft. Die Mädchen waren ihnen verfallen.
„Wie seid ihr denn hergekommen?" fragte Maryu.
„Mit meinem Wagen." Erklärte die blonde Elana.
Topoke und Maryu dachten gar nicht daran, dass sie ihren Freunden Bescheid gaben. Sie packten ihre Sachen und verschwanden. Im Cabrio von Dana rasten sie in Richtung der Hauptstadt. Die Sonne stand schon tief und bald würde die Nacht über sie herein brechen.
„Wir sind heute Abend auf einer Party eingeladen. Wollt ihr nicht mitkommen?" fragte Dana.
„Wir sind dabei, Baby!" flirtete Topoke.

Muzoun sah noch wie die zwei im Auto der Mädchen davon brausten und konnte es nicht fassen.
„Hey! Wo wollt ihr denn hin?" rief er hinterher. Doch er bekam keine Antwort.
Jeyoui und Tfaji waren am Strand eingeschlafen. Die Sonne hatte die Haut ziemlich schnell gebräunt. Er selber war im Schatten geblieben. Seine helle Haut konnte nicht so gut mit dem großen gelben Ball da oben. Da stand er nun allein am Strand. Topoke und Maryu hatten sich abgeseilt. Die Mädels schliefen und von Atumi war noch immer nichts zu sehen. Vielleicht sollte er mal nach ihm suchen? Das war eine gute Idee. Naja, eigentlich war es eine dumme Idee. Er schrieb eine Nachricht in den Sand und lief los, in die

Richtung in der Atumi verschwunden war. Als die Mädchen wach wurden, war die Nachricht von der hereinbrechenden Flut weggespült wurden.

„Wo sind die Kerle denn hin?" fragte Tfaji und setzte sich fröstelnd auf.
Jeyoui, die halb in ihrem Pulli steckte, antwortete etwas, was nicht verständlich war.
„Was?" fragte die Hass-Dämonin.
„Ich weiß nicht, vielleicht spazieren gegangen!" schlug Jeyoui vor.
„Und was machen wir jetzt?"
„Gute Frage!"
Sie überlegten, ob sie hier sitzen bleiben sollten und auf die Rückkehr der Jungs warten, dann entschieden sie sich jedoch zur Straße zu gehen und zu versuchen per Anhalter nach Rom zu kommen.

Atumi hatte fünf weitere Kronkorken gefunden und zu Gold verwandelt, damit war er in ein Juweliergeschäft gegangen und hatte sich das Geld auszahlen lassen. Es hatte ihm einige hundert Euro eingebracht. Viel weniger als er erwartet hatte. Der Ferrari war also nicht drin. Wäre eh zu auffällig und unpraktisch. Er war also wieder zu dem Fiat Laden gegangen. Hatte sich einen Punto ausgeliehen und fuhr gerade die Hauptstraße entlang, als er Muzoun an einer Haltestelle sah. Da Muzoun recht klein war, hatte dieser keine Probleme in die fahrende Schuhschachtel einzusteigen.
„Topo und Maryu sind mit zwei Mädchen weg!" sagte er anstelle einer Begrüßung.

„Super und wohin?"
Doch der Beifahrer zuckte nur mit den Schultern.
„Lass uns die Mädchen einsammeln und dann los!" seufzte Atumi und gab Gas.
Das Auto tuckerte gemütlich vor sich hin.

Die Mädchen hatten einen Brummifahrer gefunden, der sie mit nach Rom nahm. Da sie nicht wussten wohin sie eigentlich wollten, warf er sie vor einem kleinen Hotel raus.
„Passt auf euch auf!" brummte er und fuhr davon.
„Toll, wir können schlecht in ein Hotel einchecken, wenn wir es nicht bezahlen können!" stellte Jeyoui fest.
„Stimmt und nun?" fragte Tfaji.
Da fiel Jey's Blick auf die Halskette, die ihre Freundin trug.
„Wir verkaufen deine Halskette!" sagte sie.
Den darauffolgenden Wortschwall ignorierend, zog sie Tfaji mit sich in den nächsten An- und Verkauf.
„Wenn wir wieder Geld haben, lösen wir sie wieder aus!" sagte sie nur und riss ihr das Stück vom Hals.

Maryu und Topoke tranken Champanger.
„Das Zeug ist ja widerlich!" meinte der Verführer.
Sie warteten nun schon seit einer Stunde darauf, dass ihre Partygirls mit umziehen und stylen fertig wurden. Immerhin hatten sie schon mal einen Platz, wo sie schlafen konnten. Dachten sie zumindest. Als die Mädels nach einer weiteren Stunde auftauchten und das Taxi bestellten, waren Maryu und Topoke schon bedient. Warum brauchen Frauen immer solange?

Dabei hatte sich ihr Aufwand noch nicht mal gelohnt. Die Haare sahen aus wie ein Vogelnest und die Klamotten waren zerrissen.

„So wollt ihr zu einer Party gehen?" Maryu bekam Angst.

Elana hatte ihre Haare zu einem Kunstwerk frisiert. Ihre Fransen standen wie Stachel vom Hinterkopf ab. Schwarzes Make Up. Eine Korsage und Netzstrumpfhosen. Schnürstiefel und auffälliger Silberschmuck.

„Aber sicher, kommt wir malen euch auch noch an!" Ehe sich die Jungs wehren konnten, hatten die Mädchen ihnen einen schwarzen Lidstrich verpasst und schwarzen Lippenstift. Maryus Haare mit einer halben Tube Gel nach oben gestyled und Topoke ein Hundehalsband mit Stacheln verpasst. Als das Taxi hupte waren die Jungs froh.

Die Party fand in einen der angesehensten Underground-Clubs von Rom statt. Obwohl Topoke und Maryu Dämonen waren, fühlten sie sich inmitten der Gothik-Gestalten sehr unwohl. Die Freunde der zwei waren große bösaussehende Männer. Selbst Maryu, der der Größte unter den Dämonen war, wurde von ihnen um einen Kopf übertrumpft. Hier gab es auch nichts „normales" zu trinken. Die Getränke reichten von Augapfel Flip bis zur Bloody Mary und sahen auch sehr gruselig aus.

Die Musik war zu laut, als dass man sich hätte unterhalten können.

„Wo sind wir hier nur gelandet?" rief Maryu gegen den Lärm an.

„In der Hölle?" fragte Topoke zurück.

Nein es war nicht die Hölle, denn die kannten sie ja. Nicht mal da war es so gruselig gewesen wie in diesem Club. Die Dekoration bestand aus schwarzem Tüll und Samt. Aus Fledermausattrappen und Blutflecken. Das Disco-Licht tat sein übriges.
„Geil hier was?" rief ein Mädchen Maryu ins Ohr. Sie hatte mehr Metall im Gesicht als Haut und Maryu nickte nur.

Als Atumi und Muzoun zurück zum Strand kamen, waren Jey und Tfaji nicht mehr da. Auch die Nachricht war weg.
„Verdammt, jetzt sind die auch noch weg!"
Rom war eine große Stadt, wie sollten sie sich denn wiederfinden?
„Es hat keinen Sinn, ich würde sagen wir fahren nach Rom und suchen uns da ein Hotel!" schlug Atumi vor.
„Wird wohl das Beste sein!" Bei sich dachte Muzoun, wenigstens haben Topo und Maryu heute Nacht ihren Spaß. Wenn der gewusst hätte!
Nun, das Fortuna ein Miststück ist, wissen wir ja, aber sie kann auch gnädig sein. Wie durch einen Zufall, suchten sich die zwei Punto-Fahrer dasselbe Hotel aus, wie auch Tfaji und Jey. Leider trafen sie sich nicht.
„Mehr als ein Doppelzimmer ist nicht mehr drin, das Geld wird knapp!" erklärte Atumi und zeigte auf die zwei fünfziger, die noch übrig waren.
„Wo hattest du das Geld eigentlich her?"
Atumi erzählte es ihm. Muzoun kam daraufhin auf eine Idee. Schräg gegenüber des Hotels war ein Su-

permarkt. Dort gab es sicher Bier. Die hundert Euro wurden also in Bier investiert.
„Wir trinken jetzt das Bier, zertreten die Korken und du machst daraus Gold, dann müssen wir uns ums Geld keine Sorgen mehr machen!" freute sich Muzoun und öffnete zwei Flaschen.
So saßen die zwei auf dem Doppelbett und tranken eine Flasche nach der anderen aus.

Jey und Tfaji jedoch hatten für die Kette gerade mal die Zimmermiete bekommen. Jey verkaufte daraufhin noch einige Sachen von sich selbst. Eine Uhr, ein paar Ohrringe und ein Armband. Mit diesem Geld bewaffnet gingen die Mädchen Essen. Pizza in Italien. Was konnte es besseres geben.
„Schon eine Idee wie wir die anderen finden?" fragte Jey zwischen zwei Bissen.
„Nein, du?"
Sie aßen eine Weile schweigend weiter.
„Wenn sie nicht total dumm sind, wissen sie, dass wir Opus Dei suchen. Dann treffen wir sie hoffentlich in der Vatikanstadt!"
„Du traust denen viel zu!"
Mit dieser Befürchtung, hatte Jey nicht ganz Unrecht.

Die Jungs hatten es geschafft, waren dem Club lebend entkommen und mit den Mädels im Bett gelandet. Während Maryu das Glück hatte, dass Elana eine eher langweilige Bettgenossin war, musste Topoke seine ersten Erfahrungen mit SM über sich ergehen lassen. Aus diesem Grund blieb er auch nicht über Nacht, er riss den verdutzten Maryu von seiner Partnerin he-

runter. Warf ihm seine Klamotten zu und zog ihn mit sich raus aus diesem Albtraum.
„Ist wohl nicht so gelaufen?" fragte sein Kumpel.
„Lass uns bloß verschwinden, die ist total durch geknallt!" jammerte Topoke.
Und wieder mal, war es nicht der Verführer, der verführt hatte.

Der letzte Drache

Während Corry versuchte Mumiah zu beruhigen, holte Uma eine Landkarte heraus.
"Wir sind hier, in Inverness. Bis zum Loch Ness ist es noch eine ganze Strecke. Da hinten ist ein Hotel, ich finde wir sollten bis zur Nacht in einem richtigen Bett schlafen und dann hinfliegen. Nachts sieht uns ja zum Glück keiner!" Dieser Vorschlag wurde freudig angenommen. Jeder der sechs wollte einfach nur ruhig schlafen, in einem richtigen Bett und ohne das Gerumpel des Zuges. Die vier Tage waren anstrengend, ihre Glieder von den schmalen Sitzgelegenheiten ganz steif. Sie checkten im Hotel ein und legten sich auch gleich in die Betten. Sie hatten noch einige Stunden bevor es richtig dunkel wurde.

Corry teilte sich ein Zimmer mit Mumi und wurde durch das Splittern von Glas wach. Es war mitten in der Nacht. Die Uhr zeigte 3:54 an. Erschrocken fuhr sie hoch. Suchte mit der linken Hand nach dem Schalter für das Nachtlicht. Als sie dieses einschaltete, sah sie noch, wie eine graue Gestalt, mit einem Affenschwanz aus dem Fenster sprang.
"Hey!" rief sie, sprang auf und rannte zum Fenster. Dabei trat sie in eine der Scherben, die vor dem Fenster auf dem Boden lagen. Sie schrie auf. Auf einem Bein hopste sie zurück zum Bett. Ihr Fuß blutete.

"Scheiße!" fauchte sie. Durch den Lärm ebenfalls wachgeworden, stand Madan wenig später im Zimmer.
"Was ist denn passiert?" Er sah das zerbrochene Fenster, die Blutspur, die Corrys Fuß auf dem hellen Teppich hinterlassen hatte und dann schließlich auch Corry, die fast weinend vor Schmerz auf ihren Fuß starrte.
"Ich hole Hilfe!" Madan zögerte nicht. Er rannte zur Rezeption, erzählte das seine Freundin sich verletzt hätte und sie einen Arzt brauchten. Zu diesem Zeitpunkt hatte noch keiner die Abwesenheit der Weddingpeach bemerkt. Der Hotelangestellte telefonierte sofort nach dem Dorfarzt, der wenig später auch eintraf. Mittlerweile waren auch die anderen wach und standen besorgt um den verletzten Schutzengel herum.
"Wie konnte das denn passieren?" fragte der Hotelchef, der im Pyjama neben dem zerbrochenen Fenster stand in einem schottischen Akzent.
"Ich weiß nicht, ich bin durch das Geräusch wach geworden. Da war ein Affe oder so und sprang hinaus!" erklärte Corry, der der Fuß dick einbandagiert wurde.
"Ein Affe? Sie scheinen noch geträumt zu haben! Ich werde ihnen ein neues Zimmer geben."
"Das ist nicht nötig, wir müssen eh aufbrechen!" erklärte Bree.
"Um diese Uhrzeit? Die junge Dame muss sich erholen, sie darf jetzt nicht laufen!" widersprach der Arzt und klappte die schwarze Tasche zu.

"Nun, wir werden dann wohl ohne sie los müssen, dann doch ein Zimmer für Corry." seufzte Mattia. Als der Hotelmanager und Arzt das Zimmer endlich verlassen hatten, steckten die fünf ihre Köpfe zusammen.
"Mumiah ist weg, wir müssen sie finden!" erklärte Bree.
"Dann hat dieses Affenwesen sie entführt!" stellte Corry fest.
"Du bleibst am besten hier!" sagte Madan.
"Einen Scheiß werde ich, ich bin ein Engel ich denke der Schnitt heilt schnell, ich fühl schon keinen Schmerz mehr, also lasst uns aufbrechen."
Als der Hotelmanager mit dem neuen Schlüssel für den Schutzengel zurück kam, fand er eine Notiz, einige Pfund-Scheine und drei leere Zimmer vor. Die Engel hatten sich durch das zerbrochene Fenster hinaus in die Nacht verzogen.

"Wo sollen wir nur nach ihr suchen?" Bree hatte die Führung übernommen, ohne zu wissen wo genau sie hinflog.
"Ich kann sie spüren, glaube ich. Wir müssen auf jeden Fall in die Richtung!" zeigte Corry den Weg. Schweigend flogen sie über das dunkle Land. Sehr weit oben, um nicht doch noch von späten Pubbesuchern gesehen zu werden.
"Ist sie in Gefahr?" fragte Mattia in die Stille hinein.
"Bis jetzt nicht, ich kann jedenfalls nichts dergleichen fühlen, nicht so wie bei dir vor ein paar Tagen!" Coretha musste zugeben, dass sie das panische Gefühl nicht verspürte. Als Mattia in Gefahr geschwebt hatte, war es augenblicklich aufgetreten. Sie hoffte, dass ihr

Gefahren-Radar auch bei Mumiah funktionierte, war sich jedoch nicht sicher. Mehr als die Regel Nummer 1 hatte sie bei der römischen Göttin ja nicht gelernt.

Das Coretha nichts fühlte, lag leider nicht daran, dass Mumiah nicht in latenter Gefahr schwebte. Sondern einfach nur, dass sie noch schlief und noch gar nicht mitbekommen hatte, was genau eigentlich mit ihr geschah. Corry hatte sich nicht getäuscht, es war tatsächlich ein affenähnliches Wesen, welches den Liebesengel entführt hatte. Ein Wesen, welches älter war als alle anderen auf der Welt und im Grunde sehr gutmütig. Seinen Ursprung hatte es in Frankreich. Wie dieses Wesen jetzt nach Schottland kam, das würde Mumiah schon noch erfahren.

"Da hinten ist Urquhart Castle!" rief die Muse den anderen zu. "Man sagt, dass es seit dem 6. Jahrhundert hier steht!" Tatsächlich flogen sie über die Ruine einer Burg, einige Mauern und ein Rest von einem Turm war noch zu sehen.
"Hier können wir landen, das nächste Kaff ist fast drei Kilometer entfernt!" gab Uma ihr neu erworbenes Wissen zum besten. Sie flogen zur Sicherheit einige Kreise über die ausgestorbene Stätte und landeten dann hinter ihr. Sollte jemand doch auf der Straße sein, hätte er ihre Ankunft nicht bemerkt. Dennoch war es besser vorsichtig zu sein. Immerhin hatten sie keine Weddingpeach dabei, die im Falle eines Falles die Kuh verzauberte.
"Spürst du was?" fragte Mattia und sah Corry flehentlich an. Nachdem die kleinste von ihnen am Bahnhof

so zusammengebrochen war, machten sich alle Sorgen um sie. Doch Corry schüttelte den Kopf. Da war nichts. Kein schlechtes und auch kein gutes Gefühl.
"Verdammt, was machen wir nun?" Bree sah sich um. Nicht weit entfernt war das Loch Ness.
"Vielleicht sollten wir erst mal mit Nessi reden?" schlug Madan vor.
"Wir wissen nicht mal ob Nessi existiert!" Jetzt war es raus. Keiner der Engel wollte es zugeben. Doch das Monster von Loch Ness war nun mal nur eine Sage. Gab es das Urzeitmonster wirklich? Und wenn ja, wie sollten sie es finden? Dennoch schlugen ihre Beine wie von allein den Weg zum Wasser ein. Sie stolperten über unwegsame Wiesen und Felder. Im schalen Mondlicht sah alles sehr unheimlich aus. Doch da sie sich in der absoluten Steppe aufhielten, reichte das Licht, um ihnen einen Weg zu zeigen.

Mumiah gähnte. Sie hatte so gut geschlafen und vom Fliegen geträumt. Es war herrlich gewesen und sie fühlte sich gleich viel besser. Jetzt ein gutes Frühstück und dann kann es losgehen. Auf Drachenjagd. Es war sehr dunkel und es roch modrig. Mieses Hotel? Irgendwoher kam das Geräusch von Wasser, dass auf Stein tropfte.
"Corry? Bist du da?" Mumiah tastete ihre nähere Umgebung ab. Das war nicht das Hotelzimmer. Sie träumte wohl immer noch.
"Deine Freundin geht es gut, n'es pas."
Mumiah erschrak, sie drückte sich in eine Ecke. Kalter Felsen bohrte sich in ihren Rücken.

"Wo bin ich und wer bist du?" fragte sie ängstlich. Eindeutig, sie musste noch träumen, dass konnte doch nicht wahr sein, oder doch?

Pierres Geschichte

Pierre war ein Gargoyle, auch Wasserspeier genannt. Er hatte einen affenähnlichen Körper, eine eher plattgedrückte Schnauze und Fledermausflügel. Er war schon sehr alt. In Menschenjahren konnte man es kaum sagen. Seine Heimat war Frankreich, deswegen hatte er auch einen französischen Akzent, der sehr niedlich klang. Pierre hatte sich vor langer Zeit in ein schottisches Burgfräulein verliebt und war ihr gefolgt. Da er als Wasserspeier nur nachts agieren konnte, besah er sich die junge Frau jede Nacht von einem der Türme aus. Dies war nun schon hunderte von Jahren her, doch seine Liebe zu dem Fräulein war nicht geschwunden. Die Tatsache, dass diese schon lange tot war, änderte nichts daran, dass Pierre ein einsames und trauriges Leben mit der Sehnsucht nach ihr fristete. Er wurde über die Zeit depressiv und regte sich nur noch in wenigen Nächten. Seine eigentliche Aufgabe war es, böse Geister fern zu halten. Doch die moderne Welt glaubte nicht mehr an böse Geister und Fabelwesen, so wurde auch Pierre vergessen. Vergessen in einer Burgruine. Oft saß er jahrelang als Steinfigur in einem Eck, keine Lust sich zu verwandeln. Der unterirdische See, an dem Mumiah erwachte, bestand aus seinen Tränen, die er all die Jahre vergossen hatte.
"Mein Name ist Pierre, isch werde dir nischts tun!" versprach er. Mumiah versuchte in der Finsternis etwas zu erkennen. Eine Kerze flammte auf. Nun fiel

ein heller Schein auf das steinalte Gesicht, welches von den Tränen gezeichnet war.

"Wer bist du? Was bist du?" Mumi starrte ihn erstaunt an. Ihre Verwunderung wurde durch ihre Neugierde abgelenkt und schließlich kam sie aus dem Eck gekrochen.

"Isch bin eine Gargoile, eine Wasserspeier, Madmoiselle!" erklärte er mit diesem herrlichen Akzent.

"Was machst du hier?" fragte Mumi weiter und trat noch weitere Schritte auf das Wesen zu.

"Isch lebe hier, seit die Tod meiner Angebeteten. Ihre Grab ist h'ier." er stampfte mit seinem Fuß auf eine Steinplatte.

"Aber warum?" Mumi verstand noch immer nicht, was das alles sollte.

"Isch erzähle es dich, bitte setz dich doch wieder hin. Mein Antlitz wird dich erschrecken!"

Mumiah tat ihm den Gefallen. Sie hatte jetzt keine Angst mehr, dennoch war ihr kalt und sie zitterte ein wenig.

"Isch war einst ein junger Gargoyle von kaum tausend Jahren, da lebte ich noch in Paris, oh ja Paris!" er seufzte kurz, so wie er Paris aussprach, klang es nach Liebe.

"Warst du schon in Paris? Es ist die Stadt der Liebe, jeder der hinkommt, verliebt sich!" redete er weiter. Anscheinend erwartete er jedoch keine Antwort auf seine Frage.

"Isch war einer Schutzgeister, des Louvre. Eines Tages, mitten in der Nacht, isch war gerade erst erwacht, hörte ich eine Hilfeschrei vom Fuß des Louvre.

Schnell flog isch hinunter, mir war es eigentlich verboten, dennoch, isch konnte es doch nicht einfach geschehen lassen. Da war sie, ihre Haar so rot, ihre Haut so weiß mit viele Pünkte",
"Sommersprossen!" warf Mumi ein.
"Oui Madmoiselle, Sommersprosse. Sie war so wunderschön. Isch rettet sie vor einem Ganoven. Er wollte sie ausrauben. Sie wurde in meine Krallen ohnmächtig. Seit jenem Tag, konnte isch sie nicht vergessen. Isch suchte sie, isch fand sie auch einige Zeit später. Trotz des Widerspruchs meines Vaters, isch flog 'ier 'er, nach Urquhart Castle. Sie lebte hier."
Er machte wieder eine kurze Pause, dann fuhr er fort:
"Isch suchte mir eine Platz, von der aus isch sie gut sehen konnte, bei Tag und Nacht. Jede Nacht isch saß an ihrem Bette. So vergingen die Jahre, isch musste mit ansehen wie sie heiratete, wie sie Kinder bekam und schließlich starb, bei einem Angriff auf die Castle. Isch brachte ihre Leichnam hierher und begrub sie. Seitdem isch wache über ihrem Schlaf."
Mumiah schniefte. Das war ja so romantisch und traurig.
"Isch habe oft versucht meine Lebe zu beenden, damit isch sein kann mit ihr. Nichts hat funktioniert!"
"Das tut mir so leid", Mumiah fühlte in sich eine Woge, sie fühlte Mitgefühl und so viel Liebe. Es überwältigte sie und sie weinte leise.
"Isch bin eine unsterbliche Wese, wie du!"
"Wie kann ich dir denn helfen?" Mit dem Handrücken wischte sie die Tränen von ihrer Wange.
"Du bist eine Liebesengel. Isch hatte gehofft, dass du mir nehmen kannst meinen Fluch!" Pierre sah sie fle-

hentlich an, im Licht der Kerze sah es eher gruselig aus.
Mumiah schluchzte. Dieser beschissene kleine Zwerg mit seinen Liebespfeilen. Da hatte er ja was angerichtet! Wie sollte sie das denn anstellen? Sie war dafür zuständig Liebe zu verteilen, nicht sie wieder zu nehmen.
"Ich weiß nicht wie!" gab sie kleinlaut zu.
"Du wirst sicher eine Weg finden, ich gebe dir dafür die Standort, wo du finden wirst was ihr sucht."
Mumiah überlegte, ja wie nahm man Liebe denn wieder weg? Eigentlich ging das doch gar nicht, oder.
"Ich weiß wirklich nicht wie ich das anstellen soll, vielleicht kann Mattia dir helfen, sie ist immerhin für den Tod zuständig." dachte sie laut nach.
"Der Sonn wird bald aufgehen, dann werde isch wieder zu Stein, bitte denk nach, finde eine Lösung!" das waren die letzten Worte, denn dann wurde er wirklich zu Stein. Mumiah saß in dieser kalten Höhle, die Kerze brannte nur noch schwach, sie saß im Dunkeln und wusste nicht wie sie dem armen Geschöpf helfen konnte.

Inzwischen waren die anderen am Ufer zu dem riesigen Gewässer angekommen.
"Ich fühle immer noch nichts, ich hab keine Ahnung wo sie ist und dieses Drecksteil," sie zeigte auf den Heiligenschein, "sagt mir auch nicht wo sie ist. Wie vom Erdboden verschluckt!" jammerte Corry.
"Jetzt bleib mal cool, so viel wird schon nicht passieren. Sonst würdest du ja was fühlen!" versuchte Bree sie zu beruhigen.

"Warum stehen wir hier nochmal herum?" fragte Madan, der ein Fernglas in der Hand hielt und den See absuchte.
"Weil Nessi eine Truhe hat, in der wahrscheinlich unser Auftrag liegt!" erklärte Uma ruhig.
"Ich kann nichts erkennen!" Madan nahm das Fernglas runter und reichte es dem Todesengel. Dann kramte er in seinem Rucksack und zog eine Packung mit Butterkeksen hervor.
"Woher hast du die denn?" fragte Coretha und schielte nach den Keksen.
"Aus dem Zug, hab sie der Familie mit den Kindern geklaut!" gab er zur Antwort. Er biss gerade in eines der viereckigen, trockenen Köstlichkeiten, als Mattia aufschrie:
"Da, da hinten ich seh' was!" Sofort standen die Mädels bei ihr. Ja da war etwas. Es sah aus wie ein Schatten, aber es kam näher, es wurde immer größer.
"Ist das Nessie?" fragte Bree und ihr wurde mulmig. Das schlangenähnliche Wesen war nun so groß, wie ein U-Boot. Es war nun schon auf fast fünfzig Meter an das Ufer herangeschwommen und wuchs noch weiter.
"Nessie, ich glaub's ja nicht!" staunte Mattia.
"Wir riechen Kekse!" ertönte eine altersschwache Stimme.
"Was?" fragte Coretha und sah sich um, Kekse? Sie schnappte Madan die Packung aus den Händen.
"Ey, das sind meine!"
"Komm Nessie, komm!" Corry warf kleine Keksstücke in den See. Die Enten die vorher noch in Ufernähe gekreist waren, hatten Reißaus genommen. Die See-

schlange jedoch, schnappte nach den Krümeln, die Corry ihr hinwarf. Sie ragte fast 20 Meter über ihren Köpfen empor, obwohl sie noch mindestens zehn Meter vom Ufer entfernt war. Ihr langer Hals stieß ins Wasser, da hin, wo die Brocken flogen.
"Hallo Nessie, wir haben da eine Frage!" Mattia winkte Corry zu, sie solle das Ungeheuer weiter füttern. Madan sah unglücklich zu, wie seine Kekse Stückchenweise im Wasser landeten. So eine Verschwendung.
"Wir haben Antworten, so viele Antworten!" kam wieder diese altersschwache Stimme.
"Warum sagt sie immer wir?" fragte Uma.
"Weiß nicht, erinnert mich aber an die uralte Morla, aus der unendlichen Geschichte. Die hat auch immer so geredet!" erklärte Mattia.
"Kannst du uns sagen, was in der Kiste war, die du von den Drachenrittern bekommen hast?" rief Uma.
"Wir haben viele Jahre keinen Menschen gesehen!" war die Antwort.
"Das ist uns schon klar, das ist auch schon hunderte von Jahren her!" erwiderte Uma.
"Wir haben uns von den Menschen entfernt, wir mögen die Menschen nicht. Wir mögen nicht gestört werden!"
"Gott sei Dank sind wir keine Menschen!" schnaubte Madan und setzte sich beleidigt ins Gras.
"Wir müssen wirklich wissen, was in der Kiste war!" erklärte Uma geduldig.
"Mehr Kekse, wir wollen mehr Kekse!"
"Gefräßiges Vieh!" Bei diesen Worten zog Madan seinen Rucksack näher an sich ran.

"Hast du da noch Kekse?" fragte Corry.
"Nein!"
"Warum krallst du dich dann so fest an deinen Rucksack?" fragte Bree.
"Das geht euch gar nichts an!" Madan drehte den fragenden Engeln den Rücken zu, beschützte seinen Rucksack mit seinem Leib.
"Her damit!" Mattia zog an dem Riemen. Ein Kampf um den Rucksack entbrannte. Madan wollte ihn nicht hergeben, auf gar keinen Fall. Sie rissen und zerrten, dann gab es einen widerlichen Ratscher, der Rucksack zerriss. Auf den Boden plumpsten noch fünf weitere Packungen mit Keksen.
"Was soll das? Warum wehrst du dich so dagegen?"schimpfte Bree und reichte Corry noch zwei Packungen, die sie sogleich aufriss.
"Das sind meine!" jammerte Madan verzweifelt und wütend.
"Stell dich nicht so an, das sind nur Kekse!" schimpfte Bree.
Weitere Kekskrümel landeten im Wasser.
"Schau mal, kennst du diesen Mann?" fragte Uma und hielt ein Bild von Vlad dem Pfähler hoch, welches in einem ihrer Bücher abgebildet war.
"Wir haben den Mann gesehen, lange, lange her!" mampfte das Monster.
"Was hat er hier gemacht?" fragte Uma weiter.
"Wir können uns nicht erinnern, wir sind schon so alt!" Es war echt zum Verzweifeln, doch die Muse gab nicht auf. Sie versuchte ihre Gabe einzusetzen und sprach weiter mit der riesen Schlange.
"Hat er vielleicht eine Kiste dabei gehabt?"

"Wir erinnern uns nicht, aber Kisten haben wir viele bekommen, vor langer Zeit!"
"Viele? Wie viele?" Uma runzelte die Stirn.
"Wir waren noch sehr jung, da waren die Menschen in Angst vor uns. Sie brachten Kisten mit Keksen, um uns zu besänftigen. Das waren schöne Zeiten, jeden Tag bekamen wir Kekse!"
"Das ist jetzt nicht ihr ernst! Sie bekam Kisten mit Keksen? Dafür musste ich diesem Monsterregenwurm meine letzten Rationen geben?" maulte Madan.
"Wir kennen den See, da sind nur leere Kisten, Fässer und Beutel. Wir werden uns jetzt zur Ruhe legen. Wir mögen keine Menschen!"
"Wir sind Engel du dummer Regenwurm!" brüllte Madan hinter dem Ungeheuer her und warf wütend mit der leeren Keksschachtel nach ihr.
"Toll und was nun?" fragte Bree und ließ sich mutlos ins Gras sinken.

Als die Sonne unterging erwachte Pierre wieder zum Leben. Mumiah hatte versucht mit ihrem Tablet einen der anderen zu erreichen, doch hier in dieser Höhle gab es nicht mal himmlischen Empfang. Deswegen waren auch ihre Versuche Amor zu rufen fehlgeschlagen.
"Isch 'offe du hast eine gute Nachricht für mich, mon ami!"
"Es tut mir leid, aber ohne die Hilfe meiner Freunde, kann ich dir auch nicht weiter helfen." gab Mumi zu.
"Bien, dann fliegen wir zu deine Freunde, weißt du wo sie sind?"
"Wahrscheinlich bei Nessie! Irgendwo am Loch Ness!"

"Setz disch auf meine Rücken, das ist nischt weit von 'ier!"
Tatsächlich war es nicht weit von der Gruft bis zu dem Ufer, an dem die anderen saßen und schwiegen. Sie hatten das Gefühl hoffnungslos versagt zu haben. Erst verloren sie ihren Liebesengel, dann ihre letzte Ration Nahrung und schließlich verlief ihre heiße Spur im Nichts. Toller Erfolg. Madan hatte sie den halben Tag lang angemault, wegen seiner Kekse und sie konnten es ihm noch nicht mal verübeln.
"Da unten, da sind sie!" rief Mumiah dem Wasserspeier zu. Dieser setzte zum Landeanflug an und landete nur wenige Meter neben den aufspringenden Engeln.
"Mumi, da bist du ja, wo warst du?" rief Corry und umarmte sie.
"Lange Geschichte, ich brauche eure Hilfe!" erklärte sie, da sie wusste, dass Pierre nicht lange lebendig sein würde und erklärte ihren Freunden das Problem. Mattia stand auf, sah sich das Wesen genauer an und stellte eine Verbindung zur Seelenabteilung her.
"Du spinnst wohl? Erstens wir wissen nicht wo die Seele jenes jungen Burgfräuleins mittlerweile ist, zumal sie nicht mehr als solches existiert, wie du ja weist. Und zweitens, nein ein halbgöttliches Wesen können wir nicht sterben lassen. Denkt euch was anderes aus! Gabriel Ende!"
Mattia zuckte mit den Schultern.
"Du hast es wenigstens versucht und jemanden erreicht. Amor meldet sich nicht!" maulte Mumiah.

"Eine neue Liebe ist wie ein neues Leben, lalalalalaaa.....", Madan trällerte aus heiterem Himmel einen alten Schlager, der auch noch verdammt Sinn machte.
"Das ist es!" rief die Weddingpeach und drückte dem verdutzten Racheengel einen Kuss auf die Stirn.
"Wir müssen eine neue Liebe für dich finden Pierre!" Super das war ja schon mal ein guter Ansatz, nur woher sollte man ein Wesen nehmen, welches nicht sterben konnte. Es dauerte fast bis zum Morgengrauen, als Mattia eher scherzhaft einen letzten Keks in der Hand meinte:
"Nessie stirbt nie!" Wieder schien es, als wäre die Erleuchtung mit den Händen zu greifen. Sie opferten ihren letzten Keks, und alle Krumen die sie in den tiefen ihres Gepäcks finden konnten und lockten das Ungeheuer wieder an.
"Schieß bloß nicht daneben!" warnte Mattia.
Mumiah zitterte vor Aufregung, dennoch traf sie ihr Ziel und der Wasserspeier freute sich darüber. Plötzlich war nur noch Nessie wichtig für ihn. Er flog weit über den See hinaus.
"Hey, du wolltest mir doch noch was sagen!" rief Mumiah hinter her. Die Sonne war schon fast am Horizont zu sehen.
"Der erste Papst!" hörten sie noch, dann platschte Pierre als Steinfigur ins Wasser.
"Wasserspeier im Wasser!" lachte Mattia.
"Der erste Papst?" fragte Bree.
"Rom?" erwiderte Uma.
"Yeah, Pizza, Pasta, auf nach Italien!" freute sich Madan und sprang wild jubelnd umher.

"Kannst du auch mal an was anderes denken als ans Essen?" fragte Corry genervt.
"Er hat Recht, Kekse, Sandwiches die durchgeweicht sind. Schweinefleisch in Pfefferminzsoße, ich will auch eine anständige Pizza!" stimmte Mumiah zu.

Die ewige Stadt

Während ihrem Weg zurück nach Inverness, tauchte Aphrodite wie aus dem Nichts auf. Sie überbrachte Grüße von Amor und lobte Mumiah.
"Das war gute Arbeit. Amor lässt dich grüßen, er hatte gerad ein Billardturnier, als du anriefst."
"Na super, der hat's gut!" doch Mumiah war von ihrem Erfolg viel zu glücklich, als dass sie hätte meckern wollen. Aphrodite zog einen kleinen Lederbeutel heraus.
"Was ist das?" fragte Bree neugierig.
"Eine kleine Belohnung für euch, damit ihr nicht wieder mit dem Zug reisen müsst!" Aphrodite zog einen rosa Stein, der aussah wie ein Rosenquarz aus dem Säckchen hervor.
"Amor hat das Turnier gewonnen und das war der Preis, ein Dimensionentor!" erklärte sie den neugierigen Engeln.
„Wie hat er das denn geschafft?" wunderte sich der Liebesengel.
„War auch sehr überraschend für uns, aber er war nüchtern, vielleicht hat das geholfen!"
Sie legte den Stein einen Meter vor den Engeln auf den Boden.
"So Mumiah, jetzt musst du nur noch genau sagen wohin ihr wollt. Dann einen Pfeil abschießen und ein Tor wird sich für euch öffnen. Ich kann euch leider nicht begleiten, ich muss zurück. Wir sehen uns!"

Noch ehe die Engel sich verabschieden konnten war die Göttin wieder verschwunden.
"Das nenn ich mal eine praktische Erfindung!" erklärte Madan.
"Mach schon, wir wollen nach Italien!" rief Corry aufgeregt.
"Moment, wenn dann schon Rom!" berichtigte Mattia.
"Nein, Vatikanstaat, Rom, Italien. So würde ich es sagen!" verbesserte Uma.
"Ihr macht mich ganz wuschig, geht mal zur Seite, ich weiß was ich zu tun habe!" erklärte der Liebesengel und schob die anderen zurück. Sie legte einen Pfeil auf die Sehne des Bogens. Noch vor wenigen Tagen hatte sie Probleme, den Bogen heraufzubeschwören, doch mit der Zeit ging es wie von selbst. Der Liebesengel war richtig stolz darauf. Sie stellte sich in Position und sprach laut und deutlich:
"Italien, Rom, Ristorante!"
Dann schoss sie den Pfeil ab. Ein kurzer Blitz kam aus dem Stein, dann wurde es unheimlich hell. Die Engel mussten ihre Augen zuhalten, so grell ging das Licht von dem Kristall aus.
"Los, da ist ein Riss, lasst uns schnell durch!" rief Mattia und zog Coretha mit sich, die immer noch so geblendet war und kaum was sah. Diese griff nach dem Arm eines der anderen Mitglieder und schließlich sprangen alle durch den schwarzen Riss. Dieser sah aus wie ein großes Auge, welches strahlte und im innersten tief schwarz war.
„Sieht aus wie das Auge von Mordor!" bemerkte Madan skeptisch. Mumiah stolperte als letztes durch das

Portal und landete in Madans Armen, der sie gerade noch vor einem Sturz bewahren konnte.

Sie standen in einem dunklen Gang, es war eng und roch nach gutem Essen. Links fanden sie eine Tür. Ein Schild auf dem cucina stand, verriet Uma dass es die Küche sein musste.
"Das war gut, riecht ihr das?" freute sich Madan. Und ob sie das rochen. Es duftete herrlich.
"Okay, wo ist der Stein?" fragte Mattia. Mumiah zeigte auf ein kleines Häufchen Asche. Mehr war von dem Portal nicht übrig geblieben.
"Schade, war echt praktisch das Ding!" seufzte Bree.
"Ist doch völlig egal, lasst uns was essen! Ich verhungere gleich!" jammerte Madan und strebte auf eine Tür zu, aus der Gesprächsfetzen zu vernehmen waren.
Wenig später saßen sie bei Pizza und Pasta und ließen es sich gut gehen. Madan hatte schon die dritte Portion Spagetti Napoli auf seinem Teller.
"Seid ihr hungrig, sowas habe ich ja noch nie erlebt!" lachte Maria, die Tochter des Wirts, als sie auch Bree die dritte Portion hinstellte.
"Wenn du wüsstest, wovon wir die letzten Tage leben mussten," grinste Mattia und machte Platz für eine weiter Pizza. Sie genossen es, Pizza so viel sie wollten. Nach fast zwei Stunden Geschlemmer lehnten sich die Engel satt und glücklich zurück.
"So satt war ich lange nicht mehr!" stöhnte Mumiah.
"Darf es noch ein Espresso und ein Nachtisch sein?" fragte Maria und räumte die Teller ab.

"Klingt gut, was gibt es denn für Nachtisch?" Madan griff begeistert nach der Dessertkarte und studierte sie. Es dauerte weitere zwei Stunden, bis wirklich nichts mehr in die Engel hineinging. Kein Tiramisu und Eis hatten sie ausgelassen.
"Ich fühl mich wie Gott in Frankreich!" seufzte Mattia.
"Faszinierend, wo wir doch in Italien sind!" kicherte Corry. Sie hatten Vino zum Essen gehabt und waren alle etwas angeheitert.
"Wir brauchen ein Hotel für die Nacht und morgen kümmern wir uns um dieses Versteck, heut kann ich nicht mehr!" hickste Uma.
"Von wegen, wir sind in Rom, wenn ich schon hier bin will ich was sehen!" meckerte Mattia.
"Ja, ich will auch was sehen und shoppen!" stimmte Corry zu. Da Uma zu müde und zufrieden war, um zu widersprechen, beschlossen sie sich ein Hotel zu suchen und am nächsten Tag erst einmal die Ewige Stadt zu besichtigen. Die nette Kellnerin empfahl ihnen ein kleines Haus, direkt gegenüber und eher schwankend, aber wahnsinnig gut gelaunt, checkten sie in der Pension ein.
"Also ich bin noch nicht müde, ich geh noch eine Runde spazieren, sicher gibt's noch irgendwo ein Cafe!" Mumiah knallte ihren Rucksack auf das Bett und sah herausfordernd in die Runde. Die anderen waren sofort bereit sie zu begleiten und folgten dem Liebesengel in die Nacht hinaus.

Nach einer recht kurzen Nacht und mit einem höllischen Kater, standen die sechs im Touristenoutfit vor der Info. Sie buchten eine Rundreise mit dem Bus,

quer durch Rom. Wobei sie selbst entscheiden konnten, wo sie aussteigen wollten und was sie genauer betrachten wollten.
"Urlaub!" freute sich Corry und nahm Platz auf dem Oberdeck des Busses.
"Ich komm mir vor wie ein Mensch, so normal!" kicherte Mattia. Sie fuhren durch die ganze Stadt, beim Kolosseum stiegen sie zum ersten Mal aus. Sie bestaunten wie riesig es war.
"Im Fernsehen sieht das immer so klein aus!" meinte Corry. Uma war ihre Reiseführerin. Sie hatte, wann auch immer, alle Informationen zu den Sehenswürdigkeiten der Stadt gelesen und wusste sogar Dinge die sonst keiner wusste. Wahrscheinlich war das eine ihrer Gaben als Muse. Der nächste Stopp galt dem Pantheon.
"Es scheint als würde diese Stadt nur aus Kirchen bestehen! Lasst uns eine Kerze anzünden!" Coretha lief die riesigen Treppen hinauf. Ihr Heiligenschein glühte schon. Sie knipste Bilder von sich und den anderen, ununterbrochen.
"Irgendwann muss doch der Speicher voll sein!" jammerte Madan, der als einziger wenig interessiert an der Kultur des Landes war und mit Kirchen konnte er ja schon mal überhaupt nichts anfangen. Wieder ließ Coretha alle aufstellen, um ein Gruppenselfie zu schießen.
Mittags suchten sie sich ein kleines Lokal und genossen diesmal in Maßen die italienische Küche.
"Also ihr könnt ja gerne noch weiter Sightseeing betreiben, ich gehe jetzt shoppen!" erklärte Coretha und wies in eine Gasse, in der ein Modegeschäft neben

dem anderen war. Mumiah schlug sich bereit Corry bei ihrem Bummel zu begleiten, was sie bald bitter bereuen würde.
"Alles klar, wir wollen noch zum Petersdom und dann treffen wir uns heut Abend bei Maria?" fragte Bree.
"Ich geh erst mal eine Runde pennen, schaut ihr euch doch noch zig Kirchen an. Mir ist das zu doof!" erklärte Madan und bestieg, ohne auf eine Antwort zu warten, einen Bus, der ihn zurück zum Hotel brachte.
Gesagt getan. Während sich Bree, Mattia und Uma an den wunderschönen Bauwerken Roms erfreuten, schleppte Coretha ihre Freundin von einem Laden in den anderen. Probierte überall mehrere Kleidungsstücke an und hatte bereits nach dem fünften Laden genug Schuhe und Oberteile gekauft, dass es für drei Wochen reichen müsste. Mumiah taten die Füße weh. Doch Corry zog sie weiter, plapperte unaufhörlich auf sie ein und schoss eine Menge Selfie's. Mumiah rettete sich vor dem nächsten Laden, indem sie sich ein Eis gönnte und setzte sich in die Sonne.
"Wen haben wir denn da?" grinste ein Mann auf sie herab. Mumiah erschrak. Die Stimme kam ihr bekannt vor, was wollte der denn hier?
"Wo ist denn die andere Lady?" kam es jetzt von Atu.
"Seid ihr Stalker oder so?" giftete Mumi los.
"Wir sind Touristen!" erklärte Maryu, als sei es selbstverständlich, dass sie überall da auftauchten, wo auch die Engel auftauchten. Und wieder trafen sie nur auf den Liebes- und Schutzengel. Warum waren die anderen nie da, wenn sie von diesen Idioten belästigt wurden?

"Ihr steht mir in der Sonne!"
"Oh verzeiht, was macht ihr denn hier?" Topo trat zur Seite. Gegen das grelle Licht blinzelnd, war Mumi fast schon dankbar, dass sie fast blind war. Den Anblick der dreien zu entkommen, war immerhin ein Vorteil. Leider gewöhnten sich die Augen zu schnell an die Lichtverhältnisse.
"Ihr seid ja immer noch hier!"
"Wir machen Urlaub!" bestätigte Atu die Aussage seines Kumpels.
"Und ihr?" fragte Maryu erneut.
"Wir gehen shoppen!" erklärte in diesem Moment Coretha, die weitere zwei Tüten mit sich aus dem Laden schleppte.
"Wie wäre es Jungs, wollt ihr uns nicht tragen helfen?" Mumi hob die anderen zwanzig Tüten hoch.
Erschrocken wichen die Männer zurück.
"Also Ladys, wir würden schon gerne, aber leider haben wir einen engen Terminplan. Man sieht sich Ladys." Eilig entfernten sie sich. Die Mädels hörten noch aus einiger Entfernung: "Bloß weg hier, Frauen und shoppen, das ist grausamer, als wir es je sein könnten!"
Corry und Mumiah setzten sich zurück auf die Bank und lachten herzhaft.
"Aber sie haben Recht, ich glaube wir machen uns dann auch auf den Heimweg!" seufzte der Schutzengel und fast war Mumi den drei Idioten dankbar.

Opus Dei

Es war Atumi der zuerst erwachte. Um ihn herum lagen unzählige leere Bierflaschen. Allein das Pfand dafür, würde für die Zimmermiete reichen dachte er. Sein Schädel hämmerte. Ihm war kotzübel und alles drehte sich.
„Alter, wach auf!" er rüttelte das Bein seines Zimmergenossen.
„Was denn? Lass mich schlafen." Grummelte dieser nur.
Atumi versuchte sich hochzustemmen, keine gute Idee. Sein Magen rebellierte. Man sollte nicht dreißig Bier auf nüchternen Magen trinken. Er konnte sich nur knapp ins Bad retten, ehe er sich übergab.

Jey und Tfaji hatten im Hotel ein kleines Frühstück zu sich genommen und sich auf den Weg gemacht. Vatikanstadt. Sie bestaunten die Gebäude und wie prunkvoll alles war. Der Petersplatz, auf dem kein noch so kleines Fetzelchen Müll lag. Mit dem Obelisken in der Mitte. Kleine Golfwagenähnliche blaue Fahrzeuge mit je zwei Mann darin fuhren an ihnen vorbei.
„Die Polizei des Papstes!" kicherte Tfaji.
Sie gingen über den Platz.
„Wo finden wir denn eigentlich diese Opus Dei?" fragte sich Tfaji.
„Na irgendwo hier müssen die ja sein, oder?"
So schlenderten sie durch den Zwergenstaat und besahen sich wie nobel der Himmel zur Grunde ging.

„Also ich kann nichts finden, was auf die zutrifft. In die Bibliothek des Vatikans kommt man ja nicht rein oder?" fragte sich Tfaji.
„Das stimmt, ohne ein offizielles Gesuch dürfen wir euch nicht in die Bibliothek lassen!" erklärte der Gardist, vor dem sie standen.
Etwas überrascht, dass dieser antworten durfte, fragten sie ihn wo genau denn Opus Dei sei. Er zeigte es ihnen hilfsbereit auf einer großen Übersichtskarte. Es lag nicht wie angenommen auf dem Territorium des Papstes.
„So, nun muss ich meinen Dienst antreten." Damit verabschiedete sich der Schweizer.
„Ich finde den Dialekt toll!" lächelte Jey ihm hinterher.

„Wir sitzen ganz schön in der Scheiße!" jammerte Maryu.
Sie hatten die Nacht mehr oder weniger in einer Jugendherberge verbracht. Der Herbergenleiter hatte den Schmuck, den Topoke noch von seiner Eroberung hatte, zum Glück als Zahlungsmittel angenommen.
„Komm runter, wir finden die anderen schon!" Topoke hatte keine Ahnung wie sie die anderen finden sollten. Einfach durch die Stadt laufen?
„Was denkst du, was Tfaji machen wird, wenn sie Geld hat?" lächelte er böse.
„Shoppen, was sonst!"
Sie fragten bei dem freundlichen Mann nach, wo denn in Rom die Top-Boutiquen zu finden waren und stiefelten los.

Auf dieselbe Idee kamen auch, zum Glück, Atumi
und Muzoun. Nachdem beide die Bierflaschen abgegeben hatten und das Zimmer bezahlt hatten, stopfte
sich Atumi die Taschen mit den Kronkorken voll. Er
war noch nicht wieder völlig hergestellt, deswegen
klappte es mit der Goldherstellung auch nicht. Auch
sie fanden heraus, wo es die besten Klamotten gab
und folgten der Eingebung, dass alle Frauen gerne
shoppen gehen. Tja Jungs. Anscheinend nicht alle
Frauen!
Sie trafen in der Stadt aber wenigstens auf die zwei
Nachtschwärmer. Nachdem sie sich freudig begrüßt
hatten, begann Muzoun sich über ihren Abgang zu
beschweren. Er schimpfte und tippte dabei immer
wieder auf die Brust der zwei ein. Als er erfuhr, was
den beiden widerfahren war, wurde er versöhnlicher
und auch Atumi bekam einen Lachanfall.
„Ist ja alles schön und gut, aber wo sind die Mädchen?" fragte Maryu nach einer Weile.

Die waren, nachdem sie sich umsonst in der Vatikans-
stadt herumgetrieben hatten, erstmal ein Eis essen.
„Ich glaube die Jungs sind doch nicht so schlau!"
zweifelte Tfaji.
„Das glaube ich nicht, dass weiß ich. Okay, lass uns
versuchen wie ein Mann zu denken!"
„Mann?" Tfaji zog zweifelnd die Augenbrauen hoch.
„Okay, sowas ähnliches. Also, was würden die denn
tun, wenn sie uns suchen?"
Den Mädels fiel aber auch so gar nichts dazu ein.

„Ich denke die besaufen sich irgendwo und denken nicht eine Sekunde an unsere Aufgabe!"
So ganz Unrecht hatten sie damit nicht. Denn nachdem Atumi wieder fit war, machte er aus den Korken Gold und dann gingen sie sich erstmal den Bauch vollschlagen. Natürlich nicht in einem x-beliebigen Café oder Ristorante, nein es musste das Beste und teuerste sein. Das La Pergola gehörte zum Waldorf Astoria. Dort hatten sie sich gleich auch noch eine Suite gebucht.
„Okay Leute, so schön es hier ist. Wir haben immer noch eine Aufgabe und durchs Essen und Saufen werden wir die nicht erfüllen!" fing Muzo an.
„Stimmt, wir müssen diese Opus Dei Leute finden", stimmte Atumi ein.
„Ich habe hier einen Reiseführer, da steht nichts drin über die", Maryu blätterte in einem Prospekt.
Schließlich fragten sie den Kellner, wo sie denn diese Opus Dei finden würden und bekamen eine Adresse.
„Würde mich nicht wundern wenn wir die Mädels da wieder treffen!"
Sie hatten nun schon den ganzen Tag mehr oder weniger vertrödelt. Da konnten sie den Nachmittag doch auch nutzen eine Kutschfahrt durch Rom zu machen und sich bei der angegebenen Adresse absetzen zu lassen.
Neu eingekleidet und herausgeputzt, traten sie schließlich in die Sonne. Die Kutsche erwartete sie bereits. Sie fanden Gefallen daran, auf Gentlemen zu machen.

Jey und Tfaji waren müde und kaputt. Ihre wenige Barschaft aufgebraucht. Sie saßen vor dem Gebäude, welches die Organisation beherbergte und waren mit ihrem Latein am Ende. Von den anderen keine Spur, sollten sie jetzt allein die Aufgabe lösen?
„Sieh dir die an, feine Schnösel. Mit Zylinder!" lachte Jey, als die Kutsche an ihnen vorbeifuhr.
„Die wollen auch zu Opus Dei." Tfaji beobachtete die Männer die aus der Kutsche stiegen. Sie sahen aus, als würden sie zur Oper wollen.
„Ich glaub ich werd verrückt!" Jey riss ihre Augen auf.
„Das darf nicht wahr sein!" stöhnte auch Tfaji.
Doch es war wahr, die Männer waren ihre Kumpel. Während die Mädchen die halbe Stadt nach ihnen abgesucht hatten, hatten sie sich neu eingekleidet. Jey und Tfaji wurden wütend. Sie rannten über die Straße, wichen den Autos aus, die wild hupten und standen kurz danach vor ihren Kumpanen.
„Hey Mädels, da seid ihr ja!" freute sich Atumi. Im Nächsten Moment traf ihn eine Ohrfeige. Auch Muzoun traf ein Schlag. Topo und Maryu gingen rasch in Deckung. Es half nicht viel. Die Mädchen waren so wütend, dass sie hysterisch die halbe Straße zusammen schrieen. Als sie keine Puste mehr hatten, waren die Jungs ganz klein mit Hut. Im wahrsten Sinne des Wortes.

Plötzlich packten sie grobe Hände. Alle sechs wurden von dunklen Männern in einen Van gezogen. Sie hatten nicht mal Zeit zu reagieren, Hilfe zu schreien oder dergleichen.

„Hallo, ich nehme an ihr kennt meine Tochter?" fragte ein grauhaariger Mann. Neben ihm saß Dana. In einem weißen Kleid mit einem zuckersüßen Lächeln.

Dämonen vs Der Pate

Die Dämonen wurden in dem Transporter fachmännisch mit Kabelbindern gefesselt.
„Das muss ein Missverständnis sein", versuchte Jey.
„Das glaube ich nicht." Sagte der Mann. Er trug einen Maßanzug und wirkte bedrohlich, selbst wenn er lächelte.
„Doch, wir kennen die gar nicht!" beharrte Tfaji.
„So ihr kennt die da nicht? Merkwürdig, ich hatte den Eindruck ihr wolltet ihnen gerade an die Gurgel!"
„Ja weil, also weil, die haben uns etwas gestohlen!" probierte es Jeyoui weiter. Leider war sie keine gute Lügnerin und der Mann erkannte sofort, dass das nicht stimmte.
„Dana, bitte was soll das?" fragte Topoke an die junge Frau gerichtet.
„Du kennst sie?" Atumi war neugierig geworden, dieses junge Mädchen sah wirklich gut aus.
„Hey Dana!" grinste nun auch Maryu und versuchte zu winken, was nicht ging, da seine Hände auf dem Rücken zusammengeschnürt waren.
„Nun, ihr habt Glück, da ihr meiner süßen Tochter nicht das Herz gebrochen habt, werdet ihr schnell sterben. Der hier aber", er zeigte auf Topoke, „wird sich vorher noch mit mir unterhalten!" Seiner Tochter?
„Herz gebrochen? Ich kenne sie ja kaum!" verteidigte sich Topo im falschen Ton. Eine Ohrfeige knallte in sein Gesicht.

„Wenn meine Tochter mir sagt, dass ein Mann ihr das Herz gebrochen hat, was denkst du was ich mit dem mache?"
Topo wollte sich die glühende Wange reiben. Nur nichts Falsches sagen, nur nichts Falsches sagen.
„Hören sie, das war wirklich nicht so!" versuchte jetzt Maryu seinem Kumpel zu helfen, was ihm ebenfalls eine Ohrfeige einbrachte.
Die Fahrt war zu Ende. Während sie mit Augenbinden versorgt wurden, öffnete sich eine Garagentür. Man konnte es hören, wie der automatische Türöffner, dass Tor öffnete und der Wagen einige wenige Meter hinein rollte.
„Bringt sie nach unten!" befahl der Vater von Dana.

Da saßen sie also, gefesselt und blind im Haus von so einem Irren. Wegen Topo und seinen Eskapaden. Wie sollten sie denn hier wieder rauskommen.
„Der wird uns doch nicht umbringen, oder?" fragte Atumi.
„Wahrscheinlich." Meinte Muzoun. Er war erstaunlich ruhig.
Während Atumi jetzt auf Topo losging und ihn ausfragte, was genau in dieser Nacht geschehen ist, konzentrierte sich Jey auf ihre Fingerspitzen. Es war wiedermal an ihr, die anderen zu retten. Sie hatte es langsam wirklich satt. Vielleicht sollte sie diesmal einfach nichts tun. Den Dingen ihren Lauf lassen?
„Was passiert eigentlich, wenn wir erschossen werden?" fragte Tfaji.
„Wir sind zwar schon tot, aber ich möchte trotzdem nicht erschossen werden!" beharrte Muzo.

Jey überlegte noch immer. Sollte sie ihre Leute retten? Vielleicht sollte sie sich klammheimlich allein aus dem Staub machen, das Rätsel lösen und als Heldin vor dem Teufel wiederkehren. Ob ihm das gefallen würde? Sie lässt ihre Männer im Stich? Aber warum sollte sie immer alles machen, sie hatte keine Lust darauf.

„Hey Jey, kannst du nicht die Fesseln aufbrennen?" Muzo schien ihre Gedanken erraten zu haben.

„Könnte ich schon, ich will nur nicht!" sagte sie.

„Was soll das heißen?" fragte Atumi.

„Warum denkt ihr euch nicht zur Abwechslung mal was aus?" stellte Jey fest.

„Ganz ehrlich Jeyoui, das ist nicht der richtige Augenblick, um rum zu zicken. Kannst du das auf später verschieben und uns erstmal hier raus holen?" versuchte es nun auch Topoke.

„Du hast uns in diesen Schlammassel gebracht, also holst du uns da auch wieder raus. Ich mach es mir solange bequem!"

Die anderen versuchten sie zu überreden, doch Jey blieb hart. Die können mich mal! Sie war doch hier nicht der Depp vom Dienst! Tief im inneren wusste sie, dass sie wahrscheinlich doch irgendwann eingreifen würde. Doch jetzt, nein, lass sie ruhig einmal schwitzen. Dann sehen sie was sie für Idioten sind!

Sie wussten nicht wie lang sie nun schon da saßen, als sie eine Tür hörten.

„Der Pate will euch sehen!" sagte eine dunkle Stimme.

„Der Pate?" fragte Atumi.

„Don Katalozzi, Piedro Katalozzi!" antwortete die Stimme.

„Toll Topo, du kannst dir ja kein Mädchen mit anständigem Elternhaus aussuchen, nein es muss die Mafia sein!" jetzt war Muzoun auch sauer. Er hatte beim Anblick des Mädchens noch verstanden, warum Topo so gehandelt hatte. Warum er sie verführen wollte. Als er dann die Wahrheit über jene Nacht hörte, hatte er sich etwas gefreut, dass dieser schmierige Kerl nicht zum Zug gekommen war. Aber jetzt, da rauskam, dass es die Tochter des Mafia-Bosses war, das durfte doch alles nicht wahr sein.

Als sie dann vor Don Katalozzi standen, sah dieser sie fast freundlich an. Das Zimmer, eine Art Bibliothek inklusive Arbeitszimmer, war riesig. Es war mit italienischen Möbeln ausgestattet.

„Schick haben sie es hier!" versuchte Maryu es mit seichter Unterhaltung.

„Danke dir, setzen!" befahl er.

Wie eine La-Ola-Welle, nur rückwärts setzten sich die Gefangenen hin.

„Erzählt mir, warum ihr hier seid. Ich habe Nachforschungen angestellt. Es gibt euch gar nicht!" sagte der Mafiosi.

„Das muss ein Fehler sein", versuchte es Atumi.

„Halt die Klappe, es hat ja doch keinen Sinn." Muzoun trat nach Atumi.

Dann begann er zu erzählen, von dem Geheimauftrag der Regierung eines kleinen Landes. Dass sie Geheimagenten wären und auf der Suche nach Papieren aus der Zeit der Inquisition. Der Pate hörte genau zu. Dann sagte er:

„Ich glaube euch nicht, das ist die haarsträubendste Geschichte die ich je gehört habe!"
„Nun Don, klar Muzo hat etwas übertrieben, aber nur weil die Wahrheit noch ungeheuerlicher ist!" versuchte Jeyoui jetzt doch Partei zu ergreifen.
„Nun, ihr wolltet also bei Opus Dei rein?" fragte der Pate.
Topo nickte.
„Da wärt ihr eh falsch gewesen!" sagte Don Katalozzi.
„Was? Wieso?" fragte Jeyoui nun doch interessiert.
„Ihr habt das Anwesen gesehen, so klein, es ist nur halb so groß wie meines und da sollen Unterlagen seit dem 15. Jahrhundert lagern?" ungläubig schüttelte der Don den Kopf.
„Toll, das heißt wir stehen wieder ohne Spur da, klasse!" schimpfte Jey.
„Ähm Jey, ehrlich, ich glaube wir haben grade auch andere Probleme!" erinnerte Tfaji an ihre Situation.
„Nun, die Spur, die habe ich. Nur nützen wird sie euch nichts!" lächelte der Pate und wies seine Männer an, die Gefangenen wieder in den Keller zu bringen.
„Woher wollen Sie denn wissen, nach welcher Spur wir suchen?" giftete Tfaji los.
„Wahrscheinlich hat unser Held hier geplaudert im Bett!" zickte Jey Topoke entgegen.

Topoke wurde im Laufe der Nacht noch ein zweimal abgeholt. Seine Schreie gellten durch das Haus.
„Wir müssen ihm helfen!" beharrte Atumi. Auch Maryu und Tfaji waren der Ansicht, nur Muzo und Jey sagten eiskalt: „Geschieht ihm Recht!"

Dennoch versuchte Jey schon seit einigen Stunden aus ihrer Fingerspitze einen gebündelten Feuerstrahl zu schießen, um damit die Fesseln zu schmelzen. Bisher ohne Erfolg.

Topo kam immer wieder. Er stöhnte. Doch seine Verletzungen hielten wohl nicht lange an.

„Es reicht, das geht nicht mit rechten Dingen zu. Verpasst ihnen neue Schuhe!"

„Juhu, wir bekommen neue Schuhe!" freute sich Tfaji.

„Du Dusselchen, das bedeutet wir bekommen Betonschuhe!" erklärte Atumi.

„Schuhe aus Beton? Die müssen ja Scheiße aussehen!" Tfjai wurde augenscheinlich langsam verrückt.

Es waren natürlich keine Betonklötze, die da an ihren Füßen angebracht worden waren. Immer noch gefesselt und mit Bleibändern um die Knöchel ging es zum Tiber. Sie werden also ertrinken.

Tolle Aussicht. Jetzt wurde es echt brenzlig. Wurde langsam Zeit das Jey es schaffte ihre Fesseln durchzubrennen. Der Lieferwagen wurde langsamer. Da es in dem Keller stockfinster gewesen war, hatten sie jedes Zeitgefühl verloren. Man nahm ihnen auch jetzt die Augenbinden nicht ab. Holte sie aus dem Lieferwagen und ging mit ihnen bis zu einem Kai. Dort wurden sie auf ein Boot geführt.

„Tu doch endlich was!" flehte Muzo.

„Ich versuch's ja!" zischte Jeyoui.

Wenn Schutzengel wütend werden

Sie hatten den Abend ruhig ausklingen lassen und sich über Rom und den Vatikanstaat mit Maria unterhalten. Sie erklärte ihnen den Weg von ihrem Hotel zur Sixtinischen Kapelle und gab ihnen einen Prospekt mit den Öffnungszeiten. So gut ausgerüstet standen die sechs am nächsten Morgen vor dem Hotel. Den Vorfall mit den drei Männern, hatten die Mädels schon wieder vergessen.
"Folgender Vorschlag, wir machen die erste Führung mit, damit wir wissen wo wir hin müssen. Dann setzen wir uns in ein Cafe und warten bis zur letzten Führung. Schleichen uns rein und öffnen das Grab!" meinte Madan, der zum ersten Mal eine echt gute Idee hatte. Die anderen stimmten ihm zu, nur Uma bedauerte, dass sie nicht mal in die päpstliche Bibliothek durfte. Umabel hätte zu gern in den dortigen Büchern gestöbert. Stattdessen schlossen die sechs sich einer japanischen Reisegruppe an.
"Man, Leo war echt mal gut!" seufzte Mattia.
"Viel zu bunt, wenn du mich fragst!" Madan gähnte ausgiebig.
"Keine Angst, jetzt bastelt er nur noch Zahnstocher und Pfeifen!" grinste Mumi und bekam dafür einen Boxhieb in die Seite.
In der Gruft erwachte ihr Interesse dann doch, man führte sie zu den Gräbern der Päpste.

"Okay Leute, wer war denn bitte der erste Papst?" fragte Bree. Doch selbst Uma hatte keine Ahnung. Sie fragten den Führer danach, dieser zeigte auf einen Eingang hinter einer roten Absperrkurdel. Die Holztür dahinter, war mit einem rostigen Schloss verriegelt.
"Die ersten Würdenträger liegen alle ein Stockwerk weiter unten, leider ist dieser Bereich nicht für die Öffentlichkeit zugänglich."
"Na toll!" schimpfte Mattia. Nach der Führung setzten sie sich in das Cafe, welches nur eine Querstraße weiter war. Während sie Eis und Kaffee verzehrten, machte Uma sich auf, den Namen des ersten Papstes in Erfahrung zu bringen.

Am Abend, kurz nachdem die letzte Führung durch das prunkvolle Bauwerk begonnen hatte, schlichen sich die sechs hinein. Die Gruppe war schon zu den Katakomben vorgedrungen. Sie versteckten sich hinter dem Altar und warteten bis die Führung beendet war und es ruhig wurde.
"Los jetzt!" flüsterte die Muse. Sie eilten auf die Stufen zu. Standen wenig später vor der Tür zu der Gruft.
"Wie bekommen wir die auf?" fragte Madan, darüber hatten sie sich nicht einig werden können, während ihrer Besprechung im Cafe.
Bree schaffte es einen Schlüssel heraufzubeschwören.
"Ganz ehrlich, deine Gabe ist so geil, ich will das auch!" jammerte Corry und betrat hinter dem Kriegsengel die düstere Gruft. Nicht mal Kerzen erhellten ihren Weg. Doch für diesen Fall hatten sie ja ihre Heiligenscheine, die es taghell werden ließen.

"Wir suchen Clemens, macht schon!" Sie sahen sich die Grabinschriften an. Obwohl sie jede Sprache augenscheinlich im Schnelldurchlauf verstanden und auch lesen konnten, dauerte es immer einige Minuten, bis ihnen klar wurde, was sie genau da lasen. Schließlich fanden sie Clemens den Ersten. Es war ein Steinsarg, sah nach nichts aus. Kaum Verzierungen.
"Armer Kerl, das ja mal mies," meinte Mumi.
"Egal, los wir müssen ihn öffnen!" stöhnte Uma, die schon versuchte die schwere Steinplatte zu verschieben. Corry leuchtete mit ihrem Tablet, damit die anderen auch was sahen.
„Ob er sehr eklig aussieht?" Mumiah verzog jetzt schon angewidert das Gesicht.
"Corry, leg das Ding weg und hilf uns gefälligst!" stöhnte Madan. Widerstrebend legte Corry ihren Heiligenschein auf einen anderen steinernen Sarg und packte mit an. Es schien eine Ewigkeit zu dauern, bis der Deckel sich endlich bewegte. Ein übler Gestank kam aus dem luftdicht verschlossenen Gefäß.
"Ih, muss das sein?" fragte Mumi.
"Ich greif da nicht rein!" Corethas Stimme klang schrill und hysterisch.
"Hört auf zu labern und schiebt!" wies Uma sie an.
Der Sargdeckel bewegte sich nur zentimeterweise von seinem angestammten Platz, doch dann war der Spalt groß genug, dass die Engel hineinleuchten konnten.
"Ich komm mir gerade echt schäbig vor. Ein Grab zu schänden, ob unser Chef das gutheißt?" fragte Bree und blickte auf das Skelett, das noch auf dem zerfressenen Laken lag.

"Gott wollte, dass wir diese scheiß Rolle der Erkenntnis finden, dann muss er mit sowas rechnen!" bestimmte Uma.

"Das ist ja schön und gut, aber seht ihr hier eine Rolle? Oder ein Buch oder sonst irgendwas in der Richtung?" erwiderte Madan der mit seinem Heiligenschein das Grab ableuchtete.

Während die anderen mit ihrer "göttlichen Licht"-App das Grab ausleuchteten, erklang ein schriller Schrei: "Mein Heiligenschein!" der Schrei wiederholte sich durch das Echo in der Gruft.

"Was ist damit?" fragte Mumi, die wie auch die anderen zusammengezuckt war.

"Er ist weg!" Corethas Stimme klang immer schriller, unwirklicher und das Echo verstärkte den Eindruck noch.

"Du hattest ihn doch gerade noch, wie kann er denn weg sein?" fragte Madan.

"Ich hab ihn hier her gelegt, das weiß ich ganz genau!" panisch sah sie sich in der näheren Umgebung um, riss Mumi ihren aus der Hand um Licht zu haben.

"Psst, seid mal leise, habt ihr das gehört?" fragte Bree und lauschte in die Stille. Da war tatsächlich ein Geräusch, ein leises Quietschen und dann ein Klacken.

"Die Tür!" verhieß Mattia. Alle sahen sich erschrocken an.

"Da hat uns jemand eingeschlossen!" stellte Madan fest und rannte die schmalen Steinstufen hinauf.

"Zu!" erklärte er als er an der rostigen Klinke rüttelte.

"Wer auch immer das war, der hat sicher meinen Heiligenschein geklaut. Der kann was erleben." Coretha stampfte wütend mit dem Fuß auf.

"Wir müssen erst den Deckel zuschieben, wir können Clemens doch nicht so liegen lassen!" beschwerte sich Uma, als auch Bree sich auf den Weg machte. Seufzend drehte die sich wieder um. Da der Deckel schon gelockert war, ging das zurückschieben in seine ursprüngliche Lage einfacher und nur drei der Engel waren von Nöten.
"Beeilt euch, sonst ist der Kerl über alle Berge!" jammerte Coretha.
Es war kein Problem für Bree erneut einen Schlüssel hervor zu zaubern und wenig später hasteten sie durch den öffentlichen Bereich der Grabstätte und nach oben in die Kapelle. Ein Bischof oder Kardinal oder was auch immer stand bei den Beichtstühlen und drehte sich erschrocken herum.
"Was macht ihr hier?" fragte er erstaunt.
"Ist hier jemand vorbei gekommen?" rief Coretha während sie auf den Mann in dem Liturgischen Gewand zu lief.
"Nein mein Kind, hier war niemand, aber was macht ihr hier?" fragte er und man hörte, dass er Mühe hatte ruhig zu bleiben.
"Gibt es noch einen anderen Ausgang?" fragte Bree.
"Nur diesen hier!" erklärte der Mann und wies auf das große Tor.
"Er lügt, ich kann es spüren!" zischte Madan, der die Ängste des Mannes sofort wahrnahm.
"Hör zu du Hampelmann, du sagst mir sofort wo der Kerl ist, der meinen Heiligenschein geklaut hat!" fauchte Corry. Der Hampelmann trat einen Schritt zurück, lehnte nun an dem Beichtstuhl und stammelte:

"Ich darf nicht, ich bin an das Beichtgeheimnis gebunden!"
"Beichtgeheimnis, ernsthaft? Sag mal willst du mich verarschen?" Der Würdenträger schüttelte nur den Kopf. Anscheinend hatte er eine Art Notruf Knopf betätigt, denn wenig später kamen einige Männer in den Uniformen der Schweizer Garde durch das Portal.
"Nehmt sie fest, sie sind unberechtigt hier eingedrungen und haben mich bedroht!" befahl der Kardinal. Er klang jetzt wieder sicherer, denn jetzt schien er in der Übermacht zu sein. Doch da hatte er mit dem falschen Gegner gerechnet.
Corrys Augen glühten rot auf, sie sah zu den acht Männern und diese blieben auf der Stelle wie versteinert stehen. Man konnte sehen, wie der Stein sie Stück für Stück auffraß. Es war grausig, erst waren die Beine aus Stein, die Männer schrien auf, dann der Unterleib, das Geschrei wurde größer. Bis es schließlich verstummte. Alle acht Gardisten waren zu Marmorstatuen geworden. Mit weit aufgerissenen Augen und den Schreien noch auf den Lippen. Selbst Michelangelo hätte sie nicht besser in Stein gebannt.
"So und jetzt zu dir!" Corrys Augen funkelten immer noch rot.
"Versteht doch das Beichtgeheimnis!" jammerte der Kardinal ängstlich. Coretha packte ihn bei der Kehle, hob ihn einen Meter vom Boden in die Luft. Ihre Flügel waren ausgebreitet und leuchteten unheimlich.
"Ich bin ein verdammter Engel des Gott verdammten Herren. Dein scheiß Beichtgeheimnis interessiert mich nicht die Bohne und nun rück den Heiligenschein

heraus, ehe dich mein Zorn in Stücke reißt!" Ihre Stimme klang dunkel, bedrohlich und unsagbar wütend.
"Tu lieber was sie sagt!" Madan genoss das Schauspiel. Der Gottes-Diener griff in sein Gewand und zog das Tablet heraus. Coretha nahm es an sich.
"Warum nicht gleich so?" fragte sie mit wesentlich angenehmerer Stimme und ließ den zitternden Mann wieder zu Boden. Sie rückte ihm noch seine Kleidung zurecht, machte ein Selfie mit dem verängstigten Mann und den Statuen und fragte dann:
"So bei Clemens haben wir nichts gefunden, wer ist der erste Papst gewesen?" Der Kardinal antwortete mit einer piepsigen und unterwürfigen Stimme:
"Petrus, er war der erste!"
"Dessen Grab ist aber im Petersdom", wusste Bree zu berichten.
"Nein, das Grab ist leer. Er wurde auf dem Berg Sinai vergraben, so steht es in den alten Überlieferungen!" jammerte der verstörte Geistliche zaghaft.
"Hey, danke. Du hast uns echt geholfen." Corry tätschelte seine Schulter und die sechs gingen zum Ausgang.
"Zwei Dinge noch: 1. Wir sind die Vertreter Gottes auf Erden und 2. deine Jungs werden sich bald wieder bewegen können. Schließlich bin ich nicht der Racheengel!" Glücklich ihren Heiligenschein wieder zu haben trat sie aus der Kapelle heraus.
"Das war so cool!" endlich hatte auch der Liebesengel seine Sprache wiedergefunden.
"Dürfen Schutzengel sowas überhaupt?" hakte Mattia nach, die sehr eifersüchtig war.

"Wir sollten diese Gabe einsetzen, um ins Archiv des Vatikan zu kommen!" überlegte Uma.
"Lasst uns erst mal eine Pizza essen und dann einen Flug buchen, wir müssen immer noch diese blöde Rolle finden!" erwiderte Bree.
"Kannst du mir das beibringen? Bitte!" fragte Madan und hüpfte Coretha vor den Füßen herum.

Der Sturm

Jey hatte es fast in der letzten Sekunde doch noch geschafft mit einem glühenden Finger die Kabelbinder zu schmelzen. Sie war fast überrascht, als diese nachgaben. Sie riss sich die Augenbinde vom Gesicht.
„Okay Leute hier der Plan!" dann eröffnete sie den Plan.
„Hör zu, ich habe uns da reingebracht, ich bring uns auch hinaus, du musst mir nur die Fesseln so weit ankokeln, dass ich sie Zerreisen kann bitte!" flehte Topo.
Jey nickte und tat worum sie Topoke gebeten hatte.
„Vergiss nicht, wir brauchen den Hinweis!" sagte Jey und setzte sich wieder mit Augenbinde und den Händen hinter dem Rücken an ihren Platz.
Das Boot stoppte.
„So meine Freunde, Endstation!" es war die Stimme von Senore Katalozzi.
„Man gewehrt einem Todgeweihten doch einen letzten Wunsch!" warf Jeyoui ein.
„So, macht man das?" fragte er wenig überzeugt.
„Ja, wir haben nur einen Wunsch. Wir wollen den Hinweis, denn dann wissen wir wie nahe wir dran waren!" versuchte es Tfaji.
„Was bringt es euch? Ihr werdet nie ankommen!" Don Katalozzi war skeptisch. Er hatte gesehen wie schnell sich Topo von den gebrochenen Fingern, der aufgerissenen Lippe und den Zigarrenverbrennungen erholt

hatte. Selbst der abgeschnittene Zeh, war binnen vierundzwanzig Stunden nachgewachsen.
„Wer seid ihr?" fragte der Don. Sie schwiegen.
„Nun gut, ich mag dich Mädchen, deswegen sollst du es wissen. Die Unterlagen befinden sich im Katharinen Kloster, am Fuß vom Berg Sinai. Ihr werdet nie dort hingelangen!" lachte er und befahl dann die sechs an Deck zu bringen.
Kaum hatte Topo etwas mehr Platz, begann er sich wie bekloppt im Kreis zu drehen.
„Was soll das? Hör auf!" rief der Pate. Doch Topo wurde immer schneller. Ein Wind kam auf, das Boot schaukelte und wankte. Als Topoke dann auch noch seine Arme von den Fesseln befreite und ein Gewitter aufkam, welches nur über dem Boot erschien, bekamen es die Leute des Don mit der Angst zu tun und sprangen über Bord.
„Pass auf das Boot auf, dass können wir brauchen!" rief Atumi gegen den Lärm des Windes an.
„So nun pass mal auf Don Katalozzi, lege dich nie, wirklich nie mit dem Teufel an!" Maryu hatte sich den Mafiaboss geschnappt. Er hob ihn mit nur einem Arm über die Reling, bei der anderen hatte er seine Krallen ausgefahren, es war noch immer eine abgebrochen.
„Du wolltest wissen wer wir sind? Wir sind die Gesandten des Teufels und du bist nur ein billiger Hosentaschenganove!" schrie er.
„Topo, hör auf!" Jey und Tfaji hüpften um den Winddämon herum und versuchten ihn zum Stillstand zu bekommen, ohne vom Wind mitgeschleppt zu werden. Jetzt hatten die Bleigewichte die ihnen der Pate verpasst hatte, einen Sinn.

Topo schaffte es langsam abzubremsen, alles was lose auf der modernen Segelyacht gewesen war, prasselte Regengleich wieder hinunter aufs Deck.

„Möchtest du ihm noch was sagen?" fragte Maryu seinen Kumpanen.

„Ihre Tochter ist nicht so unschuldig wie sie das glauben! Sie betätigt sich in ihrer Freizeit als Domina!" Dann erzählte Topo seinem Widersacher noch, was genau passiert ist. Der Pate wurde über Bord geworfen und durfte nun zum Land zurück schwimmen.

„Wir leihen uns ihr Boot aus. Wir müssen ja immerhin nach Ägypten!" Dann verteilten sie unter sich die Aufgaben.

„Einer ne Ahnung in welche Richtung wir da müssen?" fragte Atumi.

„Soll das heißen du willst diesmal nicht der Navigator sein?" grinste Muzoun.

Sie schafften es das Boot bis zum Mittelmeer zu bringen. Dann lag vor ihnen nur noch Wasser. Welche Richtung? Wo bitte lag denn hier Ägypten?

Sie wühlten in den Seekarten, die an Bord waren. Keine davon zeigte Ägypten. Jetzt war es an Atumi den anderen aus der Patsche zu helfen.

Er stand an der Reling und rief hinaus aufs Meer. Es passierte nichts.

„Was tust du da?" fragte Tfaji.

„Ich versuche Poseidon zu erreichen!"

„Poseidon? Du warst zu lang in der Sonne!"

„Poooooseeeeeiiiiiiiiiiiiiidon!" rief er wieder und ignorierte Tfajis Bemerkung.

„Könntest du mal aufhören?" schimpfte Muzoun und hoffte der Gott der Meere würde Atumi nicht erhören.

„Ja, wieso?" fragte Atumi.
„Schon mal was von den Sirenen gehört?" fragte Muzoun.
„Äh, ich glaube ja!"
Muzo verdrehte die Augen.
„Wir suchen den nächsten Hafen und besorgen uns Karten für die Gegend, dann kommen wir auch weiter!" beschloss er. Zum Glück hatte nur eine der Meeresschönheiten dem Rufen des Dämons nachgegeben. Ja, ja Sirenen sind auch nicht mehr das was sie mal waren.

Die Sirene war verschwunden. Das Singen hatte sie nicht wahnsinnig werden lassen, wie einst Odysseus und seine Leute. Anscheinend waren Dämonen nicht so anfällig dafür. Sie hielten auf das erste Land zu, welches sie sahen und stellten fest, sie waren noch immer in Italien. Sie tankten das Boot auf und besorgten sich ein topmodernes Navigationssystem für Segelyachten. Nichts mehr mit Kartenlesen, das ging heute auch alles digital. Die Mädchen hatten sie einkaufen geschickt und Topo hatte für neue Segel gesorgt. Als alles an Bord verstaut war, stachen sie in See.
„Wird auch Zeit, wer weiß wie weit die anderen schon sind. Denkt daran, die guten suchen die Rolle auch!" erklärte Jeyoui und biss in einen Apfel.
„Das sind die besten Äpfel die ich je gegessen habe!" erklärte Topoke.
Tfaji ging es nicht so gut, sie wurde seekrank. Und das bei ruhiger See. Wie sollte das erst werden, wenn sie in einen Sturm gerieten.

„Hoffentlich kommen wir in keinen Sturm!" sagte Muzo.
Jey sah den Kunstdämon lange an. Konnte dieser kleine Mann wirklich ihre Gedanken lesen?
„Was? Was ist denn?" Muzo starrte zurück und war kurz darauf unsichtbar. Das machte er in letzter Zeit häufig. Wenn ihm etwas nicht passte, dann verdrückte er sich. Typisch.

Natürlich kamen sie in einen Sturm. Warum auch nicht, sie hatten ja schon drei Tage keine Probleme mehr.
„Bindet euch die Gewichte wieder um, damit ihr nicht von Bord getragen werdet!" brüllte Atumi, der das Steuer mit all seiner Kraft hielt. Maryu und Tfaji mühten sich ab, die Segel einzuholen. Da beide keine erfahrenen Segler waren, war es ein Wunder, dass sie nicht von den Tauen und dem Baum erschlagen wurden. Es war binnen Sekunden schwarz am Himmel geworden. Ein Gewitter war losgebrochen. Wind und Regen peitschten die See an. Als die Segel eingeholt waren, rutschten die zwei mehr über das Deck, als dass sie gingen. Die Wellen waren schon so hoch, dass sie das Schiff meterweit in die Luft trugen.
Während Maryu das Seil zog, welches die Segel einholen sollte, stolperte Tfaji zur Reling und übergab sich wieder. Topoke kam und half ihr ins Innere, um dann dem jungen Mann zu helfen. Er bemerkte nicht, dass ein Haken, der die Segeltücher halten sollte, sich in seinem Gürtel verhakte. Maryu, der wegen des Sturms nicht verstand was sein Kollege von ihm wollte, nahm die Zeichen, die ihm Topo schickte als Auf-

forderung zu ziehen. Maryu zog und zog. Topoke hing am Haken. Wie ein Fisch an der Angel wurde er den Mast hinaufgezogen. Als Maryu sich wieder umdrehte, war Topo weg.

„Topo?" rief er gegen den Sturm an.

Muzoun kam hinausgelaufen.

„Was ist los?" schrie er und hielt sich an dem Mast fest.

„Topo könnte über Bord gefallen sein!" erklärte Maryu.

„Nicht gut, wir müssen ihn finden!"

Sie holten eine Sturmlaterne und leuchteten über das schäumende Wasser.

„Hörst du das?" fragte Maryu jetzt, da er näher an dem Mast, an dem Topo kopfüber baumelte, stand.

„Ja aber ich sehe ihn nicht!" Muzoun und Maryu gingen in Deckung, als eine neue Welle das kleine Boot überflutete. Dabei wurden sie von den Füßen gerissen und schlitterten auf dem Rücken über das Deck.

Ein Blitz erhellte für einen Augenblick den Himmel. Muzoun schrie erschrocken auf. Da hing etwas am Mast.

„Maryu!" brüllte er, doch dieser kämpfte mit einem Netz, in das er gerutscht war. Er versuchte sich verzweifelt heraus zu strampeln und verfing sich dadurch immer mehr darin.

Topoke hing winkend und klatschnass am Mast. Immer wieder schrie er. Er war schon total heiser. Als der Blitz ihn beleuchtete sah er aus wie eine Leiche. Eine Gallionsfigur an einem zerfetzten Segel. Genau das hatte auch Muzo gesehen und war zu tiefst erschrocken. Dennoch krabbelte er auf den Mast zu und leuchtete nach oben.

„Muzo, hol mich hier runter!" Topokes Stimme wurde aufs Meer hinausgetragen, doch der Kunstdämon hatte erkannt in welcher misslichen Lage sich der Verführer befand.

„Bleib wo du bist, ich rette dich!" schrie er nach oben. Als ob Topoke irgendwohin könnte.

„Beeil dich und schwing keine Reden!" brüllte dieser. Muzo stolperte auf dem Weg zur Seilverankerung über einen Fisch im Netz.

„Du kannst hier nicht einfach so rumliegen, ich habe Topo gefunden, hilf mir gefälligst!" schrie er den gefangenen Maryu an.

„Hilf du mir raus!" brüllte dieser zurück.

Muzo suchte in seinen Hosentaschen und fand ein kleines, kaum sechs cm großes Taschenmesser. Er fummelte bis er mit seinen glitschigen Händen das kleine Messer ausgeklappt hatte und reichte es Maryu. Er sollte sich selbst rausschneiden, Muzo musste Topo retten, ehe ein Blitz ihn erwischte. Es war gar nicht so einfach, sich auf den Beinen zu halten, während der Sturm das Boot hoch und runter trug.

„Wir sind auf dem fliegenden Holländer!" murmelte Muzo.

Er hatte das Seil endlich gelöst, da erwischte ihn eine Welle und riss ihn von den Beinen, dass Seil schoss nach oben und Topoke jagte dem Deck entgegen. Die Welle hatte auch Maryu zur Seite geschleudert, so dass der jetzt Topo's freien Fall auffing.

„Mann, Alter, geh von mir runter!" brüllte der Dämon.

Er hatte mit dem kleinen Messer an einem der Stricke herum gesäbelt.
„Autsch!" sagte Topo und zog sich eben dieses aus seinem Allerwertesten.
„Wieso hast du das?"
„Ich hab mich verheddert, ich komm nicht mehr raus!"
„Alter, du hast Scherenhände, schon vergessen?"
Maryu stutzte kurz, dann fuhr er seine Krallen aus, die wesentlich schärfer waren und zerschnitt das Netz binnen Sekunden.
„Ja, das hatte ich vergessen." Sagte Maryu und stand wacklig auf.
Sie fanden Muzo der etwas benommen am Mast hing. Gemeinsam stützen sie sich und brachten sich in Sicherheit. Eine Welle nach der anderen überrollte ihr Schiff.

Während die anderen alles festschnallten, was nur festzuschnallen ging und dabei pitschnass wurden, stand Atumi auf der Brücke und hatte das Steuer, welches nicht mehr aus einem großen Rad bestand, sondern aus einem simplen Hebel, im Auge.
„Wir sollten den Sturm abwarten, ehe wir weiter fahren!" Muzo betrat die Brücke und brachte einen Schwall Wasser mit. Es pfiff und raunte, als er unter Anstrengungen die Tür hinter sich zuzog.
„Wir müssen auf Kurs bleiben, wer weiß wie weit uns der Sturm abtreibt!" Es war alles furchtbar aufregend. Auch dann noch, als sie sich mit Schiffszwieback und heißer Schokolade in der Kajüte wiederfanden.
„Ich komm mir vor wie ein Pirat!" freute sich Maryu.

„Ich habe keine Lust mehr, ich will nur noch heim!" jammerte Tfaji.
Als der Sturm Stunden später endlich nachließ, konnten sie ungehindert weiterfahren. Er hatte sie über zwanzig Grad von ihrer Route abgedrängt. Das würde sie mindestens einen Tag mehr kosten.

Between Lucifer and God

Nebelschwaden hingen über der Ruine. Fahles Licht flimmerte. Die Ruine lag unheimlich in den Schatten. Eine Bewegung von links. Vier Gestalten in weißen Kutten traten aus dem Nebel hervor, kamen die halb zerfallene Treppe herunter. Ihre Hände gefaltet zum Gebet. Ihre Gesichter im Schatten ihrer Kapuzen versteckt. Langsam nahmen sie Stufe für Stufe. Da auf der westlichen Mauer, grünes Licht und vier weitere Gestalten, in schwarzen Kutten tauchten daraus hervor. Sie wurden von unsichtbarer Macht nach oben getragen, ihre Hände offen gen Himmel gerichtet. Ihr Antlitz verborgen durch Masken. Eine weitere Gruppe erschien im Nebel. Dunkel geschminkt, mit neonleuchtenden Haaren. Fünf Männer, die Instrumente bei sich trugen.
„Cut! Super ist im Kasten!" rief einer.
„Sollten wir nicht auch irgendwie besonders auftauchen?" fragte einer der Neonköpfe.
„Wir machen die Einstellung nochmal, diesmal von der anderen Seite!" befahl die Stimme über ein Megafon.
Wieder sah man den Nebel, wieder kamen die vier weißen Mönche die Treppe hinab und die schwarzen fuhren nach oben und wieder, Moment nein, diesmal standen sechs Mann mitten in dem Hof und starrten ungläubig die Kuttenträger an.
„Was'n hier los?" fragte einer.

„Cut, wer sind die denn? Schafft die aus meiner Kulisse!" brüllte die Megafonstimme.
„Die Frage gebe ich zurück, wer seid ihr denn?" rief der kleinste der Gestalten.
„Wir sind BLaG!" sagte einer der Neonköpfe.
„Ihr seid aber doch gar nicht schwarz!" bemerkte der schlanke mit dem vorstehenden Zahn.
„BLaG mit G, nicht mit ck!" sagte ein anderer Neonkopf, der eine ebenso leuchtende Gitarre umhängen hatte.
„Das bedeutet", wollte der mit den Drumsticks gerade erklären.
„Lass mich raten, Blöd, Loser, Arschlöcher und Gehirnamputiert!" bemerkte eine der zwei Frauen. Sie trug ein Sweatshirt und ihre Haare zu einem Zopf. Ihre Begleiter kicherten.
„Nein, das heißt Between Lucifer and God!" äffte der, der zuerst die Vorstellung übernommen hatte.
„Wir drehen hier ein Video und ihr gehört nicht in die Kulisse!"
„Hey cool, was für ein Video denn?" fragte die kleinere, die Designer-Schuhe trug.
„Für unseren Song, ist doch klar!" erwiderte der andere.
„Also echt, euer Song ist uns ziemlich egal, wir suchen die Bibliothek!" erwiderte der mit dem Faltenhundgesicht.
„Die war irgendwo da drüben, das Kloster wurde letztes Jahr niedergebrannt, hier ist nichts mehr, also wenn ihr so freundlich wärt und aus unserer Kulisse verschwinden würdet!"
Jetzt war der Megafonmann dazugekommen.

Abwehrend hoben die sechs ungebetenen Gäste ihre
Hände und gingen rückwärts.

„Leute das sieht nicht gut aus," seufzte Jeyoui.
„Was singen die denn für einen Mist?" fragte Atumi,
der den Dreharbeiten weiter folgte.
„Hö, wieso?" fragte Tfaji.
„Wenn die Hölle zufriert, der Himmel brennt, haben
die Götter verliert? Und die Menschheit rennt?"
„Verliert? Das klingt total falsch!" meinte auch Muzo.
Tatsächlich hatte die Punkband namens BLaG das
Wort falsch benutzt.
„Lasst die doch, wir sind kurz vorm Ziel, ich gehe
jetzt da hoch und seh mir das mal von oben an, vielleicht
finde ich einen Hinweis!" Jeyoui hatte wie üblich
die Hosen an.
„Hätte von Maryu sein können der Text," grinste
Topoke.
Jeyoui bemerkte, dass ihr wieder niemand zu hörte
und schnaubte wütend.
„Ich hoffe Satan weiß zu schätzen, dass ich praktisch
alles im Alleingang erledige hier!" schimpfte sie und
kletterte an den Überresten des Katharinen Klosters
hinauf.
Wieder schaffte sie es damit, die Dreharbeiten zu stören,
denn sie war mit ihren Beinen zweimal im Weg.
„Raus aus meiner Kulisse!" brüllte Megafonmann.
„Lernt ihr erstmal richtige Texte zu schreiben!" brüllte
Muzoun zurück.
„Was soll das denn heißen?" fragte Neonkopf.
„Verliert? Ernsthaft?" maulte Atumi.

„Wir haben ein neues Wort erfunden, das nennt man künstlerische Freiheit!" beharrte der Neonkopf.
„Verliert ist kein neues Wort, nur die falsche Grammatik!" meckerte Tfaji nun auch los.
Es dauerte nur Minuten, da fingen die fünf Dämonen am Boden an, mit den fünf Bandmitgliedern von BLaG eine hitzige Diskussion über Grammatik zu führen. Jey indes war oben auf der Mauer angekommen. Da fiel ihr ein, dass sie Höhenangst hatte. Erschrocken legte sie sich auf den Bauch und schrie um Hilfe.
„Was ist denn los?" rief einer ihrer Freunde hoch.
„Ich, ich hab Höhenangst!" jammerte Jeyoui.
„Warum kletterst du denn dann da hoch?" fragte Maryu.
„Weil du es nicht tust! Holt mich hier runter!" schrie sie wie am Spieß.
Die Jungs mit den Neonköpfen lachten.
„Ihr seid ja Kerle, lasst das arme Mädchen allein da hoch klettern."
„War ihre Entscheidung, konnten wir nichts für," bemerkte Topoke.
„Holt mich runter!" schrie Jey weinerlich.
Maryu drückte Muzo seinen Rucksack in die Hand und begann mit dem Aufstieg, während die anderen ihre Diskussion über Grammatik fortsetzten.

„Ich bin ja da, jetzt lass los, ich helf dir runter!" beruhigte Maryu den ängstlichen Dämon.
„Ich kann nicht, ich werde sterben!" jammerte diese und presste sich noch enger an die Mauer.
„Ich sag's nur ungern, du bist schon tot!"

Das Argument hatte etwas für sich, es half auf jeden Fall den Tränenfluss von Jey zu trocknen.
Maryu trat auf die Mauer und wollte ihr hochhelfen. Da sah er etwas in der Ferne. Hinter dem Bergmassiv bewegten sich sechs Punkte schnell auf einen schmalen Durchgang im Berg zu.
„Sag mal, die Gruppe die da hinten kommt, könnten das die Engel sein?"
Maryu erinnerte sich daran, dass man sie davor gewarnt hatte, dass auch die andere Seite ihre Armee ausgeschickt hatte. Bisher waren sie denen noch nicht begegnet, wäre ja logisch, wenn sie jetzt auftauchen würden. Es war zu weit weg, als das man etwas Genaues erkennen konnte. Jey vergaß ihre Angst und richtete sich auf. Auch sie sah sechs Leute, die direkt auf den Canyon zuritten.
Ihre Miene versteinerte sich.
„Wir müssen runter, wir müssen sie aufhalten!" sagte Jey und sprang wie ein junger Bock den Weg hinab, den sie vorher raufgeklettert war.
„Und was ist jetzt mit deiner Höhenangst?" rief ihr Maryu hinterher.
„Vergiss es, wir haben wichtigere Probleme!"
„Weiber!" seufzte der junge Mann und folgte ihr.

Die letzte Etappe

Nachdem die Engel Rom verlassen hatten, flogen sie nach Israel.
"Eigentlich fast logisch, dass wir hier landen oder?" fragte Uma. Sie hatte Recht, immerhin war Israel einer der in der Bibel am häufigsten vorkommende Teil, der Welt. Sie hatten eine Mitfahrgelegenheit bekommen bis nach Eilath und bekamen dort einige Esel.
"Nehmt genug Wasser mit, das wird ein langer Ritt!" erklärte ihnen der freundliche Händler. Er war so freundlich, da er ihnen die Maultiere zu einem völlig überteuerten Preis abgetreten hatte. Doch ehe die Engel quer durch die Wüste laufen würden, waren ihnen diese störrischen Tiere doch lieber. Sie bekamen Verpflegung und Wasservorräte für drei Tage mit auf den Weg. Dazu eine Karte und einen Kompass. Uma nahm alles an sich und bildete die Spitze bei ihrem letzten Stück der Reise.
"Was denkt ihr, was auf dieser komischen Rolle der Erkenntnis steht?" Mumiah schaukelte auf ihrem Esel über die felsige Wüste.
"Der Sinn des Lebens?" Mattia hatte sich nicht wirklich gefragt, was genau sie da eigentlich jagten.
"Göttliches Wissen oder so, denk ich. Auf jeden Fall ist es wohl für Menschen gefährlich." überlegte Uma. Sie ritten durch eintönige Landschaften.
"Ehrlich, dass Moses nicht ganz dicht sein kann ist hiermit bewiesen. Die sind hier lang gelaufen? Wochenlang? Da wirst du ja irre!" stöhnte Coretha. Da

hatte sie nicht ganz unrecht, außer brauntönen und beigefarbenen Felsen - sah man nichts.
"Wir sind doch gerade auch nicht ganz dicht. Reiten auf Eseln, wo wir doch fliegen könnten!" maulte Madan.
"Wir fliegen erst nach der Arada Area, dass hatte ich euch doch erklärt. Da hinten sind einige Häuser, da machen wir eine kleine Pause!" beschloss Uma. Sie hatten noch mindestens zwanzig Stunden Ritt vor sich, bevor sie die besagte Schlucht erreichten, hinter der es kaum bis gar kein Leben mehr gab und sie sicher sein konnten niemanden aufzufallen, wenn sie ein Stück flogen. Die Bewohner des improvisierten Dorfes begrüßten sie freundlich und luden sie ein zu verweilen.
"Wir haben keine Zeit!" erklärte Uma.
"Red nicht so einen Stuss, noch eine Stunde auf diesem Maultier und ich kann meinen Hintern Goodbye sagen," jammerte Coretha. Ihnen allen tat der Hintern weh und fast sehnten sie sich nach der riesigen Miezekatze zurück. So blieben sie die Nacht über, in der es wirklich kalt wurde in dem kleinen Dorf und brachen erst am nächsten Morgen wieder auf. Auch am nächsten Tag, waren die Schmerzen in ihren Hinterteilen nicht verschwunden. Ihre Gesichter glühten und es wurde unsagbar heiß. Sie tranken nur wenig und hingen eher wie schlaffe Säcke auf den störrischen Tieren. Diese begannen noch langsamer zu werden, je näher sie der Arada Area kamen.

"Was ist los Madan?" rief Uma. Madan zog und zerrte wie wild an dem Strick seines Esels, doch der bewegte sich keinen cm. Er schrie wie wild das typische "Iahh", aber blieb eisern stehen.

"Das Mistvieh bewegt sich nicht mehr!" brüllte er den anderen hinterher.

"Auch das noch, Mumiah, das ist deine Abteilung, lass ihn sich verlieben oder so!" Bree hatte keine Energie mehr. Sie konnten die Area schon von weiten sehen. Sie verschwamm in der Sonne wie eine Fata-Morgana, doch laut der Karte und dem Kompass musste sie es sein. Mumiah stöhnte auf, rutschte unelegant von ihrem Tier und landete dementsprechend auch unsanft im staubigen Sand.

Sie zog sich an den Taschen ihres Esels wieder hoch und kam wankend zum Stehen.

"So wird sie nie treffen!" erklärte Coretha. Tatsächlich hatte der geschwächte Liebesengel Probleme den Bogen überhaupt hervorzuholen.

"Okay Leute so wird das nichts. Da hinten ist ein Felsen, der spendet noch ein wenig Schatten, wir machen eine Pause!" beschloss Uma und lenkte ihr Maultier zu dem Felsen. Als hätte der Esel des Racheengels vernommen, was die Muse befohlen hatte, trottete er erstaunlich schnell auf den genannten Felsen zu und zog den überraschten Reiter hinter sich her. Sie ließen sich alle im Schatten nieder und reichten die Feldflasche mit dem Wasser herum. Einige Mangos und Papaya später fühlten sich alle wieder frischer. Madan gab seinem störrischen Maultier auch noch etwas von den Köstlichkeiten ab und schließlich bewegte sich das Tier auch wieder.

"Es hatte Durst, dass hätten wir uns echt denken können!" schimpfte Mumiah.

"Ja Esel sind halt auch nur Menschen!" stöhnte Mattia, als sie sich wieder auf den Rücken ihres Tieres schwang. Sie war es gewohnt zu reiten, immerhin hatte sie als Mensch ihr eigenes Pferd gehabt, trotzdem tat auch ihr der Hintern weh.
"Ich denke in zwei Stunden dürften wir das schaffen und dann lassen wir die Esel stehen und fliegen!" Uma freute sich wie die anderen darauf. Doch so schnell ging es dann doch nicht. Ein Sturm kam herauf. Der Wind jagte binnen Minuten über die Ebene. Er wirbelte Sand und Steine auf. Die Esel gebärdeten sich ängstlich und rissen an ihren Halterungen.
„Verdammt, das ging jetzt aber schnell!" stellte Bree fest und hielt sich ihr Kopftuch fest. Auch die Anderen mussten ihre Kleidung halten, denn der Wind riss sie ihnen fast vom Leib. Sie mussten sich in Deckung begeben und fanden zum Glück eine kleinere Höhle in der sie sich zusammen kuschelten.
"Gruppenkuscheln, toll!" freute sich Madan.
"Lass bloß deine Finger bei dir!" fauchte Coretha auch sofort los.
"Wie lang wird das wohl dauern?" Der Sand wirbelte an ihnen vorbei, es sah schlimm aus.
"Könnt ihr euch noch an den Sturm in Kairo erinnern?" fragte Bree.
"Das scheint zwei oder drei Leben her zu sein!" stellte Mattia fest. Die Esel hatten sie leider im Freien lassen müssen, diese schrien und trampelten. Dennoch waren sie einigermaßen geschützt durch einen großen Felsen. Während sie über ihre Erlebnisse der letzten Wochen sinnierten, wurden sie immer müder und schliefen schließlich ein.

Der Sturm hatte sich gelegt und die Engel waren ausgeschlafen. Sie aßen wieder etwas von den Früchten, die sie mitgenommen hatten und versorgten die Esel, die den Sturm gut überstanden hatten. Auch wenn ihr Fell sehr zerzaust aussah und sie böse die Ohren angelegt hatten. Mit einigen ruhigen Worten des Liebesengels, konnten sie die Gnade der Maultiere wieder erlangen.
"So jetzt aber, los das schaffen wir!" mit frischen Mut und Elan bewegten sie sich auf die Area zu. Die Aussicht, bald das Ziel erreicht zu haben, ließ sie sogar ihre wunden Hintern vergessen. Es dauerte trotzdem noch zwei Stunden bis sie in der Schlucht eintrafen.
"Wir lassen die Esel hier, die finden sicher allein zurück!" erklärte Bree und schulterte das Gepäck, welches zuvor auf den Rücken der Tiere hing. Die Schlucht war nicht sehr breit, sie mussten definitiv hindurch, bevor sie auch nur daran denken konnten ihre Flügel auszubreiten.

TEIL 4

AM ZIEL

Im Angesicht des Feindes

„Okay, könntet ihr eure neuen Freunde mal bitte beiseite lassen?" rief Jey und riss an Topos Ärmel.
„Hey Jey, da bist du ja wieder!" freute sich Tfaji.
Sie hatte mit einem der Neonköpfe geflirtet und warf jetzt auch ihrer Freundin einen verführerischen Augenaufschlag zu.
„Kommt jetzt mit, ich sag's dem General!" brüllte Jeyoui.
Das wirkte. Obwohl so weit weg, machte er ihnen immer noch etwas Angst.
„Wir müssen schnell zur Schlucht, da hier keine Unterlagen mehr sind. Wir werden dort auf unsere Widersacher treffen. Wenn die eine andere Spur haben, hängen wir uns an sie ran und holen uns das gute Stück wenn sie es gefunden haben!" erklärte Maryu.
„Ein guter Plan, aber hier gibt's nirgends was um sich zu verstecken!" versuchte Muzo die Schwächen aufzuzeigen.
„Müssen wir auch nicht, wir passen sie in der Schlucht ab. Sie werden bestimmt gegen uns kämpfen, wir geben uns besiegt und folgen ihnen dann. Das ist so unauffällig, das merken die nie!"
„Ein Problem, wie kommen wir rechtzeitig zum Canyon?" fragte Topo.
„Wir nehmen die Quads vom Filmteam!" schlug Tfaji vor.
Gesagt, getan. Sie schoben die schweren vierrädrigen Gelände Motoräder etwas weiter weg, um nicht sofort

aufgehalten zu werden. Dann sprangen immer zwei von ihnen auf ein Bike.
„Ähm, du weißt wie man das fährt oder?" fragte Tfaji, die hinter Muzoun saß.
„Kann nicht schwerer sein als ein Motorrad zu fahren!"
Dann düsten sie los. Maryu, der auch in seinem Leben keinen Führerschein besessen hatte, hatte am meisten Probleme damit. Er musste mit der Lenkung klar kommen. Bis er kapierte, dass es wie ein Fahrrad funktionierte, dauerte es etwas.
„Wäre ich bloß gefahren!" jammerte Atumi, der hinter ihm saß.

Sie versteckten die Quads in einer Felsspalte am Rande des Canyons und betraten diesen. Die Schlucht war eng, kaum dass zwei Mann nebeneinander laufen konnten. Je weiter sie hineingingen, desto dunkler und kühler wurde es. Waren sie noch kurz vorher von der Sonne aufgeheizt wurden, so fröstelten sie nun schon bald.
„Seid leise, da kommen sie!" flüsterte Muzo.

"Irgendwie unheimlich oder?" Mumiah sah die Felsen hinauf.
„Was soll denn so unheimlich sein?" fragte Maryu gerade heraus.
Wie versteinert blieben die sechs Engel stehen. Plötzlich standen sie voreinander. Fünf Mädchen und ein Junge. Atumi, Maryu und Topoke erkannten zwei der

Mädchen wieder. Sie waren ihnen im Zug begegnet. Auch Jey erkannte Madan. Doch sie sagte nichts.
„Hallo Ladys." Atumi versuchte seine Stimme verführerisch klingen zu lassen.
„Hatte ich nicht gesagt, wir sehen uns bestimmt wieder?" Maryu trat nun auch nach vorn und lächelte.
„Das nenn ich mal eine freudige Überraschung, wollt ihr doch was mit uns trinken gehen?" Topo schob sich an Maryu vorbei.
Die angesprochenen Mädchen verdrehten die Augen.
"Das darf doch nicht wahr sein!" stöhnte Mumiah.
"Die verfolgen uns doch, was zum Teufel macht ihr hier?" fragte auch Corry.
„Zum Teufel trifft es ganz gut!"
„Wir sind die Boten der Hölle und lassen euch hier nicht durch!" spielte Tfaji das Spiel mit.
"Madan, glaubst du was ich glaube?" flüsterte Uma.
"Ach ihr seid das?" Madan war nun ebenfalls einen Schritt vorgetreten.
Jeyoui bemerkte, dass Madan sich ebenfalls nichts anmerken ließ und musterte ihn kalt.
"Was soll das heißen, ihr seid das?" giftete Coretha los.
"Michaela hatte uns gewarnt, dass auch noch andere auf der Suche sind." sagte Matti ruhig.
"Wann genau hattet ihr vor uns das zu erzählen?" fragte Uma genervt.
„Ruhe!" brüllte Maryu. Sofort trat Ruhe ein.
„Wer hat dich denn zum Anführer bestimmt?" fragte Muzoun, der genauso erstaunt war wie Topo und Atumi.
„Lass ihn, er weiß was er tut!" sagte Tfaji.

„Seit wann?" fragte Atumi erstaunt. Die Engel, die ihnen gegenüber standen hatten sie scheinbar total vergessen.

„Ich bin nun mal der bestaussehendste hier!" erwiderte Maryu.

„Der dümmste dazu, was soll denn das jetzt?" fragte Topoke.

Die Dämonen stritten sich noch eine Weile darüber, wer nun ihr Anführer war. Bald war die Diskussion so hitzig, dass sie selbst nicht mehr wussten, was davon zum Plan gehörte und was nicht.

"Schön, die scheinen sich genauso uneinig zu sein wie wir," bemerkte Madan.

"Komm mal klar, was hast du bis jetzt denn großartig geleistet?" maulte Mattia. Anscheinend schien Streit ansteckend zu sein, denn Mumiah begann sich ebenfalls einzumischen:

"Was verlangst du von jemand, der vom Blitz beim Scheißen getroffen wird?"

Madan hob seine Hand gen Himmel und ließ einen Blitz in den Hintern der Weddingpeach fahren.

"Na, ist das angenehm?" lachte er. Mumiah wollte sich gerade auf ihn stürzen, da hielt Mattia sie zurück.

"Wir müssen zusehen, dass wir die da umgehen. Also Vorschläge?"

Madan versuchte es erneut mit Blitzen, doch diese verpufften ohne Wirkung.

"Sorry, klappt nicht!" Mattia versuchte sich hinter die streitenden Gegner zu teleportieren, doch auch sie hatte keinen Erfolg. Weitere übernatürliche Angriffe machten keinen Sinn.

Bree sah den hilflosen Versuchen zu, hörte sich stumm die Streitereien beider Parteien an und gähnte. Ohne, dass es die anderen mitbekamen hatte sie zwei Schrubber heraufbeschworen. Sie drückte Mattia einen davon in die Hand.
"Kannst du damit umgehen?" fragte sie.
"Willst du jetzt putzen oder was?" Mattia starrte auf den Wischmobb.
"Sollten eigentlich Stäbe werden, ich bin noch nicht so gut darin!" verteidigte sich der Kriegsengel.

Aus dem Augenwinkel nahm Maryu wahr, dass die Engel sich bewaffnet hatten.
„Stabkampf?" fragte Maryu und sah sich um. Woher bekam er jetzt einen Stab? Muzoun schaffte es ihm einen zu zeichnen, in Windeseile hatte er seinen Zeichenblock hervor gekramt und einen Stab skizziert. Der Stab war nicht sehr gut und hielt wahrscheinlich nur wenige Minuten, aber es sollte eh nur ein Schaukampf sein. Was die Gegenseite nicht wusste.
„Also Stabkampf, dann legt mal los, ich bin gut darin!"
"Sieht das für dich aus wie ein Stab?" fragte Bree und hielt ihm das Ende des Mobbes unter die Nase.
"Genau, das ist ein Wischmobb!"
Und als wäre das ein Kampfschrei, knallten die zwei Engel den verdutzten Dämonen ihre Schrubber um die Ohren. Angefeuert von den anderen vieren, brauchten sie nur wenige Minuten, bis die Dämonen bewusstlos am Boden lagen.
Bree stieg über die leblosen Leiber hinweg: "Kommt schon, ich will endlich weg hier!"

Corry konnte es sich nicht verkneifen und malte mit ihrem Kajal noch Bärte auf die Gesichter von Atu, Maryu und Topo.
"Ha, das habt ihr nun davon! Legt euch nicht mit uns an!" Mumiah trat den Dämonen noch in den Bauch und folgte dann eilig ihren Mitstreitern.
"So auf geht's bis es dunkel ist, sind wir am Ziel!" freute sich Mattia und breitete ihre Flügel aus.
"Wir müssen trotzdem nochmal über die schlechte Kommunikation reden!" beschwerte sich Bree.
"Ach wir hatten es nur vergessen, das ist so lang her!" winkte Madan ab.
"Typisch Mann!" beschwerte sich Coretha. In der Ferne lag der Berg, der auch als Moses-Berg bekannt war. Hier so sagte die Bibel hatte er wohl die zehn Gebote bekommen.

„Toller Plan!" jappste Topo und zog sich an der Felswand hoch.
„Verdammt, die haben echt was drauf!" stöhnte auch Tfaji.
„Das werden wir noch sehen!" Maryu stand auf. Der Stab war in zwei Teile zerbrochen.
„Nächstes Mal, werden wir sie fertig machen!" schwor auch Jeyoui.
„Habt ihr das lächerliche Outfit gesehen?" lästerte Tfaji.
„Beeilt euch, wir müssen ihnen nach!" drängte Muzoun.
Die sechs Engel waren schon aus dem Canyon raus und auf dem letzten Stück. Die Boten der Unterwelt

ließen die Quads zurück und folgten ihnen zu Fuß.
Sie ahnten, dass es nicht so einfach werden würde,
der Gegenseite die Rolle abzunehmen.

„Wir haben bis jetzt nicht versagt. Es war unser Plan,
also hört auf zu jammern!" schimpfte Jeyoui.

„Dafür, dass wir es drauf angelegt haben, waren wir
ganz schön überrascht oder?" meinte Muzoun, der am
liebsten sofort unsichtbar geworden wäre.

„Das ist unser Vorteil, wir wissen was sie so können,
doch sie wissen rein gar nichts über uns!" Maryu versuchte dabei böse zu lachen. Er atmete dabei etwas
von dem feinen Wüstensand ein und bekam einen
höllischen Hustenanfall.

Die Rolle der Erkenntnis

Die geschlagenen Dämonen verfolgten die Engel mit sicherem Abstand. Als sie sahen, dass der Neonkopf zu ihnen stieß und es anscheinend einen Wortwechsel gab.
„Verdammt, der sucht bestimmt die Quads!" bemerkte Tfaji.
„Kann uns egal sein, warten wir, bis der weg ist!" Bei diesen Worten, zog Atumi seine Gefährtin in die Hocke. Die Dämonen mussten sich klein machen, damit sie auf der Ebene nicht so schnell zu sehen waren.

Sie waren ihren Feinden entkommen. Leichter als gedacht.
„Was für Flaschen!" lachte Madan.
Er hatte Jessy natürlich wieder erkannt, doch das konnte er ja nicht zugeben. Madan hatte mit dem Feind im Zug gesessen und über alte Zeiten geplaudert, als wären sie Freunde.
„So hier ist also der Berg!" sagte Corry und blickte nach oben.
„Müssen wir jetzt da hoch latschen?" fragte Mattia.
„Süße, wir sind Engel, wir laufen nicht wir fliegen!" beruhigte Mumiah sie.
Doch daraus wurde nichts. Denn in dem Moment, als sie sich für den Flug bereit machen wollten, kam ein Typ mit einem Irokesen Haarschnitt um die Ecke.

„Wer seid ihr denn?" fragte er.

„Was geht dich das an?" fragte Mumiah im selben Kaugummiartigen Singsang zurück.

„Man hat uns unsere Quads gestohlen, ihr habt sie nicht zufällig gesehen?" fragte der Typ, ohne auf Mumiah's Bemerkung einzugehen.

„Sorry, nein und wir haben auch keine Zeit jetzt mit dir zu plaudern, verzieh dich!" zickte sie weiter.

„Hey immer ruhig, waren bestimmt diese anderen Typen. Habt ihr die vielleicht gesehen? Vier merkwürdige Kerle und zwei heiße Bräute!"

„Wir haben sechs merkwürdige Wesen getroffen, tut mir leid, aber heiße Bräute waren nicht dabei!" erwiderte Coretha.

Heiße Bräute? Was bitte war denn an diesen Frauen heiß gewesen?

„Ihr seid auch viel hübscher!" grinste der Irokesen Haarschnitt.

„Wir sind aber auch nicht interessiert!" zickte nun sogar Umabel mit.

Der Typ tippte sich an die nicht vorhandene Mütze und verzog sich.

Als die Dämonen sahen, dass der Typ die Biege machte, atmeten sie erleichtert auf. Gleich würden die Engel ihren Anstieg fortsetzen und sie könnten endlich aus dem Dreck aufstehen.

„Warum ist unser Job so schmutzig?" jammerte Tfaji.

„Nun, weil wir nun mal Dämonen sind, blöde Kuh!" zischte Maryu.

„Also los, wenn die hinter der Biegung sind, legen wir einen Sprint ein. Wir dürfen nicht zu spät kommen!" befahl Muzoun.
Sie warteten einen Moment, dann sprangen sie hoch und rannten das Stück bis zum Berg. Als sie da ankamen, waren sie alle völlig außer Atem.

„So ein Mist! Jetzt müssen wir laufen!" fluchte der Todesengel.
Seufzend machten sie sich auf den Weg nach oben.
„Wenn die Rolle nicht da oben ist", meckerte Madan, „dann haue ich was kaputt!"
In der Hitze einen Berg zu erklimmen, war selbst für Engel, nicht gerade die schönste Freizeitbeschäftigung.
Sie hatten die Hälfte des Berges hinter sich gebracht, als sich Coretha einfach in den Staub setzte.
„Was ist los?" fragte Mattia besorgt.
„Ich kann nicht mehr!" stöhnte der Schutzengel.
„Wir haben keine andere Wahl, diese komischen Dämonen sind sicher schon hinter uns her!" versuchte Umabel ihr klar zu machen.
Sie machten eine fünf minütige Pause, bevor sie sich weiter den Berg hochquälten. Der Ausblick auf das Meer entschädigte sie ein wenig für die Strapazen.
„Wow, wir sind da, Leute wir sind da!" freute sich der Kriegsengel.
Sie hüpften wie wild und umarmten sich dabei. Sie standen am Ziel. Nur wo zum Teufel war jetzt diese Rolle?
„Okay, also wo könnte dieses blöde Ding jetzt sein?" fragte Madan.

Die Engel sahen sich ratlos an. Dann drehten sie sich um sich selbst und suchten nach Hinweisen.
„Toll, vielleicht ist die Rolle auch im Kloster!" meinte Coretha.
„Schau mal hier nach unten, dann siehst du das Kloster!" Mattia war auf dem Bauch zum Rand gerutscht und lehnte sich vorsichtig darüber. Es ging steil bergab an dieser Stelle.
„Da sind diese komischen Typen mit den bunten Haaren!" erklärte sie.
„Was machen die denn da?"
„Kann uns egal sein, die Spur führt nicht zum Kloster, sondern zum Mosesberg und hier sind wir," beteuerte Bree.
Sie war die Reise über ziemlich ruhig gewesen, doch jetzt, jetzt blühte sie auf.
„Vielleicht müssen wir graben?" fragte Uma.

Jeyoui sah nach oben.
„Wir hätten die Quads mitnehmen sollen, da hoch klettern?" sagte sie stirnrunzelnd.
„Jetzt ist es zu spät und die Motoren würden uns verraten, los keine Müdigkeit vorschützen!" diesmal war es Maryu der die Befehle erteilte.
Es wurde immer heißer und die sechs krochen fast nur noch über den steinigen Pfad. Dieser endete so abrupt, dass sie beinahe ihre Deckung vergessen hätten.
„Vorsicht!" flüsterte Maryu, der als einziger noch aufrecht gehen konnte.

„Da sind sie, warum freuen die sich denn so?" fragte Muzoun, der sah wie sich die sechs Engel umarmten und im Kreis tanzten.
„Haben sie die Rolle schon?" Jeyoui konnte von ihrem Platz aus nichts erkennen.
„Scheint nicht so, warten wir ab. Da hinten ist ein Busch, wir verstecken uns dahinter aber leise!" wisperte Muzoun und machte sich unsichtbar. So konnte er sicher gehen, dass die Engel ihn nicht bemerkten.
„Der hat's einfach!" beschwerte sich Atumi und robbte auf allen vieren hinterher.
Sie hatten es geschafft, sie waren am Ziel. Ein Glücksgefühl kam in ihnen hoch.
„Leute, wir sind hier, wir haben es geschafft. Ich kann verstehen warum die sich so freuen," grinste Maryu.
„Ja ich will am liebsten auch tanzen!" stimmte Tfaji zu.
„Noch haben wir die Rolle nicht!" brachte Jeyoui sie zurück auf den Boden der Tatsachen.
„Stimmt, und wer sagt denn, dass sie hier ist?" Muzoun war noch immer unsichtbar.
„Seht euch mal um, wo könnte hier denn so eine Rolle versteckt sein?" fragte Jeyoui und lugte hinter dem Strauch hervor.

Mattia war vom Rand weggetreten und sah sich um. Hatte sie da etwas blitzen sehen? Im Gebüsch? Sie musste sich geirrt haben.
„Der Felsen hier sieht komisch aus, als wäre er aus dem Nichts gekommen!" stellte Bree fest, die vor einem großen Stein stand.

„War sicher ne Lawine!" versuchte Madan es zu erklären.

„Woher soll die Lawine denn gekommen sein? Über uns ist nur noch der Himmel!" machte Bree klar.

Jetzt versammelten sie sich um den großen Stein. Ein Stein auf einem Berg. Ein Stein, der völlig sinnlos mitten auf dem Berg lag. Ein schwerer Stein. Sie untersuchten ihn.

„Er liegt hier einfach so rum. Es sieht nicht so aus, als würde er zum Berg gehören!" mutmaßte Bree.

„Tut er auch nicht, seht mal hier!" Coretha hatte ein Symbol entdeckt, welches ziemlich verwittert und kaum erkennbar war.

„Was soll das denn sein?" fragte Madan.

Coretha drückte ihm ihre Tasche in den Arm und zog einen Pinkfarbenen Lippenstift hervor. Damit malte sie die Konturen des eingekratzten Symbols aus. Jetzt konnte man es besser erkennen.

„Eine Sphinx, ich glaub ich hänge!" staunte Mattia.

„Die Sphinx weist uns den Weg. Gut gemacht Corry!" Bree klopfte ihr auf den Rücken.

„Ich besorg dir einen neuen Lippenstift, sobald wir das erledigt haben!" freute sich auch Umabel.

Sie standen um den Felsen. Jetzt gab es ein neues Problem. Wie sollten sie den schweren Stein bewegen?

„Okay, wir drücken alle gleichzeitig, auf drei! Eins, zwei, drei!" stöhnte Bree und warf sich gegen das Ungetüm. Nichts tat sich. Immer wieder versuchten sie den Stein wegzuschieben.

„Das können wir knicken!" schimpfte Madan und rieb sich seine Schulter.

„Hebel?" fragte Mattia.

„Er ist zu schwer. Wir müssten erst mal wissen, ob es darunter überhaupt etwas gibt!" Coretha wischte sich eine Haarsträhne aus dem Gesicht. Ihr Top war zerrissen.

„Toll, das war nagelneu!" schimpfte sie.

„Wie finden wir heraus, was darunter ist, ohne den Stein zur Seite zu schieben?" fragte Madan.

„Mattia könnte sich doch hinein porten!" schlug Uma vor.

„Klar, dann steck ich am Ende in einem Stein und komm nie wieder raus!" schimpfte diese.

„Hast du eine bessere Idee?" Wieder sahen sie sich ratlos an.

Mattia knirschte mit den Zähnen. Todesengel, sie musste ja unbedingt ein Todesengel sein. Mit Gummisense und zu nichts zu gebrauchen, als sich mal eben in einen Stein zu teleportieren. Die anderen blickten sie abwartend an. Coretha und Mumiah hatten auch noch ihren Hundeblick aufgesetzt.

„Na gut, ich mach es!"

Die Engel vergrößerten den Kreis und Mattia konzentrierte sich. Sie stellte sich eine Höhle vor, die unter dem Stein war und zack, weg war sie.

„Was machen sie?" fragte Atumi, der den schlechtesten Platz zur Überwachung bekommen hatte.

„Sie stehen um einen Felsen!" erklärte Muzoun, der noch immer dank seiner Unsichtbarkeit fast ohne Deckung auskam.

„Die sollen sich mal beeilen, wird langsam ungemütlich!" jammerte Topo, der eng an Atumi klebte.

Muzoun und Jeyoui mussten sich ein Lachen unterdrücken. Da wollten doch diese Witzfiguren den Felsen wegschieben. Das sah einfach nur lustig aus, wie sie sich immer wieder gegen das Gestein warfen und ächzend daran herunter glitten.
„Vielleicht sollten wir ihnen helfen?" fragte Maryu.
„Spinnst du? Das ist viel zu lustig!" kicherte die Katzendämonin.
„Was machen sie denn jetzt?" fragte Muzoun, als er sah wie die Engel den Kreis um den Stein vergrößerten. Allein der Engel in blau blieb zurück. Muzoun blinzelte einmal, dann rieb er sich die Augen. Der Engel mit den schwarzen Klamotten war verschwunden.
„Wo ist sie hin?" fragte auch Jey.

„Hoffentlich geht das gut!" bibberte Bree.
Es dauerte eine Minute, zwei Minuten, fünf Minuten. Die Engel gingen nervös auf und ab. Mit jeder Minute die verstrich wurden sie immer unruhiger. Hatten sie recht, war darunter eine Höhle? Oder hatten sie Mattia für immer in einen Stein verwandelt? Coretha knapperte vor Nervosität an ihren Haaren, Mumiah an ihren Fingernägeln. Bree und Uma starrten den Stein an und beschworen ihn in Gedanken. Selbst Madan konnte nicht stillstehen. Er lief hin und her. Warf einen Blick zum Stein und drehte wieder um.
Zehn Minuten vergingen.
Dann geschah alles gleichzeitig. Mattia tauchte wieder auf.
„Mattia, Gott sei Dank!" rief Uma und umarmte die Freundin.

„Ich hab sie!" keuchte Mattia.

„Sie hat sie, los!" Jeyoui, Maryu, Topo und Atumi standen gleichzeitig auf und klatschten Beifall.
„Das habt ihr echt gut gemacht, her damit!" Maryu trat mit zwei großen Schritten an sie ran.
Aphrodite tauchte auf der anderen Seite auf, wie aus dem Nichts.
„Gebt sie mir!" befahl sie.
Die Engel stellten sich vor Mattia. Beschützten sie mit ihren Körpern und blickten von einem zum anderen.
„Wir haben sie gefunden, wir übergeben sie!" erklärte Coretha.
„Ja und zwar mir, damit ich sie Gott geben kann!" lächelte Aphrodite jetzt.
„Ihr glaubt doch nicht, dass wir euch die Rolle kampflos überlassen oder?" fragte Muzoun und blinzelte böse.
„Du vergisst, dass wir die Rolle schon haben!" Madan stand ruhig, aber mit erhobenen Fäusten vor den Mädchen. Als einziger Mann, musste er sie ja beschützen.
Da standen sie also zwischen Aphrodite, die zu ihnen gehörte und den Dämonen. Sie überreichten der Göttin die Rolle.
„Wir halten die da auf!" sagte Bree und zeigte zu den Dämonen rüber.
Da ertönten plötzlich zwei Explosionen. Eine Gruppe Mönche in weißen Gewändern stand vor ihnen und ein schwarzer Mann, der aussah wie ein Soldat.
„Die weißen Mönche?" zischte Maryu verblüfft.

„Gut gemacht meine Liebe!" lächelte der eine Mönch und schob sich die Kapuze zurück. Ein gutaussehender Mann kam darunter zum Vorschein. Er hatte strahlend weiße Zähne und kleine Hörner im goldbraunen Haar. Verwirrt blickten die Engel zwischen Aphrodite und den Männern hin und her. Was ging hier ab? Doch ehe sie reagieren konnten, überreichte Aphrodite dem Mann die Rolle.
Satan in weiß? Seine sechs Lehrlinge standen sprachlos da und sahen nun auch den General, der direkt neben dem Herrscher der Unterwelt stand.
„Fuck, Mars!" stöhnte Tfaji und rechnete schon mit einer Extraportion Liegestütze, da sie die Rolle ja nicht besorgt hatten.

„Ich habe meinen Teil der Abmachung eingehalten, jetzt bist du dran!" sagte die Schönheit. Doch ehe ihr Meister noch etwas erwidern konnte, standen die schwarzgekleideten Mönche im Qualm einer weiteren Explosion. Sie lüfteten ihre Kapuzen gleichzeitig.
„Das glaube ich kaum, meine Liebe!" Mönche in schwarz gekleidet standen direkt hinter ihr. Als sie ihre Kapuzen zurück streiften, kamen darunter Gott, Gabriel, Venus und Michaela zum Vorschein.
„Nehmt sie fest, wir werden sie verbannen!" befahl Gott mit einer gruseligen Stimme. Dann wandte er sich zu seinen Boten.
„Ihr habt gute Arbeit geleistet, ich bin sehr stolz auf euch!" sagte er.
„Ähm, ja aber wir haben die Rolle ja nicht!" sagte Madan.
Da stürzte Bree nach vorn, auf den Mann mit den Hörnern zu und entriss ihm das Dokument.

„Jetzt schon!" sagte sie und sprang ebenso schnell wieder zurück.
Der Mann in der weißen Kutte war überrascht, damit hatte er nicht gerechnet.
Nach einer Schrecksekunde, sah Satan sie an und brüllte:
„Macht sie fertig!"
Gott und sein Management standen am Rand und sahen interessiert zu.
Während Lillith, Hades, Mars, Satan und Loki am Rande des Schlachtfeldes standen, stellten sich die Dämonen in Angriffsposition.

Jey hatte sich schnell in den großen Tiger verwandelt und fauchte den Engel mit den Rosa Flügeln an, der einige Meter über ihr schwebte. Einen Bogen in der Hand. Immer wieder ließ sie ihre Tatzen nach oben hauen. Erwischte aber lediglich die Geschosse, die der Engel auf sie abfeuerte.
„Du blöde olle Miezekatze!" schimpfte Mumiah, die schon unzählige Pfeile auf das Vieh unter ihr abgeschossen hatte. Bisher hatte sie nicht einmal getroffen. Die riesigen Tatzen waren nur Millimeter von ihr entfernt, wenn sie nach ihren Geschossen schlugen.
„Amor, ich nehm alles zurück!" beschwerte sich Mumiah gen Himmel.
„Nicht du bist zu blöd zum Treffen, die Ausrüstung ist einfach Mist!"
Dann richtete sie ihre Aufmerksamkeit wieder auf die Katze die nun damit begonnen hatte in die Luft zu springen.

„Hör auf, braves Kätzchen, liebes Kätzchen! Bekommst auch eine Maus!" zwitscherte Mumiah und ging nun über die Katze mit dem Bogen abzuwehren, indem sie mit der Waffe nach den Tatzen schlug.
„Lass mich in Ruhe!"
Der schwarze Tiger hatte sich auf die Hinterbeine gestellt, Mumiah flog höher.
„Ich brauch ein Scharfschützengewehr, mit Zielfernrohr!" jammerte sie gegen Himmel und schlug immer wieder mit ihrem Bogen zu.

Maryu hatte seine Krallen ausgefahren.
„Wir haben noch ein Hühnchen zu rupfen!" grinste er dem Kriegsengel zu.
Diese sah ihn verwirrt an, dann fuhr aus ihrer Hand, wie durch Zauberei ein Laserschwert in die Höhe.
„Wer bist du denn? Wolverine für arme?" provozierte sie ihn.
Damit spielte sie auf die abgebrochene Kralle an, die wie ein fehlender Zahn in seinen Waffen leuchtete.
„Ich bin auf jeden Fall nicht dein Vater!" brüllte er und griff an. Seine Krallen prallten ein ums andere Mal auf das grünleuchtende Laserschwert.
Tfaji, die ja nur Krankheiten auslösen konnte und keine aktive Kampffähigkeit besaß, ging auf den Engel mit den Lila Strähnen los.
„Was hast du denn da an?" fragte sie abschätzig.
„Immer noch besser als deine Billigware, wo hast du das her? Second Hand?" sprang diese darauf ein.
Es dauerte nicht lange, da waren die zwei in einem Knäul verschwunden. Sie rissen sich an den Haaren,

zerfetzten ihre Kleider und beleidigten sich aufs übelste.

Madan stand dem dunkelhaarigen Dämon gegenüber. Er hatte keine Ahnung, wie er ihn aufhalten sollte. Er spürte zwar, dass die größte Angst von ihm war, von Frauen abgewiesen zu werden, aber hier auf dem Berg war es wohl eher unwahrscheinlich, dass das passierte. So umrundeten sie sich eine Weile schweigend.
„So du denkst also du bist der Stecher schlechthin?" fragte Madan.
„Ich weiß es!" antwortete der Dämon.
„Mit dem kleinen Erdnussflip in deiner Hose?" provozierte Madan.
„Du musst es ja wissen!" jetzt begann der Dämon sich auf der Stelle zu drehen. Madan sah verwirrt und gleichzeitig amüsiert zu.
„Was bitte machst du da? Soll das ein Walzer werden?"
Der Dämon antwortete nicht. Madan ging einen Schritt zurück, als er merkte, dass Wind aufkam. Kam der Wind von dem Dämon? Hatte er ihn verursacht. Es dauerte nur Sekunden bis aus dem kleinen Wind ein Tornado geworden war und Madan in die Luft hob. Entsetzt drehte er sich in dem Wirbelsturm und schrie.
„Verdammt, lass mich runter!"
Doch der Sturm trug ihn immer höher. Ihm wurde übel, schwindelig und fast hätte er sich übergeben müssen, da kam ihm die rettende Idee. Er fuhr seine Flügel aus, ließ sie vom Wind aufwärts treiben und

ritt schließlich auf der trichterförmigen Öffnung des Tornados.
„Yeah! Schneller! Schneller!" brüllte er. Dabei sah er Mumiah und winkte ihr. Sie war dabei eine riesige Katze abzuwimmeln.

Satan und Hades schauten interessiert zu.
„Merkwürdige Kampftechnik!" bemerkte Hades.
„Das haben sie nicht von mir!" verteidigte sich Mars.
Loki hielt die Hand vor Augen, blinzelte durch die Finger. Ob das gut geht.
„Jetzt macht sie doch endlich alle, hört auf zu spielen!" brüllte der General vom Spielfeldrand.
„Sag mal alter Mann, warum hast du eigentlich diese Kutte an?" fragte Satan seinen Gegner.
„Ich wollte schon immer mal bei einem Musikvideo mitmachen!" freute sich Gott.
„Du auch? War interessant oder?" begann Satan ein „Schönes Wetter" Gespräch mit ihm.
„Sag mal wie kannst du nur seelenruhig dabei stehen und nichts tun?" fragte Michaela aufgebracht, die fast nicht zusehen konnte.
„Sie werden so schnell erwachsen? Findest du nicht auch?" fragte Gott sie nun.
Michaela schnaubte.
Sie sah zu wie Bree mit einem grünleuchtenden Laserschwert auf silberne Krallen eindrosch. Sie hatten zwar das heraufbeschwören der Waffen geübt, doch Kampftechniken konnte sie ihrem Schützling noch nicht weiter geben. Der Kampf schien jedoch bisher ausgeglichen.

„Sollten wir nicht wenigstens die Rolle schon mal sicherstellen, dann kann Bree viel gezielter arbeiten!" schlug Gabriel vor.
„Wozu denn? Ich weiß was da drauf steht, von mir aus können sie die Rolle haben!" Gott hatte sich einen Stuhl heraufbeschworen und saß jetzt wie ein Trainer neben dem Schlachtfeld.
„Du weißt was auf dieser Rolle ist?" fragte Venus ungläubig. Sie musste zusehen, wie sich Coretha mit einem Dämon herumschlug, der Second Hand Kleider trug. Corry hielt sich gut, sie krallte ihrer Feindin immer wieder die Fingernägel ins Gesicht. Leider war auch die Gegnerin nicht ganz unbeholfen. Mehrere Büschel Haare hatte sie dem Engel schon entrissen. Da würde kein Friseur der Welt mehr etwas retten können. Aber die Kratzer, dagegen könnte ein schönes Spa helfen.
„Sicher weiß ich das, ich habe sie ja geschrieben!" Michaela wechselte ihre Hautfarbe von Weiß, zu grün, zu Rot!
„Warum lässt du sie dann kämpfen?" rief sie.
„Sie machen das doch gut, sieh dir Uma an. Wie sie diesen Dämon verwirrt!" freute sich Gott.

Er hatte Recht. Uma stand dem kleinsten der Dämonen gegenüber, der einen Zeichenblock in der Hand hielt. Eben diesen, mit dem er zuvor noch einen Kampfstab gezeichnet hatte. Sie schaffte es den Dämon so zu verwirren, dass keine seiner Zeichnungen gelang. Erst gab sie ihm ein er solle Blumen malen, mittendrin vermittelte sie ihm das Bild eines riesigen

Eisbechers und dann wieder das eines Schmetterlings. Der Dämon war so verwirrt, dass sein Stift das Rauchen anfing. Schließlich ging er mit einem Meißel dazu über, den Stein, der auf der Öffnung zu der geheimen Höhle lag zu bearbeiten. Es sah aus, als würde Uma ihm dafür Modell stehen.
Muzoun war verzweifelt. Dieser Engel da vor ihm verwirrte ihn. Er versuchte einen Zeitdämon zu malen, damit dieser für ihn kämpfte, doch seine Hand malte nur halbe Sachen. Und diese halben Sachen sahen nicht im entferntesten aus wie Dämonen. Schließlich warf er mit einem Wutschrei den Zeichenblock über den Rand des Berges in die Tiefe und mit ihm halbe Eistüten, halbe Blumen und halbe Schmetterlinge. Dann würde er eben nicht zeichnen. Wie von selbst trugen ihn seine Füße auf den großen Felsen zu. Im nächsten Moment begann er mit zwei kleineren Steinen auf den großen einzuhauen. Der Engel, der ihn einfach nur verwirrte durch seine bloße Anwesenheit stand lächelnd davor. Muzoun war verzweifelt, wie konnte er aus diesem Bann nur entkommen. Er wollte das nicht. Doch er war nicht mehr Herr über seine Sinne. Er bearbeitete den Stein. Schlug große und kleine Stücke heraus und formte ihn nach der Vorlage, dem Engel vor ihm.

Mattia drosch mit ihrer Gummisense auf den Dämon ein, der einen roten Kampfanzug trug. Seine Karatekicks liefen ins Leere, doch ab und zu traf er den Todesengel.
„Verdammtes Mistding!" schimpfte sie und war wütend auf ihr Werkzeug. Diese Wut ließ sie an dem

Dämon aus. Sie teleportierte sich hinter ihn, vor ihn, neben ihn. Immer wieder war sie plötzlich einfach verschwunden und der Dämon übte sich so im Schattenboxen.

„Ich verlange eine Laserpistole! Wenn ich schon einen Laser habe, dann könnte der doch wenigstens auch schießen!" schimpfte sie drauf los.

Atumi, der nie gelernt hatte zu kämpfen erinnerte sich an die Filme mit Bruce Lee und ahmte die Karatekicks nach. Gleichzeitig ging er immer in Deckung. Dieser verrückte Engel vor ihm schlug ihn mit einer Sense. Merkwürdigerweise tat es ihm nicht weh. Es dauerte eine ganze Weile bis er merkte, dass diese Sense nur aus Gummi war und er lachte den Engel aus.

„Gummi? Echt jetzt? Könnt ihr euch nichts Richtiges leisten da oben?" zog er den Engel des Todes auf.

Dennoch je öfter die Sense ihr Ziel traf, umso mehr schmerzte es auf Dauer. Immer wieder kickte Atumi in die Richtung des Engels, doch diese konnte sich anscheinend teleportieren und war immer schon weiter gesprungen, ehe er einen Schlag ansetzen konnte.

Vom Schlachtfeldrand hallten Rufe zu ihnen rüber. Der General gab Befehle, keiner beachtete ihn.

„Beruhige dich Mars, die machen das schon!" versuchte Hades seinen Kollegen zu beruhigen.

„Nennst du das etwa einen Kampf? Das kann meine zweijährige Enkelin besser!" brüllte der General.

„Du hast keine Enkelin!" stellte Loki fest.

„Wenn ich eine hätte!" brüllte Mars.

„Sobald Maryu an die Rolle kommt, werden wir hier abziehen. Das ist ja nicht zum Aushalten!" stimmte ihm Satan zu.

Maryu und der Kriegsengel ließen weiter Stahl auf Laser klingen. Dadurch, dass Maryu als Mensch Kickboxen und Fußball gespielt hatte, hatte er einen Vorteil gegenüber dem Engel. Er täuschte an, kickte weg und griff aus überraschenden Positionen an. Es sah fast aus wie ein Tanz den er vollführte. Der Engel kam sichtlich in Bedrängnis. Ein weiterer Hieb brachte ihn zum Straucheln und blitzschnell griff Maryu nach dem Dokument, dass sich der Engel in die Hosentasche gesteckt hatte. Bree war einen Augenblick lang unaufmerksam gewesen und hatte zugelassen, dass ihr Gegner nach der Rolle greifen konnte. Sie hielt sie fest, es entstand ein Tauziehen um das wertvolle Schriftstück.

„Lass los!" fauchte Maryu.

„Ich denke gar nicht dran!" stöhnte der Engel.

Maryu hackte mit der anderen Hand nach dem Engel, diese wehrte mit dem Schwert ab. Das Geräusch, welches leise, aber deutlich dann zu hören war, brach einen Bann. Sämtliche Kampfhandlungen wurden mit einem Schlag unterbrochen.

„Du hast sie zerrissen!" fauchte Maryu.

Der Engel schaute ihn nur böse an. Als die Rolle riss, war es als würde jemand die Erde zerreisen. Das Geräusch war nicht sehr laut, aber es stoppte sämtliche Kampfgeräusche. Lediglich ein Plumpsen war zu hören, als Madan, der auf dem Tornado geritten war zur Erde fiel, wie ein nasser Sack.

„Lasst uns verschwinden!" Satan öffnete mit seiner Hand ein Portal und ging hindurch. Maryu zögerte nicht einen Augenblick und folgte ihm.
„Rückzug!" rief der General und stieg durch das Loch.
„Wir sehen uns wieder, Miststück!" fauchte Jey den Engel an, der noch immer in der Luft schwebte.
Auch Topoke und Tfaji versprachen ihren Gegnern eine Revanche und zogen ab. Muzoun hatte gerade den Kopf fertiggestellt, als der Bann von ihm ging. Wieder musste er etwas halbfertig zurück lassen. Es war eine Qual und er zögerte einen Moment länger, ob er wirklich gehen sollte.

Etwas verdutzt und nicht sicher, ob sie jetzt gewonnen hatten, sahen die Engel ihren Feinden nach.
„Die können doch nicht einfach abhauen!" sagte Bree und öffnete die Hand. Ein kleiner Teil der Rolle befand sich noch darin.
„Lasst sie gehen, wir brauchen die Rolle nicht," sagte Michaela.
„Wie, wir brauchen die Rolle nicht?" fragte Coretha. Ihre Haare waren zerzaust, einige Stellen sahen kahl aus, ihr Make-Up grotesk verschmiert und ihre Kleider total ruiniert.
„Nun, eure Mission war es den Verräter zu überführen, dass habt ihr gemacht. Die Rolle war lediglich der Köder!" lächelte Gott.
„Also haben wir gewonnen?" fragte Bree.
„Jepp!" meinte Gabriel.

„Wir haben nur einen Teil der Rolle!" sagte Satan und nahm Maryu das Schriftstück ab.
„Ruht euch erstmal aus, wir reden dann morgen!" befahl der General.
Total erschöpft und nicht sicher, ob sie feiern sollten, trotteten die Dämonen zu ihren Quartieren.
„Haben wir jetzt gewonnen?" fragte Atumi.
„Ich weiß nicht?" antwortete Maryu.
„Ich finde schon, wir sollten etwas zu trinken organisieren und uns richtig volllaufen lassen!" bestimmte Topoke. Das taten sie dann auch. Sie feierten ihren Sieg bis in die frühen Morgenstunden und glaubten fest daran, dass sie nun in der Gunst des Teufels nach oben gestiegen waren.

Epilog

Als sie zurück im Himmel waren, wurde ein großes Fest ihnen zu Ehren gegeben. Venus schaffte es für Corry eine Perücke zu organisieren, bis deren Haare nachgewachsen waren. Mumiah diskutierte mit Amor über die Notwendigkeit von brauchbarer Ausrüstung und auch Mattia schlug der Technik-Abteilung vor, einige Änderungen in ihrer Arbeitsausrüstung in Betracht zu ziehen.
„Was hast du denn da?" fragte Gott, der neben Uma saß, die gedankenverloren an einem Amulett herumspielte. Sie zeigte es ihm.
„Woher hast du es?" fragte er.
„Bei der Sphinx gefunden!" antwortete sie.
„Es ist zerbrochen, weißt du denn was das ist?" fragte der Herrscher über das Himmelreich.
„Nein, was ist es denn?"
„Wenn es komplett wäre, hättest du jetzt das gesamte Wissen der Menschheit. Es ist gefährlich. Man nennt es das Amulett des Wissens!"
Uma besah sich die halbe Münze.
„Amulett des Wissens!" flüsterte sie.

Satan tobte. Er hatte sein Management schon antreten lassen und tippte wie ein Irrer auf dem Stück Pergament herum, welches vor ihm lag. Selbst der General schien geschrumpft zu sein. Was konnte er denn dafür?

„Nun, also…" versuchte sich Hades gerade zu verteidigen, doch Satan schnitt ihm das Wort ab.
„Man nehme, ein Pfund Butter?" schrie er.
Es war noch nie so frostig in der Hölle gewesen.
Gleich nachdem Satan seine unfähigen Dämonen durch das Tor zurück in die Hölle befohlen hatte, hatte er sich mit der Rolle der Erkenntnis eingeschlossen.
Was er da las, war jedoch nicht das Geheimnis des Paradieses. Gott hatte ihn total verarscht. Wie konnte dieser alte Mann nur so grausam sein?
Satan hatte die Auserwählten im Auge behalten und war oft kurz davor, sie abzuziehen und selbst alles zu regeln. Wider sein Erwarten, hatten sie es dennoch bis zum Ziel geschafft. Dennoch hatte er sich abgesichert. Er hatte Aphrodite bestochen.
„Du nimmst den Engeln die Rolle der Erkenntnis ab und gibst sie mir, im Gegenzug dazu rette ich Griechenland für dich und nehme dich in meinem Reich auf. Denn dir dürfte klar sein, dass du dann nicht mehr zu Gott zurück kannst!"
Aphrodite hat einen Moment gezögert, doch dann hatte sie den ellenlangen Vertrag unterschrieben. Wie üblich hatte sie bei den allgemeinen Geschäftsbedingungen nicht alles gelesen. Satan wusste, dass Verträge, je länger sie sind, nie komplett gelesen werden. Darauf setzten auch sämtliche Firmen, die ihre Ware im Internet verkaufen. Vielleicht macht man sich noch die Mühe den Anfang zu lesen, doch meistens stimmt man einfach zu.
Im Kleingedruckten hatte der Teufel jedoch das Detail versteckt. Aphrodite würde nur aufgenommen wer-

den, wenn die Rolle unbeschadet und vor allem mit den Informationen versehen war, auf die es der Höllenfürst abgesehen hatte.
Da Gott seine Untergebene in die Verbannung geschickt hatte, war das ja eh hinfällig.

Satan war nicht blöd. Er hatte noch am Abend die Rolle studiert und sofort gemerkt, dass ein Plan des alten Mannes dahinter stand. Ein Plan, den er zu spät erkannt hatte. Jetzt hatte er nicht nur diese völlig sinnlose Rolle vor sich, nein auch sechs Dämonen, die jeder für sich eine einzige Katastrophe waren, gehörten nun zu seinem Stab.

„Meister, wir also ich konnte etwas beobachten!" meldete sich Lillith zu Wort.
Satan sah seine Untergebene erwartungsvoll an.
„Dieser Engel, der Muzoun total durcheinander gebracht hatte, also, er hatte einen Anhänger um den Hals." Stotterte sie weiter.
„Und?" fauchte Satan.
„Nun, es war nur ein halber, aber ich bin mir ziemlich sicher, dass es die Hälfte vom Amulett des Wissens war!" sprudelte nun die Information aus ihr heraus.
Satan sah sie eine Minute erstaunt an.
„Wie ihr wisst, war das Amulett Jahrtausende verschwunden, wenn nun die eine Hälfte auftaucht, dann wird die andere sicher auch irgendwo zu finden sein!"
„Amulett des Wissens? Hm." Satan vergaß für einen Augenblick seine Niederlage.

„Holt die Dämonen her! Muzoun kann uns sicher etwas über das Amulett sagen, immerhin hat dieser Engel Modell für ihn gestanden!"

Die Dämonen, noch verkatert von der Feier am Abend traten wenig später in das Büro des Chefs.
„Muzoun, der Engel den du in Stein gehauen hast, was für ein Amulett trug der?" fragte Satan.
„So eine halbe Münze," wunderte sich Muzoun.
„Kannst du dich noch an die Symbole darauf erinnern?" fragte Lillith angespannt.
„Ähm, nein, aber der Stein, auf dem Berg, da ist ein Abbild davon!" erklärte er.
„Mars", wandte sich Satan nun an seinen General, „nimm Hades mit, ihr besorgt mir diesen Stein!"
Mars salutierte und verließ mit Hades den Raum, froh dem Zorn des Chefs entkommen zu sein.
„Ihr könnt gehen!" wies Satan die Dämonen an.
„Wie wir können gehen?" fragte Maryu enttäuscht.
„Bekommen wir keine Anerkennung für unsere Arbeit?" warf auch Tfaji ein.
„Anerkennung? Dafür das ihr versagt habt?" fragte Satan gefährlich lächelnd.
„Wieso versagt? Da liegt doch das Papier!" zeigte Topo auf den Schreibtisch.
„Du meinst da liegt ein Teil der Rolle!" Der Herrscher der Unterwelt hatte Mühe ruhig zu bleiben.
„Ich hätte den Rest auch noch bekommen, wenn ihr nicht zum Rückzug geblasen hättet!" beschwerte sich Maryu.
„Mich wundert, dass du nicht ununterbrochen Ohrenschmerzen hast, bei so viel Wind wie durch dein

Hirn saust!" warf der Höllenfürst ein, ehe er von seinem Stuhl aufstand. Er ging die Reihe, der völlig verwirrten Dämonen ab. Wieso hatten sie denn jetzt versagt? Er hatte doch zum Rückzug geblasen.

„Wollt ihr sehen, was ihr da besorgt habt?" fragte Satan.

Die sechs nickten, natürlich wollten sie sehen, was auf der Rolle stand:

Satan schob Jeyoui die Rolle hin.

„Rolle der Erkenntnis", las sie vor und dann:

„Man nehme die Butter und den Zucker und verrühre es zu einer schaumigen Masse. Füge die Eier hinzu und hebe das Mehl darunter."

Jey stockte. Sollte das ein Scherz sein?

„Nein meine Liebe, kein Scherz, es ist ein verdammtes Rezept!" schrie Satan nun.

Die Dämonen zuckten zusammen.

„Vielleicht sollte Jack das mal zammischen?" fragte Atumi hilflos.

„Raus!" brüllte der Teufel und die sechs nahmen ihre Beine in die Hand.

Die nächsten Wochen herrschte frostige Stimmung in der Unterwelt. Die Dämonen bekamen vom General noch mehr Leibesübungen aufgebrummt und jeder von ihnen musste nun kämpfen lernen. Mars war ungnädig.

„Ihr habt gekämpft wie Mädchen, ich werde aus euch Kampfmaschinen machen und wenn es das letzte ist, was ich tue!" brüllte er und schickte Muzoun und Atumi in den Box-Ring.

Schlusswort vom Autor:

War doch gar keine so schlechte Idee von dem Windelträger, oder? Ich hoffe ihr vergebt mir die „Umgangssprache", denn nur so konnte ich die Protagonisten authentisch zeichnen.

Ich bedanke mich bei allen die mir mit Rat und Tat zur Seite standen und hoffe weiter auf göttliche Eingebungen oder satanische?

Band 2

GÖTTERSPIEL
Das Amulett des Wissens

befindet sich in der Vorarbeit und wird ein Wiedersehen mit allen Figuren bringen, diesmal sogar mit der Hexengöttin.

Es wird wieder lustig und spannend.

Solange könnt Ihr Euch ja die Zeit mit meinen früheren Werken vertreiben.

LG

Romy Gläser

Romy Gläser
Phönix
Selinas große Reise
Selinas große Reise
Phönix
Romy Gläser

Phönix – Selinas große Reise
Fantasy

Mit 17 Jahren hat es Selina in der Verkleidung als Junge, mit Namen Sel, zu einer erstzunehmenden Bogenschützin gebracht. Sie fährt mit ihrem Vater zu jedem Turnier und kann mit den Preisgeldern einen beachtlichen Teil zum gemeinsamen Lebensunterhalt beitragen. Alles läuft perfekt für Selina, bis sie auf einer Reise von Banditen überfallen werden und Selinas Vater an den Folgen des Kampfes stirbt. In ihrer Verzweiflung schließt sich Selina - als Knappe - dem arroganten Ritter Milan an, der auf keinen Fall erfahren darf, dass sie ein Mädchen ist. Inmitten von Elfen, Drachen und dem besonderen Troll, Patrice, werden Selina und Milan immer wieder aufs Neue von gefährlichen und spannenden Abenteuern herausgefordert. Eines Tages erscheint ein riesiger, roter Phönix und bringt eine entscheidende Wende in Selinas Leben.

ISBN: 9783735785534

Romy Gläser
Machenschaften
Projekt Estef
Machenschaften
Romy Gläser

Machenschaften – Projekt ESTEF
Thriller

Kevin ahnt noch nichts von seinem Schicksal, als er wie so oft in letzter Zeit, betrunken zum Dienst antritt. Die fristlose Entlassung ist für den Polizisten jedoch ein Schlag ins Gesicht. Während Kevin beschließt Privatdetektiv zu werden, bricht in Detroit eine verheerende Seuche aus. Kevin beginnt seine neue Laufbahn mit der Suche nach seinem Vater. Immer mehr gerät er dabei in einen Strudel skrupelloser Machenschaften. Während sich Detroit im Ausnahmezustand befindet, deckt Kevin mithilfe des (paranoiden) Hackers Chris die unfassbare Wahrheit auf.

ISBN: 9783734778988

Apfelkuchenrezpt
Von der Rolle der Erkenntnis:

Zutaten:

125 g	Zucker
125 g	Butter
3	Eier
200 g	Mehl
1 Pck.	Backpulver
1 EL	Milch
1	Schale einer Zitrone

Für den Belag:

700 g   Äpfel vom Baum der Erkenntnis (alternativ anderer Apfelbaum)

Puderzucker zum Bestreuen

Zubereitung:

Aus Butter, Eier und Zucker Schaummasse herstellen. Das mit Backpulver vermischte Mehl, Milch und die abgeriebene Zitronenschale unterrühren. Diesen Teig in eine gefettete, gebröselte Springform oder Tarteform füllen.

Die Äpfel schälen, vierteln, einritzen und den Teig damit belegen.

Bei 175 - 200 °C etwa 40 - 50 Minuten je nach Backofen backen. Den ausgekühlten Kuchen mit Puderzucker bestreuen.

Guten Appetit

*Ein erstes Zeichen
beginnender Erkenntnis -
DER WUNSCH NACH
APFELKUCHEN*

544